LA TERREUR DES ABYSSES

STEVE ALTEN

LA TERREUR DES ABYSSES

Roman

Traduit de l'américain
par Marie-Claude Elsen

ÉDITIONS DU
ROCHER
Jean-Paul Bertrand

Titre original : *The Trench.*

Première édition : Kensington Books, New York, 1999.

ISBN 2 268 03453 4

À ma mère et à mon père
qui ont toujours été présents

PRESSIONS DES PROFONDEURS

Fosse des Mariannes
Latitude : 12 degrés nord
Longitude : 144 degrés est

22 mars 2001

Le capitaine Barry Leace, pilote des grands fonds à la retraite, essuya ses paumes moites tout en vérifiant son profondimètre : 10 532 mètres. Ils avaient presque 11 kilomètres d'eau au-dessus de leur tête et subissaient une pression de 1 125 kilos par centimètre carré.

Tu n'as qu'à arrêter d'y penser...

Leace embrassa d'un bref coup d'œil l'habitacle exigu du submersible de quatre places. La coque pressurisée était bourrée d'écrans d'ordinateurs, d'appareils électroniques et d'une jungle de fils déroutante. L'équipage avait tout juste la place de tenir dans ce cercueil étanche.

Sous la console de navigation, le chef de mission, Ellis Richards, et son assistante, Linda Heron, regardaient fixement par de minuscules hublots encastrés dans le sol, à l'avant du *Proteus*.

– Tu vois ces animaux à la peau verte poilue ? demanda Linda. Ce sont des vers de Pompéi, capables de supporter des variations de température allant de 22 à 81 °C. Les failles hydrothermales dégagent du soufre dont s'alimentent les bactéries, lesquelles sont digérées par les vers...

– Linda...

– ... qui procurent ensuite de la nourriture à toutes sortes d'étranges formes vivantes.

– Linda, ras le bol de ta leçon de biologie, déclara Ellis.

– Pardon.

Gênée, la géologue, une jeune femme toute menue, reporta son attention sur le hublot et se protégea les yeux des mains pour éviter d'être éblouie.

De son tableau de commande, le quatrième homme d'équipage du submersible, Khali Habash, observait Linda en souriant intérieurement. Cette fille aimait jacasser, surtout quand elle était nerveuse, travers que l'Arabe n'hésitait jamais à exploiter.

En réalité, Habash était un Juif, né et élevé en Syrie, qui s'appelait Arie Levy. Depuis bientôt dix ans que le MOSSAD, l'agence de renseignements israélienne, l'avait recruté, il menait une double vie. Il partageait son temps entre Israël, où résidaient sa femme et ses trois enfants, et des voyages à travers le monde arabe et la Russie, où il se faisait passer pour un physicien spécialiste du plasma. Quatre années de sacrifices lui avaient été nécessaires pour infiltrer l'organisation de Benedict Singer, mais le résultat était là : il se trouvait à 11 kilomètres sous l'océan Pacifique, à deux doigts de pénétrer des secrets susceptibles de changer à jamais l'humanité.

Arie vérifia la jauge de température externe.

– Hé, Linda, tu te rends compte, l'eau est à 78 °C !

La géologue reprit du poil de la bête.

– Incroyable, non ? On appelle ça des mégapanaches hydrothermaux. L'eau minérale brûlante qui jaillit de ces fumeurs noirs est à 700 °C. En remontant, elle réchauffe la colonne d'eau glacée jusqu'à atteindre son seuil de flottabilité naturelle, à environ 8 300 mètres au-dessus du fond de la fosse. Des courants océaniques répandent alors le panache latéralement. La pellicule de suie flottante produite par les minéraux forme un plafond qui agit à la manière d'un isolant et scelle hermétiquement une couche d'eau chaude tropicale au fond du canyon.

– Cette couche ne refroidit jamais ?

– Jamais. Ces failles hydrothermales sont des panaches « chroniques ». Elles sont en activité depuis la période du crétacé.

Ellis Richards consulta de nouveau sa montre. En qualité de chef de mission, il craignait perpétuellement de prendre du retard.

– Bon Dieu, déjà trois heures de passées et j'ai l'impression qu'on n'avance pas ! De deux choses l'une, Linda : soit je rêve, soit notre pilote est nul.

Barry Leace ignora l'insulte. Il consulta son sonar en jurant tout bas. Ils s'étaient trop éloignés du *Benthos*, le laboratoire des abysses mobile de Geo-Tech Industries qui leur servait de station d'arrimage. Ce bateau mère d'un milliard de dollars ressemblait à une enceinte sportive, surmontée d'un dôme et pourvue d'un ventre plat d'où pendaient trois gigantesques absorbeurs de chocs. En suspension dans l'eau agitée juste au-dessus du plancher marin, la structure de titane de 4 300 mètres carrés qui les suivait dans leur déplacement vers le nord à travers l'environnement le plus hostile de la planète rappelait à Leace un monstrueux vaisseau de guerre.

Dans la Navy, Barry Leace avait exercé ses fonctions à bord de trois sous-marins différents. Il s'était habitué depuis des lustres à vivre dans des conditions claustrophobiques sous les vagues. Tout le monde n'était pas capable de devenir sous-marinier. Il fallait avoir une condition mentale et psychologique hors du commun et se montrer performant, sans jamais perdre de vue qu'on était constamment à deux doigts de mourir noyé dans les ténèbres, coincé dans une coque d'acier à des centaines de mètres sous l'eau.

Leace possédait cette force morale, cette résistance mentale. Il l'avait maintes fois prouvé au cours de ses vingt-cinq années de service. D'où l'étonnement que lui inspiraient ses réactions dans la fosse des Mariannes : un rien le démoralisait. L'assurance que sa longue expérience lui avait apportée s'était évaporée à l'instant même où le *Proteus* s'était détaché du *Benthos* et de sa niche d'arrimage des abysses.

À dire vrai, ce n'était pas les profondeurs qui lui faisaient perdre son sang-froid. Quatre ans plus tôt, une mission scientifique avait dérangé dans cette même fosse un *Carcharodon Megalodon*, espèce préhistorique de grand requin blanc de 18 mètres. La créature albinos cauchemardesque était remontée à la surface de l'océan où elle avait semé la panique. Elle avait fini par être détruite et sa progéniture capturée, mais une bonne dizaine de personnes avaient péri entre ses mâchoires de 2 mètres. Si un monstre avait élu domicile dans la fosse, d'autres pouvaient y vivre. En dépit de toutes les précautions prises par Geo-Tech, de toutes ses innovations techniques, le pilote de submersibles restait sur les nerfs.

Leace tira sur la manette des gaz pour ralentir le principal moteur à propulsion. Il n'avait aucune envie de s'éloigner davantage de leur escorte des abysses.

– Nom d'un chien, que se passe-t-il encore, capitaine ? demanda Richards. Pourquoi est-ce qu'on ralentit ?

– La température recommence à monter. Nous devons approcher d'une autre série de failles hydrothermales. Je ne veux surtout pas entrer en collision avec un de ces fumeurs noirs.

Excédé, Richards ferma les yeux.

– Bon Dieu…

Leace pressa son visage contre le hublot pour ne pas entendre les récriminations du chef de mission.

Les projecteurs du submersible illuminaient une forêt pétrifiée de dépôts sulfuriques métalliques qui formaient des tuyaux géants s'élevant à plus de 10 mètres du fond de la mer. Des nuages noirs tourbillonnants d'eau surchauffée, riche en minéraux, jaillissaient des bouches de ces étranges cheminées.

Arie vit Ellis Richards se déplacer d'un air menaçant en direction du tableau de bord du pilote.

– Capitaine, que les choses soient bien claires : je suis responsable de cette mission, pas vous. J'ai pour ordre de parcourir au moins 30 kilomètres par jour. Nous n'y arriverons jamais si nous continuons à ce rythme d'escargot.

– Deux précautions valent mieux qu'une, monsieur Richards. Je ne veux pas trop m'éloigner du *Benthos*. En tout cas pas avant d'avoir ce submersible bien en main.

– Bien en main… Vous êtes un pilote chevronné, oui ou non ?

– Oui, répondit Leace. C'est justement pour ça que je ralentis.

Linda leva les yeux du hublot.

– On est exactement à quelle distance du *Benthos*, capitaine ?

– Un peu plus de 6 kilomètres.

– C'est tout ? Benedict Singer va flipper.

On aurait dit qu'Ellis Richards allait avoir une attaque.

– Écoutez, capitaine, le *Prometheus* et l'*Epimetheus* sont censés arriver en surface en début de semaine prochaine. Ni l'un ni l'autre ne pourront entamer leur mission tant que nous n'aurons pas achevé la nôtre.

– Je sais.

– Vous avez intérêt. GTI vous paie la peau des fesses pour piloter le *Proteus*. On ne peut pas s'amuser à attendre le *Benthos* chaque fois qu'on fait une sortie. Ça va rallonger notre programme d'au moins trente jours. C'est absolument inacceptable.

– Tout comme la mort, monsieur Richards. Mon rôle consiste à nous maintenir en vie dans ce trou infernal, pas à prendre des risques pour vous permettre de gagner une prime parce que vous avez bouclé le programme plus vite que prévu.

Richards le fixa.

– Vous avez les jetons, c'est ça, capitaine ?

– Ellis...

– Non, Linda, j'ai raison.

Arie assistait au spectacle. Les quelques semaines qu'il avait passées au fond de l'océan avaient permis à l'agent du MOSSAD de constater qu'Ellis Richards était une tête de mule qui préférait y aller à l'intimidation plutôt que de reconnaître ses torts. L'humanité en savait bien davantage sur les galaxies lointaines que sur la fosse des Mariannes, mais Richards s'autoproclamait maître èsabysses, comme si une espèce de science infuse lui permettait de tout savoir sur elles, de leur géologie cachée à leurs mystérieux habitants.

Aux yeux d'Arie Levy, cette prétention le rendait dangereux.

Le capitaine Leace fusilla Richards du regard.

– Entendons-nous bien : j'ai en moi une dose de peur que je qualifierais de salubre. Manifestement, aucun de vous ne mesure vraiment les dangers liés au fait de travailler à 10 000 mètres sous l'eau. Essayez de comprendre : si quelque chose tourne mal, si nous heurtons quelque chose accidentellement... ou si l'inverse se produit, nous n'avons ni portes étanches à sceller, ni procédure d'urgence à suivre. En cas d'avarie, vous n'aurez même pas le temps de faire votre acte de contrition.

– En somme, vous vous dégonflez, répliqua Richards.

– Qu'est-ce que vous dites ?

– Qu'en pensez-vous, Habash ? Notre capitaine se dégonfle ?

– Étant donné que les descendants du *Carcharodon Megalodon* se tapissent encore quelque part dans cette fosse, j'ai tendance à respecter l'opinion du capitaine, répondit Arie. En même temps, il nous reste 40 000 kilomètres carrés de plancher marin à fouiller. La batterie de sonars remorquée par notre navire de surface a été conçue de manière à nous signaler l'approche de n'importe quelle forme vivante en un laps de temps grandement suffisant pour nous permettre de regagner le *Benthos* en toute sécurité...

– Grandement suffisant ? (Leace hocha la tête, médusé.) Comment pouvons-nous savoir à quelle vitesse elle approchera, nom de

Dieu ? En plus, le *Goliath* vogue en pleine tempête. Les interférences en surface brouillent les communications.

– Dans ce cas, je suggère de prélever nos premiers échantillons ici, pour permettre au *Benthos* de nous rejoindre. Quand la tempête sera calmée, je suis sûr que vous trouverez un moyen de rattraper le temps perdu.

Leace adressa un regard d'exaspération à Linda avant de regagner son tableau de bord. Il revérifia les transpondeurs acoustiques, jeta un coup d'œil par son hublot et enclencha les propulseurs latéraux. Le pilote se faufila entre plusieurs fumeurs noirs pour faire descendre le *Proteus* lentement. Le submersible s'installa en flottabilité neutre juste au-dessus d'un grouillement de vers lumineux. Les formes animales enchevêtrées de 4 mètres, dépourvues de bouches, se contorsionnaient dans le courant comme les serpents sur la tête de la Méduse.

– Je fais démarrer nos détecteurs chromatographiques de gaz, annonça Arie. On pourra raccourcir de moitié la durée de notre mission si on parvient à détecter les isotopes d'hélium qui s'échappent de ces failles hydrothermales.

– Bien, bien, allez-y, répliqua Richards.

Il se débattait avec la souris du portable qui commandait les bras automatiques du submersible. Avec l'aide d'une caméra sous-marine, Richards commença à manœuvrer les deux boutons de commande centraux, afin de déplier les deux bras robots qui se trouvaient sous le sous-marin. Avec précaution, il dirigea les pinces du bras gauche pour décrocher le panier d'échantillons isotherme de son espace de rangement.

Le capitaine Leace regarda les bras mécaniques se déployer en direction du plancher sous-marin. Des nuages de vase, provoqués par leurs mouvements, remontaient du fond. Il ferma les yeux pour essayer de se détendre et écouta le gémissement hydraulique strident des pinces.

– Un peu plus à gauche, dit Linda qui dirigeait Richards de son hublot. Juste derrière cette grappe de vers.

Des bips d'avertissement bruyants firent sursauter le pilote. Il saisit le listage acoustique et vérifia l'écran du sonar sans y croire.

Un groupe compact d'objets s'était matérialisé. Des objets de grande taille.

Leace sentit sa gorge se nouer. Les autres continuèrent leur travail sans même lever la tête.

– Habash, on a de la compagnie.

Arie se tourna.

– Quoi ?

– D'après le sonar, il s'agit de trois objets non identifiés, position 0-1-5. Portée 7,4 kilomètres. Vitesse, 15 nœuds. Ils se rapprochent et se dirigent droit sur nous.

– Des nouvelles de la surface ?

– J'essaie de les joindre. Aucune réponse. On est largué.

– Qu'est-ce que vous suggérez ?

D'un seul coup, Arie eut l'impression d'étouffer.

Leace fixait la console du sonar.

– Qu'on fiche le camp en vitesse. Richards, rentrez les bras mécaniques. On retourne au *Benthos* tout de suite.

– Vous plaisantez !

– Vous en êtes sûr, capitaine ?

Linda sentit son estomac se nouer.

– Regardez vous-mêmes. Impossible d'identifier ces créatures, mais elles foncent dans notre direction. Richards, je vous ai dit de rentrer ces bras mécaniques.

– Et moi, je vous dis d'aller vous faire foutre. J'ai mis vingt minutes à prélever ces échantillons. Plutôt crever que de repartir avant d'avoir remonté mon panier à bord.

Arie s'approcha de la console du sonar pour étudier les trois images. Il repensa à ses séances d'entraînement. Les *Megalodons chassaient-ils en meute ?*

– Peut-être que c'est juste un banc de poissons, suggéra Linda. Essayez de garder votre calme.

– Un banc de poissons ? Tenez-vous-en à la géologie, Linda. D'après le sonar, ces trucs font plus de 12 mètres de long. Dégagez…

Leace alluma les propulseurs latéraux. *Du calme. Pas trop vite. Ne heurte rien, sinon tu vas endommager la coque*. Le submersible pivota dans le sens inverse des aiguilles d'une montre. Une gigantesque secousse fit trembler le *Proteus*.

– Bon Dieu, Leace ! hurla Richards. Vous avez failli arracher les bras mécaniques. J'ai perdu tous mes échantillons.

– Je vous avais dit de les rentrer.

Leace fit monter le *Proteus* à sa vitesse maximale de 1,8 nœud. Il savait que, quelque part dans les ténèbres, le *Benthos* avançait dans leur direction.

Les bips augmentèrent d'intensité.

ETA [1] *trente-deux minutes*, songea Leace. *On est trop loin...*

– Capitaine, écoutez-moi, dit Linda en lui saisissant le bras. Ce ne sont pas des requins.

Leace regardait droit devant lui.

– Ah bon, vous voilà biologiste ? Vous m'en direz tant !

– Je crois que Linda a raison, intervint Arie qui essayait de maîtriser sa propre angoisse.

– Écoutez, Habash, impossible de savoir exactement ce que sont ces machins, mais ils sont vachement plus gros et vont vachement plus vite que le *Proteus*.

Les bips accélèrent au point que les battements de cœur d'Arie n'arrivaient plus à les suivre.

– Je n'y comprends rien, dit Richards.

Sans lui prêter attention, Leace se pencha en avant pour scruter les profondeurs par le hublot. Les nuages qui s'élevaient des failles hydrothermales permettaient difficilement de voir au-delà du périmètre. Il se protégea les yeux et fit un effort pour focaliser son regard.

De longues minutes s'écoulèrent en silence.

Un mouvement soudain à l'avant. Un autre à tribord. Très rapide. Très large.

– Ils sont là, chuchota le capitaine, la gorge serrée. *Ces fils de pute, quelle rapidité...*

Personne ne pipa mot pendant un bon moment. On n'entendait plus que l'hélice du *Proteus*.

Une secousse subite fit gîter le submersible à tribord. Le visage de Leace alla s'écraser contre sa console.

– Qu'est-ce qui se passe ? demanda Richards. Vous avez percuté quoi ?

– Rien. C'est eux qui nous sont rentrés dedans. Leace se débattait avec ses commandes.

1. *Estimated Time of Arrival :* horaire d'arrivée prévu. *(NdT)*

– Le sous-marin ne répond plus. Quelque chose cloche.
– *Chut*… Écoutez, murmura Linda.
Un bruit faible se fit entendre au-dessus de leurs têtes – un froissement de métal.
– Bordel, il y en a un sur nous !
Leace écoutait le sonar tout en étudiant l'écran.
– Leace, faites quelque chose, commanda Richards.
– Accrochez-vous.
Le pilote inclina brutalement le submersible à bâbord, puis à tribord, pour essayer de faire lâcher prise à la créature.
– Capitaine, arrêtez ! hurla Linda. Cette plaque se desserre.
Au-dessus d'eux, un grincement métallique se propagea le long de la coque. Leace leva un bras pour palper un des rivets de titane soudés dans la plaque. Le rivet était humide. Il lécha ses doigts.
– De l'eau de mer, constata-t-il dans un gémissement.
Il se pencha en avant en formulant le vœu que le *Benthos* apparaisse dans son hublot.
Dans un crissement de métal qui se déchirait, le *Proteus* s'enfonça de côté.
– Les fils de pute ! (Leace essuya son visage trempé de sueur.) Ils sont en train d'arracher ce foutu empennage arrière.
Linda appuya le visage contre son hublot.
– Où est le *Benthos* ?
Une masse énorme percuta le flanc du submersible, précipitant des piles de matériel d'enregistrement contre la cloison du fond.
– Capitaine, j'ai compris ce qu'ils font, hurla Arie. Les deux plus petits nous entraînent vers le gros.
– Ces trucs sont intelligents ?
– Regardez ! hurla Linda en pointant le doigt vers son hublot.
Leace entrevit simplement une masse menaçante qui se dirigeait vers eux.
– C'est le *Benthos*…
– On n'a pas le temps de s'arrimer, lança Arie. Demandez-leur d'ouvrir les portes du hangar !
– Il faut cinq minutes pour inonder la salle, hurla Linda.
Leace saisit la radio.
– SOS… SOS… *Benthos*… Ici le *Proteus*… Ouverture d'urgence des portes du hangar demandée.

– Dirigez-vous vers la zone d'arrimage, *Proteus*...

– Nom de Dieu, ouvrez ces foutues portes. Tout de suite !

Debout sous les rivets qui étaient en train de se desserrer, les bras levés, Arie Levy sentit la plaque de titane vibrer sous ses paumes moites.

– Quels que soient ces machins, ils sont en train de démantibuler toute cette section...

Un sifflement s'infiltra dans la cabine.

– Qu'est-ce qui se passe ? chuchota Richards.

Leace leva les yeux.

– Les plaques se détachent.

– Capitaine ! hurla Arie. La troisième créature...

Un coup d'une puissance extraordinaire frappa l'avant du submersible et envoya Linda et Richards valdinguer par terre. Leace plongea sous son tableau de commande et se cogna la tête contre son hublot. Du sang coulait de son front. Il l'essuya... et écarquilla les yeux d'horreur.

Un œil lumineux, cramoisi, le scrutait par la vitre.

D'un geste vain, Arie pressa la paume contre la plaque de titane qui vibrait au-dessus de sa tête. Il pensa aux renseignements qu'il cherchait à obtenir depuis si longtemps et qu'il ne serait pas en mesure de divulguer. Il songea à sa femme et à ses enfants que son devoir lui avait fait négliger.

Au-dessus de sa tête, le sifflement cessa. Deux rivets tordus jaillirent dans la cabine, comme des plombs de calibre 5 crachés par une mitrailleuse.

La tête de l'agent du MOSSAD implosa avant que les rivets atteignent le sol.

CAUCHEMAR ÉVEILLÉ

Des rayons de soleil vacillants s'infiltraient dans les profondeurs gris-vert. La poitrine serrée, la gorge brûlante, Jonas Taylor plongeait tête la première dans le vide en essayant de trouver sa respiration. Il écarquillait les yeux, les mains pressées contre la capsule de Lexan.

L'océan devint noir. Il continua à descendre en spirales dans le canyon, sans cesser de fouiller les ténèbres du regard.

Des tourbillons de suie apparurent dans les projecteurs du submersible. Un objet surgit du courant vaseux. C'était une autre capsule de Lexan. Les faisceaux de lumière éclairèrent un corps de femme qui gisait à l'intérieur. Son visage était dissimulé dans l'ombre, mais Jonas distinguait sa longue chevelure noire qui flottait comme une écharpe de soie. L'espace d'un bref instant, il entrevit ses yeux noirs en amande – des yeux vides qui regardaient à travers lui.

Terry…

Il accéléra dans sa direction. Le submersible, obligé de lutter contre un courant très fort, faisait presque du surplace. Il hurla de nouveau son prénom, submergé par une vague de terreur.

Au milieu des débris qui tourbillonnaient dans l'eau derrière elle apparut une lueur brillante. Cette lumière surnaturelle transforma les traits de Terry en de vagues contours gris.

Jonas cessa de respirer quand la tête monstrueuse d'Ange surgit. Le sourire démoniaque ouvrit brutalement une gueule caverneuse, dévoilant des gencives roses et des rangées de dents triangulaires aiguisées.

Jonas essaya de hurler, mais il n'avait pas de bouche.

Les yeux de Terry s'ouvrirent brusquement, comme si elle le reconnaissait – et comme si la peur la réveillait.

« Jonas », chuchota-t-elle, tandis que la bête avalait toute la capsule d'une seule bouchée.

– Jonas.

– Non !

Jonas s'assit d'un bond dans le lit. Son torse se soulevait et ses mains étaient secouées de tremblements incontrôlables.

– Mon chéri, c'est passé, c'est passé.

Terry s'assit aussi et lui caressa les cheveux. Les hurlements de son mari avaient emballé son propre cœur.

Le soleil matinal qui s'infiltrait par les persiennes de bois éclairait la chambre familière où Jonas émergeait de ses terreurs nocturnes. Il se tourna pour embrasser la main de Terry.

– Ça va ? demanda-t-elle.

Il acquiesça, sans parvenir à retrouver sa voix.

– C'était le même rêve ? Tu t'es retrouvé dans la fosse ?

– Oui.

Jonas se rallongea et lui offrit son torse comme oreiller. Il caressa ses longs cheveux noirs soyeux, puis sa main se glissa vers ses reins et sa croupe nue et lisse.

– Ça ne s'arrange pas, constata-t-elle. Tu devrais voir le Dr Wishnov avant de me faire faire une crise cardiaque.

– Stress post-traumatique. Je connais déjà son diagnostic. Il me dira de quitter l'institut.

– C'est peut-être la solution. Quatre années à étudier ce monstre : n'importe qui en ferait des cauchemars. Surtout après tout ce que tu as subi.

La sonnerie du téléphone les fit sursauter à l'unisson. Ils échangèrent un sourire.

– On est un peu à cran, non ? constata Jonas.

Elle roula sur le ventre pour pelotonner son corps nu contre le sien.

– Ne réponds pas.

Jonas enfouit le nez dans son cou et lui caressa la poitrine. La sonnerie persista.

– Bon Dieu ! (Jonas saisit le combiné.) Oui ?

– Doc, c'est Manny. Pardon de vous déranger, mais vous avez intérêt à venir dare-dare au lagon.

Le ton de son assistant incita Jonas à s'asseoir.

– Que se passe-t-il ?

– C'est Ange. Elle a quelque chose qui ne tourne pas rond. Vous feriez mieux de rappliquer.

Jonas sentit son cœur palpiter dans sa gorge.

– Donne-moi vingt minutes.

Il raccrocha et se glissa hors du lit pour s'habiller.

– Jonas, qu'est-ce qu'il y a ?

Il se tourna vers sa femme.

– Manny dit que la femelle a un problème. Il faut que j'y aille.

– Détends-toi, mon chéri. Tu devrais peut-être avaler quelque chose, tu es blanc comme un linge.

À la surprise de Terry, son mari arrêta de s'habiller pour s'asseoir sur le bord du lit et la prendre dans ses bras.

– Je t'aime, chuchota-t-il.

– Moi aussi, Jonas. Dis-moi ce qui ne va pas. Tes bras tremblent.

– Je ne sais pas. Une impression de *déjà vu* [1]. Comme si le pire de mes cauchemars était sur le point de se réaliser.

Onze ans auparavant, le chemin de Jonas Taylor avait croisé pour la première fois celui du *Carcharodon Megalodon*, le plus sauvage prédateur ayant jamais existé. La rencontre s'était produite alors qu'il pilotait le *Seacliff*, un sous-marin de la Navy d'une capacité de trois hommes, à environ 11 kilomètres sous l'eau dans la fosse des Mariannes, le site le plus profond de la planète, et le moins connu. Lors de la dernière d'une série de plongées top secrètes, l'argonaute, épuisé, fixait des yeux les eaux d'un noir d'encre, quand une lueur blanche surnaturelle avait surgi. Fasciné, il avait d'abord cru être victime d'une hallucination. Puis la peur s'était emparée de lui, quand la tête en forme de torpille luminescente du grand requin blanc de 18 mètres avait commencé à s'élever vers eux des profondeurs, avec un sourire démoniaque qui dévoilait des dents de 20 centimètres.

Une peur panique, viscérale, l'avait saisi et avait changé sa vie. Sans tenir compte de la procédure, il avait largué le ballast du submersible pour regagner la surface le plus vite possible. La rapidité de la remontée avait provoqué un dysfonctionnement du système de pressurisation. Les deux savants qui l'accompagnaient étaient morts. Quant à la carrière d'argonaute de Jonas, elle appartenait désormais au passé. Ou tout au moins, il l'avait cru.

---

1. En français dans le texte.

Au cours des sept années suivantes, Jonas avait nourri une obsession : prouver au monde que ce monstre existait bel et bien. Il avait repris ses études et obtenu un doctorat de paléontologie. C'était sa première épouse qui subvenait aux besoins du ménage. Ses recherches sur la disparition mystérieuse de l'espèce du Megalodon avaient débouché sur des théories controversées et sur la publication de plusieurs articles. Jonas pensait qu'une grande quantité des grands requins blancs préhistoriques s'étaient réfugiés dans les eaux abyssales plus chaudes de la fosse des Mariannes, de manière à échapper aux basses températures des eaux de surface, refroidies par le dernier âge glaciaire. En dépit des bases scientifiques sur lesquelles il fondait ses travaux, ses collègues avaient qualifié ses conclusions d'invention pure et simple, et ses articles avaient été refusé partout.

Quatre ans plus tard, Masao Tanaka, un de ses vieux amis et mentor, lui avait offert l'opportunité de redescendre dans la fosse des Mariannes. Le fondateur de l'institut océanographique Tanaka ne s'intéressait ni au Megalodon ni aux théories de Jonas sur l'éventuelle existence de la créature. Masao était en train de bâtir un lagon le long de la côte de Monterey, un habitat artificiel destiné à l'étude des baleines. Pour financer son projet, il avait conclu un accord avec le gouvernement japonais qui portait sur le déploiement de robots de détection sismique, appelés UNIS [1], au fond de la fosse des Mariannes. Plusieurs des engins étaient tombés en panne, et Masao avait eu besoin de Jonas pour en récupérer un. L'ancien pilote de sous-marins avait commencé par refuser, incapable d'affronter sa peur. Mais comme son premier mariage se désintégrait et que sa carrière partait à vau-l'eau, il avait fini par céder aux attraits d'une éventuelle rédemption.

Et puis il y avait Terry.

La fille unique de Masao Tanaka était aussi belle que rebelle. Si Jonas refusait d'accompagner son frère dans cette mission, elle irait à sa place. Jonas était donc redescendu dans la fosse, mais à bord d'un submersible monoplace. Une nouvelle fois, le destin avait décidé de le mettre en présence de l'une des machines à tuer les plus

1. *Unmanned Nautical Information Submersible* : robot d'exploration sous-marine. *(NdT)*

efficaces de la nature. Le fils de Tanaka avait péri entre les mâchoires du monstre, tandis qu'une femelle, gigantesque et enceinte, parvenait à échapper à son purgatoire des abysses. En fin de compte, Jonas avait été obligé de tuer la créature qu'il voulait sauver. Un acte d'héroïsme qui avait tissé sa légende. Du jour au lendemain, le paléontologue avait vu ses opinions justifiées. D'objet de ridicule et de mépris parmi ses collègues, il était passé au statut de célébrité universelle. *L'homme qui a percé le cœur du Megalodon.* Talk shows, émissions spéciales, reportages, tout le monde se l'arrachait – et voulait apercevoir le jeune Megalodon femelle qui avait été capturé à l'intérieur du lagon Tanaka.

Il avait épousé Terry. Masao Tanaka avait associé son nouveau beau-fils à l'institut, et un an plus tard, l'attraction la plus populaire de la planète s'était ouverte à Monterey.

Mais la gloire est passagère. Quant à la célébrité, en dépit de tous ses avantages, elle fait de vous une proie facile. Huit mois après l'ouverture du lagon, Jonas et l'institut Tanaka avaient fait l'objet d'une action en justice, menée par les familles qui avaient perdu un des leurs entre les mâchoires du Megalodon. Elles leur réclamaient 200 millions de dollars. Terry était enceinte de quatre mois au moment de l'ouverture du procès, qui s'était transformé en un cirque médiatique de la même envergure que celui d'O. J. Simpson.

– Pourriez-vous expliquer à la cour, professeur Taylor, pour quelle raison vous avez pris le risque de capturer la créature qu'on nous décrit comme le plus dangereux prédateur de tous les temps ?

– Nous avions les moyens de contenir le Megalodon et de l'étudier.

– Dites-nous, professeur, avez-vous envisagé de tuer le monstre une fois que vous avez réussi à l'endormir et à le capturer ?

– Non. Nous le maîtrisions. Il n'y avait aucune raison…

– Aucune raison ? Ne serait-il pas plus correct de dire que vous et l'institut Tanaka avez pris la décision de ne pas le supprimer pour des raisons matérielles ? L'argent, professeur, c'était tout simplement une question d'argent, non ? Vous avez décidé de ne pas tuer la poule, alors que vous disposiez d'une occasion de le faire, parce que vous vouliez en récolter les œufs d'or. Résultat, votre cupidité a coûté la vie à des personnes innocentes. Et aujourd'hui, la des-

cendante de la créature qui a massacré les êtres chers à mes clients rapporte des millions de dollars de bénéfices à l'institut Tanaka. C'est donc là votre conception de la justice, professeur ?

En définitive, le jury avait accordé aux familles des dommages et intérêts bien supérieurs à l'attente générale. Le tribunal ayant rejeté ses pourvois en appel, l'institut Tanaka avait été forcé de se mettre en faillite. Puis le Centre de technologie des sciences marines japonaises (JAMSTEC), qui avait été le premier à inciter Masao Tanaka à descendre dans la fosse des Mariannes, avait fourni à l'Institut un moyen inattendu de se sortir de ses ennuis financiers. Comme l'augmentation de l'activité sismique le long des plaques tectoniques des Philippines et du Pacifique les inquiétait, les Japonais avaient proposé à Tanaka de déployer tout un éventail de robots UNIS au fond de la fosse des Mariannes. En dépit du caractère lucratif du contrat, les dangers inhérents à une nouvelle descente dans les abysses avaient contraint Masao Tanaka à recourir à l'aide du magnat de l'énergie, Benedict Singer. Le milliardaire était à l'époque en train de construire sa propre flotte de submersibles des grands fonds, destinés à explorer les fosses marines de la planète. Leur association obligeait Masao à abandonner le contrôle des intérêts de son institut bien-aimé. Mais pour remplir le contrat JAMSTEC et ne pas fermer les portes de son attraction, il n'avait pas eu d'autre solution.

Jonas dépassa le panneau de publicité géant du Megalodon : « VENEZ VOIR ANGE, LA MACHINE À TUER LA PLUS EFFICACE AU MONDE. TROIS SÉANCES PAR JOUR. » Il prit un virage pour emprunter la route d'accès réservée aux employés, fit un signe au garde et se gara dans sa place de parking.

Le battement grave et lancinant des tambours commença à sortir des haut-parleurs du stade en plein air. Il consulta sa montre. La séance de 10 heures était sur le point de commencer.

D'en haut, le lagon artificiel Tanaka ressemblait à un lac ovale entouré d'une enceinte en béton, qui longeait le rivage de l'océan Pacifique. Au milieu du mur ouest du lagon, un canal profond de 25 mètres et long de 300 reliait cet énorme aquarium à la mer. Le canal, composé de deux murs de béton parallèles, était coupé de l'océan par des doubles portes géantes en acier renforcé qui empêchaient l'attraction vedette du lagon de s'échapper.

Au moment où Jonas pénétra dans le stade de dix mille places plein à craquer, le silence tomba subitement sur la foule. Tous les yeux, tous les objectifs des caméras se tournèrent vers le côté sud de l'aquarium où des hommes étaient en train d'attacher une carcasse de bœuf décapitée de 250 kilos à une énorme chaîne, suspendue à un portique gigantesque en forme de A. Quelque part au fond du lagon d'un kilomètre se tapissait « Ange », la vedette du spectacle payant qu'ils attendaient avec impatience. Ils allaient bientôt l'apercevoir. On lui servait son petit déjeuner sur un plateau.

Jonas suivit le passage pour piétons circulaire de l'enceinte jusqu'à la plate-forme de béton qui soutenait le treuil d'acier. Il leva les yeux vers son assistant, Manny Vasquez, qui balançait avec précaution la carcasse pour la placer dans la bonne position au-dessus de la surface de l'eau, bleue et calme.

Sous la plate-forme se trouvait une porte d'acier, sur laquelle était indiqué « RÉSERVÉ AU PERSONNEL AUTORISÉ ». Jonas remarqua que la protection recouvrant le mécanisme de fermeture avait été en partie forcée. *Sales gosses…* Il prit note mentalement de la faire réparer. Puis il ouvrit la porte et, une fois dans la cage d'escalier humide et froide, la claqua derrière lui.

Jonas inhala l'air familier et prit le temps d'adapter son regard à la faible lumière. Il descendit deux étages sans se presser. Au fur et à mesure qu'il s'enfonçait dans les entrailles des installations, les battements des tambours, semblables à ceux d'un rite vaudou, s'estompèrent.

La cage d'escalier aboutissait à un corridor souterrain semicirculaire qui courait le long de la circonférence sud du gigantesque réservoir. Des reflets sinistres de lumière bleu-vert éclaircissaient le passage par ailleurs sombre. Jonas avança à pas lents vers la source de lumière et se tourna face à la vitre de Lexan de l'aquarium qui mesurait plus de 4 mètres de haut et 15 centimètres d'épaisseur.

Il se trouvait maintenant à 9 mètres sous la surface du sol, face aux eaux bleu cristal du lagon artificiel. Jonas leva les yeux vers un panneau, ajouté tout récemment.

« DANGER. NE PAS BOUGER EN PRÉSENCE DU MEGALODON. »

Il pressa la paume contre la vitre froide. Les ondes acoustiques sous-marines insufflées dans le réservoir pour annoncer au monstre que son repas était servi la faisaient vibrer. Des gouttes de sang tombant de la carcasse suspendue se dispersaient à la surface de l'eau au-dessus de sa tête.

Jonas agrippa le garde-fou.

Tout au bout du canal d'accès à l'océan, une tête triangulaire d'un blanc pur, de la taille d'une petite maison, continuait à se déplacer d'un côté à l'autre comme si elle répétait un mantra, frottant son museau en forme de cône contre les portes d'acier. Tandis que le courant d'eau du Pacifique pénétrait par les orifices de la porte, la capsule nasale de la créature, grâce aux allées et venues de sa tête, reniflait les parfums de la mer. À des kilomètres de là, des bancs de baleines migraient vers le nord le long de la côte de Californie. Le requin femelle préhistorique de 22 mètres était capable de détecter leurs odeurs douces et âcres.

En s'intensifiant, les basses profondes des ondes acoustiques sous-marines stimulèrent les cellules sensorielles ultrasensibles qui couraient le long de la ligne latérale de la créature. Ces vibrations étaient synonymes de nourriture. La femelle se détourna des portes mais resta au fond pour éviter le champ électrique déchargé par une batterie de tuyaux déployée tout au long de la partie supérieure du mur intérieur – seul dispositif qui empêchait le monstre de 28 tonnes de prendre la poudre d'escampette, d'un simple bond de côté.

Un rugissement monta de la foule à la vue du sillage prodigieux qui se formait à toute allure dans le lagon. L'apparition de la nageoire dorsale ivoire de 2,10 mètres, fendant la surface azur, fit palpiter dix milliers de cœurs. Les mouvements du léviathan immergé envoyaient des vagues de plus de 4 mètres s'écraser pardessus le mur est du réservoir.

La nageoire disparut, tandis que le poisson descendait décrire des cercles plus bas.

Le public poussa un soupir collectif.

– Mesdames et Messieurs, dites bonjour à Ange, notre ange blanc de la mort !

Dans un glissement, la bête surgit subitement du réservoir. Le spectacle de ses mâchoires meurtrières de 3 mètres, armées de rangées de dents de 15 à 22 centimètres qui s'écartaient au ralenti des coins de sa gueule provoquèrent des cris qui se propagèrent dans la foule. Tous les cœurs s'arrêtèrent l'espace d'un instant, tandis que la partie supérieure du torse du requin restait suspendue hors de l'eau, au mépris des lois de la gravité. Le monstre saisit alors la carcasse entière d'une seule bouchée terrifiante.

Le portique en forme de A grogna et se plia sous les ébats frénétiques de la tête gigantesque de la créature qui se tordait d'un côté à l'autre pour essayer d'arracher son repas au crampon d'acier. D'énormes vagues roses mousseuses se fracassèrent contre le Plexiglas qui protégeait les spectateurs. Puis la carcasse se détacha brutalement et le support d'acier revint en place avec un claquement, tandis que le prédateur préhistorique fantomatique emportait son butin.

La foule se pâma à la vue du monstre blafard qui s'immergeait d'une glissade dans son réservoir. Le crampon, proprement curé, continua à danser au bout de la chaîne qui oscillait. Les poutres d'acier du portique vibraient comme un diapason géant sous la puissance de l'attaque.

À travers les myriades de bulles et de morceaux de viandes tourbillonnants, Jonas fixait l'abdomen d'albâtre spectral de la créature en train de mastiquer son repas. Les violentes contractions musculaires de ses mâchoires provoquaient de grandes ondulations qui se propageaient en spirales sous son ventre et ses branchies.

Les vagues créées par les mouvements du monstre s'écrasaient contre la vitre et faisaient trembler bruyamment la feuille de Lexan dans son cadre. Avec un respect mêlé de crainte, Jonas contemplait la femelle, dont la corpulence avait dépassé celle de sa mère morte. Le fait d'avoir toujours vécu dans des eaux de surface riches en oxygène avait manifestement exercé un impact sur la taille d'Ange, de même que sur son appétit vorace. Comme sa mère, sa peau tout entière était d'un blanc luminescent. Grâce à cette adaptation génétique, les ancêtres du requin avaient pu attirer leurs proies dans les eaux perpétuellement obscures de la fosse des Mariannes.

Jonas restait immobile, les yeux rivés à son cauchemar éveillé. L'œil gris sans âme roula dans son orbite, tandis que la bête mettait en charpie le dernier morceau de viande.

Un téléphone rouge sonna sur le mur. Jonas tendit la main pour le décrocher.

Ayant perçu un mouvement, le Megalodon cambra le dos. Il avança en godillant et écrasa son museau contre la vitre de Lexan, comme s'il voyait à l'intérieur.

Jonas se pétrifia. Il n'avait jamais vu la femelle dans un tel état d'agitation.

– Allô ? Doc, c'est vous ?

Des gouttes de sueur dégoulinaient des aisselles de Jonas, tandis qu'Ange continuait à se presser contre la baie sous-marine pour le scruter. Le Lexan commença à se courber.

Jonas se souvint des indications de l'ingénieur qui avait conçu les installations. *Il est normal qu'il fléchisse. En fait, les plaques flexibles gagnent en solidité quand elles se courbent. Si la vitre éclate malgré tout, les portes du couloir extérieur se scelleront automatiquement.*

Ange appuya le côté de sa tête colossale contre la fenêtre. Son œil gris opaque se focalisa sur lui.

Jonas fut parcouru d'un frisson d'inquiétude exquis. Seuls 15 centimètres de Lexan le séparaient de la mort. Et si l'ingénieur s'était trompé ? Après tout, le réservoir avait été conçu au départ pour abriter des baleines.

Le Megalodon fit volte-face et disparut dans le lagon, droit en direction du canal.

Jonas respira un grand coup. Il tremblait de tous ses membres. Il s'adossa au mur, dans l'ombre, pour essayer d'analyser ce qui venait de se passer.

– Doc, vous êtes là ?

– Ouais, Manny. Bon Dieu, je comprends pourquoi tu dis que notre fille est un peu sous pression.

– Rejoignez-nous dans la salle de commandes, patron. On a quelque chose à vous montrer.

Jonas sortit de la galerie sous-marine et traversa l'enceinte en plein air pour gagner l'aile administrative. Sans attendre l'ascenseur, il monta quatre à quatre les trois étages et poussa la porte à deux battants de la régie du lagon.

Manny Vasquez était penché sur deux techniciens, installés à un tableau de bord informatique. De là, les opérateurs pouvaient surveiller l'ensemble du lagon, ainsi que ses systèmes électroniques, acoustiques et de sécurité. Six écrans de télévision en circuit fermé étaient montés sur le tableau.

Manny désigna une image sous-marine qui venait d'apparaître sur un des écrans. Jonas distingua le contour des doubles portes d'acier géantes qui séparaient le canal du Pacifique.

– Je suis censé regarder quoi ?

– Une seconde…

Jonas fixa l'écran. Une minute s'écoula, puis un flou blanc passa en flèche devant la caméra et accéléra en direction des portes à une vitesse supérieure à 25 mètres par seconde. En allant percuter les doubles battants d'acier, la tête du léviathan fit trembler violemment l'image télévisée.

– Bon Dieu… Elle attaque les portes.

Manny opina.

– Y a pas à tortiller, Doc. Votre poisson essaie de nous fausser compagnie.

PRÉPARATIFS

Sadia Kleffner se dirigea vers la baie vitrée et tira d'un coup sec sur les stores vénitiens. Le bureau directorial donnait sur l'immense aquarium qui scintillait trois étages en dessous. Elle se retourna et observa longuement son patron qui était penché sur son travail.

– Professeur Taylor, ça va ?

Jonas leva la tête.

– Oui. Pourquoi ?

– Vous avez de grands cernes sous les yeux.

– Un peu de fatigue, c'est tout. Rendez-moi service : faites appeler Mac. J'ai à lui parler tout de suite.

– Bien, monsieur.

La secrétaire referma la porte à double battant derrière elle.

Dix minutes plus tard, James Mackreides, surnommé « Mac », entra en trombe sans s'être fait annoncer. Avec son mètre quatre-vingt douze, sa mâchoire carrée, sa coupe de cheveux en brosse réglementaire et son torse musclé, l'ancien marin de métier donnait l'impression d'être toujours d'active. Par une pirouette, ce pilote d'hélicoptère non conformiste n'avait pris la décision de faire des pompes et de se raser régulièrement qu'après avoir été flanqué à la porte de la Navy.

Mac s'affala sur le canapé de Jonas.

– Tu m'as bipé ?

– On a un problème, Mac. Le Megalodon essaie de nouveau de s'échapper du canal. Il s'est cogné la tête contre les portes toute la matinée.

– Qu'est-ce que tu veux que je fasse ?

– Je termine la rédaction d'une proposition. Je veux que Geo-Tech consolide le portail comme nous en avons parlé il y a déjà plusieurs années.

– Ça coûtera combien ?

– Environ trois millions de dollars. En outre, on sera obligé de faire relâche et de donner des sédatifs au Megalodon pendant une dizaine de jours.

– Céleste n'acceptera jamais. Elle se fiche de la sécurité comme de sa première chemise. De l'institut aussi, soit dit en passant. Bon Dieu, ça fait plus d'un an que Benedict l'a nommée P.-D.G. Combien de fois s'est-elle donné la peine de nous rendre visite ?

– Dans ce cas, on s'en occupera nous-mêmes.

– Comme on voulait le faire l'an dernier ? Putain, c'est pas trop tôt !

– Il te faut combien de temps pour rassembler le matériel nécessaire ?

– Je vais tout de suite contacter mon pote. L'émetteur ne devrait pas poser de problèmes. Pour ce qui est de l'arme, ça risque de prendre une semaine ou deux.

L'interphone interrompit leur conversation.

– Professeur, Masao veut vous voir tout de suite dans son bureau.

Jonas se leva.

– Je vais lui parler du Megalodon. En ce qui concerne le reste, pas un mot à quiconque pour l'instant.

Masao Tanaka finissait de relire le fax pour la troisième fois quand son beau-fils entra dans son bureau.

– Bonjour, Jonas. Assieds-toi, s'il te plaît.

Le vieux Japonais s'exprimait d'une voix sombre.

– Que se passe-t-il ? demanda Jonas.

– Benedict Singer vient de me faxer que le *Proteus* a implosé dans la fosse. L'accident a fait quatre morts.

Le sang de Jonas se glaça dans ses veines.

– Singer tient absolument à te rencontrer à bord du *Goliath* dans les plus brefs délais. Il envoie un jet privé qui t'amènera à Guam. Son hélicoptère viendra te chercher là-bas.

– Masao, je ne peux pas… je ne peux pas y aller. On a aussi une urgence ici. Le Megalodon essaie de s'échapper.

Masao avait du mal à respirer.

– Tu en es sûr ? On a déjà vécu ça l'an dernier, non ? Après le passage des baleines qui migrent vers le nord, la créature s'est calmée.

– Elle est beaucoup plus grosse à présent. Il est grand temps de sceller complètement les portes.

– Tu as l'intention de les inspecter ?

– Demain matin.

Masao ferma les yeux pour se plonger dans ses pensées.

– Jonas, j'ai aussi eu un coup de fil du Dr Tsukamoto ce matin. Le JAMSTEC exige que nous menions notre propre enquête sur l'accident du *Proteus*. Ils veulent que ce soit toi qui embarques sur le *Goliath* pour analyser toutes les données sonars du drame. Si nous ne rendons pas notre rapport dans le temps qu'ils nous impartissent, adieu à notre contrat sur le déploiement des UNIS...

– Bon Dieu !

Masao rouvrit les yeux.

– D'où l'importance de ta venue. Je peux compter sur toi ?

– Je comprends que le JAMSTEC souhaite faire appel à mon expérience de pilote de submersible, mais pour quelle raison Benedict Singer tient-il à ma présence ?

– Aucune idée. À dire vrai, on peut s'attendre à tout avec lui. J'ai préféré ne pas lui poser la question.

Jonas hocha la tête.

– Masao, je ne peux pas y aller. Pas maintenant.

– Personne ne te demande de descendre dans la fosse. Juste de rencontrer Singer à bord du *Goliath* et d'analyser les données relevées par son navire.

– Je sais, mais je ne peux pas y aller. C'est tout.

– Tu te rends compte du pétrin dans lequel tu me mets ?

Jonas le regarda droit dans les yeux.

– Oui.

Masao contourna son bureau pour poser la main sur l'épaule de son beau-fils.

– Je comprends pourquoi tu hésites à accepter. Terry m'a parlé de tes cauchemars. Il va bien falloir que tu cesses de vivre dans la peur à un moment ou à un autre.

Jonas bouillait. Il se leva, s'approcha des baies vitrées et fit remonter les stores vénitiens. Le lagon apparut en contrebas.

– Tu veux que j'arrête de vivre dans la peur ? Dans ce cas, vide ce lagon et tue ce foutu monstre avant qu'il s'échappe. Fais-le, et je dormirai beaucoup mieux.

Masao hocha la tête.

– Tuer le requin n'est pas la solution. Les démons qui hantent tes rêves viennent de ton passé. Plus vite tu le réaliseras, plus vite tu pourras reprendre une vie normale. (Masao alla se rasseoir.) Mais bon, puisque tu refuses de faire le déplacement, il ne me reste plus qu'à y aller à ta place.

Jonas acquiesça.

– Désolé, Masao.

Le vieux Japonais le regarda sortir de son bureau.

Une heure plus tard, en route vers le sud au volant de sa voiture sur l'autoroute longeant la côte Pacifique, Jonas réfléchissait toujours à la demande de son beau-père. Depuis quatre ans, une bonne dizaine d'opportunités lui avaient été offertes de retourner sur le site de la fosse des Mariannes. Dans certains cas, il s'agissait de piloter un submersible ; dans d'autres, d'apparaître simplement dans des documentaires à bord d'un navire de surface. Mais il avait rejeté en bloc toutes les propositions.

Après le drame qu'il avait vécu, personne ne pouvait reprocher au paléontologue d'avoir peur des abysses. Mais les terreurs de Jonas étaient plus graves. Aucun psychiatre ne parvenait à soulager ses angoisses, pas plus que les médicaments ou l'hypnose n'arrivaient à atténuer ses cauchemars récurrents. Sa phobie l'empêchait même de rencontrer Benedict Singer à bord d'un navire. En vérité, Jonas avait tout simplement la conviction que son destin était de mourir dans la fosse des Mariannes. Et il n'avait aucune intention de mettre sa prémonition à l'épreuve, même si sa vie s'était transformée en enfer.

En tournant dans l'allée, il s'étonna de voir qu'un taxi attendait devant sa maison. Le chauffeur sortit du bâtiment, deux valises à la main.

Jonas le bouscula au passage, au moment où sa femme apparaissait à son tour.

– Terry, qu'est-ce qui se passe ? Où vas-tu ?

– Ne râle pas…

– Pourquoi veux-tu que je râle ?
– Parce que je pars voir Benedict Singer avec mon père.
Pour la deuxième fois de la journée, Jonas fut envahi par une bouffée d'angoisse.
– Terry, écoute-moi, je ne veux pas que tu y ailles. Je t'en supplie... il faut qu'on en parle.
– Qu'on parle de quoi ? Benedict Singer tient absolument à te rencontrer et tu as déjà dit à mon père que tu ne voulais pas y aller.
Elle lui en voulait, c'était clair.
– Est-ce que ton père t'a dit au passage *pourquoi* ? lui demanda-t-il.
– Bien sûr. Nous pensons tous les deux que tu dramatises les choses. On a eu droit au même scénario l'an dernier. Après avoir cogné contre les portes pendant environ une semaine, la créature s'est calmée. (Elle hocha la tête.) Franchement, Jonas, tu me déçois. Tu sais, papa est maintenant trop vieux pour faire ce genre de long voyage tout seul. Où est passé ton sens des responsabilités ? Mon père te traite comme si tu étais son propre fils.
– Sens des responsabilités ?
Jonas bouillait de nouveau.
– Si tu veux savoir, c'est justement parce que j'ai le sens des responsabilités que je continue à travailler pour l'institut.
– Ce qui signifie ?
– Que j'ai envie de mettre les voiles depuis longtemps, mais que je suis resté à mon poste parce que je savais qu'Ange grossissait au point qu'on allait avoir du mal à le manœuvrer. Les eaux riches en oxygène et la nourriture à volonté lui ont permis d'atteindre une corpulence dont il ne se serait pas approché s'il était né dans la fosse des Mariannes. Le lagon n'est tout simplement pas assez solide pour le contenir, et il faut absolument prendre des mesures... sinon, il finira par s'échapper.
– Dans ce cas, accompagne-moi dans le Pacifique Ouest et parlons-en à Benedict. C'est son requin à présent.
– Et s'il n'est pas d'accord ?
– Jonas, ne t'inquiète pas. Le Megalodon appartient à Benedict Singer, pas à toi.
– Dans ce cas, je le tuerai avant qu'il puisse s'échapper. Singer n'a qu'à me faire un procès...
Terry le fixait, médusée.

– Tu veux tuer le requin ?

– Mieux vaut tuer le requin que… que le laisser s'enfuir.

– Jonas, écoute-toi. Ton obsession te…

– Me quoi ? Me rend fou ? Vas-y, dis-le.

– Jonas, c'est normal d'avoir peur. Après ce que tu as vécu…

– Je n'ai pas peur. C'est la pensée de te perdre qui me mine. Dans mes cauchemars, tu es dans la fosse. Ange apparaît…

– Ça suffit ! (Terry le saisit par les épaules.) Tu veux un scoop, Jonas ? Alors en voici un : tu es déjà en train de me perdre.

Il eut l'impression qu'un couteau lui transperçait le cœur.

– Ça veut dire quoi ?

Terry détourna les yeux en se demandant jusqu'à quel point elle s'était dévoilée.

– Je ne suis pas heureuse, Jonas. J'ai l'impression que nous nous éloignons l'un de l'autre.

– Terry, je t'aime…

– Oui, mais tu passes plus de temps avec ce fichu requin qu'avec moi. Qu'est-ce qui nous est arrivé ? On vit un enfer depuis cinq ans, et je ne parle pas seulement de la perte du bébé. Même quand on est ensemble, ton esprit est ailleurs. Que dois-je faire pour être la seule créature de sexe féminin de ta vie ?

Il ne répondit pas tout de suite, le temps de bien assimiler ses explications.

– Tu as raison. Qui voudrait vivre avec un homme obsédé par la mort ?

– Jonas, ce n'est pas que je ne t'aime pas…

Le klaxon du taxi l'interrompit. Elle jeta un regard vers le véhicule.

– Il faut que j'y aille.

Jonas la saisit par le bras.

– Terry, attends, s'il te plaît ! Pardonne-moi. Je ne veux pas te perdre. Je peux changer. Dis-moi juste ce que je dois faire et je le ferai.

Elle essuya une larme.

– Pour commencer, prends rendez-vous avec ce psy.

– C'est comme si c'était fait. Quoi d'autre ?

– Je pense qu'il est grand temps que tu changes de métier. Onze années consacrées à l'étude de ces monstres… Ça suffit !

– Vendu. Je quitterai l'institut. Mais laisse-moi d'abord m'assurer que le Megalodon ne pourra jamais s'échapper.

Elle se dégagea.
– Va te faire voir, Jonas, tu es vraiment un cas désespéré.
Elle l'écarta d'une poussée pour se diriger vers le taxi.
– Terry, attends !
– Ça suffit. Je vais rater mon avion.
Il la suivit à grandes enjambées.
– Promets-moi au moins de rester à bord du *Goliath*.
– Lâche-moi. Va faire joujou avec Ange.
Il la rattrapa et la fit pivoter sur place.
– Terry, je t'en supplie…
Elle le fusilla d'un regard étincelant.
– Bon. Je te promets que je ne descendrai pas avec Singer dans cette foutue fosse des Mariannes. Si tu es tellement inquiet, tu n'as qu'à venir avec moi.
– Impossible. Pas maintenant, pas cette fois.
Le chauffeur de taxi klaxonna de nouveau.
– Ça va, madame ?
– Oui.
Terry libéra brusquement son bras et grimpa sur la banquette arrière, sans accorder d'autre regard à son mari.
La poitrine serrée, Jonas suivit des yeux le taxi qui s'éloignait.

BENEDICT

Océan Pacifique Ouest
Latitude : 13 degrés nord
Longitude : 143 degrés est

Terry Taylor se fraya un chemin vers l'arrière de l'hélicoptère Sikorsky AS-61 où son père, Masao Tanaka, était allongé en travers de deux sièges.

Elle lui tendit une cannette de Ginger Ale.

– Essaie d'avaler ça, papa, lui dit-elle, tandis qu'il s'asseyait. Tu te sens mieux ?

– Un peu. Je déteste voler à bord de ces machines. On arrive quand sur le *Goliath* ?

– D'ici un quart d'heure, d'après le copilote.

– Tu ne t'es pas trop ennuyée avec moi ? demanda Masao.

– Non. Tu avais besoin de te reposer et j'avais besoin de temps pour réfléchir.

– Ne sois pas si dure avec Jonas. Il a traversé beaucoup d'épreuves.

– Comme nous tous. Je pense qu'il fait une dépression nerveuse.

– Il a besoin de sentir que tu l'aimes et que tu le soutiens.

– Mais je l'aime ! Le problème, c'est que je ne suis pas sûre de pouvoir supporter cette situation encore longtemps. En fait, je suis contente que tu m'aies invitée à t'accompagner. Jonas et moi avions besoin d'un petit *break.*

Masao hocha tristement la tête.

– Au fait, Céleste sera à bord du *Goliath.*

Terry grommela tout bas.

– Adieu repos et réflexion !

– Tu ne l'aimes pas ?

– Elle m'insupporte. Cette manière de se pavaner, d'étaler son physique ! On dirait qu'une caméra la suit vingt-quatre heures sur vingt-quatre. Elle traite son personnel comme de la merde et elle drague tous les types qu'elle croise.

– Jonas compris, j'imagine ?

– Surtout Jonas ! Qu'est-ce qui a bien pu pousser Benedict à nommer son espèce de concubine russe P.-D.G. de l'institut ?

Masao sourit.

– À l'entendre, c'est sa protégée.

– Peu importe. Elle m'horripile autant que ses cheveux oxygénés.

– Dans l'intérêt de tous, tu ferais mieux d'essayer de t'entendre avec elle.

– C'est dégradant.

– Essaie. Pour moi.

– Bon, bon, je ferai un effort.

– Par la fenêtre, Terry contempla la surface lisse du Pacifique.

– Tu sais, à dire vrai, j'ai hâte de faire la connaissance de Benedict Singer. Il est comment ?

– Benedict ? Un type brillant. Éducation européenne, fortune colossale, énorme pouvoir, très doué dans l'art de manipuler les gens. Il parle une dizaine de langues couramment, mais il aime par-dessus tout faire des citations en latin. Un excentrique, en somme, qui adore s'écouter parler. Pour certains, c'est un fou. Nous devons être très diplomates. Nous ne pouvons pas plus nous permettre de l'agacer que de ne pas satisfaire aux exigences des Japonais.

– À ton avis, comment va-t-il réagir quand tu lui diras que le JAMSTEC menace d'annuler notre contrat si nous n'enquêtons pas sur l'accident du *Proteus* ?

– Ça dépendra de nous. La solution d'un problème dépend souvent de la manière dont il est présenté.

L'hélicoptère prit un virage à la corde. D'un coup d'œil par sa vitre, Terry vit apparaître un énorme navire de guerre gris en contrebas.

Le *Goliath* était un croiseur de missiles soviétique de type Kirov retiré de la circulation, que le gouvernement russe avait donné à GeoTech Industries dans le cadre d'un contrat de vingt ans destiné à développer et fournir des sources d'énergies alternatives. Le bâtiment portait bien son nom : avec ses 247 mètres de long, sa largeur au bau de 28 mètres, c'était le plus grand navire de recherches du monde.

Équipé d'un groupe moteur hybride, le *Goliath* utilisait à la fois l'énergie nucléaire et la vapeur pour faire fonctionner ses turbines et ses deux hélices jumelles. Une fois désarmé, le bâtiment était capable de maintenir une vitesse de croisière de 35 nœuds. Mais surtout, le *Goliath* possédait l'espace et la puissance nécessaires pour transporter et déployer le *Benthos*, le gigantesque laboratoire sous-marin de Geo-Tech.

Le Sikorsky rebondit deux fois avant de se poser sur l'aire d'atterrissage des hélicoptères à l'arrière du navire. Terry emboîta le pas de son père et du copilote. À leur descente de l'appareil, les deux hommes se dirigèrent vers une femme au physique éblouissant qui les attendait. Elle approchait de la trentaine. Elle portait un justaucorps blanc qui ne cachait rien de son anatomie sculpturale et de son bronzage hollywoodien. En se soulevant, ses longs cheveux blond platine, fouettés par le vent violent, révélaient ses hautes pommettes slaves.

– Vous êtes en retard, hurla Céleste au copilote pour se faire entendre par-dessus les bourrasques.

– Du mauvais temps en route…

– Dispensez-vous d'inventer des conneries. Vous avez décollé de Guam plus tard que prévu. Descendez vos affaires au quartier des invités et allez à la cuisine. Vous avez une demi-heure pour manger avant de repartir.

– Ce soir ?

Céleste lui tourna le dos pour accueillir Masao.

– *Dobryi dyen*, monsieur Tanaka. Nous ne vous attendions pas. Où est Jonas Taylor ?

– Il a envoyé sa moitié à sa place, dit Terry en descendant de l'hélicoptère.

Un éclair de fureur s'alluma dans le regard de Céleste.

– Benedict tenait à voir Jonas. Ça ne va pas lui plaire du tout.

– Le Megalodon a recommencé à attaquer les portes, dit Masao. Jonas s'est senti obligé de rester à l'institut. Il nous a demandé de vous remettre une proposition.

– Dans ce cas… Benedict vous attend dans sa cabine.

Sans attendre de réponse, Céleste traversa le pont arrière en direction de la superstructure d'acier gris, composée de ponts et de tourelles multiples hérissées d'antennes.

Deux plates-formes nues, des deux côtés du pont, intriguèrent Masao.

– Céleste, à quoi servent ces structures ? demanda-t-il.

– Autrefois, elles soutenaient les deux canons 100 mm à double emploi, lança-t-elle sans se retourner. Les Russes ont complètement désarmé le navire mais, quand il était armé, c'était un vrai chameau.

Comme toi... songea Terry.

Céleste les précéda en haut d'un petit escalier qui donnait sur un autre pont, avant de pénétrer à l'intérieur du navire. Ils suivirent un étroit corridor d'acier menant à une cage d'escalier en spirale et montèrent encore deux étages, pour finir par s'immobiliser sur le pont C.

– À partir de maintenant, presque tout ce que vous verrez a été complètement évidé et refait, leur annonça-t-elle.

Contrairement aux corridors étanches dont ils venaient de sortir, le pont C avait été transformé en large hall lambrissé, au sol revêtu d'un épais tapis en quick bleu foncé. Le cadre faisait davantage penser à un immeuble de bureaux qu'à un navire de recherches. Céleste alla jusqu'au bout du hall. Elle frappa à une double porte en bois de merisier, entra et leur fit signe de la suivre.

Benedict Singer leur tournait le dos. Du dossier de son fauteuil tendu de daim marron ne dépassait que son crâne rasé de près. Terry et Masao prirent place sur un canapé coordonné installé le long d'un mur et écoutèrent le P.-D.G. milliardaire de Geo-Tech Industries terminer une conversation d'affaires téléphonique en russe.

Après avoir raccroché, Benedict se leva pour accueillir ses hôtes.

– Ah, monsieur Tanaka, *Ogenki desu ka* ?

Masao sourit.

– Bien, et vous ?

– Je suis en vie, c'est de loin préférable à l'inverse. Mais je ne vois pas le professeur Taylor ?

– Il a été retenu. Il est navré et il vous prie de bien vouloir l'excuser. Je vous présente ma fille.

Un éclair de rage passa sur le visage de Benedict, mais il se ressaisit très vite.

– La belle Terry Taylor. *Bonjour, Madame* [1], je suis enchanté de faire enfin votre connaissance. (Il prit la main de la jeune femme et se pencha pour la baiser.) Benedict Singer, pour vous servir.

Il lui adressa un sourire nicotiné. Les coins de son bouc grisâtre, seule pilosité qui lui restait, se rebiquèrent.

Terry se retrouva prisonnière d'un regard d'une couleur émeraude surnaturelle qui ne voulait plus lâcher le sien.

– Je vois que la couleur inhabituelle de mes yeux vous intrigue. Un accident de travail, datant d'il y a quelques années... Ces verres de contact sont permanents. Ils remplacent des iris qui étaient autrefois bleus. J'ai un faible pour la couleur émeraude. Malheureusement, comme vous pouvez le constater, cet accident a aussi brûlé définitivement mes cils et mes sourcils. (Benedict se tourna vers Masao.) Nous dînons dans une heure, mais j'ai pensé que nous pourrions d'abord bavarder. Céleste, si tu proposais un cocktail à nos invités ? Du vin rouge, peut-être ? Château neuf-du-pape 1936.

– Non merci, déclara Masao.

– Volontiers.

Terry regarda Céleste glisser vers le bar, agacée par sa façon d'exhiber son physique parfait.

– Bien, mon ami, parlons donc. Comme vous l'imaginez, nous sommes encore tous sous le choc de la tragédie survenue au *Proteus*. Nous avons perdu quatre bons amis, des collaborateurs de grande valeur. L'un d'eux était notre chef de projet. Il va beaucoup nous manquer.

– Avez-vous une idée de ce qui s'est passé ? demanda Masao.

– Les dernières paroles du pilote faisaient état d'une brèche dans la coque. Céleste pense que l'accident a plus probablement été provoqué par une erreur du pilote que par un dysfonctionnement.

– Ce type a perdu son sang-froid, intervint Céleste sans cacher son dégoût. Il a sans doute paniqué une fois au fond, et il est entré en collision avec un fumeur noir

Benedict hocha la tête.

– *De mortuis nil nisi bonum*, ma chère. « Des morts, ne dis rien que du bien. »

---

1. En français dans le texte.

– Dans ce cas, je ne dirai rien du tout. La perte du *Proteus* rallonge de plus de moitié le déroulement de l'ensemble du projet.

– Malheureusement, Céleste dit vrai. Sans le *Proteus*, le *Prometheus* et l'*Epimetheus* devront effectuer leurs propres prélèvements géologiques du sol marin avant que les détecteurs sismiques UNIS puissent être déployés le long de la fosse. Je voulais en parler directement à votre beau-fils ; je pensais que son expérience pourrait nous faire gagner du temps. J'espère que vos amis du Centre de technologie des sciences marines japonaises se montreront compréhensifs au sujet de ce retard.

Masao s'éclaircit la gorge.

– Sans aucun doute, une fois qu'ils auront reçu un rapport complet sur l'accident.

Terry vit les yeux bleus de Céleste cracher du venin.

– GTI a fait un rapport deux jours après, répliqua cette dernière. Qu'est-ce qu'ils veulent de plus ?

Masao leva la main.

– Je vous en prie, ne tirez pas sur le messager. Ce problème épineux nous concerne tous. Comme vous le savez, la fosse des Mariannes est située dans une zone d'exclusivité sur le plan économique, qui la place sous juridiction américaine. C'est uniquement grâce à notre contrat en cours avec le JAMSTEC que l'institut Tanaka a obtenu la permission de redescendre dans la fosse.

Benedict se leva.

– Vous avez traversé tout le Pacifique pour venir m'insulter, Masao ? Mon organisation a investi plus d'un milliard de dollars dans la conception du *Benthos* et de sa flotte de submersibles, qui vont permettre à l'humanité d'accéder à la dernière frontière inexplorée de cette planète, et le JAMSTEC exige que je lui fasse des courbettes ? Dans ce cas, nous devrions nous contenter de déchirer notre accord de partenariat. GTI se servira du *Benthos* pour explorer d'autres fosses sous-marines, pendant que les Japonais attendront qu'un autre séisme leur tombe dessus à l'improviste.

Masao détourna le regard.

– Nous n'en avons ni le désir ni l'intention, Benedict-*san*. Les Japonais apprécient énormément votre générosité et l'ingéniosité qui vous a permis de pénétrer dans la fosse des Mariannes. Ils ont besoin que nos robots UNIS soient déployés. En fait, ils veulent seulement un rapport plus détaillé de l'accident. Loin de nous l'idée de vous insulter. Nous admirons votre grande entreprise. Cependant, si vous ne souhaitez pas satisfaire à la demande du JAMSTEC, je devrai à regret lui transmettre votre réponse, et il mettra sans doute un terme à notre accord.

Benedict se dirigea vers le bar pour se verser un autre verre de vin.

– Que demande exactement le JAMSTEC ?

– Que nous examinions l'épave.

– Il ne reste pas grand-chose à voir, intervint Céleste. Le sous-marin a implosé. Les courants ont éparpillé les débris.

Elle ment, songea Terry. *Des courants de faible amplitude ne peuvent absolument pas déplacer des morceaux de titane.*

– Dans ce cas, il voudra que soient examinés tous les documents enregistrés par le *Benthos* et le *Goliath*, y compris les données relevées par votre batterie de sonars.

Benedict jeta un coup d'œil à Céleste, qui haussa les épaules.

– *Nivazhna* – aucune importance.

– Très bien, Masao. Donnez-nous un jour ou deux pour rassembler toutes les informations dont dispose le *Goliath*. Mais nous ne pourrons pas descendre examiner les restes du *Benthos* tant que le *Prometheus* et l'*Epimetheus* ne seront pas arrivés.

– Vous les attendez quand ? demanda Terry.

– Pas avant la fin de la semaine, répondit Benedict. Bien évidemment, vous êtes cordialement invités à rester à bord aussi longtemps que vous le souhaitez.

– Très aimable à vous, dit Masao.

– Maintenant que nous avons réglé ce problème, passons à Ange. Si j'en crois ma protégée, le spectacle continue à se donner à guichets fermés et notre monstre à grossir.

– Une créature sidérante...

– Votre beau-fils a l'air de la trouver trop dangereuse, même dans le lagon.

Céleste agita la proposition de Jonas qu'elle tenait au bout des doigts.

– Il demande à GTI de fournir trois millions de dollars supplémentaires pour renforcer les portes.

– Jonas est parfois un peu paranoïaque, dit Terry. Toutes ces épreuves...

– Pas de problème dans votre ménage, j'espère ? susurra Céleste avec un sourire éblouissant.

– Aucun, répliqua Terry du tac au tac. Merci de vous en inquiéter.

Benedict éclata de rire.

– Ah… *Amor vincit omnia*, n'est-ce pas, Masao ?

– Pardon ?

– Vous avez vraiment intérêt à réviser votre latin, mon ami, dit le milliardaire en se versant un autre verre. « L'amour vainc tout. »

JEU D'ENFANT

Bruceport Park, Washington

Pete Soderblom, gardien en chef des animaux à Sea World, donna une tape affectueuse sur le museau rebondi de Tootie, puis il se mit debout dans le semi-remorque de dix-huit roues pour étirer ses jambes.

– Dis donc, Andie, on dirait qu'on arrive à Bruceport Park.

– C'est pas trop tôt, répondit le zoologue, Andrew Furman, en continuant à attacher le premier de deux émetteurs radio au baleineau de 8,5 tonnes et 9,5 mètres. J'ai mal au cœur depuis deux heures.

– T'as pas intérêt à vomir maintenant. Une vingtaine de voitures de presse nous attendent près du quai, dit Pete. Dis donc, fais-moi penser à hisser la bannière « Sauvons Sea World » avant qu'ils commencent à filmer.

– Tu as vu les T-shirts qu'Anheuser-Busch nous a fabriqués ? La photo de Tootie est imprimée devant, au-dessus de « AIDEZ-NOUS À SAUVER LES BALEINES ». Le logo de Sea World est derrière. On doit en distribuer aux deux cents premiers spectateurs.

– Au moins, ils n'ont pas choisi une photo de Tootie en train de s'envoyer un tonneau de bière !

Le camion manœuvra pour placer sa cargaison sous une immense grue installée au bord du quai. La vedette des gardes-côtes qui allait escorter Tootie en mer était déjà arrivée et une flottille de bateaux de plaisance les attendait à environ 100 mètres du rivage.

Pete vit un individu trapu, qui portait un coupe-vent au sigle de NBC-Today Show, s'approcher de leur véhicule.

– Salut, Brian Dodds. Lequel de vous est Pete Soderblom ?

– C'est moi.
– Ravi de vous rencontrer, Pete. Voici comment ça va se dérouler : je veux quelques plans du baleineau dans le camion, pour que nos téléspectateurs la voient bien. Elle s'appelle comment, déjà ?
– Tootie.
– Tootie. (Dodds prit note.) Bon. Après, on filmera l'opération de bout en bout. Vous avez l'intention de la relâcher à quelle distance du rivage ?
– À peu près 3 kilomètres.
– Bien. J'ai cru comprendre que vous prendriez ensuite un avion pour nos studios new-yorkais ?
– Ouais. Je suis censé faire une interview en direct avec Matt Lauer demain matin. Ça me flanque vraiment le trac.
– Vous vous en sortirez très bien. Matt est un type formidable. Avant de commencer, on va faire une pré-interview pour que je dispose des informations nécessaires sur toute cette opération de sauvetage. (Brian fit signe à son caméraman d'approcher.) Ne regardez pas la caméra, contentez-vous de me parler. Prêt ?
– Euh… j'crois que oui.
– Brian Dodds, Today-Show. Interview de Pete Soderblom, gardien en chef à Sea World. Pete, comment s'est décidée cette opération de sauvetage ?
Pete s'obligea à ne pas regarder la caméra télécommandée à distance.
– Il y a à peu près quatorze mois, Tootie – c'est le nom de notre baleineau – a été retrouvée à environ 20 kilomètres d'ici, échouée dans Ocean Park. Elle n'avait sans doute même pas un mois et était en piteux état. Des gardes-côtes et des baigneurs l'ont hissée dans une remorque et l'ont amenée à notre parc de Seattle.
– Quelle était sa taille à l'époque ?
– Environ 700 kilos. En fait, elle est arrivée à Sea World dans le coma. Mais nos vétérinaires ont réussi à la ranimer. Elle a recommencé à s'alimenter au bout de quelques jours. À partir de là, elle a pris un bon kilo par jour.
– Et à présent, combien pèse-t-elle ?
– 8,5 tonnes. Elle devrait approcher des 25 tonnes quand elle atteindra sa taille adulte.
– Pourquoi la relâcher maintenant ?

– À notre avis, elle est assez solide et le moment est idéal. Dans les mois qui viennent, des milliers de baleines grises vont remonter la côte Pacifique pour établir leurs pâtures estivales dans la mer de Béring. Comme ça, on lui donne une chance de se joindre à un de leurs bancs.

– Tootie courra-t-elle des dangers ?

– Si elle parvient à suivre un banc, pas de problème. Avec de la chance, elle apprendra assez vite à s'alimenter et à éviter les baleines tueuses. Mon assistant lui attache deux émetteurs à distance, qui vont nous permettre de suivre ses déplacements pendant plusieurs mois.

– Formidable, ça devrait aller. Vous voulez ajouter quelque chose ?

– Ouais, fit Pete, un peu embarrassé. Est-ce que vous pouvez vous arranger pour que notre bannière soit dans le champ quand vous commencerez à filmer ? Notre sponsor lance une nouvelle campagne de « retour à la nature ». Je pense qu'il aimerait bien que Tootie remporte le même succès que Willie.

Lagon Tanaka
Crépuscule

Jake Howell, un adolescent de seize ans, aspira longuement sur son joint, avant de le passer à son copain, David Caine. Les deux garçons étaient assis sur la plage privée située juste derrière l'enceinte du lagon Tanaka. À 50 mètres au nord, le mur de béton du canal d'accès débouchait dans le Pacifique comme une rampe d'autoroute.

– Flic...

Caine enfouit le joint dans le sable, tandis qu'un garde chargé de la sécurité passait derrière eux.

– Espèce de trou du cul, c'est pas un flic ! Regarde ce que tu m'as fait faire...

Jake poussa un petit hennissement en roulant sur le dos. Le garde se tourna vers eux.

– Vous ne devriez pas traîner par ici, les garçons.

Jake sourit.

– On attend nos parents, monsieur l'agent.

– Circulez, sinon je vous fais expulser.

Jake se leva et gratta son crâne rasé de l'auriculaire. Les deux garçons s'éloignèrent le long de la plage vers le sud, jusqu'à ce que le garde disparaisse de leur vue.

– Hé, crétins !

Ils firent volte-face. C'était Doug, le cousin de Caine, qui courait vers eux. Il tenait un levier à la main.

– Rappliquez ! J'ai trouvé un moyen d'entrer.

Jonas contemplait les lueurs cramoisies du soleil couchant qui s'estompaient en arrière-plan de l'enceinte savamment illuminée. De la baie vitrée ouverte, il entendit monter la clameur du public, tandis que les lumières sous-marines du réservoir s'éclairaient en vacillant, muant les eaux sombres du lagon en gris sarcelle.

Il se tourna vers un des techniciens.

– Il est encore dans le canal ?

– Ouais, mais il a arrêté de se cogner contre les portes depuis une heure environ. Une migraine, probablement.

Jonas plaça les jumelles devant ses yeux. Comme le canal n'était pas du tout éclairé, il ne pouvait pas voir le Megalodon sous l'eau. Il se tourna vers la gauche pour regarder Manny et un autre assistant suspendre laborieusement un énorme morceau de bœuf à la chaîne accrochée au portique en forme de A.

Quelques secondes plus tard, on baissa les lumières, en même temps que s'élevait le battement grave des timbales pour inciter les spectateurs à prendre place sur leurs sièges.

Mac s'assit à côté de Jonas.

– J'ai parlé à mon pote. J'aurai l'émetteur demain matin. Ton poisson arrive.

Une énorme masse phosphorescente se glissa dans le lagon.

Les trois adolescents écoutèrent les cris de la foule monter crescendo avant de forcer la porte pare-feu. Ils passèrent au petit trot devant des stands de souvenirs et pénétrèrent dans l'enceinte avant que le premier garde entende la sonnerie d'alarme.

À l'extrémité sud du lagon, des vagues venaient se briser contre les barrières de Plexiglas.

Jake désigna la structure de béton soutenant le portique à ses copains.

– Visez cette porte. Elle conduit à une salle d'observation sous-marine.
– Comment tu le sais ?
– Je l'ai vue à la télé. Doug, passe-moi le levier.
Jake arriva avant Caine et son cousin à la porte d'acier. Ils restèrent derrière lui pour empêcher la foule de le voir forcer la serrure.

Jonas régla ses jumelles sur la bête blafarde qui arrachait vicieusement les restes de son repas à la chaîne. En diminuant de focale pour repérer Manny, quelque chose attira son regard.
Il mit les jumelles au point sur la porte de la salle d'observation.
– Qu'est-ce qu'il y a ? demanda Mac.
– Sais pas. Sans doute rien. J'ai cru voir s'ouvrir la porte de la salle d'observation.
Jonas lui tendit ses jumelles.
– Difficile à dire de cet angle. Tu veux qu'on aille jeter un coup d'œil ?
– Ouais, on ferait peut-être mieux.

Les adolescents descendirent les escaliers à toute allure et se précipitèrent dans le corridor.
– Purée, Jake, regarde-moi ça !
Les trois garçons étaient arrivés devant la baie sous-marine d'où on pouvait contempler les profondeurs du lagon.
Caine pressa le visage contre la vitre.
– Où est passé ce putain de requin ?
– Il s'est tiré, espèce de trou du cul. Le spectacle est terminé.
– Foutaises ! répliqua Jake. Il a même pas commencé.
Il donna un coup sur la vitre, imité par ses copains.
– Par ici, Ange ! Par ici, fifille !

Jonas suivit Mac en bas des marches de béton de la plate-forme supérieure. Il leva les yeux et vit le Megalodon repartir lentement d'une glissade vers le canal. Alors qu'ils se dirigeaient vers la partie sud de l'enceinte, la créature fit subitement volte-face.

– Le voilà ! hurla Doug.
– Hé, Caine, regarde !

Jake abaissa son short trop ample et sa culotte et appuya ses fesses nues contre la vitre.

Caine et Doug s'écroulèrent de rire, tandis que le Megalodon accélérait en direction de la fenêtre d'observation. Jake se baissa sous la baie et se laissa tomber sur le sol de ciment humide en se gondolant.

La créature ralentit, puis elle prit un virage sec et cogna brutalement sa grande nageoire caudale contre la vitre renforcée. Le Lexan vibra bruyamment à l'intérieur de son cadre.

– Hé, Jake, regarde la pancarte ! Faut pas bouger quand la bête est dans les parages.

Jake se leva et pressa le visage contre la vitre. La créature décrivait des cercles, le dos cambré.

– Je crois qu'il veut jouer.

Jake et Doug se mirent à cogner sur la baie, pendant que Caine sortait une bombe de peinture noire en riant hystériquement.

Mac ouvrit le chemin à Jonas au milieu de la foule qui s'agglutinait autour de l'extrémité sud du lagon. Au lieu de partir, les spectateurs donnaient l'impression de faire des pieds et des mains pour approcher du réservoir.

– Jonas, qu'est-ce qui se passe ?

– Aucune idée. Quelque chose fait revenir Ange dans le réservoir principal. Oh, merde, regarde la porte ! Tu ferais mieux d'appeler les agents de surveillance.

Caine recula d'un pas pour admirer son travail.

– Il arrive…

Les trois garçons se tenaient près de la vitre, les yeux écarquillés, en proie à une violente poussée d'adrénaline. Le Megalodon accélérait vers eux comme un Boeing 747.

– Maintenant !

Ils se laissèrent tomber ensemble par terre.

Perdant une fois de plus sa proie, la créature ralentit et balaya la barrière vitrée en montrant les crocs.

– Putain, ça craint ! lança Jake.

Caine se releva – et ravala subitement son rire. Juste au-dessus du « MORDS-MOI » qu'il venait de taguer, un œil furibard couleur ardoise le fixait.

Le Megalodon se tourna pour repartir en direction du lagon. Jake et Doug se relevèrent à leur tour, prêts à continuer leur petit jeu.

– Non, attendez, dit Caine. On ferait peut-être mieux de laisser tomber.

– Vas-y. Moi, je recommence une dernière fois. Et toi, Doug ?

– Plutôt, ouais. Du cran, mon pote. Fais pas ta mauviette.

Ils se remirent à cogner.

Caine regarda la créature approcher. Il sentait ses mains trembler. Cette petite partie de plaisir prenait un tour vraiment dangereux. Mais il ne voulait pas passer pour une poule mouillée.

– Après on arrête, OK ?

– OK, dit Jake. On attend jusqu'à la dernière seconde – jusqu'à ce qu'on voie ses yeux dégueulasses.

Les trois garçons se préparèrent, le cœur battant, les yeux braqués sur le monstre de 28 tonnes qui les chargeait.

– Maintenant !

Les adolescents plongèrent sous la fenêtre en rigolant.

Le Megalodon enfonça la vitre de Lexan comme une locomotive labourant du petit bois. Des éclats de verre et des gerbes d'eau glacée jaillirent dans le corridor, tandis que la créature percutait le mur du fond du museau et de la mâchoire en se brisant une dizaine de dents.

Caine et son cousin n'eurent qu'un éclair de seconde pour enregistrer la torpille blanche, avant que la masse énorme ne les écrase contre le mur de béton.

Un torrent glacial souleva Jake de terre. Il ferma les yeux et replia son corps qui était projeté dans le corridor comme une balle de ping-pong dans une machine à laver.

Alors que Jonas descendait les marches en trombe, un craquement assourdissant fit vibrer la cage d'escalier. Depuis l'extrémité du couloir, un mur d'eau mousseuse déferla sur lui. Il fit volte-face et se baissa. La vague de 2,5 mètres le projeta contre le sol de ciment et le fit glisser vers la cage d'escalier. Avant qu'il ait le temps de réaliser ce qui se passait, la vague reflua. Il ouvrit les yeux en suffoquant. Il était étendu dans une flaque d'eau sur le ventre.

Des lumières jaunes clignotaient autour de lui.

Jonas se leva, tout dégoulinant. Les portes d'urgence avaient fonctionné et séparé hermétiquement la zone d'observation du reste du corridor. Il pataugea jusqu'à la porte d'acier et regarda par le judas de 40 centimètres.

Ange, qu'est-ce que tu as fait ?

Le spectacle lui donna la nausée.

Les poumons de Jake le brûlaient, ses membres pesaient des tonnes. Il sentit son corps se soulever du sol et ouvrit les yeux dans l'eau.

L'image le réveilla brutalement, comme s'il avait été frappé par la foudre. Il ouvrit la bouche pour hurler, vomissant de l'eau de mer tandis que la gueule caverneuse se refermait sur lui. Il pagaya et donna des coups de bras et de jambes frénétiques pour refaire surface et parvint à se glisser hors des mâchoires du monstre à l'instant où elles se refermaient.

La tête de Jake cogna le plafond. Il comprit ce qui lui arrivait et sentit la panique paralyser tous ses membres. De ses yeux voilés, il fouilla le corridor inondé et se retrouva cloué contre le mur du fond.

Le Megalodon se fraya un chemin vers l'avant en direction des vibrations.

Jake sentit son corps happé en arrière dans un vide aqueux. Sans marge de manœuvre, il se baissa d'instinct, à l'instant où la gueule de 3 mètres se projetait en avant et claquait brutalement par-dessus sa tête.

Dans un noir d'encre, le visage ruisselant d'eau, l'adolescent aspira une haleine putride. Son cœur se souleva et il entendit ses propres cris étouffés à l'intérieur de la gueule de la créature, tandis que des scalpels invisibles découpaient et pulvérisaient son corps en viande hachée.

À travers des tourbillons d'écume rose, Jonas vit le monstre secouer sa tête gigantesque en se retirant de la salle d'observation sous-marine.

– Bon Dieu !

Il remonta les marches à toute allure et émergea à l'air libre à l'instant même où Ange faisait surface. Il brandissait la partie inférieure d'un corps humain entre ses mâchoires.

Des hurlements déchirèrent la nuit. Des cameramen qui se bousculaient pour obtenir le meilleur angle de prise de vue faillirent se projeter les uns les autres dans le réservoir. Ange émergea de nouveau, secoua la tête en tous sens comme un chien enragé et déchiqueta la dépouille, au milieu des vagues énormes projetées dans toutes les directions par les contorsions du haut de son corps.

Le monstre disparut, immergé quelque part sous la flaque de sang et de membres enchevêtrés qui flottaient en surface. Puis les mâchoires écartées à l'extrême émergèrent majestueusement du réservoir, et d'une seule bouchée atroce, happèrent les restes par en dessous.

CHANGEMENT DE PLANS

Le *Prometheus* et l'*Epimetheus* étaient placés en parallèle sur deux énormes rampes hydrauliques situées à l'arrière du *Goliath.* Les deux submersibles identiques en forme de cigare, peints en blanc avec un liseré rouge, mesuraient 20 mètres sur 5 et étaient équipés de tourelles élevées. Contrairement à leur surface dorsale plutôt nue, leur ventre contenait une panoplie de gadgets dernier cri, dont le pivot était une capsule d'observation sphérique. De l'intérieur de cette cellule de 2,4 mètres, un seul opérateur pouvait manœuvrer une paire de bras mécaniques, des caméras, des projecteurs et un tuyau d'aspiration servant à prélever des échantillons au fond de la mer.

De la poupe, Terry et Masao observèrent l'*Epimetheus* se déplacer sur les rails hydrauliques jusque sous le treuil gigantesque installé le long de la traverse du *Goliath.*

Benedict Singer se joignit à eux.

– Le retard de nos submersibles nous oblige à modifier nos plans, leur apprit-il. Nous devons remplacer les purificateurs d'air et les nettoyeuses à bord du *Benthos* avant que le niveau de dioxyde de carbone ne s'élève trop. L'*Epimetheus* va descendre tout de suite avec du matériel et des hommes pour relever notre équipe A qu'il ramènera d'ici deux jours en surface. Le reste de l'équipe B, moi compris, descendra à bord du *Prometheus* après leur retour. Nous avons prévu une mission d'une semaine dans l'abysse, qui devra déployer au moins trois de nos robots UNIS.

– J'en informerai le JAMSTEC, répondit Masao. (Il admira l'*Epimetheus* qui roulait devant eux.) Que signifie cette inscription sous le nom des submersibles ?

– *Resurgam.* Je remonterai.

– Et les noms des vaisseaux ? demanda Terry.

Ravi de se voir offrir une occasion de pontifier, Benedict sourit.

– Selon la mythologie grecque, Épiméthée, le dieu des Titans, était chargé de distribuer des cadeaux à tous les animaux du monde pour leur permettre de survivre. Quand vint le tour de l'humanité, Épiméthée se retrouva malheureusement à court de présents. Son frère, Prométhée, déroba donc l'énergie solaire pour la transmettre aux hommes. Zeus en fut tellement courroucé qu'il fit enchaîner Prométhée à une montagne où un aigle lui rongea le foie pendant mille ans. Prométhée signifie prévoyance, Épiméthée arrière-pensée…

– L'*Epimetheus* rapportera-t-il les informations que demande le JAMSTEC ?

– J'en ai donné l'ordre, Masao, mais vous serez sûrement déçu. Je doute que les enregistrements du *Benthos* vous apprennent plus de choses que ceux du *Goliath*…

« Benedict Singer, veuillez contacter tout de suite le poste de commande. »

L'annonce métallique de Céleste se répercuta sur le pont.

– Veuillez m'excuser.

Benedict prit son talkie-walkie et s'écarta d'eux pour parler.

Masao scruta le visage du milliardaire. *Quelque chose ne tourne pas rond.*

Terry se pencha par-dessus le bastingage pour observer l'équipe de plongeurs qui mettait l'*Epimetheus* à la mer.

– Papa, jusqu'à quel point fais-tu confiance à Singer ?

– Des soupçons ?

– À mon avis, il nous cache quelque chose. Quel intérêt ce milliardaire peut-il avoir à renflouer l'institut Tanaka, et à reprendre les contrats UNIS ?

– J'ai posé cette question à Benedict lors de notre première rencontre. Il a prétendu que c'était la puissance et la grâce du Megalodon qui le fascinaient. Que la conception d'une flotte de vaisseaux capables d'explorer la fosse de la créature était un défi qu'il voulait relever.

– Et tu l'as cru ?

– GTI a investi plus d'un milliard de dollars dans l'exploration de la mer.

Benedict les rejoignit, l'air sinistre.

– Des ennuis… Un accident épouvantable s'est produit au lagon Tanaka. Le requin a attaqué et massacré trois adolescents qui s'étaient introduits dans la salle d'observation.

Terry vit son père blêmir.

– C'est le chaos, Masao. Les médias sont à l'affût. En qualité de président de l'institut, je vous suggère de retourner tout de suite à Monterey avec Céleste. Terry peut rester à bord pour obtenir les informations exigées par JAMSTEC.

Les genoux de Masao flageolèrent.

– Papa…

Terry saisit le bras de son père dont le corps était parcouru de convulsions. Benedict se porta lui aussi à l'aide de Masao, à l'instant où le vieil homme s'effondrait sur le pont.

Quatre heures plus tard, Céleste rejoignit Benedict qui se tenait sur le pont supérieur du *Goliath* sous une mer d'étoiles.

– D'après le médecin, le vieux devrait s'en sortir. Nous partirons pour Monterey à l'aube.

– Quelle nuit superbe !

Benedict leva les yeux vers le firmament scintillant.

– Les choses tournent parfois de façon bizarre, non ?

– Nous voguons là où nous conduit le destin. Mais notre calendrier m'inquiète quand même. Le JAMSTEC et les Américains nourrissent déjà des soupçons. Si nous restons dans la fosse plus d'un mois, ils essaieront peut-être d'enquêter eux-mêmes. Nous ne pouvons pas prendre le risque de les laisser monter à bord du *Goliath.*

– Combien de temps pourras-tu garder Terry ici sans éveiller les soupçons ?

– Quelques jours. Une semaine tout au plus.

Benedict sourit.

– *Festina lente*, Céleste. « Hâte-toi lentement. »

Céleste appuya la tête contre le torse de son mentor et lui caressa le ventre.

– Je trouve Taylor plutôt attirant. Jaloux ?

Benedict la saisit par les cheveux et lui renversa brutalement la tête en arrière pour la forcer à regarder droit dans ses prunelles perçantes.

– N'oublie jamais ta place !

– *Prastitye…*

Benedict la relâcha.

– Arrange-toi pour gagner sa confiance et obtenir les renseignements. S'il soupçonne la vérité, tue-le.

DIVERGENCES D'OPINIONS

Institut océanographique Tanaka

L'averse de fin d'après-midi faisait onduler la surface aigue-marine du lagon Tanaka. Jonas regardait la pluie tomber de la fenêtre de son bureau au troisième étage. L'enceinte était vide et les installations fermées dans l'attente des résultats de l'enquête policière.

Toutes les quelques minutes, un grondement creux et métallique retentissait à l'autre extrémité du lagon artificiel.

Ça fait trois. S'il s'en tient à son schéma, il va décrire un cercle pour retourner dans le réservoir principal et attendre dix minutes avant de faire une nouvelle tentative.

Pile au moment prévu, le sillage de 2,5 mètres déferla du canal et une ombre blanche se glissa dans le lagon.

L'interphone bourdonna.

– Mlle Singer et M. Tanaka sont prêts à vous recevoir.

Jonas sortit de son bureau et emprunta le couloir d'un pas alerte pour se rendre dans celui de Céleste Singer. La secrétaire lui accorda un sourire aseptisé.

– Allez-y. Ils attendent.

Jonas n'avait pas encore eu l'occasion de revoir son beau-père depuis que ce dernier était rentré de voyage dans la matinée. Il le trouva vieilli de dix ans.

– Masao, comment te sens-tu ?

– Je survivrai. Prends un siège. On a du pain sur la planche.

Céleste émergea de son cabinet de toilette privé. Elle portait une jupe noire et un chemisier blanc. Un chignon strict emprisonnait sa chevelure blond platine sur le haut de son crâne.

– Jonas, chéri, quelle joie de vous revoir !

Elle l'embrassa sur la joue, avant de prendre place à la tête de la table de conférence ovale à laquelle était déjà installé un individu bien bâti, qui approchait de la quarantaine. Il fixait la scène d'un regard d'acier et n'avait rien d'un plaisantin. Un bloc-notes et un magnétophone miniature étaient placés à portée de sa main.

– Jonas, je vous présente Lee Udelsman, associé du cabinet d'avocats Krawitz, Udelsman, Kieras et Pasquale. Comme les parents des victimes vont sans doute nous poursuivre en justice, j'ai estimé qu'il valait mieux nous préparer.

– Professeur, je suis au courant du procès collectif dont l'institut Tanaka et vous-même avez fait l'objet pendant dix-huit mois. Je souhaite d'abord vous rassurer à propos de cet accident : les trois adolescents avaient des casiers judiciaires aussi longs que votre bras. Nous savons qu'ils n'ont pas payé leur entrée et nous disposons d'une dizaine de témoins qui les ont vus s'introduire par effraction dans les installations où l'attaque s'est produite. L'affaire est claire : faute des victimes et imprudence…

– … Éléments qui serviront de base à notre défense, l'interrompit Céleste. Ces petits salauds ne se sont pas contentés de s'introduire dans une propriété privée, ils nous ont fait perdre plus d'un million de dollars en dégâts et manque à gagner. J'ai dit à Lee que je voulais poursuivre leurs parents et contre-attaquer.

– Je comprends votre décision, dit Lee. Les parents ont manqué à leur devoir de surveillance. Nous pouvons à tout le moins réclamer des dommages pour manque de vigilance.

Jonas hocha la tête.

– Ces garçons ont déjà payé de leur vie. Ça ne suffit pas ?

– Non, répliqua Céleste. Vous avez perdu deux cents millions de dollars avant d'être rachetés par GTI, parce que vous n'étiez pas prêts. Des dizaines d'avocats tournicotent autour de nous comme des vautours, prêts à exploiter la mine d'or Tanaka. Je tiens à poursuivre les parents.

Jonas regarda son beau-père.

– Masao, qu'en penses-tu ?

– Il est d'accord, répondit Céleste à sa place. Lee, parlons stratégie. Je suis censée m'adresser aux médias d'ici une heure pour leur annoncer que le stade rouvrira demain matin. Je tiens à votre présence à mes côtés. Préparez quelques remarques bien senties sur la façon dont ces jeunes ont pénétré dans nos installations. Faites mention de leur casier judiciaire et de la façon dont ils ont exaspéré notre petit Ange et l'ont poussé à les attaquer.

Lee griffonnait à toute allure sur son bloc.

– Je peux le faire, Céleste, mais je pense que nous devrions nous montrer prudents…

– Au diable la prudence ! On ne peut pas gagner en restant sur la défensive, on doit attaquer.

– Tout cela est-il vraiment nécessaire ? demanda Masao. Les ventes de billets ont grimpé en flèche depuis l'accident. Nous sommes complets jusqu'à fin août.

– Céleste, nous avons un problème plus important et beaucoup plus urgent à débattre, dit Jonas.

Lee se leva.

– Je vous laisse. De toute façon, j'ai des notes à rédiger.

Après avoir serré la main de l'avocat, Jonas attendit que la porte se soit refermée avant de se lancer.

– Céleste, il y a beaucoup plus grave que ce procès. Vous avez lu mon rapport et ma proposition. Le Megalodon tente de nouveau de s'enfuir. Si nous n'agissons pas vite, il va y arriver.

– *Padazhditye* – minute, du calme ! Vous avez dit s'enfuir ? Jonas, chéri, avez-vous commencé par inspecter les gonds extérieurs ?

– Non, pas encore. J'avais l'intention de le faire hier, mais la police voyait les choses autrement. Nous nous en occuperons demain matin à la première heure.

– Et comment comptez-vous renforcer les portes ?

– C'est dans ma proposition. La construction se fera à l'extérieur. Des piliers seront encastrés au fond de la mer pour les empêcher de s'ouvrir. Puis on coulera un mur en béton par sections d'un mètre vingt de large entre les piliers.

– Et ces travaux reviendront au minimum à trois millions ?

– Trois millions deux. Pour pouvoir les mener à bien, il faudra aussi mettre Ange sous sédatifs. Et sans doute fermer le stade.

Céleste jeta un coup d'œil à la proposition.

– J'aimerais en savoir davantage avant de donner mon accord. Masao, puis-je vous emprunter votre beau-fils pour un dîner d'affaires ?

– Navré, je ne suis pas libre, la coupa Jonas. J'ai du travail.
– Ne t'inquiète pas, dit Masao. Je peux me débrouiller tout seul.
– Formidable.
Céleste pressa un bouton sur son téléphone.
– Margaret, faites amener ma voiture.
Jonas lança un regard dur et appuyé à Masao.

Le maître d'hôtel les conduisit à une table qui donnait sur la mer. Céleste commanda des cocktails avant de s'éclipser aux toilettes.

Jonas embrassa la salle à manger victorienne du regard en s'attardant sur des couples aux visages heureux. Il passa le bout des doigts au-dessus de la flamme de la bougie et se perdit dans la contemplation de son alliance. Le cœur lourd, il songeait à Terry. Quelques jours plus tôt, elle l'avait pris au dépourvu en lui avouant qu'elle n'était pas heureuse. Les choses s'étaient-elles à ce point détériorées entre eux ? Comment avait-il pu ne pas remarquer les signes avant-coureurs ?

Tu ne t'es aperçu de rien à cause de ton égoïsme...

Il essaya de se souvenir de la dernière occasion où Terry et lui avaient ri ensemble ou fait l'amour autrement que par routine. De quand datait leur dernière escapade amoureuse ?

Jonas sentit sa gorge se nouer. À force d'être obsédé par le Megalodon, il était devenu aveugle.

Des effluves de jasmin lui apprirent que Céleste revenait, avant qu'elle ne l'effleure au passage pour reprendre place à leur table. Elle lui adressa un sourire. La lueur de la bougie dansait dans ses yeux.

Cette nana, c'est du poison dans un emballage en or massif.

– Je suis lasse, roucoula-t-elle en enlevant ses sandales. Un massage ferait du bien à mes pieds. (Elle frotta le pantalon de Jonas des orteils.) De quoi avez-vous envie ? Je parie que leur homard est génial.

– Arrêtez !

Cette rebuffade la fit sourire.

– Céleste, nous sommes ici pour parler affaires.

– Exact. Je m'emploie à remonter le moral de mon personnel.

Il repoussa de nouveau son pied.

– Le moral de votre personnel ! Ça me fait bien rigoler. La dernière fois que vous êtes passée en coup de vent, vous avez surtout manifesté du mépris à l'égard de vos employés.

– Sauf à vous. (Elle vida son Martini.) Peut-être que vous pouvez m'aider à les traiter plus gentiment ?

– J'en doute. Vous prenez votre pied en dominant les gens, non ?

Cette remarque parut faire mouche. Elle laissa son regard dériver vers la fenêtre, plongée dans ses pensées.

– Vous avez raison, Jonas, je peux être dure. *Orderint dum metuant...*

– Ce qui signifie ?

– « Qu'ils me haïssent, du moment qu'ils me craignent. » Une des expressions favorites de Benedict. Je ne connais qu'une manière de faire les choses : celle que m'a enseignée mon protecteur. J'ai passé la moitié de ma vie sous la férule de Benedict. Il m'a formée pour me rendre capable de le remplacer quand il prendra sa retraite. Il m'a dotée de... – comment dit-on ? – de couilles en acier trempé. Je suis son associée, sa confidente, le fils qu'il n'aura jamais, la maîtresse qu'il n'épousera pas.

– Comment l'avez-vous rencontré ?

– Mon père était un ingénieur nucléaire russe. Lui et Benedict ont fait connaissance lors d'un séminaire à Oxford en 1970 et sont devenus amis. Ma mère aussi était russe. Très belle. En fait, c'est Benedict qui l'a présentée à mon père. Je suis née en Angleterre, mais mon père nous a emmenées en Biélorussie quand j'avais huit ans pour occuper un poste à Tchernobyl.

Elle le regarda, des larmes au bord des yeux.

– La dernière fois que j'ai vu mon père vivant, c'était le 25 avril 1986. Ma mère et moi avons été relogées ailleurs après le drame, mais en fait, c'est Benedict qui nous a sauvées. Il nous a installées dans un petit appartement à Moscou. Il nous rendait visite à chacun de ses voyages d'affaires. À l'époque, ils étaient fréquents.

« Par la suite, Benedict a présenté ma mère à un autre homme, un membre puissant du Politburo, considéré par beaucoup comme le futur ministre de l'Intérieur. Ils ont entamé une liaison très discrète. Cet homme était marié et père de famille. Deux jours avant mon onzième anniversaire, à mon retour de l'école, j'ai découvert que ma mère et son amant du Politburo avaient été abattus pendant qu'ils faisaient l'amour.

– A-t-on trouvé l'auteur du crime ?

– J'ai mes soupçons. Leur assassinat a fait l'objet d'un énorme scandale politique. Mais à l'époque, j'essayais surtout de survivre dans les rues de Moscou, sans famille et sans argent. Benedict m'a retrouvée huit mois plus tard. Je me prostituais. Il m'a envoyée en pension en Amérique. Je passais mes vacances en Californie, dans une de ses résidences. Mais la plupart du temps, il était alors en voyage d'affaires à l'étranger.

« Quand j'ai eu quatorze ans, tout a changé. J'étais chez lui pour les vacances d'été. Je me dorais au soleil près de la piscine quand je me suis aperçue qu'il m'observait de la maison d'amis. À l'époque, je ne me rendais pas compte qu'il me matait. Je me souviens juste que j'étais contente d'avoir enfin retenu son attention. Je l'ai même provoqué. J'ai ôté le haut de mon bikini et je me suis enduit les seins de crème solaire.

« Nous n'avons jamais évoqué cette scène, mais il m'a retirée du pensionnat pour m'emmener en voyage avec lui dans le monde entier. Pour me permettre de continuer mes études, il a engagé une gouvernante. Elle s'appelait Anne Barry. Un accent du Tennessee à couper au couteau... Bref, Anne nous accompagnait partout. Au début, j'ai cru qu'elle était la maîtresse de Benedict. Puis un soir, je venais d'avoir quinze ans, Anne s'est introduite dans ma chambre et s'est glissée dans mon lit.

– Qu'avez-vous fait ?

– Les femmes n'étaient vraiment pas ma tasse de thé, mais j'étais un peu désorientée. Anne était la première personne qui me manifestait de l'affection depuis la mort de mes parents. Elle me désirait, elle était douce, et j'avais besoin de chaleur humaine. Je me suis donc laissée faire. Et ces petites visites nocturnes se sont poursuivies jusqu'au jour où Benedict nous a trouvées nues au lit ensemble.

– Comment a-t-il réagi ?

– Benedict est un opportuniste qui ne laisse jamais ses émotions entraver son jugement. Anne l'avait ulcéré et il a décidé de l'utiliser pour m'enseigner une des leçons importantes de la vie : comment traiter ses ennemis. Le lendemain matin, nous sommes partis pour l'Angleterre à bord d'un jet privé. Pendant le vol, il a mis Anne entre les pattes d'un de ses sbires, un ancien agent du KGB qui se l'est envoyée dans un compartiment privé.

– Devant vous ?

– Non, Serguei préférait faire ça dans l'intimité. Il lui a sûrement infligé sa première relation hétérosexuelle. À mi-parcours au-dessus de l'Atlantique, ce type nous l'a amenée, les mains liées derrière le dos. Elle avait des bleus partout. Benedict lui a arraché son bâillon et lui a demandé de me présenter des excuses. Je n'oublierai jamais son regard – un animal traqué, terrorisé. Avant même que je comprenne ce qui se passait, le jet est descendu à 900 mètres et Serguei a ouvert la porte. Benedict a attrapé Anne par les cheveux et m'a dit : « Céleste, ma chère, souviens-toi toujours de garder tes ennemis sous la main, de manière à pouvoir t'en débarrasser proprement le moment voulu. » Puis il s'est écarté et il l'a propulsée dans le vide d'un coup de pied.

– Non… Il l'a assassinée ? Purement et simplement ?

Elle se paie encore ma tête ? Impossible à savoir.

– Oui, Jonas. Purement et simplement. Froid, calculateur et efficace, voilà mon protecteur. En vérité, j'étais flattée. C'était la troisième fois que Benedict volait à mon secours. Pour ma part, Anne avait dépassé les limites et elle méritait de mourir. Je me souviens même avoir couru vers le hublot dans l'espoir d'apercevoir son corps s'écraser dans l'eau. Puis je me suis jetée dans les bras de Benedict… Quoi ? Dites-moi ce que vous pensez ?

Jonas expira.

– Pas grand-chose. Je trouve que vous avez eu une enfance plutôt tordue.

– Peut-être. Mais n'est-ce pas préférable à une vie adulte tordue ? *Nivazhna.* (Elle vida son verre.) En fait, Benedict en voulait à mort à Anne parce qu'il avait l'intention de me garder pour lui. Deux nuits après, il m'a rejointe. À partir de là, notre relation a changé. Je suis devenue sa confidente. Et il a réalisé qu'en plus du physique de ma mère j'avais hérité de l'intelligence de mon père. C'est Benedict qui m'a mise à l'école de la vraie vie. Le jour, il me montrait comment être impitoyable dans un monde des affaires gouverné par les hommes. La nuit, il m'enseignait l'art de l'amour. Je suis le pur produit de Benedict Singer, sa création.

– Et il vous permet de fréquenter d'autres hommes ?

– J'en ai baisé quelques-uns, si c'est ce que vous voulez savoir, mais uniquement par intérêt. Benedict n'adore pas partager ses jouets, à moins d'obtenir quelque chose en échange. (Elle posa sur lui un regard triste.) Je n'ai jamais été amoureuse, au cas où vous vous poseriez la question. Jamais eu l'occasion.

– Pourquoi avez-vous adopté le nom de Singer ?

– Une idée de Benedict. Il savait que ses hommes me respecteraient davantage si je m'appelais Céleste Singer au lieu de Céleste Alekseiev. (Elle fit signe au garçon de lui remplir son verre.) À votre tour. Si j'ai bien compris, vous étiez l'un des meilleurs pilotes de submersibles au monde jusqu'à l'accident de la Navy dans la fosse des Mariannes.

Jonas lui lança un regard glacial.

– Chéri, accordez-nous un minimum de crédit. Avant d'acheter l'institut Tanaka, nous avons mené une enquête en profondeur sur tous les intervenants principaux. L'étendue de nos informations vous étonnerait.

– C'était une autre vie. Cette époque est révolue.

– Je viens de vous confier mes secrets les plus intimes et les plus noirs. Maintenant, je veux savoir. Qu'est-il arrivé au pilote de sous-marin légèrement frimeur que je me souviens avoir vu à la télé quand j'avais dix-sept ans ?

– Bigre, maintenant, je me sens vraiment vieux !

– Voyons...

Il se pencha en avant.

– Il y a environ onze ans, je pilotais un submersible de trois places pour la Navy. C'était une plongée top secrète, à presque 11 kilomètres de profondeur dans la fosse des Mariannes. J'étais épuisé... Ma troisième descente de la semaine. Une de trop, je le savais, mais ils n'avaient pas d'autre pilote. Comme la plongée dans l'obscurité totale prend cinq heures, l'esprit a tendance à vagabonder. J'étais en train de fixer les ténèbres, à plusieurs centaines de mètres du fond, quand une lueur blanche est apparue devant mes yeux, puis s'est évanouie. Les deux savants qui m'accompagnaient n'ont rien vu. Je suis resté sur le qui-vive et tout d'un coup, cette tête blanche monstrueuse a surgi de nulle part, s'est élevée des abysses...

– Le Megalodon ?

– À l'époque, je n'en avais jamais entendu parler. Tout ce que je savais, c'était que nous allions mourir. J'ai donc largué tous nos ballasts pour regagner la surface le plus vite possible. Pendant la remontée, la capsule s'est dépressurisée. Un de mes compagnons s'est cogné la tête et s'est rompu un vaisseau sanguin. Il a saigné à mort avant que nous arrivions en surface. L'autre est décédé à l'infirmerie. J'ai mis trois semaines à me remettre, puis on m'a expédié dans un service psychiatrique pour faire évaluer mon état mental. C'est là que j'ai rencontré Mac.

– Et vous avez changé de carrière ?

– Oui. Les sept années suivantes, je n'ai eu qu'une idée en tête : essayer de prouver, tout autant à moi-même qu'à mon entourage, que cette créature existait vraiment, qu'il ne s'agissait pas d'une aberration causée par les profondeurs, comme le prétendait la Navy. J'ai donc abandonné le pilotage des submersibles, la seule activité qui me plaisait vraiment, pour devenir paléontologue.

– Mais vous êtes redescendu. Vous avez prouvé que tout le monde se trompait.

– Par témérité. J'ai laissé mon ego et mes émotions l'emporter sur ma raison. Megalodon ou pas Megalodon, c'était vraiment stupide de descendre de nouveau dans les abysses, mais Masao Tanaka m'a convaincu. Il avait besoin de moi pour aider son fils à aller récupérer un robot UNIS endommagé dans la fosse. J'ai accepté. Putain, en vérité, je voulais y aller !

– Et vous êtes de nouveau tombé sur le requin.

– Ils étaient deux. Le premier nous a attaqués, a tué le fils de Tanaka et s'est retrouvé emberlificoté dans le câble du submersible. Le navire de surface, qui l'ignorait, l'a hissé avec l'appareil. Une seconde créature a alors surgi : une femelle, plus grosse, qui a dévoré son compagnon réduit à l'impuissance. Elle a profité du réchauffement des eaux glacées produit par le sang répandu par le mâle pour remonter.

– La mère d'Ange ?

Jonas opina.

– En essayant de capturer le Megalodon au lieu de le tuer, j'ai commis la plus grave erreur de ma vie.

– Sottises. Sans vous, nous n'aurions pas notre attraction vedette. Grâce à vous, nous donnons le plus grand spectacle au monde.

– Je suis surtout responsable de la mort d'innocents, comme ces trois garçons. (Jonas perdait patience.) Céleste, j'ai besoin de savoir si vous allez ou non renforcer ces portes.

– Vous déterminerez demain si elles ont été vraiment endommagées. Ce soir, nous faisons plus ample connaissance.

Elle ôta de nouveau une sandale et recommença à lui caresser la jambe des orteils.

Jonas se leva.

– Puisque vous savez déjà tout de moi, je crois que je vais vous souhaiter bonne nuit. *Da-svidan'ya.*

Céleste maudit Jonas qui se dirigeait vers la sortie du restaurant.

TOKAMAK

Océan Pacifique Ouest

De frustration, Terry rejeta les draps d'un coup de pied. Depuis plus de trois heures qu'elle s'était couchée, elle n'arrivait toujours pas à trouver le sommeil. L'état de son père l'inquiétait trop pour qu'elle parvienne à se calmer.

Elle consulta le réveil digital : 2 h 38.

Et zut…

Elle descendit de sa couchette et ouvrit le hublot de la cabine pour se rafraîchir à l'air nocturne.

Va faire une petite promenade. Éclaircis-toi les idées et calme-toi.

Elle enfila son jogging et sortit de la petite pièce, ses tennis à la main. Pieds nus, elle suivit le couloir désert et émergea cinq minutes plus tard sur le pont tribord du *Goliath*.

Elle mit ses chaussures et commença à marcher d'un pas vif. Le ciel, tapisserie de velours noir incrustée d'étoiles scintillantes, l'apaisait. Une brise venue de l'océan fouetta subitement le pont. Elle frissonna, sa transe interrompue. Elle remonta le col de sa veste de jogging et contempla la superstructure en forme de pyramide du *Goliath* qui se dressait au-dessus de sa tête, en écoutant le vent froid siffler dans le dédale d'acier.

Elle passa devant une tourelle, vestige des mitrailleuses Gatling 30 mm du croiseur lance-missiles. Plus loin, elle traversa le grand pont vide qui menait à la proue massive du *Goliath*, d'où n'émergeait qu'une série d'écoutilles d'acier qui avaient autrefois recouvert plusieurs dizaines de silos à missiles.

Terry s'appuya contre le bastingage pour contempler la mer d'un gris plombé. Quatre ans plus tôt, son frère D. J. était descendu dans la fosse avec Jonas et s'était fait dévorer par un requin monstrueux ; de cette espèce, sa famille tirait désormais sa subsistance. Elle et son frère étaient très proches. Comment tant de choses avaient-elles pu changer si rapidement ?

Le vent fit glisser les larmes sur son visage. Elle pensa à son père, à son vieillissement si rapide, en quelques années. Le lagon Tanaka représentait le rêve de sa vie – un aquarium d'une telle superficie qu'un banc de baleines pourrait y entrer et en sortir sans le moindre problème. Non seulement les installations n'abriteraient jamais un seul cétacé, mais les difficultés financières provoquées par la capture du Megalodon avaient contraint son père à céder le contrôle de son entreprise à Benedict Singer. Ce dernier coup du sort l'avait broyé.

Elle songea à Jonas. Sans doute s'était-elle montrée un peu trop dure. Son mari avait souffert autant qu'eux tous, et pourtant, sans qu'elle comprenne pourquoi, l'amour qu'elle éprouvait pour lui s'était refroidi depuis un an. Tout au fond d'elle-même, Terry lui reprochait encore la perte de leur enfant mort-né, ainsi que la santé déclinante de son père. Existait-il encore un moyen de sauver leur relation ?

Frigorifiée, la jeune femme se mit à claquer des dents. Alors qu'elle allait faire demi-tour, elle entendit un bruit hydraulique en provenance de l'une des écoutilles d'acier. Elle se cacha derrière un mur formé par des canots de sauvetage empilés et vit trois hommes en blouses de laboratoire blanches émerger de ce qui ressemblait à une cage d'escalier encastrée dans l'un des silos à missiles.

Les hommes s'étirèrent et aspirèrent l'air nocturne, comme s'ils étaient restés un bon moment confinés à l'intérieur. Ils s'exprimaient dans une langue étrangère. Du russe, probablement. L'un d'eux sortit une bouteille de vodka de sa poche, en avala une grande lampée et tendit la bouteille à ses camarades. Ils la refusèrent d'un signe et se dirigèrent vers le pont arrière sans lui.

En vacillant sur place, l'homme à la bouteille de vodka sortit un petit engin de sa poche de poitrine et le pointa vers la cage d'escalier ouverte, en gueulant des insultes tant que l'écoutille ne fut pas refermée. Puis il vida sa bouteille et se dirigea d'un pas trébuchant vers l'endroit où se dissimulait Terry.

Elle se déplaça à l'autre bout du mur de fortune pour rester invisible. Le Russe s'effondra sur le pont et s'adossa à l'un des canots de sauvetage.

Plusieurs minutes s'écoulèrent. L'homme se mit à ronfler. Terry émergea de sa cachette et se pencha sur lui. Son haleine lui donna la nausée. Elle fixa la cicatrice horizontale hideuse qui entaillait le bas de sa gorge. Puis elle remarqua la commande à distance qu'il tenait à la main.

Avec précaution, elle lui desserra les doigts. L'homme remua. Elle se pétrifia en le voyant ouvrir à moitié les yeux et lui adresser un sourire d'ivrogne. « *U miny atasnit...* » Il sombra dans l'inconscience.

Terry lui prit la commande des mains et embrassa les lieux du regard. L'avant-pont était désert. Elle se dirigea vers l'écoutille scellée et pressa le bouton vert de la commande à distance. L'écoutille se souleva, révélant un escalier en acier qui s'enfonçait sous le pont. La jeune femme sentit un flux d'adrénaline dans ses veines. La question qu'elle avait posée la veille à son père lui revint à l'esprit : *Papa, jusqu'à quel point fais-tu confiance à Singer ?*

Terry descendit plusieurs marches, se retourna et pressa le bouton rouge pour refermer l'écoutille derrière elle.

Le bourdonnement d'un générateur puissant emplit ses oreilles. Le bruit provenait des entrailles du navire. Elle descendit deux étages et se retrouva devant une porte étanche close à deux battants. Après avoir défait les clenches, elle découvrit un couloir brillamment éclairé, d'un blanc aseptisé.

Elle referma la porte dans son dos et s'avança à pas rapides dans le couloir. Au bout se trouvait une imposante porte de sécurité en acier. La déception l'envahit quand elle comprit qu'elle ne pourrait pas entrer sans une carte à puce d'identification.

Jurant sous cape, elle s'apprêtait à rebrousser chemin quand un bourdonnement très fort la fit sursauter. La porte hydraulique commença à s'ouvrir vers l'extérieur.

Oh merde, tu t'es vraiment mise dans le pétrin...

En plein milieu du chemin, sans une seconde pour s'enfuir, Terry se coinça derrière la porte d'acier qui s'ouvrait dans un sifflement métallique. Elle s'aplatit contre le mur, tandis que l'arrière de la porte venait s'écraser contre son visage et sa poitrine. Des voix d'hommes conversaient en arabe. Leur volume s'amenuisa au fur et à mesure qu'ils s'éloignaient dans le corridor.

La porte reculant, le poids qui lui écrasait la cage thoracique diminua peu à peu. Sans l'ombre d'une hésitation, Terry se glissa à l'intérieur et la porte se referma dans son dos.

Elle venait de pénétrer dans un salon spacieux. À sa gauche, plusieurs fauteuils et sofas étaient disposés devant un grand écran de télévision et un magnétoscope. À sa droite, il y avait une kitchenette équipée d'un évier, d'un four à micro-ondes et d'un réfrigérateur. Devant elle, une porte fermée.

Elle l'ouvrit avec prudence. Un souffle humide lui balaya le visage. Étonnée, elle se retrouva dans un grand vestiaire : des toilettes à sa gauche, des lavabos et des placards à sa droite, un passage menant aux douches droit devant elle.

Des voix d'hommes lui parvinrent des douches.

Terry allait ressortir du vestiaire quand le bourdonnement de la porte d'acier se fit de nouveau entendre. Elle rebroussa chemin à toute allure, se précipita dans une des cabines des toilettes et s'y enferma à clé. Le cœur tambourinant, elle s'assit sur le siège en remontant les genoux jusqu'à sa poitrine et prononça une prière pour que personne ne s'aperçoive de sa présence.

Plusieurs minutes s'écoulèrent. Des pieds nus claquèrent sur le carrelage. En scrutant par la fissure entre la porte et son montant, elle distingua un homme nu au teint basané, dont les longs cheveux noirs, très épais, étaient dénoués dans le dos. Il se tenait juste devant sa cabine, face aux lavabos. Il fit couler l'eau et commença à se raser. Un autre homme s'adressa à lui en arabe, du coin où ils se changeaient.

L'Arabe acheva de se raser et sortit de son champ de vision. La conversation se poursuivit, ponctuée de rires. Quelques instants plus tard, Terry entendit les deux hommes sortir du vestiaire par la porte du salon.

Elle attendit encore plusieurs minutes. Puis, trempée de sueur, elle ouvrit la porte de la cabine et se glissa sur la pointe des pieds hors du vestiaire. La pièce était vide, mais elle entendait les sons de la télévision dans le salon.

Zut...

Prisonnière, elle passa devant les cabines de douche et pénétra dans une petite alcôve qui donnait sur une porte étanche, montée sur un cadre isolé par du caoutchouc. La porte était surmontée d'un panneau blanc, avec une inscription en lettres rouges en anglais, russe, allemand et arabe :

« ATTENTION. TOUT LE PERSONNEL DOIT SE DOUCHER AVANT D'ENTRER AU LABO. »

Terry tira de toutes ses forces sur la porte qui s'ouvrait vers l'extérieur. Un sifflement d'air puissant la poussait par-derrière. *Quel genre de laboratoire peut-il être conçu pour empêcher l'air de s'échapper ? Benedict s'occuperait-il de virus ?*

Elle pénétra dans une antichambre. Un endroit pour se changer, de toute apparence. Le sol, les murs et le plafond étaient revêtus d'un carrelage blanc. Des piles de serviettes propres étaient posées sur des étagères, au-dessus de paniers à linge et d'une rangée de bancs. Des dizaines de combinaisons pressurisées étaient suspendues à des crochets.

Au bout de la pièce, il y avait une autre porte étanche surmontée d'un second panneau d'avertissement :

« INTERDICTION D'ENTRER DANS LE LABO TOKAMAK SANS COMBINAISON PRESSURISÉE. »

Le visage dégoulinant de sueur, les nerfs tendus à craquer, Terry se maudit elle-même en regrettant de ne pas être restée dans sa cabine. Elle songea aussi qu'elle aurait dû profiter de son attente dans les toilettes pour faire pipi.

Tu es venue pour ça. Va jusqu'au bout.

Elle fouilla dans les combinaisons suspendues, dénicha la plus petite et la posa par terre. Elle ôta ses tennis pour l'enfiler et enfonça les pieds dans les bottes intégrées de caoutchouc. Elle remonta le reste de l'encombrante combinaison sur ses épaules, puis fourra ses tennis dans les poches de son jogging et glissa les bras dans les manches de la combinaison, en se débattant pour faire entrer ses doigts tout au bout des gants de caoutchouc qui y étaient attachés.

Terry tendit les bras derrière son cou pour mettre la capuche en place, puis elle remonta la fermeture Éclair frontale. Un bruit sec emplit ses oreilles. La visière dégageait une vapeur aveuglante. Sur le point de suffoquer, elle défit la fermeture Éclair et remarqua alors un tube orange, relié à une machine le long d'un mur. Remontant la fermeture Éclair, elle saisit le bout du tuyau et l'attacha à une valve sur sa combinaison.

Le jaillissement d'air fit gonfler la combinaison autour de son corps et dégagea la visière. Terry détacha le tuyau, puis elle ouvrit la porte pressurisée et se glissa à l'intérieur du laboratoire.

Les lieux la laissèrent bouche bée. Elle se tenait sur une passerelle étroite surplombant cinq étages, au-dessus d'un vaste espace qui emplissait tout le compartiment avant du *Goliath*. On avait complètement évidé les anciens silos de lancement verticaux afin de créer une salle de 900 mètres carrés à la pointe de la technologie, au centre de laquelle se trouvait un objet énorme en forme d'anneau métallique géant. Indécise, Terry s'agrippa à la rambarde devant elle.

Deux techniciens sortirent de l'anneau. Ils portaient des combinaisons pressurisées et des réservoirs d'air. L'un d'eux leva les yeux dans la direction de Terry. Elle leur fit signe et ils avancèrent. Elle descendit alors l'escalier en colimaçon en se demandant comment elle avait pu se fourrer dans un pareil pétrin.

Terry s'approcha de la chambre sous vide, énorme tube d'acier circulaire qui se dressait à plus de 6 mètres au-dessus du sol. Des bobines de cuivre épais entouraient la coque extérieure. D'innombrables câbles sortaient de la machine et étaient reliés à des terminaux informatiques et à du matériel de haute technologie placés autour de la salle. Tout au fond du laboratoire se trouvaient d'énormes générateurs, dont les bourdonnements profonds faisaient vibrer le sol d'acier sous ses pieds.

Terry embrassa les lieux du regard. Les deux techniciens avaient disparu. Elle repéra un écran d'ordinateur allumé et s'installa devant. Elle manœuvra la souris et un programme apparut.

GTI TOKAMAK

Particules Alpha	Force électromagnétique
Mode H	Chambre à ionisation
Puits magnétique	Injecteurs particules neutres
Couverture neutronique	Programme particulaire intercellule (PIC)
Systèmes de sécurité passifs	Composantes poloïdales du champ plasma
Transformateur primaire	Mélange réactif : Deutérium, Tritium
Aimants supraconducteurs	
Chambre d'expérience	Bobines de champ toroïdal
Turbulence	Chambre à vide

Terry leva les yeux de l'écran. Les techniciens étaient revenus et la fixaient depuis le côté opposé de la salle. L'un d'eux fit un signe à son collègue. Ils s'approchèrent.

Terry se leva. Elle s'aperçut que l'air se raréfiait à l'intérieur de sa combinaison pressurisée. D'un pas normal, elle se dirigea vers l'escalier en colimaçon, la tête baissée pour dissimuler son visage. Les hommes la suivirent. Une fois près de l'escalier, elle prit ses jambes à son cou et grimpa les marches quatre à quatre.

Des voix masculines hurlèrent dans son casque, en russe pour commencer, puis en anglais : « Qui êtes-vous ? Arrêtez-vous tout de suite ! Identifiez-vous ! »

Terry atteignit la passerelle, hors d'haleine. Elle plongea vers la porte pressurisée. Ses poursuivants gagnaient du terrain. Elle traversa la salle d'habillage, atteignit la porte, l'ouvrit et entra d'un pas mal assuré dans les douches. Ses bottes de caoutchouc la firent déraper et elle tomba lourdement sur le dos, glissant sur le sol mouillé.

Des voix à l'accent russe emplirent ses oreilles.

Debout ma vieille ! Magne-toi le train !

Terry se releva et se précipita dans le salon. Quatre hommes, tous vêtus de blouses d'un blanc chirurgical, levèrent les yeux de la télévision.

Le visage caché derrière ses gants, Terry traversa le salon comme une flèche en direction de la porte de sécurité et chercha désespérément le moyen de l'ouvrir. Elle repéra un bouton vert et le pressa, à l'instant où les techniciens russes bondissaient hors du vestiaire.

Terry se glissa par l'entrebâillement et fila dans le couloir. Elle poussa la porte étanche, plongea en avant et poussa un cri de douleur en se cognant le front contre le montant d'acier. Elle claqua la porte derrière elle et referma les clenches. Les voix russes se rapprochaient.

Tout en remontant les deux étages, elle commença à se débarrasser de la combinaison pressurisée. Son épuisement était tel que ses poumons la brûlaient et que les battements de son cœur résonnaient jusque dans ses oreilles. En haut de l'escalier, elle voulut prendre la commande à distance dans son jogging et émit un gémissement en la sentant se glisser dans sa botte droite.

Dans ses écouteurs, Terry entendait la respiration pantelante des techniciens russes. Elle dégagea ses jambes de la combinaison, parvint à récupérer la commande dans sa botte et pressa le bouton vert. L'écoutille s'ouvrit au-dessus de sa tête.

Les Russes franchirent la porte étanche et escaladèrent l'escalier à la seconde où elle émergeait sur le pont. Elle se tourna pour refermer l'écoutille derrière elle, en traînant encore la combinaison.

L'ivrogne !

Elle courut vers les canots de sauvetage et, à son grand soulagement, retrouva l'homme allongé, toujours inconscient. Elle lui ôta ses chaussures, puis lui enfonça les pieds dans les bottes et commença à remonter la combinaison dans son dos.

Elle entendit l'écoutille s'ouvrir.

Terry introduisit grossièrement les bras de l'homme dans la combinaison, tandis qu'une demi-douzaine d'individus surgissaient de l'écoutille.

Elle s'accroupit derrière la pile de canots de sauvetage et jeta un regard désespéré autour d'elle. L'avant-pont était complètement dégagé. Sans nul endroit où se cacher, elle le traversa à toute allure et grimpa par-dessus le bastingage. Agrippée à la plus basse des trois rambardes, elle se retrouva suspendue en position acrobatique contre la coque extérieure du *Goliath*, à 12 mètres en surplomb des eaux noires du Pacifique.

Des hommes hurlèrent. Ils avaient trouvé l'ivrogne.

Terry pressa ses pieds nus contre les plaques d'acier froides. En passant les mains l'une par-dessus l'autre, elle parvint à longer la coque vers l'arrière du navire. Elle voulait atteindre l'immense tourelle d'acier, seul vestige de l'un des énormes canons du croiseur lance-missiles.

Ses mains et ses pieds s'engourdissaient, ses doigts étaient trop courts pour couvrir la largeur de la rambarde. Au bout de 6 mètres, elle dut s'arrêter. Elle se hissa et se colla au bastingage. Des hommes couraient sur le pont.

Terry rampa le long de la tourelle, toujours à l'abri des regards. Il ne lui restait plus qu'une dizaine de mètres de pont à traverser jusqu'à la superstructure du navire.

À quatre pattes, elle atteignit le dédale d'acier et monta sur le pont suivant. En dessous, c'était le branle-bas de combat. Elle rentra à l'intérieur du navire et grimpa un autre étage.

Cinq minutes plus tard, elle atteignit l'entrée du pont C. Un bruit de voix l'incita à la prudence. Benedict, en peignoir, parlait dans le couloir avec les deux techniciens russes du laboratoire. Les trois hommes se tenaient devant sa cabine et jetaient des coups d'œil à sa porte.

Terry se dépêcha de ressortir et de ramper le long d'un pont étroit situé sous sa cabine. Elle leva les yeux pour s'assurer que le hublot était encore ouvert.

Bon. Tu es capable d'y arriver...

Elle sauta et grimaça quand ses doigts à vif saisirent le bord extérieur du hublot. Elle appuya les pieds contre la rambarde pour se hisser et enfonça la tête dans le trou, le bas de son corps encore suspendu à l'extérieur.

Ses épaules étaient trop larges pour lui permettre de s'introduire dans la cabine.

On frappa à sa porte.

Terry ressortit la tête, glissa un bras dans le hublot et repassa la tête dans l'ouverture. En tortillant des épaules, elle parvint à se faufiler et s'effondra par terre.

On frappa de nouveau à sa porte. Un coup plus fort, plus pressant.

– Une minute, s'il vous plaît...

Terry referma le hublot, puis elle ôta son jogging. Nue, elle arracha un drap à sa couchette et s'en enveloppa, attentive à dissimuler ses doigts écorchés et ses pieds sales.

Elle ouvrit la porte en feignant d'être à moitié endormie.

– Il est déjà l'heure de partir ?

Benedict et les deux techniciens la dévisagèrent.

– Non, ma chère, pas encore, répondit Benedict. Nous venons d'avoir un petit ennui. Nous voulions juste nous assurer que tout allait bien.

– Quel genre d'ennui ?

Les yeux émeraude pénétrants fusillèrent Terry d'un regard glacial, puis se posèrent sur le mur.

– Rien de grave. Recouchez-vous.

Terry lui adressa un sourire las et referma sa porte. Elle s'immobilisa pour écouter Benedict hurler des ordres en russe à ses hommes avant de refermer sa propre porte. Contente d'elle-même, elle se laissa tomber comme une chiffe sur sa couchette. Elle avait froid, ses membres étaient douloureux et elle était à bout de forces.

Que cachait Benedict ?

Trop lasse pour s'en soucier, elle s'allongea et sourit de sa propre audace. Juste avant de glisser dans le sommeil, elle prit un stylo et un papier sur sa table de nuit et griffonna « TOKAMAK ». Puis elle déchira la feuille et fit une boule du papier qu'elle cacha dans une de ses chaussures.

Une minute plus tard, elle sombrait dans un sommeil agité, sans avoir remarqué les empreintes noires qu'elle avait laissées sur le mur autour du hublot.

LES GONDS SAUTENT

Institut océanographique Tanaka
Monterey, Californie

– Je t'ai déjà dit que tu avais perdu la tête ?

– Oui, Mac. Plusieurs fois. Éteins le moteur. Je ne veux pas effrayer le Megalodon.

– Effrayer le Megalodon ? Qu'il aille se faire voir ! C'est à moi que tu flanques une sacrée trouille.

Mac éteignit le moteur Mercury, afin de permettre au flotteur de 10 mètres de dériver vers l'extrémité extérieure du canal d'accès à l'océan. Puis il tendit les bras pour saisir la partie apparente de la barrière en béton immergée et amarrer contre elle l'embarcation à fond plat.

Le canal d'accès était formé d'un chenal, profond de 25 mètres et large de 20, le long duquel couraient deux murs de béton parallèles. À partir du mur ouest du lagon, le canal suivait la plage pendant quelques mètres comme une rampe d'accès d'autoroute, avant de s'enfoncer dans le Pacifique pendant 300 mètres supplémentaires. Les doubles portes d'acier de 25 mètres de haut qui le fermaient hermétiquement se situaient aux deux tiers de sa longueur, à 250 mètres du rivage.

À marée basse, 1 mètre environ de sa partie supérieure émergeait, semblable à un trottoir étroit qui entrait dans la mer. Mais à marée haute, une fois sous l'eau, on ne distinguait sa présence qu'à une dizaine de bouées orange et de pancartes qui en interdisaient l'approche.

Jonas désigna une double spirale de fils barbelés tendus entre les deux murs.

– Les portes sont là.

– Bon dieu, il arrive ! s'exclama Mac.

Un sillage de 2,5 mètres apparut dans le canal en direction des fils barbelés. La créature vint cogner les portes avec un grondement retentissant dont l'impact fit fortement vibrer les deux murs.

Mac passa les mains dans ses cheveux en brosse d'un geste fébrile.

– Bon sang, Jonas... est-ce qu'on est en sécurité ici ?

– C'est ce qu'on va vérifier.

– Je compte sur toi pour me prévenir avant que ton poisson s'échappe. Par simple curiosité, j'aimerais bien savoir de quel côté s'ouvrent ces portes.

– Vers l'intérieur, dieu merci ! Au départ, Masao les a conçues pour attirer dans le lagon les baleines à bosse et les baleines grises qui migraient. Elles sont perméables, pour permettre à l'eau de mer d'entrer et de sortir du réservoir.

Le bruit lointain des timbales se répercuta le long du canal.

– La séance de l'après-midi va bientôt commencer, constata Jonas. Je ferais mieux de me mettre en tenue.

Mac regarda son ami enfiler la combinaison de Néoprène étanche.

– Jonas, je sais bien que la vie t'en fait voir de toutes les couleurs depuis quelque temps, mais tu vas vraiment faire un truc hyper dangereux.

– Si tu connais un autre moyen d'estimer les dégâts, je suis tout ouïe...

Le braillement d'un talkie-walkie les interrompit.

– À toi, Manny.

– Doc, on a augmenté le niveau des ondes acoustiques sous-marines. Je vous préviendrai dès qu'il entrera dans le canal.

– Merci.

Les battements de tambour s'amplifièrent. Jonas s'aperçut que ceux de son cœur suivaient le même rythme quasiment rituel.

– Jonas, on est copains depuis combien de temps ? Onze ans ? Tu sais que tu es mon meilleur ami.

– Et moi qui croyais être le seul ! (Jonas sourit.) Tu te fais de la bile ?

– Exact : à cause de ce qui te bile toi. Terry a raison : ce foutu monstre t'obsède. Tu n'en as pas marre ?

Jonas fixa son regard sur l'enceinte en plein air, à l'autre bout de la plage.

– Par-dessus la tête.

– Alors démissionne. Je te parie que tes cauchemars disparaîtront une semaine après ton départ de l'institut.

– J'en ai bien l'intention. Mais je dois d'abord m'occuper d'un électron libre de 31 tonnes. Tu as l'émetteur ?

– Ouais.

Mac sortit un objet de15 centimètres en forme de flèche d'une boîte de matériel de pêche. Le boîtier n'était pas plus gros qu'une balle de revolver. Un harpon acéré de 10 centimètres dépassait d'un bout.

– Un peu petit, non ? Quelle est sa portée ?

– Ça dépend, en fonction de la profondeur et de la topographie de l'océan. Je dirais de 150 à 300 kilomètres. Il émet un signal sonore sous-marin qui peut tout de suite être identifié par le SOSUS et qui permet de traquer ton monstre partout dans le monde.

Impressionné, Jonas examina l'instrument. Le SOSUS était le système de surveillance sous-marin qui avait coûté quinze milliards de dollars à la Navy. Pendant des dizaines d'années, il n'avait servi qu'à repérer les navires et les sous-marins ennemis. Constitué de plus de 20 000 kilomètres de câbles et de micros immergés, ce dispositif était désormais utilisé par les savants pour écouter le chant des baleines, détecter les séismes sous-marins et déceler le vêlage des icebergs à des milliers de kilomètres.

Jonas rendit la flèche à Mac.

– Il émettra pendant combien de temps ?

– Je dirais six mois. Il est équipé d'une batterie principale au lithium et d'un survolteur au nickel-cadmium.

– Et le fusil ?

Mac sortit de sa veste une petite arme qui ressemblait à un pistolet de starter . Il vissa un adaptateur en plastique au bout du canon, puis il chargea l'émetteur dans l'adaptateur et le tendit à Jonas.

– Pour un pistolet, il tire super vite. Fais attention de bien viser et de tirer des deux mains. Malheureusement, il n'a une portée efficace que d'une centaine de mètres. Au-delà, ça m'étonnerait que l'émetteur puisse transpercer la couenne épaisse du Megalodon. Si tu m'accordes quinze jours de plus, je peux te procurer un truc attaché à une carabine...

– On n'a pas le temps. Je veux le marquer aujourd'hui.

– Doc, il arrive.

Jonas saisit le talkie-walkie.

– À toi, Manny.

– Ange vient d'entrer dans le lagon. Si vous n'avez pas changé d'avis, vous feriez mieux de vous remuer.

Jonas saisit ses palmes.

– Ne bouge pas, dit-il à Mac. Je ne veux pas que le Megalodon voie le bateau à son retour. Quand j'aurai inspecté les gonds, on s'amarrera à l'extérieur du canal pour lui implanter l'émetteur.

– Ouais, comme tu voudras. Dis-moi, Jonas, tu connais la définition du mot « merdeux » ?

Jonas enfila son masque, le regard rivé sur l'eau bleue.

– Pas vraiment, c'est quoi ?

– Un merdeux est un type qui voit un tas de merde par terre, qui sait que c'est de la merde, mais qui marche quand même dedans. Va faire joujou avec ton foutu requin, merdeux.

Jonas jeta un regard à son ami avant de sauter du bateau, pieds devant. Un nuage de bulles l'aveugla un instant, tandis qu'il s'enfonçait dans les eaux opaques.

À 10 mètres de profondeur, il se mit à nager le long du mur sur sa droite. Le béton était camouflé par une couche épaisse de végétation. Un courant fort le propulsait vers l'avant. Il ne lui fallut que quelques instants pour arriver aux portes.

Elles émergeaient majestueusement de la mer bleue brumeuse. Sombre et inquiétante, la barrière à côté de laquelle il se sentait tout petit emplissait tout son champ de vision et s'enfonçait à 25 mètres dans l'obscurité.

Une fine pellicule de rouille et de bernacles recouvrait le mur de métal lisse. Jonas tendit une main pour passer trois doigts dans l'un des orifices. 15 bons centimètres d'acier. Incapable de résister, il regarda par l'ouverture de 10 centimètres de l'autre côté du canal.

Un frisson lui parcourut le dos. *Arrête de perdre ton temps, merdeux…*

Jonas s'approcha du mur de droite et alluma son puissant projecteur sous-marin. Il dirigea le faisceau vers les gonds qui reliaient le châssis de la porte au mur.

Les dégâts commençaient à 3 mètres de profondeur et augmentaient au fur et à mesure qu'il descendait. Sous la force des coups de boutoir de la créature, les gonds d'acier d'un mètre avaient commencé à se déformer vers l'extérieur. Ils tenaient encore, mais Jonas comprit qu'ils étaient sur le point de céder. Dès que le premier sauterait, les autres suivraient automatiquement.

Il allait commencer l'inspection de l'autre porte quand un mouvement rapide attira son regard.

À 5 mètres sous lui, un dos large grisâtre glissait silencieusement le long des portes. Une fois arrivé devant le mur, il bifurqua soudainement et disparut dans les ténèbres.

Jonas tourna la tête. De la brume, un second requin émergea directement au-dessus de lui. Une poussée d'adrénaline le submergea. C'était un autre grand blanc, énorme. Un animal de 6 mètres qui pesait bien plus d'une tonne.

Jonas fit un gros effort de volonté pour garder son calme et recula en godillant, jusqu'à ce que sa bouteille à air cliquette contre la porte d'acier. Le gros requin continuait à avancer lentement vers lui. Ses nageoires pectorales horizontales s'évasaient comme les ailes d'un chasseur à réaction. Le grand blanc se rapprocha à moins de 6 mètres, en se guidant d'instinct à l'odeur.

Jonas braqua sa torche devant lui. Le faisceau illumina des trous sombres qui émaillaient le dessous du museau du requin.

Les ampoules de Lorenzini [1]. Le prédateur se dirigeait vers le faible champ électrique dégagé par les battements de cœur de Jonas.

Le paléontologue agita frénétiquement les bras en hurlant dans son détendeur. Le gros mâle s'approcha à 1,5 mètre... puis il prit un virage en lui montrant ses crochets jumeaux.

Jonas baissa les yeux.

Trois autres requins traçaient des cercles sous lui. Trois autres grands blancs.

Il resta pétrifié contre la porte d'acier. Deux autres prédateurs passèrent dans son champ de vision. Deux mâles.

1. Superrécepteurs situés sur la tête et le museau des requins, leur permettant de saisir les variations de vibrations, de température, de salinité et de pression de leur environnement, ainsi que les décharges électriques émises par les muscles de leurs proies en mouvement. *(NdT)*

Ils sont un sacré paquet... Tous des mâles. Qu'est-qu'ils fichent ici ?

Les requins se mirent à tourner plus rapidement. Manifestement, quelque chose les énervait. Un des plus gros se jeta sur l'un de ses concurrents. L'espace d'un moment stupéfiant, les deux requins se lacérèrent leur peau épaisse. 2 tonnes de muscles s'emmêlèrent au point de se confondre avant de se séparer.

Jonas n'avait encore jamais constaté ce genre de comportement chez le *Carcharodon Carcharius*. Il se sentait totalement vulnérable, pareil à un agneau égaré parmi des loups affamés. Il vérifia sa profondeur : – 20 mètres.

Il se colla contre la porte d'acier et se recroquevilla. Sans succès. Les requins se lancèrent à l'assaut.

Mac ne pouvait pas voir le spectacle qui se déroulait dans le lagon, mais les réactions de la foule lui apprenaient où il en était. Plusieurs minutes s'écoulèrent. Pourquoi diable Jonas mettait-il si longtemps ?

Une nageoire dorsale gris foncé d'un mètre passa en flèche près du bateau. Mac vit la nageoire caudale battre la surface et s'éloigner dans le canal avant de réaliser ce dont il s'agissait.

– Bon sang, Jonas...

Moteur ronflant, il accéléra en direction de la barrière de fils barbelés. Une deuxième nageoire dorsale apparut sur sa gauche, puis une autre. Il scruta la surface avec frénésie, pour essayer d'apercevoir des bulles et releva les yeux à la dernière seconde. Trop tard.

– Merde !

Le passage brutal en marche arrière dégagea un nuage suffoquant de fumée noire qui lui balaya le visage. Prisonnier de son propre sillage, le bateau poursuivit son chemin vers l'avant. Sa proue plate glissa sous la barrière en spirale et alla se loger dans les fils barbelés.

– Espèce de con !

Mac saisit un aviron et s'évertua à libérer l'embarcation en poussant de toutes ses forces contre la barrière.

Un mouvement à l'avant lui fit lever la tête. Un sillage de 2,5 mètres déferlait du lagon, droit sur lui.

Jonas vit le bateau de Mac. Il commença à remonter en lançant des regards frénétiques dans toutes les directions aux requins qui se relayaient pour l'attaquer.

Il fit une pause à 10 mètres. Un missile de 800 kilos, avide de chair fraîche, glissa vers lui et ralentit en approchant du mur. Jonas comprit que les courants alternatifs fluctuants dégagés par les portes d'acier hydrauliques embrouillaient ses ampoules de Lorenzini. À moins de 3 mètres, le remarquable système sensoriel du grand blanc se déréglait. Plutôt que de battre en retraite, le prodigieux prédateur ouvrit sa gueule, étira sa mâchoire armée de dents ivoire pareilles à des scalpels, tandis que son œil noir roulait dans son orbite.

Son système de réception temporairement déréglé, le grand blanc percuta le mur à la droite de Jonas. Il fit claquer sa gueule hideuse en montrant ses dents de mort, sans cesser de chercher sa proie à l'aveuglette le long de la paroi d'acier.

Jonas expulsa à la hâte l'air de sa bouée de sécurité, en se laissant couler sous la gueule qui approchait. La tête du monstre frôla le dessus de la sienne et ses mâchoires qui continuaient à claquer glissèrent de profil le long de la porte.

Le mâle de 5 mètres abandonna la partie et battit en retraite dans la brume. Jonas donna des coups de pied en ciseaux et remonta à 10 mètres. Puis il baissa les yeux.

Un autre mâle – celui de 8 mètres – remontait droit sous lui.

Il donna un coup de pied plus vigoureux. La mâchoire ballante s'ouvrit. Les yeux noirs chavirèrent, les dents ivoire s'écartèrent et Jonas comprit que le monstre le tenait sous sa coupe.

Le requin le cogna aussi violemment qu'un petit camion et engouffra sa jambe gauche jusqu'à la hanche dans sa gueule.

Jonas mordit dans son détendeur et dans sa langue. Son corps grésilla comme s'il avait reçu une décharge d'un fil sous tension. Il projeta sa main gauche vers le bas et donna un coup sur le museau du requin avec le bout contondant de son projecteur. Les mâchoires se rouvrirent. Jonas pagaya et se contorsionna pour libérer sa jambe de l'épouvantable gueule.

Le grand mâle s'immobilisa, secoua la tête, puis il fonça de nouveau vers lui, les mâchoires béantes…

Il se tourna et fila comme une flèche.

Jonas eut le temps d'enregistrer la lueur blanche luminescente, suivie d'une explosion métallique assourdissante, tandis que le Megalodon se lançait contre les portes comme un semi-remorque percuterait un barrage de police. Sous l'impact, un battant alla brutalement cogner contre sa bouteille d'air et la fit exploser, lui coupant le souffle.

Un horrible crissement de métal se propagea tout autour de lui, tandis que les portes de métal continuaient à s'ouvrir et le projetaient la tête la première vers le mur.

Le monstrueux Megalodon se frayait un chemin à travers la brèche qui s'élargissait.

Le réservoir crevé, à présent vide, tirait sur Jonas comme une ancre. Aveuglé, son masque complètement inondé, il avalait de l'eau de mer qui l'étouffait et sombrait sans pouvoir rien y faire, incapable de donner des coups de pied avec sa jambe lacérée.

Le petit verre à boire !

Jonas arracha le petit cylindre de sa ceinture, exhala, puis aspira à pleins poumons la goulée d'air qui allait lui sauver la vie.

Aveuglé par son propre sang, il farfouilla à tâtons autour de sa taille pour trouver le fermoir de sa ceinture de lest. Le bas de son corps s'engourdissait. Il parvint enfin à saisir la clenche de plastique et tira dessus. La ceinture de lest glissa vers le fond, cognant brutalement au passage sa jambe blessée.

Jonas commença à remonter dans un nuage de sang qui flottait devant la porte d'acier déchiquetée.

Il ôta son masque. Cet effort l'abrutit complètement. Réalisant qu'il était sur le point de s'évanouir et qu'il saignait abondamment, il rassembla toute son énergie pour regagner la surface. Puis il se figea – face à son pire cauchemar.

L'œil gris d'Ange le fixait, sa tête luminescente se trouvait à moins de 5 mètres de lui. Le sourire démoniaque – légèrement de guingois – s'ouvrait et se fermait de manière spasmodique, comme si le requin lui parlait.

Jonas était pétrifié, en proie à une terreur absolue. Sa vue s'obscurcissait peu à peu.

Ange ne bougeait pas, comme s'il prenait sa mesure.

Il me reconnaît...

Jonas se sentit remonter. Sa main gauche se tendit et effleura la porte d'acier dégondée.

Remue-toi !

D'une seule contraction musculaire provoquée par une poussée d'adrénaline, Jonas se faufila derrière la porte déchirée et se coinça entre les gonds arrachés – un centième de seconde avant que son « Ange de la Mort » ne se précipite la gueule ouverte sur lui.

Le museau du Megalodon s'écrasa contre l'intérieur de la porte et le repoussa contre le mur de béton.

Jonas entendit l'acier grogner derrière lui. La porte lui servait de bouclier contre la mâchoire d'Ange. Il se fichait désormais de tout. Les yeux fermés, il continua à remonter dans le nuage de son propre sang, soutenu par le peu d'air que contenait encore sa bouée de sécurité.

Penché par-dessus le capot du moteur, Mac gardait les yeux rivés sur les eaux tourbillonnantes. Il savait que le Megalodon s'était forcé un chemin à travers les portes. Mais il ignorait si Jonas était encore en vie.

Une lueur d'albâtre apparut.

La nageoire dorsale fendit la surface et s'éloigna vers le large.

Mac saisit son arme à deux mains et tira.

La flèche atteignit la base de la nageoire dorsale.

Puis quelque chose cogna brutalement contre le bas du bateau à flotteurs.

Mac se précipita en direction du bruit. Une tête apparut puis disparut dans une mare de sang. Mac se pencha à la hâte par-dessus bord pour saisir Jonas par les cheveux. Il tira, puis agrippa son ami sous les aisselles, afin de le hisser dans l'embarcation.

Au spectacle du sang qui jaillissait d'un membre mutilé méconnaissable, Mac eut un haut-le-cœur.

– Oh, mon Dieu !

Il jeta un bref regard par-dessus son épaule pour s'assurer que le Megalodon poursuivait sa course vers la sortie du canal. D'une main tremblante, il enfonça alors le pouce et l'index dans l'une des plaies béantes de la jambe de son ami. Il sentit le sang qui giclait de la veine couler le long de ses doigts et la pinça désespérément, tout en allumant le moteur de sa main libre pour faire pénétrer en hâte le bateau à flotteurs dans le lagon.

UN ENFER MAGNIFIQUE

Pacifique Ouest

Terry s'adossa au bastingage pour offrir son visage à la caresse réchauffante du soleil matinal. Comme elle n'avait presque pas dormi, elle aurait préféré passer le reste de la journée au lit, mais cette paresse aurait éveillé les soupçons.

Tokamak ? Sur quoi Benedict travaillait-il dans son laboratoire ? Ses recherches avaient-elles un rapport avec le Benthos *?*

Elle rouvrit les yeux. L'*Epimetheus* fendait la surface à une quinzaine de mètres de la poupe du *Goliath*. Un plongeur fit descendre le câble du treuil dans la mer et attacha plusieurs crocs le long de la coque du submersible. Quelques minutes plus tard, le vaisseau de 22 mètres en forme de cigare fut balancé dans les airs et redescendu sur sa plate-forme d'amarrage.

Benedict lui fit signe de la main en traversant le pont arrière pour aller accueillir les membres de son équipe A. La moitié de ceux de l'équipe B avaient accompli la descente deux jours plus tôt pour prendre la relève de leurs compagnons et se trouvaient déjà à bord du *Benthos*. D'ici moins de trois heures, Benedict et le reste des membres d'équipage allaient monter à bord du *Prometheus* pour effectuer leur mission d'une semaine dans la fosse.

Terry observait Benedict à travers ses paupières à moitié closes. Savait-il qu'elle s'était introduite par effraction dans son laboratoire ?

Contente-toi d'obtenir les données sonar et quitte ce bateau...

Il se passait quelque chose d'anormal. Terry s'écarta du bastingage, revivifiée par une poussée d'adrénaline. De l'autre côté du pont, Benedict échangeait des propos animés avec le capitaine de l'équipe A. Les deux hommes regardaient dans sa direction.

Terry rejoignit Benedict à mi-chemin.

– Un problème ?

– C'est entièrement de ma faute, pardonnez-moi, dit Benedict. Le capitaine vient de me faire fort justement remarquer que les ordinateurs du *Benthos* ont été conçus spécialement et qu'ils ne sont pas compatibles avec ceux du *Goliath* ou ceux du JAMSTEC.

– Ça veut dire quoi ?

– Qu'avant de pouvoir remonter les données sonar exigées par le JAMSTEC, il va falloir les transcoder à bord du *Benthos*.

Terry sentit sourdre sa colère.

– Très bien. Transcodez-les, faites le nécessaire.

– Malheureusement, ces opérations prennent du temps. Le *Benthos* fonctionne avec une équipe réduite. Le transcodage des informations n'est pas très difficile, en fait, vous pourriez l'effectuer après un entraînement de dix minutes, mais il implique de réquisitionner une personne sur quatre pendant au moins deux, sinon trois relèves. Cela dit, je serai à bord du *Benthos* toute la semaine et je vous donne ma parole que je ferai de mon mieux pour isoler et convertir les données nécessaires, ou tout au moins une bonne partie d'entre elles.

– Par conséquent, je suis coincée à bord du *Goliath* pour une autre semaine au moins ?

– Peut-être deux, si je n'arrive pas à achever le travail. Je suis sûr que le JAMSTEC comprendra.

Terry secoua la tête en signe de protestation, sa fatigue était en train de l'emporter.

– Détrompez-vous. Si je fais part aux Japonais de cette information, ils rompront sans doute sur le champ le contrat.

Benedict parut surpris.

– Et pourquoi donc ? Ils ne nous font pas confiance ?

– Ce n'est pas ça. Je pense qu'ils sont tout simplement soupçonneux de nature.

– Que soupçonneraient-ils ?

– Je n'en sais rien. Ça n'a pas d'importance.

– Mais si ! Je fais des affaires en toute bonne foi dans le monde entier. Partout où je voyage, je suis lié par ma parole. Comment les Japonais osent-ils la mettre en question ? (Le visage de Benedict vira au rouge betterave et les veines de son cou se mirent à palpiter.)

Nemo me impune lacessit : « Personne ne m'attaque impunément. » Aucune nation ne me contraindra par la menace. Je ne l'accepterai pas. J'annulerai notre contrat…

– Non, attendez…

Terry sentait la panique l'envahir. Elle réfléchissait à toute vitesse. Elle ne pouvait pas permettre l'annulation du contrat JAMSTEC. Et elle voulait en apprendre davantage sur le laboratoire secret de Benedict.

– Benedict, et moi ? Et si… et si vous me montriez comment transcoder les données ?

– Vous ? (Benedict hocha la tête.) Il faudrait que vous descendiez avec nous à bord du *Benthos*. Après l'accident de votre frère, votre père me ferait fusiller s'il savait que je vous emmène dans la fosse.

– Il n'a pas besoin de le savoir. Benedict, je vous en prie, c'est la seule solution. Si le JAMSTEC annule, mon père sera ruiné. Je vous en prie…

Benedict contemplait la mer en savourant cette petite joute psychologique.

– Je ne vois pas comment…

– Benedict, regardez la somme de temps et d'argent déjà investie par GTI dans ce projet. Il est trop important pour le laisser tomber comme ça. Offrez-moi une chance de donner satisfaction au JAMSTEC. Je rassemblerai les données sans vous encombrer.

– Très bien, répondit le milliardaire, prêt à lui porter l'estocade. Mais pour que le torchon ne brûle pas entre votre père et moi, vous allez rédiger une décharge de votre main, expliquant que cette décision est entièrement votre fait.

– Merci. Je vais préparer cette lettre, puis je ferai mes bagages. Quand partons-nous ?

– Dans deux heures. Emportez le strict minimum. On est à l'étroit à bord du *Prometheus*.

Bien décidée, la jeune femme se hâta de regagner sa cabine.

Terry descendit avec prudence dans la tourelle donnant dans la cabine principale du *Prometheus*. Les quatre hommes d'équipage du submersible étaient déjà à leur poste. Quant aux autres membres de l'équipe B du *Benthos*, ils étaient allongés ou jouaient aux cartes dans la minuscule cuisine.

Benedict interrompit son travail.

– Ah, notre invitée d'honneur ! Bienvenue à bord. Nerveuse, ma chère ?

– Excitée, à dire vrai. Je rêve depuis longtemps de descendre dans la fosse.

– Alors, ce jour est béni des dieux. Suivez-moi, je vous ai réservé la meilleure place du théâtre pour votre première descente.

Benedict la guida dans le cylindre exigu, dont les parois étaient revêtues du plancher au plafond par des consoles informatiques et des gadgets électroniques. Une dizaine de tuyaux d'acier couraient au-dessus de leur tête. Au centre du vaisseau, le passage grillagé s'élargissait. Terry aperçut une lumière venant d'en bas.

Benedict se pencha pour déplacer 2 mètres carrés de grillage sur le sol. L'entrée de la capsule d'observation sphérique, située sous la cabine principale, apparut.

– Allez-y. Descendez et mettez-vous à l'aise. Si le spectacle vous ennuie, activez l'ordinateur et tapez « INVITÉ ». Le programme vous fera faire une visite guidée du *Benthos*. Ne touchez à rien d'autre. Si vous avez froid, il y a une couverture sous le siège.

Terry emprunta la petite échelle qui menait à l'habitacle monoplace. La structure sphérique était suspendue sous la coque du submersible comme le canon à tourelle d'un bombardier de la Première Guerre mondiale. Devant elle s'ouvrait un hublot de 20 centimètres, placé à un angle de 45 degrés. Une forme d'allégresse l'envahit subitement : elle allait vivre une expérience fantastique.

Un double claquement métallique retentit et ils se mirent en branle sur les rails. Quelques secondes plus tard, le treuil attaché à l'énorme portique en acier plaça le *Prometheus* au-dessus du pont. Tout le mécanisme pivota vers l'arrière pour soulever le submersible dans les airs au-dessus du *Goliath* en une longue courbe gracieuse. Terry vit la mer venir subitement à sa rencontre.

Le submersible qui venait d'être lâché dans l'eau tanguait sur les lames. Des plongeurs détachèrent les filins et inspectèrent la panoplie de gadgets et les rangées de plaques de lest accrochées sous la coque. Un homme-grenouille fit un signe de la main à Terry, avant de disparaître dans un tourbillon de bulles.

Le *Prometheus* commença à s'enfoncer lentement pour sa descente de six heures dans l'inconnu.

Terry contemplait un monde bleu illuminé par les faisceaux d'une demi-douzaine de projecteurs sous-marins. Elle apercevait les extrémités des doigts mécaniques des bras automatiques repliés sous la coque, ainsi que des caméras assemblées sous la proue. Au fur et à mesure de leur descente, la couleur de la mer s'assombrissait. Elle passa du bleu foncé au mauve, avant de devenir complètement noire.

Le froid commença à lui peser. Elle sortit la couverture et l'enveloppa autour de ses épaules.

Comme son bateau jumeau l'*Epimetheus*, le *Prometheus* possédait une double coque de titane de 15 centimètres d'épaisseur. Pour que le vaisseau puisse descendre, il fallait emplir ses principaux réservoirs de lest d'eau de mer, afin de lui donner une flottabilité négative. Quand il atteindrait la fosse, plusieurs des plaques d'acier attachées sous la coque seraient larguées pour lui permettre de rester en suspension. Pour la remontée, les dernières plaques seraient détachées.

Alors qu'ils dépassaient les 3 kilomètres de profondeur, Terry aperçut de minuscules lumières scintiller sous son hublot. Deux raies marrons apparurent, pourvue chacune d'une tête énorme et de mâchoires munies de dents pointues à l'aspect redoutable. Du sommet de leur crâne, un appendice de chair pendait par-dessus leur bouche. Il se terminait par une ampoule brillante destinée à attirer les proies. Les raies firent de rapides allées et venues dans les faisceaux des phares du submersible. Au bout d'un moment, elles se désintéressèrent de ce petit jeu.

Après s'être installée confortablement, Terry posa le clavier de l'ordinateur sur ses genoux et tapa le mot « INVITÉ ». Le programme se chargea. Un emblème de Geo-Tech apparut, proposant à l'utilisateur de choisir entre plusieurs langues. Terry plaça la flèche devant « ANGLAIS », appuya sur « ENTER » et attendit le début du programme.

– *Bienvenue à bord du Benthos,* grésilla une voix féminine, *la réalisation suprême de Geo-Tech Industries pour l'exploration des fonds sous-marins.*

L'image animée informatique du *Benthos* apparut. Le vaisseau ressemblait à l'hémisphère nord d'un énorme globe terrestre, coupé en deux le long de l'équateur. Trois jambes pareilles à des griffes pendaient sous son faux châssis plat.

Une réplique à l'échelle d'un immeuble de six étages se matérialisa à côté du *Benthos*. Comparé au bâtiment en forme de dôme, l'immeuble avait l'air minuscule.

– *Le* Benthos *est une merveille de mécanique et de technologie. Plus grand submersible jamais conçu, il mesure 75 mètres du sommet de son dôme au bas de ses trois absorbeurs de choc rétractables. En s'immergeant, le navire entier déplace 64 650 tonnes.*

La coque du Benthos *est composée de dix-huit couches de 15 centimètres en titane, soit 270 centimètres d'épaisseur, capables de supporter des forces de compression de plus de 42 milliards de kilogrammes. La coque du vaisseau est en réalité une sphère parfaite : son dessous aplati est un carénage non pressurisé conçu pour soutenir ses réservoirs de lest.*

L'intérieur du Benthos *est divisé en sept ponts indépendants. Au cas improbable d'une avarie sur l'un d'eux, les autres ponts ne seraient pas inondés.*

L'image informatisée du Benthos *changea. Son enveloppe extérieure se résorba pour laisser la place à ses compartiments intérieurs.*

Comme vous pouvez le voir, chaque pont est relié par un escalier fermé hermétiquement, ainsi que par un conduit d'accès constitué d'un puits vertical communicant qui descend au cœur du vaisseau. Des écoutilles étanches, capables de supporter des pressions de plus de 1 100 kilos par centimètre carré, séparent chacun des niveaux entre eux.

Notre visite commence en haut, sur le pont A. Cette partie en forme de dôme, que nous appelons notre salle panoramique, contient une enveloppe intérieure supplémentaire entièrement fabriquée en LEXAN, du plastique transparent et impénétrable, d'une épaisseur de 25 centimètres. Un tiers de la coque extérieure recouvrant le pont A peut être escamoté comme le dôme d'un télescope, afin de révéler la splendeur inexplorée de l'univers des profondeurs.

Le pont B comprend la passerelle, ou centre de commande du Benthos. *Notre salle des ordinateurs et des machines est placée directement sous la passerelle, sur le pont C. Le pont D est le plus vaste de notre submersible sphérique. Il est situé au centre et comprend nos coins cuisine, salle à manger et détente. Les quartiers de l'équipage se trouvent sur le pont E, ainsi que les magasins du navire. Le réacteur nucléaire du* Benthos *est installé sur le pont F, de même que plusieurs salles d'équipement et de machines. C'est de là qu'on peut accéder à la seule hélice du submersible. Le niveau le plus bas, dont les dimensions sont identiques à celles de la salle panoramique, est le pont G. C'est ici, tout au fond, que sont situées toutes les entrées du sous-marin.*

Sous la coque du Benthos *se trouve une station d'arrimage abyssale, conçue pour les vaisseaux de transport sous-marins du navire, le* Proteus, *le* Prometheus *et l'*Epimetheus. *Une salle pressurisée est construite juste sous le pont G. Des bras d'arrimage mécaniques, situés dans le châssis, positionnent le submersible. Ils hissent sa tourelle dans la niche d'arrimage inondée. Une fois le submersible fixé en place, le compartiment se vide et se représsurise, exploit rendu possible grâce aux efforts combinés de dix pompes de 500 chevaux-vapeur, qui libèrent une pression de 33 518 kilos par mètre cube. Le pont G abrite également un hangar sous-marin de 590 mètres carrés pouvant être pressurisé ou dépressurisé au moyen de gigantesques pompes hydrauliques situées au niveau F, et qui permet de déployer l'équipement lourd ou les robots opérationnels dans l'abysse.*

Conçu à la fois comme un navire d'exploration et un centre d'arrimage pélagique, le Benthos peut rester pendant des mois en flottabilité neutre au fond de la mer. Son châssis plat est composé de deux genres différents de réservoirs de lest. Les premiers sont remplis d'essence comme des flotteurs et fournissent une flottabilité positive, les autres contiennent de l'eau de mer et peuvent être réglés de manière à obtenir aussi bien une flottabilité négative que neutre. Notre réacteur à propulsion nucléaire S8-G nous permet d'avancer. C'est lui qui fournit la vapeur nécessaire pour actionner les turbos générateurs électriques et le moteur qui font tourner la seule hélice à turbine du Benthos...

Terry éteignit l'ordinateur et se pelotonna plus étroitement dans la couverture. Ils descendaient maintenant depuis plus de trois heures. Plus de 6 kilomètres d'océan glacial pesaient au-dessus de leur tête. Elle ferma les yeux.

Terry se réveilla en sursaut. Elle avait l'impression de tomber. Elle battit des bras et s'agrippa à une console afin de retrouver son équilibre.

Deux heures supplémentaires s'étaient écoulées. Elle jeta un coup d'œil au profondimètre placé au-dessus de sa tête : 10 511 mètres.

De son hublot, elle ne voyait que du noir. Elle constata que la température de l'habitacle augmentait.

Le *Prometheus* traversait une épaisseur de nuages denses formée de substances en suspension, un plafond abyssal d'eau surchauffée et de minéraux jaillis du sous-sol marin. Crachés par d'immenses cheminées de sulfure hydrothermales, ces sédiments permettaient à une couche isolée de chaleur de flotter au-dessus de nombreuses zones de la fosse des Mariannes.

Plusieurs minutes s'écoulèrent ; l'eau s'éclaircit peu à peu. 150 mètres plus bas, ils s'enfoncèrent dans un canyon d'eau noire chatoyante dont les températures allaient de 50 °C, le long de la plaine abyssale, à plus de 700 °C, juste au-dessus des bouches des failles hydrothermales. Ils avaient atteint le fond.

Une grande ombre nébuleuse se dessina devant eux. Terry distingua le clignotement de lumières d'arrimage.

Le *Benthos*.

Complètement fascinée, elle regarda par le hublot la longue proue du *Prometheus* se glisser à l'intérieur du bloc d'arrimage monté sous le châssis du *Benthos*. Avec un chuintement de caoutchouc contre du métal, le submersible s'immobilisa. Des bruits hydrauliques, provoqués par les bras d'arrimage qui soulevaient le submersible pour le placer correctement, se répercutèrent autour d'elle. Terry entendit un manchon pressurisé se fixer sur la tourelle du submersible, puis le compartiment fut fermé hermétiquement et repressurisé dans un grand sifflement d'air.

Benedict passa la tête dans la cellule.

– Nous avons enfin atteint les confins du monde.

Terry remonta hors du compartiment sphérique, puis elle grimpa à l'échelle de la tourelle derrière Benedict, jusqu'à une petite salle dont les parois circulaires étaient encore humides d'eau de mer. Ils sortirent par une porte cintrée pressurisée et pénétrèrent sur le pont G du *Benthos*.

Un homme au torse puissant, âgé d'une quarantaine d'années, les accueillit. Benedict lui serra la main et se tourna vers Terry.

– Terry Taylor, capitaine Breston Hoppe.

– Bienvenue à bord du *Benthos*, madame Taylor. Nous allons déposer vos affaires dans la cabine huit. Elle se trouve sur le pont E, deux étages au-dessus de nous. Il n'y a que quelques règlements en vigueur pour nos invités, mais nous vous demandons de les suivre à la lettre. On ne circule de pont en pont que par deux passages. En les franchissant, faites en sorte de bien refermer toutes les portes étanches derrière vous. Au cas improbable d'une avarie, des portes de titane scelleront automatiquement toutes les écoutilles et le conduit d'accès, mais cette opération ne peut s'effectuer que si les portes étanches sont fermées. Vous êtes libre d'accéder à toutes les parties du navire, à l'exception de certaines zones de haute technologie. Elles sont marquées « Personnel autorisé uniquement ». Nous vous demandons aussi de ne pas fumer à bord.

– Je ne fume pas.

– Capitaine, je vous retrouve dans quelques minutes sur la passerelle, dit Benedict. Je vais montrer la salle panoramique à notre invitée.

Ignorant l'escalier, Benedict emprunta le conduit d'accès vertical qui permettait d'arriver directement au cœur du vaisseau. Terry le suivit dans la glissière de 3 mètres de diamètre, puis elle grimpa à l'échelle d'acier. Quand ils atteignirent le pont A, ses bras étaient douloureux.

La pièce circulaire mesurait environ 35 mètres carrés. Son plafond cathédrale en forme de dôme s'élevait à 10 mètres au-dessus de leur tête. Une épaisse moquette violette revêtait le sol. Des fauteuils en daim et de luxueux canapés bas étaient disposés en demi-cercle d'un côté. De l'autre, il y avait une grande table de conférence en chêne, des chaises et un bar.

Benedict passa derrière le bar pour manipuler une série de boutons installés sur un panneau mural sophistiqué. Les lumières se tamisèrent.

– Dès que l'Homme est descendu de son arbre, il s'est transformé en explorateur, commença-t-il d'une voix assez sonore pour remplir toute la pièce. Nous avons conquis tous les coins de la planète et navigué autour du globe. Nous avons sondé les extrémités de la galaxie et exploré le noyau de l'atome. Nous avons posé le pied sur la Lune, nous avons atterri sur Mars et nous avons dispersé des vaisseaux spatiaux sur toutes les planètes de notre système solaire. Pourtant, malgré tous nos accomplissements, nous avons à peine pénétré le vide qui recouvre soixante-cinq pour cent de la surface de la Terre.

« Depuis l'époque de Galilée, des millions d'hommes ont observé les cieux, mais ils ne sont qu'une poignée à avoir contemplé les abysses. (Le volume de sa voix augmenta.) Pourtant c'est ici, ici, dans les replis les plus secrets de l'océan, que la vie a vraiment commencé. Depuis le début des temps, ces profondeurs inexplorées crachent un élixir de produits chimiques qui composent la matière même de la vie. La réponse à l'énigme de la vie se trouve ici, Terry. Mais l'homme, en dépit de sa bravoure, continue à avoir peur des profondeurs, terrifié par leurs sombres secrets et leur chaos primitif.

Terry perçut une pointe de folie maîtrisée dans sa voix.

– *Audentes fortuna juvat* : « La fortune sourit aux audacieux. » Comme les grands explorateurs qui m'ont précédé – Marco Polo, Christophe Colomb, Magellan, Galilée, Hubble, Armstrong, Beebe – j'ose courir le risque de graves échecs pour accéder à la grandeur.

Benedict pressa un bouton qui éteignit les lumières intérieures. Un grondement profond se répercuta au-dessus de leur tête, puis une section du dôme commença à se rétracter.

– Contemplez le dernier monde inexploré de l'homme, et le plus vaste !

Terry étouffa un cri. Le cœur palpitant, elle regarda la coque de titane s'entrouvrir. Face au cœur noir de l'abysse, elle songea au néant.

La voix apaisante de Benedict monta de l'obscurité.

– Que la lumière soit !

Le *Benthos* diffusait à présent une étrange lueur rouge incandescente. Ses projecteurs puissants révélaient un monde inconnu, différent de tout ce que Terry avait imaginé. S'offrait à ses yeux une forêt pétrifiée d'innombrables fumeurs noirs en forme de cheminées qui crachaient en silence de l'eau surchauffée et de la fumée de leurs conduits. À la base de ces structures, dont certaines dépassaient une hauteur de six étages, s'agglutinaient des palourdes, des moules et des crustacés albinos, comme s'ils se vautraient en adoration autour de leur source de nourriture. Des spécimens insolites de poissons lumineux entraient et sortaient des failles hydrothermales en tourbillonnant comme de la poudre de perlimpinpin dans la fosse.

C'était un enfer magnifique.

Ses yeux émeraude enflammés, Benedict se tenait devant la vitre, les bras écartés pour savourer sa gloire.

– Je suis le maître de ma foi, le capitaine de mon âme. *Veni, vidi, vinci*, chuchota-t-il. « Je suis venu... j'ai vu... j'ai vaincu. »

PROPOSITIONS

– Docteur, vite ! Il se réveille.

Encore dans les affres de son cauchemar, Jonas s'assit en se débattant et en arrachant les tubes reliés à ses bras. Il essaya de crier, mais l'effort lui donna la nausée.

– De l'aide ! lança l'infirmière.

Un garçon de salle s'approcha. Ensemble, ils parvinrent à sangler les poignets de Jonas à la barre de sécurité. Le médecin stabilisa l'intraveineuse et enfonça le sérum de l'aiguille hypodermique dans le tube.

Ses yeux à moitié clos fixés sur l'infirmière, Jonas eut la sensation que du plomb s'insinuait dans son corps et qu'il flottait en arrière. Un visage d'homme apparut. Une lumière terne s'alluma dans l'un de ses yeux, puis dans l'autre.

Jonas voulut protester, mais son esprit retomba dans les abysses.

Jonas ouvrit les yeux. La lumière du soleil. Un poids énorme pesait sur sa jambe gauche. Il essaya de s'en débarrasser d'un coup de pied.

Il eut l'impression qu'un millier de coups de poignard provoquaient des élancements dans toutes ses fibres nerveuses. Au supplice, il se débattit de nouveau. La chose logée dans sa gorge lui donnait envie de vomir.

Le médecin apparut au-dessus de lui.

– Tenez bon. On va vous enlever ce tube. Un, deux, trois, soufflez fort. Un… deux… trois…

Un objet glissa de la gorge de Jonas. Il hoqueta, puis il avala une grande goulée d'air.

– Que… grinça-t-il.

Sa gorge était si enflammée qu'il n'arrivait pas à former les mots.

– N'essayez pas de parler tout de suite. Vous êtes à l'hôpital. Vous avez été attaqué par un requin. Nous avons réussi à sauver votre jambe, mais vous avez perdu beaucoup de sang.

L'envie de vomir le reprit. Il ferma les yeux et avala plusieurs bouffées d'air. Puis il essaya de s'asseoir.

– Une seconde, je vais vous détacher.

Le médecin dénoua les lanières de cuir qui entravaient ses poignets. Jonas s'assit. Il contempla sa jambe gauche, entourée d'un énorme pansement.

Le médecin lui montra des points humides rouge orangé aux endroits où le sang avait suinté à travers les épaisses compresses de gaze.

– Quand ils vous ont amené ici, vous aviez des trous de plus de 2,5 centimètres de la mi-cuisse jusqu'en dessous du mollet, lui apprit-il. Si je me souviens bien, nous avons compté vingt et une marques de dents. Nous avons dû vous faire cent quatre-vingt-trois points de suture, dont une dizaine juste à côté de l'artère fémorale. En toute logique, l'hémorragie aurait pu être mortelle.

– Mac ? chuchota Jonas.

– Votre ami ? Oui, c'est lui qui vous a sauvé la vie. En fait, il a enfoncé les doigts dans votre jambe et pincé votre artère. Vous êtes sous antibiotique depuis trois jours pour éviter l'infection. Les dents de requins sont de véritables paradis pour les microbes.

– Trois jours ?

– Le pire est passé. Vous sortirez demain matin. La douleur devrait commencer à s'atténuer d'ici une semaine. Jusque-là, antalgiques et repos complet... Des béquilles si vous voulez vous déplacer. Interdiction de vous remettre à la mer avant deux mois !

Une infirmière entra et tendit à Jonas un verre d'eau.

– Votre ami attend dehors, et il doit bien y avoir une dizaine de reporters en bas qui veulent vous parler. Vous ne devriez voir personne pour l'instant. Vous avez besoin de repos.

– Juste Mac, acquiesça Jonas d'une voix râpeuse.

Après avoir fait signe à ce dernier d'entrer, le médecin sortit de la chambre sur les talons de l'infirmière.

Mac s'assit sur le bord du lit. Il avait l'air épuisé.

– Salut, merdeux !

Jonas sourit.

– T'as vraiment l'air merdeux. Comment te sens-tu ?

– Comme un morceau de gruyère. (Jonas lui donna une poignée de main mollassonne.) Cette fois, je te dois une fière chandelle.

– Ouais, ouais, je mettrai ça sur ton ardoise.

– Le Megalodon ?

– Envolé !

Mac lui tendit un journal du début de la semaine. Jonas prit connaissance de la une.

FUITE DU REQUIN MONSTRE
par Mike Clary, correspondant du Los Angeles Times

MONTEREY – Le Carcharodon Megalodon, cousin préhistorique de notre grand blanc contemporain de 22 mètres et 28 tonnes, a démoli hier les portes d'acier du canal qui le maintenaient prisonnier à l'intérieur de l'institut océanographique Tanaka depuis sa capture il y a quatre ans. Les 10 000 personnes qui remplissaient le stade bourré à craquer n'ont pu assister, médusées, qu'à la fuite d'Ange dans l'océan Pacifique. Au moment même où la créature s'échappait, Jonas Taylor, le paléontologue controversé qui s'apprêtait à donner sa démission à l'institut Tanaka, a réussi à lui implanter un petit émetteur. Les dirigeants de l'institut sont depuis lors à la recherche du Megalodon, qui semble se diriger vers le nord, le long de la côte de Californie.
Suite à cette fuite du Megalodon, les autorités ont donné l'ordre de fermer toutes les plages de Monterey et ont publié une recommandation à l'usage des petites embarcations, pour inciter tous les plaisanciers à rester à l'écart de cette zone (voir compte rendu détaillé en page 6A).

Jonas posa le journal et leva les yeux au plafond.

Mac sourit.

– T'as vu ? Pour eux, t'as marqué le requin tout seul. Hé, Jonas ?

– Euh… Excuse-moi, Mac. Qu'est-ce que tu disais ?

– Qu'est-ce qui s'est passé sous l'eau ? Tous ces grands blancs ? Qu'est-ce qu'ils fichaient dans le canal ?

Jonas ferma les yeux.

– Je sais pourquoi notre femelle était énervée. Je sais pourquoi elle s'est échappée.

– Moi aussi. Elle avait faim et elle a probablement humé tous ces délicieux requins qui se promenaient dans les parages.

Jonas fit non de la tête en regardant son ami.

Ange est en *œstrus*.

– *Œstrus ?* En chaleur, tu veux dire ? Comment tu le sais ?

– Les grands blancs... C'étaient tous des mâles. Elle doit dégager une odeur puissante. J'ai dû me retrouver au beau milieu de leur parade nuptiale.

– Me dis pas que ces petits poissons de 6 mètres s'imaginent qu'ils vont la féconder ! ironisa Mac. Putain, t'as plus de chance d'accoupler un chihuahua avec un rottweiler !

– Ces requins se fichent complètement d'elle. Ils ont simplement été attirés dans le coin par l'odeur de leur cousine préhistorique.

– Et maintenant, qu'est-ce qu'on fait ?

Jonas ferma les yeux.

– Tu vas nous trouver une arme, un truc capable d'arrêter un tank. Dès que j'aurai un peu récupéré, on partira à la recherche de notre petite Ange et on la tuera.

– Aïe, nom de Dieu !

La douleur lancinante l'arracha à ses terreurs nocturnes. Il s'allongea pour reprendre souffle, tout en embrassant les lieux du regard.

Il ignorait totalement où il se trouvait.

Une porte s'ouvrit. Stupéfait, il vit Céleste Singer entrer. Elle ne portait qu'une chemise d'homme blanche. Ses longues jambes lisses se dirigèrent vers lui.

– *Dobraye ultra.*

– Ça veut dire bonjour ? Mon russe est un peu rouillé.

– *Da.* Ça va ? Vous poussiez des hurlements.

– Oui... Qu'est-ce que vous fichez ici ? Bon Dieu, où est-ce que je suis ?

– Du calme, du calme. Je vous ai fait changer de chambre, pour que vous ayez davantage d'intimité. Les journalistes peuvent être teigneux. J'occupe la pièce à côté. Je vais vous aider à vous asseoir.

– Je peux y arriver tout seul.

Céleste s'assit sur le bord du lit. Il entrevit une petite culotte de soie beige sous sa chemise.

Elle lui serra la main.

– Jonas, chéri, j'ai vraiment besoin de votre aide.

Jonas se sentit légèrement grisé par son parfum. Ses cheveux blond platine recouvraient sa nuque et le renflement de ses seins. Il contempla la veine qui palpitait au creux de sa gorge. Puis ses yeux se posèrent sur sa bouche, ses lèvres…

Arrête !

– J'ai besoin d'aller aux toilettes.

Il balança sa jambe blessée par-dessus le bord du lit. En accélérant son flux sanguin, ce geste brusque provoqua des élancements douloureux dans sa jambe.

Céleste le prit par le bras pour l'aider à se mettre debout.

Il y parvint en respirant avec difficulté et franchit non sans mal les quelques pas le séparant de la salle de bains.

– Besoin d'aide ? demanda Céleste d'une voix mutine.

– Je me débrouillerai.

Jonas ferma la porte et la verrouilla. Il se soulagea, puis il se regarda dans le miroir.

Son visage était pâle et émacié. Ses épais cheveux bruns grisonnaient rapidement sur les tempes. Il avait besoin d'une bonne coupe et d'un bon coup de rasoir.

Ton cauchemar est réel, Jonas. Retrouve ce monstre et tues-le – avant qu'il soit trop tard…

Il ressortit de la salle de bains un quart d'heure plus tard. Son petit déjeuner l'attendait sur une table.

– J'espère que vous avez faim, dit Céleste. D'après l'infirmière, le médecin va faire sa ronde d'ici un quart d'heure et vous ausculter avant de signer votre décharge.

– Qu'est-ce que vous faites ici, Céleste ?

– J'ai besoin de vous pour recapturer notre poisson.

– « Notre » poisson ? Navré, ça ne m'intéresse pas.

– J'ai fait venir un navire de recherches à Monterey. Tout l'équipement nécessaire sera à bord et prêt d'ici deux jours.

– Pas question.

– J'ai déjà donné l'ordre à l'entrepreneur de commencer à réparer les portes du canal. Ils vont travailler jour et nuit pendant que nous poursuivrons Ange.

– Céleste…

– Jonas, vous et Mackreides lui avez posé un émetteur, on a déjà gagné la moitié de la bataille. Le requin se dirige vers le nord. Nous devons le recapturer. À moins que vous ne préfériez vous tourner les pouces et le regarder dévorer quelques personnes de plus.

Jonas avait la tête qui tournait. Il s'assit sur le bord du lit et se frotta le front. Son pire cauchemar était subitement devenu réalité. Il avait la sensation que le destin l'entraînait dans un vortex dont la seule issue était la mort.

Céleste lui massa les épaules.

– Non…

– Détendez-vous, roucoula-t-elle. Je ne mords pas. Vos épaules sont toutes nouées.

Jonas fit la grimace, tandis qu'elle malaxait ses muscles des doigts.

– Merci. Ça ira. Je dois m'habiller.

– Moi aussi. (Elle se leva et se dirigea vers la pièce voisine.) Je vous ai apporté des vêtements de rechange, des affaires que vous aviez laissées au bureau. Tout est dans la salle de bains. Oh, votre chemise…

Elle déboutonna la chemise et la fit glisser de ses épaules nues. Puis elle la lui jeta avec un sourire.

En cette fin de matinée, l'air était humide et froid ; les lourds nuages printaniers menaçaient de crever. Le garçon de salle poussa la chaise roulante de Jonas par la porte principale. Une limousine et une foule de reporters l'attendaient.

Posant le pied avec prudence sur les graviers, il se mit en équilibre sur ses béquilles et se tint devant la portière ouverte, face aux journalistes. Céleste vint se placer à ses côtés.

– Professeur Taylor, comment va votre jambe ?

– Elle me fait un mal de chien.

– Pouvez-vous nous confirmer que vous avez été attaqué par un grand requin blanc ?

– Oui, un mâle de 7 mètres.

– On raconte que l'attaque s'est déroulée à l'intérieur du canal du Megalodon, au moment où il s'échappait. Est-ce exact, professeur ?

– Oui.

Une reporter pour la chaîne *Channel Five* se fraya un chemin dans la cohue.

– Professeur, Gail Simon, *Channel Five live*. Ces dernières semaines, plusieurs biologistes marins ont déclaré publiquement que la présence du Megalodon dans le lagon représentait un véritable danger pour les populations côtières. Imaginons que d'autres personnes périssent. Vous sentirez-vous responsable de leur mort ?

– L'institut Tanaka recherche Ange en ce moment même, intervint Céleste. Le professeur Taylor va nous aider à le recapturer et à l'enfermer une bonne fois pour toutes dans le lagon.

Elle poussa Jonas à l'intérieur de la limousine, grimpa à côté de lui et claqua la portière.

– Sortez-nous d'ici. Ça va, Jonas ?

Les paroles de la journaliste continuaient à résonner dans sa tête.

– Alors, professeur, qu'est-ce qui parviendra à vous convaincre de nous aider à recapturer votre poisson ?

– Tiens, tiens… Je croyais que c'était « notre » poisson.

– Ce n'est pas moi qui suis rongée par la culpabilité.

Jonas la fixa du regard.

– C'est censé vouloir dire quoi ?

– Vos cauchemars…

– Qui vous en a parlé ?

– J'ai lu vos rapports médicaux. Je vous ai entendu hurler ce matin.

– Ça ne vous regarde pas.

– Jonas, chéri, regardez les choses en face : dans votre subconscient, quelque chose vous flanque une trouille épouvantable. Vous voulez savoir ce que je pense ? Pour moi, vous vous reprochez encore ce qui s'est passé dans la fosse il y a onze ans.

– Ne jouez pas à la psy amateur, Céleste, ça ne vous va pas du tout.

– La vie n'est pas si compliquée que ça, Jonas. Vous vous sentez toujours responsable de la mort des deux savants qui vous accompagnaient. Vous trouvez normal de vous réveiller chaque nuit en hurlant ?

– Vous êtes complètement à côté de la plaque.

Jonas contempla sa jambe bandée.

– De plus, je m'en occupe.

– Ah oui ? Regardez-vous ! Vous êtes épuisé, votre second mariage va aboutir à un divorce…

– Qu'est-ce que vous dites ?

Jonas lui avait saisi le poignet.

– Oh, oh… j'adore ça quand vous devenez brutal.

Elle inclina le visage vers lui pour le titiller. Jonas la repoussa.

– Pas de petits jeux ! Qui vous a parlé de divorce ?

– Votre femme. Il se trouve que Terry m'a appris que vous aviez des difficultés conjugales. À l'entendre, tout est fini entre vous.

– Vous mentez. D'ailleurs, depuis quand Terry vous parle ? Elle ne peut pas vous supporter.

– Nous étions les deux seules femmes à bord du *Goliath*. À qui d'autre aurait-elle pu parler ?

Jonas avait les idées de plus en plus embrouillées. Il ne parvenait pas à se fixer sur un sujet. Il changea la position de sa jambe qui continuait à l'élancer douloureusement.

– Céleste, n'essayez pas de me baiser, OK ? Je ne suis pas d'humeur.

– Navré, chéri, je sais que ça ne me regarde pas, mais il se trouve que je m'intéresse à vous. Au passage, elle m'a également dit que vous aviez récemment perdu un enfant.

Jonas la fixa.

– C'est vrai ? insista Céleste.

– Une grossesse à complications. Le bébé est mort dans son ventre alors qu'elle en était au huitième mois.

– Et ça s'est passé pendant le procès ?

– Oui.

– C'est injuste, mais j'ai l'impression que Terry vous en rend responsable. (Céleste hocha la tête.) Benedict dit que les Américaines supportent mal le stress. Votre femme s'est convaincue que votre mariage est terminé, que vous ne vous aimez plus…

– Fermez-la, Céleste ! Et laissez-moi vous dire une chose : vous êtes la dernière personne sur terre dont j'accepterais les conseils en matière conjugale.

– Prenez-vous-en à la messagère si vous voulez, mais…

– Ça suffit !

Ils continuèrent leur trajet en silence pendant plusieurs minutes.

– Jonas, oubliez Terry un moment et pensez au Megalodon. Je vous offre une occasion de vous débarrasser une bonne fois pour toutes de cette affaire de requin. Aidez-moi à le recapturer et je vous promets de l'enfermer dans le lagon à jamais.

– Pas question.

– Je vous donnerai assez d'argent pour que vous puissiez prendre votre retraite. Vous pourrez enfin mener de nouveau une vie normale, avec ou sans Terry.

– Mac ?

– Jonas ? Où t'es passé, bon Dieu ?

– Je suis chez moi. Écoute : plus question de louer un bateau. On part avec Céleste.

– Céleste ? Tu te fous de moi ? Je parle à qui ? Où est passé Jonas ?

– Écoute-moi : Céleste veut que je l'aide à capturer le Megalodon. J'ai négocié un accord pour nous deux.

– Franchement, Jonas, toute plaisanterie mise à part, dis à cette salope d'aller se faire baiser par le cheval qu'elle montait. Je n'ai absolument aucune confiance en elle.

– Mac, Ange a goûté au sang humain et il se déplace dans des zones côtières très peuplées. Le navire de Céleste est prêt à appareiller. On ne peut pas attendre plus longtemps, il faut agir vite.

– Réveille-toi, mon vieux, elle se sert de toi.

– Non, Mac. Cette fois, c'est le contraire. Contente-toi de trouver l'arme adéquate. On part dans deux jours.

L'HEURE DU REPAS

Côte de Californie

Propulsée par le mouvement souple de sa grande queue, la femelle glissait en silence dans les profondeurs. En dépit de sa taille prodigieuse, la nature avait doté le Megalodon, son prédateur suprême, de vélocité. Du bout de son museau émoussé en forme de cône, son corps musclé s'effilait vers l'arrière et lui permettait de filer dans l'eau avec une résistance minimale. Derrière les fentes verticales de ses branchies se trouvaient ses énormes nageoires pectorales horizontales, qui fonctionnaient comme les ailerons d'un chasseur à réaction et contrôlaient son roulis, son tangage et sa profondeur. Des nageoires pelviennes maintenaient sa hauteur. Quant à son impressionnante nageoire dorsale de 2 mètres, pareille à une voile à la courbe gracieuse, elle lui permettait de se déplacer dans l'eau en gardant sa stabilité.

À la base de sa nageoire caudale se trouvait le pédoncule musculaire, deux fois plus large que profond, qui lui servait de quille et augmentait la stabilité et l'équilibre de sa queue. Juste devant la nageoire caudale, se trouvaient deux nageoires plus petites : une seconde nageoire dorsale et une nageoire anale. Ces légères saillies augmentaient la fluidité du courant le long de sa queue et l'aidaient à diminuer encore sa résistance à l'eau.

La peau du Megalodon elle-même contribuait à son hydrodynamisme. Composée d'écailles aiguisées, ou denticules, elle canalisait le courant liquide et lui permettait de se déplacer en silence dans la mer.

La femelle poursuivait son voyage vers le nord le long de la côte californienne, à sa vitesse minimale. Les ondulations de sa tête permettaient à l'eau de mer de circuler dans des trous gros comme des pamplemousses sous son museau conique. Elle pénétrait par ses narines, passait dans la cavité nasale où elle entrait en contact avec une série de lamelles qui lui permettaient de détecter les plus petites traces d'odeur chimique dans l'eau.

Le prédateur s'éleva soudain dans la thermocline : il avait perçu l'odeur de sa proie.

Le banc de baleines à bosse restait proche de la surface. Elles entraient et sortaient majestueusement de l'eau, grâce à leur colossale queue horizontale. De temps en temps, une des femelles de 40 tonnes sautait hors de l'eau en exhalant un immense jet d'air humide, avant de respirer par deux évents identiques.

Les membres du banc communiquaient entre eux par des grognements et des cris aigus lancinants qui se répercutaient sous les vagues. Comme elles avaient détecté l'odeur puissante du prédateur qui se rapprochait, les baleines serrèrent les rangs. Les mères poussèrent leur progéniture plus près de la surface.

Il ne fallut pas longtemps au loup pour entrer dans la bergerie. Les cellules sensorielles criblant le dessous du museau du requin lui permettaient de détecter les faibles champs électriques générés par les battements de cœur et les muscles en action des baleines. Le prédateur prit rapidement les jeunes pour cible et s'approcha pour la mise à mort.

Comme le requin femelle chargeait maladroitement, un mur de lard de baleine s'effondra sur son museau. Le prédateur inexpérimenté s'éloigna sur le côté, puis il fonça de nouveau dans l'arène. Insinuant le nez entre les gigantesques mammifères qui entraient et sortaient de l'eau, le requin essaya de planter les dents dans le petit le plus proche. Les baleines se retournèrent sur l'intrus pour essayer de le repousser par des coups de têtes et de queues puissants.

Le Megalodon battit en retraite, puis il recommença à décrire des cercles.

Plage de Half Moon Bay
11 kilomètres au sud de San Francisco

Ken Berk acheva d'installer le transat de sa femme, Emily, qui enduisait le visage et les épaules de leurs trois enfants de crème solaire.

– Vous pouvez jouer près de l'eau, mais sans entrer dedans, les prévint-elle.

– Mais il fait chaud, maman, se plaignit le plus jeune.

– Papa vous emmènera nager tout à l'heure.

– Papa lit son journal, ajouta Ken en s'allongeant sur sa chaise longue. Hé, les gosses, regardez les baleines !

De larges dos, gris comme du plomb, roulaient à la surface bouillonnante, à 75 mètres du rivage.

Le Megalodon se rapprocha une fois de plus du banc en fuite, cette fois par en dessous. Le prédateur visa un des petits et accéléra, fonçant dans une mer d'écume et de queues battantes. Incapable d'atteindre le baleineau, le prédateur, de frustration, planta sa mâchoire dans l'énorme queue d'une baleine de 30 tonnes.

Happée en arrière du banc qui resserrait les rangs, la baleine à bosse grogna et effectua de pesantes contorsions pour atteindre son petit qui barbotait seul à la surface.

Le Megalodon secoua la tête comme un chien enragé, engagé dans une lutte à mort. En un éclair, il broya la queue musclée de la baleine entre ses dents acérées. Du sang jaillit de l'appendice mutilé. La baleine en détresse poussa des gémissements de douleur. Se propulsant à l'aide de nageoires de la taille d'un canoë, elle se débattit pour faire surface en essayant de pousser son petit vers des eaux moins profondes, alors qu'elle saignait abondamment.

Le Megalodon suivit la traînée sanglante. Le prédateur roula de côté, se propulsa à la surface, puis il ouvrit la gueule et aspira la coulée de sang dans son gosier jusqu'à ce que ses mâchoires se referment sur les restes de la queue.

Alors qu'elle se contorsionnait dans les affres de la mort, la baleine fit plusieurs bonds en avant pour propulser sa progéniture vers la plage.

– Papa, tu peux m'emmener aussi faire un câlin aux baleines ?

La voix de l'enfant réveilla Ken en sursaut de sa sieste.

– Quoi, qu'est-ce que tu dis, mon chéri ?

– C'est pas juste. Michaël les caresse.

Ken s'assit. Son fils de douze ans barbotait effectivement dans l'eau jusqu'au torse.

– Oh, merde… Michaël, Michaël, reviens tout de suite !

Ken se précipita dans l'océan et attrapa l'enfant par la taille.

– Papa, attends, le bébé est coincé…

Ken vit la créature de 4,5 mètres échouée qui luttait pour se dégager. La tête énorme de sa mère montait et descendait derrière elle, comme si elle essayait de l'atteindre.

Ken sentit une lame de fond happer ses jambes.

– Bon, Mike, je vais essayer de l'aider, mais je veux que tu restes sur le sable avec maman. D'accord ?

Ken accompagna son fils dans l'eau moins profonde, puis il rebroussa chemin en pataugeant jusqu'à hauteur de son torse. D'une main hésitante, il effleura la nageoire pectorale du baleineau, tout en observant la baleine plus grosse, 10 mètres derrière, qui essayait d'atteindre sa progéniture.

Ken tira sur la nageoire et perdit vite l'équilibre. *Mais qu'est-ce que je fiche ? Je n'y arriverai jamais tout seul.*

La mère leva la tête en tordant le haut de son torse.

Bon, bon, j'essaie !

Ken regarda droit dans l'œil rouge brunâtre du mammifère. Il plaça les deux mains sur les côtés de la tête de son petit et poussa. Le courant sous-marin le fit de nouveau déraper.

Une jeune femme et deux de ses amis vinrent à sa rescousse.

– Tenez bon, on va vous donner un coup de main.

Ensemble, ils se mirent à pousser le baleineau qui se débattait pour s'arracher au fond sableux.

– Hé, mais vous saignez !

– Quoi ?

Ken s'aperçut que son torse était couvert de sang.

– Oh, merde…

– Non, ça vient de la mère, dit la femme en désignant la baleine.

Tout en sortant sa tête gigantesque de l'eau, la baleine poussa un profond gémissement.

Derrière la bête, quelque chose battait la surface de l'eau et projetait de grandes gerbes d'écume dans toutes les directions.

Le Megalodon se fraya un chemin en ondulant le long du fond sableux pentu, pour essayer d'atteindre sa proie. En se tortillant de profil pendant qu'une de ses nageoires pectorales battait les vagues, il mordit le pédoncule musculaire sanguinolent de la baleine. Puis il essaya de tirer le monstre échoué vers le large par les vestiges de sa queue.

Entraînés par une puissante lame de fond qui les aspirait vers l'eau plus profonde, les pieds de Ken ripaient sur le fond.

– Hé, est-ce que vous voyez si la queue du baleineau est dégagée ?

– Sa queue ? répéta Ken.

Avec précaution, il passa derrière le baleineau.

– Je n'y vois rien. Elle est sous l'eau.

Comme il était entraîné toujours plus loin, il plongea vers la plage et nagea avec vigueur à contre-courant, tout en essayant de ne pas approcher de la baleine à bosse adulte qui s'agitait à 3,5 mètres derrière lui.

Le Megalodon perçut les vibrations d'une nouvelle forme vivante. Il relâcha la baleine et fonça à la surface en reniflant comme un taureau enragé.

Levant les yeux, Ken constata que les deux hommes abandonnaient le baleineau pour pousser leur amie vers l'eau moins profonde. Sur la plage, une vingtaine de spectateurs lui adressaient des gestes frénétiques. Il vit sa femme – il entendit son hurlement.

Des picotements de terreur se propagèrent dans son ventre.

Il se tourna pour regarder derrière lui. Du coup, le courant le fit reculer de plus de 2 mètres.

Oh, bon Dieu…

Le grand blanc monstrueux projeta la tête en avant et claqua les mâchoires à 3 mètres de lui.

Ken plongea la tête la première et s'escrima à remonter à contre-courant.

Le queue en forme de faucille du Megalodon battait la surface, tandis que sa tête, grosse comme un garage, se tordait de long en large.

À quarante ans, Ken était en petite forme physique. Au bord de l'épuisement, à peine capable de lever les bras, il fut obligé de marquer une pause. Tandis qu'il dérivait en arrière, son pied gauche entra en contact avec quelque chose qui ressemblait à du papier-émeri.

Oh, merde…

Mû par une poussée d'adrénaline, Ken plongea en avant et nagea comme un forcené, la tête sous l'eau pour garder la partie supérieure de son torse bien en ligne et s'éloigner du museau de la créature. Comme il nageait à l'aveuglette, il cogna la tête contre le flanc du baleineau et la sortit de l'eau en suffoquant. Il repoussa le baleineau échoué des deux pieds, replongea et parvint à attraper une vague qui approchait.

Deux bras se tendirent vers lui. Il n'en profita pas, mais continua à nager jusqu'à ce que sa poitrine racle littéralement le sable. Puis il se releva. Le monde tournoyait autour de lui. Il mit un pied vacillant sur la plage et alla s'effondrer à côté de sa femme et de ses enfants en sanglots.

La baleine à bosse adulte se redressa sur ses nageoires et souleva la tête au-dessus des vagues. Dans son dernier instant de vie, elle parvint à barrir son cri de mort, exhalaison douloureuse d'écume rose.

Une foule silencieuse de spectateurs frappés d'épouvante suivait les zigzags de l'imposante nageoire dorsale blanche, maculée de taches d'écume écarlate. Le monstrueux requin se jeta sur la carcasse immergée de sa proie agonisante en battant frénétiquement sa queue en forme de demi-lune, et il aspira la baleine mutilée dans ses propres entrailles.

Frissonnant, proche de la syncope, Ken vit le mammifère torturé se faire tirer en arrière dans la mer et sa tête disparaître dans une mare de sang.

MAUVAIS KARMA

Amarré le long du quai, le navire de recherches baptisé *William Beebe* étincelait sous le ciel matinal limpide. Une activité intense régnait sur ses trois ponts supérieurs. À la proue, des techniciens s'affairaient à ériger une immense antenne de communications par satellite de 10 mètres de haut, destinée à relier le bateau au SOSUS. Le système de surveillance sonore sous-marine détectait déjà des signaux basses fréquences émis par l'émetteur fixé à la peau du Megalodon. Transmis par le canal d'un câble en fibre optique, les sons parvenaient à un ensemble de postes de traitement disséminés le long de la côte Pacifique. L'antenne une fois en place, ces stations pourraient communiquer les renseignements acoustiques par satellite à des ordinateurs installés à bord du *William Beebe* et permettre de la sorte à l'équipage de traquer l'animal dans presque tous les coins du globe.

Jonas avançait à pas lents sur le quai, d'une démarche fortement claudicante, un sac de marin en bandoulière sur l'épaule droite. Il savourait la caresse du soleil matinal sur son visage. Les cris des mouettes et le craquement des planches sous ses pieds lui procuraient une espèce de réconfort.

Alors qu'il approchait du vaisseau, il reconnut une silhouette solitaire, assise sur l'un des bancs qui faisaient face à la mer.

– Masao ?

Sans relever les yeux, le vieux Japonais tapota le siège pour inviter son beau-fils à s'asseoir près de lui.

Masao fixa la jambe bandée de Jonas.

– Pourquoi fais-tu ça ? demanda-t-il d'une voix faible et rauque.

Jonas constata que les mains du vieillard tremblaient.

– Tu connais la réponse aussi bien que moi.

Masao se replongea dans la contemplation du Pacifique.
– Ce voyage est entouré d'un très mauvais karma. Tu as déjà vu la mort en face deux fois. J'ai perdu un fils à cause de ce monstre. Je ne veux pas perdre l'autre.
Jonas regarda droit dans les yeux en amande de son beau-père.
– Je suis à l'origine de cette aventure, moi seul peux l'achever.
– Tu le crois sincèrement, je le sais. Mais ton cœur est trop rempli de haine, tu n'as pas les idées claires. Tu n'as aucune raison de mettre de nouveau ta vie en danger. Si tu es incapable de penser à ton propre bien, alors pense à ma fille.
– J'y pense.
Ils suivirent des yeux le submersible monoplace que des hommes descendaient sur le pont arrière du navire. Ce spectacle donna des palpitations à Jonas.
– Pourquoi embarque-t-on l'*Abyss Glider-I* ?
– D'après Céleste, vous en aurez besoin pour fixer la créature dans son harnais une fois qu'elle aura été harponnée et endormie.
Masao vit la peur s'inscrire sur le visage de son beau-fils.
– Qu'est-ce que tu as ?
– Je... aucune importance. Ce n'est rien.
– Dis-moi.
Jonas frotta ses yeux injectés de sang.
– Mes terreurs nocturnes... souvent, dans mes cauchemars, je pilote l'*Abyss Glider* dans la fosse.
Masao lui étreignit la main.
– Terry m'a raconté tes rêves. C'est pour ça que j'ai seulement autorisé le chargement de l'*AG-1* à bord. Pas celui de la version destinée aux grands fonds.
– Merci.
– Mais je ne veux quand même pas que tu le pilotes...
– Il n'aura pas à le faire.
Céleste s'avançait d'un pas nonchalant sur le quai, accompagnée d'un homme qui approchait de la cinquantaine.
– Je vous présente Richard Diefendorf, notre nouveau pilote. Dief... Masao Tanaka et le Dr Jonas Taylor.
– Ravi de vous rencontrer, doc.
Diefendorf mit sa cigarette dans sa bouche pour pouvoir échanger une poignée de main avec Jonas.

Ce dernier ne put s'empêcher de fixer le crâne à moitié chauve du pilote, orné d'un coup de soleil tout récent et d'une bosse.

– Richard, avez-vous déjà piloté un de ces appareils monoplaces ?

– Appelez-moi Dief, comme tous mes amis. Ouais, j'ai piloté l'*Abyss Glider* plusieurs fois, mais jamais dans des eaux aussi profondes que vous. Céleste me dit que c'est une mission de routine. Je me demande à quoi je vais servir.

– La capture d'un requin de 22 mètres n'a rien d'une mission de routine, répliqua Jonas en regardant Céleste.

– Ne vous laissez pas démonter par lui, Dief, dit cette dernière. Le requin sera endormi longtemps avant qu'on vous descende dans l'eau.

– Si c'est tellement facile, pourquoi ne pas demander au Dr Taylor…

– Il doit rester à bord pour coordonner la capture du requin, répondit Céleste. (Elle aplatit les cheveux gris courts hérissés sur les tempes dégarnies de Dief.) D'ailleurs, Jonas est blessé.

Un vrombissement profond fit vibrer l'eau. Un petit hélicoptère blanc aux finitions extérieures vertes descendait vers le pont avant du *William Beebe* en décrivant des cercles.

– Est-on vraiment obligé d'emmener Mackreides ? demanda Céleste.

– Oui. Mac nous aidera à localiser le Meg.

– Ne m'en veuillez pas, Jonas, mais je n'ai pas confiance en lui. J'aurais préféré avoir recours à mon hélicoptère et à mon pilote personnels.

– Mac et moi, nous formons une équipe. S'il ne vient pas, moi non plus.

– Bien, bien, dans ce cas, montez à bord.

Céleste se dirigea d'un pas énergique vers le navire, Dief sur les talons. Masao se leva.

– J'aimerais que tu changes d'avis.

– Navré, Masao, navré pour bien des choses. C'est à cause de moi que tu as été forcé de vendre l'institut à Singer.

– Arrête ! Personne n'est responsable. Puisque tu refuses d'entendre raison, va accomplir ton devoir, mais reviens en un seul morceau. Terry et moi t'attendrons.

Jonas voulut dire quelque chose, mais il se ravisa. Il pressa l'épaule du vieil homme et se dirigea vers l'extrémité du quai.

Le *William Beebe*, dernière acquisition de la flotte de navires scientifiques de l'institut océanographique de Woods Hole, était un laboratoire flottant conçu pour mener à bien un large éventail de missions de recherches en mer. Le vaisseau était divisé en trois ponts supérieurs et trois ponts inférieurs. Un mât gigantesque se dressait en son centre, pourvu de lampes, d'antennes de navigation, d'un nid-de-pie et d'un radar. La salle de commande et le poste de pilotage occupaient le plus exigu des trois ponts, sous le mât. Le quartier des officiers était situé un étage en dessous, suivi par le troisième pont, ou pont principal, qui contenait les cabines et les laboratoires. À l'arrière du pont principal se dressaient un énorme portique en forme de A et un treuil, qui servaient à hisser et à descendre l'équipement lourd par-dessus bord. Deux canots de caoutchouc à moteur étaient suspendus à chaque flanc du navire, ainsi qu'un lourd filet de cargaison. Ce dernier devait servir à haler le Megalodon capturé jusqu'au lagon. Les réserves de matériel scientifique, la cuisine, l'infirmerie et une énorme salle des machines occupaient la plus grande partie des ponts inférieurs.

Jonas embarqua à la proue et s'immobilisa afin d'étudier le fusil harpon dernier cri que des hommes étaient en train de fixer sur le pont. Une fois prête, la tête à barbillons du harpon serait remplie d'une dose massive de tranquillisants.

Deux des officiers du navire s'approchèrent de lui.

– Professeur Taylor, George Morgan, capitaine du *William Beebe*. Je vous présente mon second, Harry Moon. Harry a beaucoup travaillé avec le SOSUS à Woods Hole.

Harry tendit la main.

– Vous avez déjà effectué une mission identique. Des conseils ?

– Oui, répondit Jonas. Une fois que vous aurez harponné la bête, dégagez le terrain le plus vite possible.

– Pourquoi ? demanda Harry en tirant sur un poil de ses sourcils gris broussailleux.

– Les drogues ont sacrément fait réagir le premier requin. Il a attaqué et endommagé le *Kiku* en faisant pas mal de dégâts, et ce navire était beaucoup plus gros que le vôtre.

– Parce que vous n'aviez aucune idée de ce que vous faisiez.

Un individu qui n'avait pas loin de la trentaine les rejoignit. Il portait une chemise nouée sur le torse. Une queue de cheval retenait ses longs cheveux bruns.

– Professeur Taylor, Mike Maren…

– *Docteur* Maren, si ça ne vous dérange pas. Je suis ichtyologiste. Franchement, Taylor, vous me sidérez. Il y a quatre ans, vous avez injecté une dose presque mortelle de Kétamine et de penthiobarbital à un *Carcharodon Megalodon* adulte, et vous vous demandez pourquoi ce poisson vous a pris comme cible. Inouï !

Jonas se mit à bouillir.

– À l'époque, personne ne pouvait prédire comment la créature réagirait.

– Vous auriez dû commencer par tester votre mixture sur des requins plus petits, ou tout au moins nous contacter à Woods Hole. Nous vous aurions déconseillé d'utiliser le penthiobarbital. Le plus sidérant, c'est que votre petit cocktail chimique n'ait pas tué le poisson. À la place, ses effets se sont dissipés plus tôt que prévu et lui ont permis de massacrer quelques innocents de plus.

Jonas fit un pas en avant pour repousser Maren d'une main.

– Quelque chose vous dérange ?

– Oui, la trouille combinée à l'idiotie.

Des deux mains, Jonas saisit Maren par le col de sa chemise et le souleva de terre.

Le capitaine Morgan et Harry Moon furent obligés d'intervenir de concert pour le forcer à relâcher le savant abasourdi dont il avait déchiré la chemise.

– Espèce de cinglé ! hurla Maren. Vous êtes un vrai danger public ! C'est à cause de vous que tous ces gens sont morts.

– Maren, dégagez ! hurla le capitaine.

Jonas pointa un doigt menaçant vers le visage du jeune savant.

– Déguerpissez de ma vue, sinon je vous plante un crochet dans le cul et je vous utilise comme appât.

Mac les rejoignit, alors que Maren regagnait furtivement son laboratoire.

– Putain ! On dirait que j'ai raté les réjouissances !

– Veuillez excuser le comportement de Maren, intervint le capitaine Morgan. Ce type est aussi brillant qu'odieux.

– Il a conçu un instrument pour injecter des médicaments au Megalodon en continu, une fois que nous l'aurons harponné, ajouta Harry. Ça ressemble à une seringue géante. Pas de risque que la créature se réveille. Le mélange de drogues devrait l'endormir sur-le-champ – sans les effets secondaires violents auxquels vous avez dû faire face la dernière fois.

– Formidable, commenta Jonas. Quand appareillons-nous ?

Le capitaine Morgan consulta sa montre.

– Dans vingt minutes. Harry, veuillez montrer leurs quartiers à ces messieurs.

Jonas ramassa son sac de marin et suivit le second à l'intérieur du navire.

PRISONNIÈRE

Fosse des Mariannes

Terry, seule à la petite table où elle grignotait ses œufs en poudre du bout des lèvres, sentait peser sur elle les yeux des hommes d'équipage du *Benthos*. L'excitation que lui inspirait sa présence à bord s'était vite transformée en angoisse, doublée d'un étrange pressentiment.

Les profondeurs ne l'effrayaient pas. Mais Benedict si. L'homme n'était plus le même. Sa personnalité entière avait subi une métamorphose terrifiante depuis leur arrivée dans les abysses. Il se dégageait maintenant de lui une lugubre monomanie, une méchanceté auparavant cachée que le confinement à l'intérieur du *Benthos* avait mise au jour. Peu à peu son narcissisme exacerbé se manifestait sous la forme d'une folie perfide, folie alimentée, la jeune femme en avait la conviction, par le véritable objectif qui le poussait à descendre dans la fosse.

Depuis qu'elle s'était introduite dans le laboratoire du *Goliath*, Terry avait conscience d'être tombée par hasard sur une entreprise qui comptait bien davantage pour Benedict que sa mission officielle. Tout en ignorant encore de quoi il s'agissait, elle savait désormais que le magnat l'avait attirée par la ruse dans les abysses. Il lui avait tendu un piège et elle s'y était précipitée tête baissée. À présent, tout son être lui soufflait que Benedict Singer était résolu à la garder captive.

Un individu se pencha sur elle, un sourire impudique plaqué sur son visage buriné de marin.

– Benedict veut vous voir.

Terry reconnut la cicatrice qui couturait la gorge de l'homme. *Le technicien russe ivre à bord du Goliath.* Elle tressaillit.

– Où est-il ?

– Je vous emmène.

Le cœur cognant dans la poitrine, la jeune femme se leva et fit signe au Russe de lui montrer le chemin. Pendant qu'il lui tournait le dos, elle prit son couteau à viande dans son assiette et le glissa discrètement dans la poche arrière de son jean.

Le Russe ouvrit la porte étanche de la descente et lui fit signe d'entrer.

Elle le suivit dans l'étroite cage d'escalier et marqua un arrêt sur le pont E. De l'index, l'homme lui indiqua de continuer plus bas, avec un sourire narquois.

Ils sortirent sur le pont G, niveau inférieur du *Benthos*. Le Russe la guida dans un couloir aseptisé, brillamment éclairé, au bout duquel les attendait Benedict.

– Ah, la voici ! Un ange dans les profondeurs de l'enfer. Vous avez bien dormi ?

Des étincelles jaillirent des yeux émeraude qui la fixaient.

– Oui, merci. En fait, j'ai hâte de me replonger dans les données sonar. Tout a l'air en ordre, mentit-elle, comme vous me l'aviez dit…

– Bien entendu, ma chère. Mais pour commencer, un petit divertissement, avant que vous ne continuiez votre labeur sur l'ordinateur.

Il lui désigna l'épaisse porte de titane menant au hangar.

– Qu'y a-t-il dedans ? demanda-t-elle sans parvenir à dissimuler sa crainte.

– Nerveuse ?

– Non. Simplement… ce hangar ne donne-t-il pas directement sur la mer ?

Benedict adressa un sourire au Russe en lui traduisant sa question. Les deux hommes se mirent à rire.

– Suivez-moi, dit le milliardaire en ouvrant la porte.

Le hangar était une salle circulaire de 18 mètres de long sur 9 mètres de profondeur, dont le plafond concave s'élevait à 6 mètres au-dessus du sol incurvé. À leur droite, se trouvait une autre porte donnant sur une petite cabine de commande protégée hermétiquement par 2,75 mètres de titane et des hublots en Lexan. Terry dépassa la cabine et repéra deux énormes soupapes d'admission dans le sol du hangar, dont chaque orifice de 1,5 mètre était recouvert d'un grillage de titane. Une batterie de sorties d'air puissantes revêtait le plafond.

Benedict traversa la salle jusqu'à une immense porte de titane.

– Venez, Terry, j'ai quelque chose à vous montrer.

Elle le rejoignit, non sans avoir noté que le Russe était entré dans la petite cabine de commande.

– Touchez cette porte. Elle est composée d'une épaisseur de titane de 1,80 mètre. L'équivalent d'une feuille de papier à cette profondeur, et tout ce qui nous sépare d'une mort instantanée. (Il pressa son visage contre le métal.) Vous sentez la pression derrière ?

Benedict claqua la paume contre le titane. Terry sursauta. Il sourit, posa un bras pesant sur son épaule pour attirer son oreille près de sa bouche.

– Regardez ça, chuchota-t-il en lui désignant le grillage qui recouvrait le sol. D'une seule pression sur un bouton, Serguei peut inonder cette salle.

Derrière la vitre de la cabine de commande, le Russe sourit à Terry.

– On se prend pour Dieu quand on détient un tel pouvoir sur la vie, même s'il n'est que temporaire, non ?

Benedict la sentit trembler. Il sourit et lâcha son épaule.

– *Quos deus vult perdere prius dementat*, marmonna-t-il pour lui-même en s'éloignant. « Dieu commence par rendre fous ceux qu'il veut détruire. »

Il se dirigea sans se presser vers l'extrémité de la pièce où deux douzaines de robots UNIS étaient alignés par rangées de quatre.

– Les inventions de votre père, bien en rangs comme des petits enfants attendant de monter à bord du bus scolaire. Donnez-moi la main, ajouta-t-il d'un tout autre ton.

Terry lui obéit. Ils fixèrent un des fûts de titane de 1,50 mètre sur 1,20 mètre à un chariot de levage et le poussèrent de l'autre côté de la salle pour le placer près de la porte du hangar. Après avoir attaché un manchon sur mesure au bout d'une mèche, Benedict déverrouilla le panneau étanche et pressurisé du robot, comme il aurait ôté des boulons de fixation pour changer un pneu. Une fois les écrous enlevés, il dévissa le couvercle de titane de 75 centimètres et l'écarta. Les mécanismes internes complexes de l'engin UNIS apparurent.

Benedict désigna à Terry l'intérieur du robot des profondeurs.

– Voulez-vous me faire l'honneur ?

La jeune femme tendit le bras dans l'habitacle, repéra le panneau de contrôle principal et activa le dispositif sonar. Une fois enfoui dans le sol marin, les Submersibles d'informations automatiques commenceraient à enregistrer et à détecter les phénomènes de subduction dans la fosse des Mariannes. En disposant les vingt-cinq robots à distance donnée, les Japonais bénéficieraient d'une batterie de détecteurs de séisme, véritable système d'alarme de pointe qui leur permettrait de prévoir les tremblements de terre le long de leur chaîne d'îles et de s'y préparer.

Benedict referma le couvercle du UNIS.

– Nous allons laisser ce robot près de la porte du hangar. Le *Prometheus* va l'extraire de la salle inondée au moyen de ses bras mécaniques, puis il le transportera sur les coordonnées prévues. Je sortirai ce matin à bord du submersible. Je vous invite à m'accompagner, mais je sais que vous avez hâte de reprendre votre travail.

Elle lui emboîta le pas.

– J'ai une idée, ajouta-t-il. Pourquoi ne pas nous regarder extraire le robot depuis la cabine de commande ? Le spectacle est vraiment fascinant, et je suis persuadé que Serguei sera ravi de votre compagnie.

Le pouls de Terry s'emballa.

– Une autre fois peut-être. Le JAMSTEC attend vraiment...

– Sottises. Cueillez aujourd'hui...

Benedict ouvrit la lourde porte de titane de la cabine de commande et lui fit signe d'entrer.

Serguei ricanait.

Benedict referma la porte hydraulique derrière lui et sortit de la salle. Terry observa comment le Russe débloquait une grosse valve sur la console de commande, en la tournant une demi-douzaine de fois dans le sens inverse des aiguilles d'une montre.

De l'autre côté de la vitre de Lexan, des milliers de litres d'eau de mer jaillirent des deux grillages circulaires revêtant le sol du hangar. En quelques minutes, la salle entière fut inondée.

Serguei se tourna vers elle. Le hangar plein d'eau, ils étaient tous les deux prisonniers de la cabine de commande.

– On doit attendre le submersible, annonça-t-il avec une mine réjouie.

Terry essaya d'engager la conversation.

– Comment le *Benthos* peut-il inonder la salle si vite ? Je n'arrive pas à concevoir la puissance nécessaire pour…

– L'eau ne vient pas directement de la mer. De la salle, elle est pompée dans des prises plus petites, puis rejetée pendant plusieurs heures grâce à des béliers hydrauliques situés sur le pont F.

Il déboutonna son pantalon.

– Assez de blabla.

La veine jugulaire de Terry palpitait. Elle mit la main dans son dos pour saisir le couteau à viande.

– Serguei, ne…

Le Russe plongea en avant, la saisit par les cheveux pour attirer brutalement son visage contre le sien et enfouit la langue dans sa bouche.

Terry le mordit sauvagement jusqu'au sang. Elle le recracha sur le torse de son assaillant, puis lui enfonça le couteau au-dessus du genou.

Serguei poussa un hurlement et vociféra sa douleur en russe en s'effondrant par terre. Du sang jaillissait de sa cuisse et de sa bouche. Un couteau de chasse tomba de sa main.

Terry se hâta de le ramasser.

– *Prometheus* à cabine de commande du hangar, nous sommes parés. Ouvrez les portes.

Serguei leva vers elle des yeux haineux.

– Ouvrez-les ! lança-t-elle, un couteau brandi dans chaque main.

Le bras tendu, Serguei tourna une petite clé deux fois vers la gauche. Une lumière rouge se mit à clignoter.

Les portes du hangar commencèrent à s'ouvrir. À l'intérieur, les murs de titane émirent des grognements.

Les lumières vives du *Prometheus* illuminèrent le hangar inondé. Une paire de bras mécaniques se déploya du submersible et vint s'enclencher sur le robot UNIS.

– Nous avons l'UNIS. Refermez les portes du hangar et dépressurisez.

Serguei continuait à la fixer, sans bouger, pour évaluer sa résolution.

– Obéissez.

– Allez-vous faire foutre…

Terry plongea le couteau d'acier à viande dans le mollet droit du Russe et l'en retira d'un geste vif. Avec un hurlement de douleur, Serguei tira sa jambe blessée vers lui.

– Ça ne vous suffit pas ? La prochaine fois, je viserai au milieu.

Le Russe cracha du sang sur elle. Puis il leva le bras pour refermer les portes du hangar. Tandis qu'elles se scellaient, la lumière rouge vira au vert.

– Maintenant, videz la salle.

Le Russe se hissa sur ses deux jambes. Penché par-dessus la console, il referma l'orifice ouvert en manœuvrant une autre série de commandes. Des pompes encastrées dans le sol commencèrent à aspirer l'eau et à la recanaliser en direction de dizaines de réservoirs dispersés sur le navire.

Pendant toute l'opération, Terry et Serguei ne se lâchèrent pas des yeux. Une éternité parut s'écouler avant que la salle ne soit totalement vidée.

Terry s'avança, un couteau bien serré dans chaque main.

– La prochaine fois que vous vous approchez de moi, je vous rouvre votre blessure à la gorge. Compris ?

Les yeux injectés de sang de Serguei fusillèrent sa haine et il murmura une imprécation en russe.

Terry se sentait faiblir. Elle manœuvra la porte de la cabine de commande et sortit à reculons, puis elle ouvrit celle qui donnait sur le couloir extérieur. Elle fila vers l'escalier pour remonter quatre à quatre les deux étages menant au pont E et courut s'enfermer dans sa cabine où elle s'assit sur sa couchette, le corps secoué de tremblements de peur et de frustration.

Un goût rance emplissait sa bouche – un soupçon de vodka, mélangé au sang de la langue du Russe.

Terry se précipita aux toilettes pour vomir.

Un coup abrupt frappé à sa porte la réveilla. Elle se redressa, une douleur sourde dans la tempe gauche. En consultant sa montre, elle constata avec étonnement qu'elle n'avait dormi qu'une heure. On frappa de nouveau.

Le Russe ?

À cette idée, les battements de son cœur s'accélérèrent. Elle sortit le couteau de chasse de Serguei de sa botte.

– Qui est-ce ?

– Un ami.

Terry entrouvrit la porte, derrière laquelle se tenait un Noir de solide corpulence qui devait avoir la quarantaine. Il scrutait les deux côtés du couloir avec fébrilité.

– Qui êtes-vous ?

– Heath Williams. Jonas et moi avons enseigné ensemble à Scripps. Laissez-moi entrer avant que quelqu'un me voie vous parler.

Elle recula pour le laisser passer.

– J'étais dans la cuisine quand j'ai entendu le Russe raconter votre altercation. Ça va ?

– Ça ira mieux quand je quitterai ce bateau.

– Votre vie est en danger. Je suis venu vous prévenir que Serguei se vante de vouloir vous tuer.

Terry pâlit.

– Où est le capitaine ? Je dois lui raconter ce qui s'est passé.

Heath hocha la tête.

– Ça ne servira à rien. Je ne suis ici que depuis quelques semaines, mais j'ai constaté que les seules lois appliquées à bord du *Benthos* sont celles de Benedict. Nous avons eu l'impression d'être des invités, mais à ses yeux, comme à ceux de son équipage, nous sommes des étrangers qui n'avons rien à faire ici.

– Je m'en étais plus ou moins aperçue toute seule.

– C'est pire que vous ne l'imaginez. Ces hommes obéissent à une hiérarchie. Serguei est l'un des membres de la garde rapprochée de Benedict, un de ses piranhas. Ils ont accès à toutes les parties du navire, en particulier aux cales interdites du pont G.

– Et alors, ça donne à ce pauvre type le droit de me violer ?

– Viol, meurtre, tout est bon ici. Et ne comptez pas sur Benedict pour prendre votre parti contre Serguei. En fait, à votre place, je ne lui parlerais même pas de l'incident. Ne lui donnez aucune raison de croire que vous pourriez en référer aux autorités quand vous serez remontée en surface. Benedict se juge au-dessus des lois. Pour éviter des histoires, il est capable de vous tuer de ses propres mains.

Terry avait des nausées.

– Mon père sait que je suis ici, tout comme le JAMSTEC. S'il ne reçoit pas mon rapport d'ici deux semaines, il gèlera le projet entier. Benedict ne peut pas… il ne peut pas me tuer comme ça.

– Si. Et il le fera s'il estime que vous représentez une menace.

Terry reprit longuement souffle pour essayer de se calmer. Une pensée lui traversa l'esprit.

– Heath, est-ce que le terme Tokamak vous dit quelque chose ?

– Non, répondit-il en lui adressant un regard bizarre. Ça signifie quoi ?

– Peu importe. J'ai peur, c'est tout… Peut-être que vous avez raison. Que dois-je faire ?

– Essayez de garder votre calme. Votre retour en surface est prévu dans six jours. Ça va être compliqué, mais vous devez éviter Serguei.

– Comment voulez-vous que je fasse ?

– Il va essayer de vous acculer quand vous serez seule, hors de vos quartiers. Il y a des zones où il ne vous attaquera pas. La plupart des types de la salle de commande sont des gars bien ; vous serez en sécurité tant que vous y travaillerez. Par contre, essayez d'éviter la cuisine. Vous risquez de vous retrouver au milieu d'un petit groupe, et subitement, tout le monde se lèvera et vous laissera seule.

– Et je vais faire comment pour mes repas ?

– Mon labo est situé au même niveau que la cuisine. Je vous apporterai à manger quand les piranhas se seront restaurés. Oh, et quoi que vous fassiez, ne vous approchez pas des deux niveaux inférieurs.

– Pourquoi ?

– Serguei y passe la plus grande partie de son temps, à travailler dans les zones de haute sécurité du pont G.

– OK. Et vous ? Qu'est-ce qui vous amène à bord du *Benthos* ?

– Je suis paléontologue, comme votre mari, sauf que je suis spécialisé dans les anciens reptiles marins. Benedict m'a contacté à Scripps une semaine environ avant l'appareillage du *Proteus*.

– Pourquoi ?

– Le plancher marin de la fosse remonte à des millions d'années. Il avait sans doute besoin d'un paléontologue pour étudier les fossiles que ses submersibles vont déterrer durant l'opération d'enfouissement des UNIS.

Il regarda sa montre.

– Il faut que j'y aille.

– Heath, que dois-je faire quand j'aurai fini mon rapport pour le JAMSTEC ?

– Parlez à Benedict. Il vous autorisera peut-être à l'accompagner à bord du *Prometheus*. Au moins, ça vous éloignera de Serguei. Pour l'instant, je vous suggère de vous débarbouiller et de retourner à votre travail sur la passerelle. Essayez de vous conduire comme s'il ne s'était rien passé.

Heath ouvrit la porte et scruta le couloir.

– Terry, vous avez une arme ?

– Le couteau de Serguei.

– Bien. Gardez-le sur vous. Si vous vous trouvez seule avec lui, n'hésitez pas à l'utiliser.

Terry sentit son ventre se nouer de nouveau.

– Heath, à votre avis… enfin, jusqu'où pensez-vous que ce Russe peut aller ?

Heath posa sur elle un regard qui ne plaisantait pas.

– Si vous y êtes obligée, tuez ce fils de pute, parce qu'il ne se gênera pas pour le faire après vous avoir violée.

La passerelle, la salle de commande et le centre informatique du navire étaient tous situés au niveau B. Des ordinateurs de navigation et des instruments électroniques à la pointe de la technologie recouvraient les murs circulaires de l'immense salle ovale. À l'avant, une dizaine de postes de service étaient disposés en demi-cercle autour du coin où le capitaine définissait leur position, dont l'instrument central était une carte traçante de bathymétrie allant du sol au plafond, qui mettait en évidence la topographie du canyon sous-marin. Des moniteurs de télévision en circuit fermé couvrant un des murs transmettaient des images à haute résolution prises par des caméras montées le long de la coque du *Benthos*. Près de ces moniteurs se trouvait la barre, poste de navigation qui faisait penser au côté conducteur d'une voiture dont on aurait complètement démonté l'habitacle. Un large volant sortait de la console également équipée de plusieurs pédales qui contrôlaient l'unique hélice et le gouvernail du navire. Les panneaux de commande du ballast et du système de communication qui reliait le *Benthos* au *Goliath* par des câbles en fibre optique étaient placés à côté de la barre. Les deux systèmes fonctionnaient vingt-quatre heures sur vingt-quatre sous la supervision de l'officier de quart.

À la droite des commandes de ballast se trouvaient quatre postes sonars, véritables yeux du navire. Terry prit place à l'un d'eux. En insérant une disquette dans un ordinateur fixé au poste, elle écouta dans son casque, tout en formatant une autre série d'enregistrements sonars étalés devant elle sur la console. Outre les bruits qu'elle entendait dans ses écouteurs, l'écran du sondeur sonar B2Q5 lui fournissait une représentation graphique de tous les objets qui avaient été détectés à l'intérieur de la zone de convergence sonar du *Benthos*.

La jeune femme ferma les yeux. En dépit de tous ses efforts pour se détendre, elle ne parvenait pas à empêcher ses mains de trembler. Une pensée lui consumait l'esprit : elle était captive d'une prison d'où toute fuite était impossible, en compagnie d'un geôlier dément, qui voulait la violer et l'assassiner.

Quant au directeur de l'établissement, il encourageait ce fou.

Chaque fois qu'elle respirait, de la bile, provoquée par le stress, remontait dans sa bouche.

Elle ouvrit les yeux, car ses écouteurs lui renvoyaient le bruit d'un objet qui s'approchait. Une fine ligne verticale représentant l'objet non identifié se matérialisa sur l'écran vert compact. Des coordonnées numériques indiquèrent à quelle distance l'objet se trouvait du *Benthos*.

1 800 mètres. Elle entendit une série rapprochée de bruits bizarres... puis un silence total tomba subitement.

Mais qu'est-ce qui se passe ?

– Excusez-moi, dit-elle en donnant une tape sur l'épaule du technicien sonar assis le plus près d'elle. Pourriez-vous m'aider ?

Le technicien ôta son casque et fit rouler sa chaise dans sa direction.

– Un problème ?

Elle fit revenir le sonargramme en arrière.

– Ça vous dit quelque chose ?

Le technicien écouta brièvement, puis il ôta le casque.

– 42 hertz. C'est le *Proteus*.

– C'est bien ce que je pensais. Mais pour quelle raison sa trace disparaît-elle subitement ?

– D'après la date du catalogue de ce sonargramme, cet enregistrement a été effectué juste avant l'implosion du submersible. Continuez à écouter, vous l'entendrez.

Terry surveilla le chronomètre digital sur l'écran vierge. Le technicien sonar fit de même un certain temps, puis il regagna son poste sur sa chaise à roulettes.

Sept minutes et quarante-sept secondes s'écoulèrent dans un silence absolu, puis une détonation épouvantable se répercuta dans les oreilles de Terry.

– Je ne comprends pas, observa-t-elle. Ça veut dire quoi, ce long espace blanc avant l'implosion ?

– Le *Proteus* est descendu dans une zone pleine de fumeurs noirs. Ces cheminées minérales interfèrent souvent avec les ondes réfléchissantes de nos sonars et limitent leur zone de convergence. Le pilote en a probablement percuté une de plein fouet et la coque s'est brisée.

– Pourtant, le *Proteus* était assez près du *Benthos* pour avoir laissé une espèce de trace. On dirait que cet enregistrement sonar est vierge.

Le technicien haussa les épaules et remonta ses écouteurs sur ses oreilles.

Terry leva les yeux à temps pour s'apercevoir que les autres hommes la fixaient.

Elle remonta la bande jusqu'à la série de bruits bizarres qui se produisaient juste avant le blanc dans l'enregistrement. Puis elle programma l'ordinateur de manière à décomposer les traces en plus petits segments, afin de pouvoir analyser les rares indices enregistrés. Au lieu de répondre à sa demande, l'écran émit un avertissement lumineux : « CE PROGRAMME A ACCOMPLI UNE FONCTION ILLÉGALE ET VA ÊTRE FERMÉ. »

Elle approcha du technicien sur sa chaise à roulettes.

– Pardon de vous déranger encore, mais mon terminal vient de se fermer et...

– Madame, vous rendez-vous compte que le *Benthos* est en train de suivre le *Prometheus* dans la fosse et que je dois l'empêcher de s'écraser contre les parois du canyon ? À moins que vous ne préfériez subir le même sort que l'équipage du *Proteus* ?

– Pardon. Je veux juste savoir si mon ordinateur est capable de diviser ces sonargrammes en sections plus petites.

– Non. Cette fonction ne peut être effectuée que par le mien et par celui installé à bord du *Prometheus*. Maintenant, je vous en prie...

– OK, OK.

Elle regagna son poste.

Terry prit une disquette vierge et enregistra les bruits qui apparaissaient sur le sonargramme juste avant le blanc mystérieux. La chose faite, elle glissa la disquette en catimini dans sa botte, puis elle quitta la passerelle pour regagner ses quartiers.

MOMENTS D'EMBARRAS

À bord du *William Beebe*

Seul à la proue du bateau, Jonas contemplait les derniers rayons de lumière qui s'assombrissaient et viraient à l'écarlate et au violet. Le vent balayait des embruns sur son visage et fouettait le pont avant avec des sifflements métalliques aigus.

La proue en fibre de verre du navire qui remontait la côte de l'Oregon vers le nord enfonçait des lames d'un mètre cinquante. Jonas s'emplit les poumons d'air salé et essuya ses sourcils humides. Il fixait l'océan, fasciné par le sempiternel balancement de la houle.

Pour quelle raison devrais-je craindre la chose même qui m'apporte tant de joie...

L'apparition de Céleste à ses côtés le fit sursauter.

Les rafales fouettaient ses cheveux blond platine et plaquaient le coupe-vent gris contre sa silhouette. Elle garda le silence, par respect pour sa solitude.

Plusieurs minutes s'écoulèrent. Ils virent l'horizon se muer en gris charbon.

Céleste se rapprocha pour se blottir contre le torse de Jonas.

– J'ai froid.

Jonas faillit l'enlacer, puis il se ravisa et s'écarta.

– Vous feriez sans doute mieux de rentrer.

– Vous avez peur de moi, Jonas ?

– Je n'ai pas confiance en vous.

– Peut-être que vous n'avez pas confiance en vous-même. (Elle lui fit face, le dos à la mer.) C'est terrible de vivre dans la peur, non ?

– Que voulez-vous dire ?

Elle se rapprocha davantage.

– J'essaie juste de vous parler honnêtement, Jonas. Je sais parfaitement que vous me prenez pour une salope et pour une intrigante, mais je suis plus compliquée que ça. Pour être franche, un ami ne me ferait pas de mal.

Jonas l'interrogea du regard. Elle se serra plus fortement contre lui en grelottant. Ses cuisses dénudées étaient couvertes de chair de poule.

– J'ai envie de vous confier un secret, une chose intime dont je n'ai encore jamais parlé à personne.

– Pourquoi à moi ?

– Parce que je pense que vous êtes capable de comprendre. Comment vous expliquer ? Jonas, avez-vous déjà eu l'impression d'être prisonnier de votre propre destin ?

Jonas sentit des gouttes de sueur froide dégouliner le long de ses aisselles.

– Pourquoi ? Enfin... vous sentez-vous prisonnière ?

Elle détourna le regard.

– Laissez tomber. C'est idiot. Oubliez ce que je vous ai dit.

Elle s'éloigna en s'essuyant les yeux.

– Céleste, une seconde...

Elle le repoussa d'un geste du bras, puis elle traversa le pont à pas rapides et disparut à l'intérieur du bateau.

Un quart d'heure plus tard, Jonas pénétra dans la cuisine. Il prit un plateau et des couverts et se plaça dans la queue, derrière une demi-douzaine d'hommes qui attendaient d'être servis.

Le cuisinier plaqua un demi-poulet rôti et une portion de purée dans son assiette. Jonas choisit une cannette de soda et une pomme et alla s'installer à la même table que Mac et Richard Diefendorf.

– Où t'étais ? marmonna Mac, la bouche pleine.

– Je prenais un petit bol d'air. Tu as vu Céleste ?

Mac avala sa bouchée.

– Non. Je savais pas que c'était mon tour de la surveiller. Hé, écoute-moi ça : Dief a travaillé pour Singer.

– Je croyais que vous étiez dans la Navy, observa Jonas.

– J'ai servi pendant six ans sur le *South Carolina*, répondit Dief en désignant l'excroissance boursouflée au milieu de son front dégarni. À la suite d'une petite mésaventure, on m'a réformé pour raisons médicales. Après quoi, j'ai trouvé un boulot qui consistait à concevoir et tester des submersibles pour une entreprise privée de Santa Cruz. Benedict Singer a racheté cette boîte quelques mois plus tard. Je faisais partie de l'équipe qui a mis au point le *Benthos*. J'ai même effectué les essais en eaux peu profondes aux commandes du *Proteus*.

– Le submersible qui a sombré dans la fosse des Mariannes ?

– Exact.

– À votre avis, qu'est-ce qui lui est arrivé ? demanda Jonas.

– GTI prétend que l'implosion a été provoquée par une erreur de pilotage, mais j'en doute. Le pilote était un de mes potes, un ancien de la Navy lui aussi, plutôt du genre hyperprudent. Le type même à qui on confie sans hésiter la manœuvre d'un submersible sous 10 kilomètres d'eau. Personnellement, je pense que GTI cache quelque chose.

– Dans ce cas, pourquoi travailler pour eux ? demanda Jonas.

Dief sourit jusqu'aux oreilles.

– Comment dire ? Ils paient bien et j'ai besoin de ce fric.

Harry Moon les repéra de l'autre bout de la cuisine.

– Messieurs, quand vous aurez fini votre repas, le capitaine veut vous voir sur la passerelle.

La passerelle du *William Beebe*, située sur le pont supérieur du navire, était divisée en deux compartiments. Un petit poste de pilotage, plutôt dénudé, se trouvait à l'avant du centre de commande, qui abritait les ordinateurs et le système électronique dernier cri du vaisseau.

Le capitaine Morgan, penché sur un plateau de table fluorescent au milieu du centre de commande, étudiait une carte de la côte nord-ouest des États-Unis.

– Professeur Taylor, messieurs, entrez. Nous venons de recevoir une nouvelle transmission de votre requin. On dirait qu'il continue à longer la côte vers le nord.

– À quelle distance sommes-nous de lui ? demanda Jonas.

Le capitaine leur montra les positions sur la carte.

– Nous sommes ici, à 3 kilomètres au sud-ouest de Newport. Votre poisson approche de cap Lookout, à environ 80 kilomètres droit au nord.

Le Dr Maren entra en sirotant bruyamment un cappuccino.

– Manifestement, il suit les cétacés qui migrent vers leurs pâtures estivales, dit-il. Si nous n'intervenons pas, il nous mènera droit dans la mer de Béring.

Le capitaine Morgan jeta un coup d'œil à Jonas.

– Qu'en pensez-vous, professeur ?

– Rien. Il y a quatre ans, j'ai prédit que la mère de cette créature allait suivre le schéma de migration hivernale. Résultat, nous avons perdu sa trace pendant plusieurs semaines. N'oublions pas que traquer une femelle solitaire qui, de plus, est en cycle d'ovulation...

Maren roula les yeux.

– Quelque chose vous chiffonne ? demanda Jonas qui sentait de nouveau sa tension monter.

– Non, non, continuez, c'est vraiment fascinant, répliqua Maren d'un ton sarcastique. Mais n'oubliez pas que, pendant que vous pontifiez, le *Carcharodon Megalodon* se déplace dans des eaux très peuplées.

– Que nous suggérez-vous de faire, docteur Maren ? demanda le capitaine Morgan.

– De couper le chemin au requin avant qu'il arrive plus au nord. Sinon, il risque de ne pas survivre au long voyage de retour vers le lagon. J'ai étudié les transmissions SOSUS. Le prédateur se nourrit une fois toutes les trente-six à quarante-huit heures, la plupart du temps de nuit. S'il s'en tient à ce schéma, il s'alimentera de nouveau cette nuit, ce qui nous offre une opportunité de le rattraper d'ici demain matin et de le capturer à cet endroit-là.

Maren pointa l'index sur l'embouchure du fleuve Columbia, qui divisait les États de l'Oregon et de Washington le long de l'océan Pacifique.

– Le cap Déception ? fit Jonas. Vous pouviez difficilement choisir un endroit plus dangereux pour tenter une capture.

– Jonas a raison, intervint Mac. On y encaisse des vagues d'une foutue violence...

– Pardon, mais vous êtes qui ? le coupa Maren sans dissimuler son agacement.

– M. Mackreides est notre pilote d'hélicoptère, répondit le capitaine.

– Bien. Monsieur le pilote, que les choses soient claires : je ne joue pas aux devinettes comme le professeur Taylor. Je base mes recommandations sur nos données SOSUS et sur des calculs méticuleux qui prennent tous les éléments en compte : vitesse de croisière moyenne du prédateur, de jour comme de nuit, distances parcourues, schémas d'alimentation, et même le temps moyen qu'il met à traquer, tuer et ingurgiter une proie. Contrairement à Taylor, ça ne m'intéresse pas de m'attaquer à cette créature quand elle aura faim. Au moment où le *Carcharodon Megalodon* atteindra le cap Déception – à savoir entre 7 et 9 heures demain matin selon mes estimations –, il devrait avoir la panse pleine et être un peu apathique.

– Traquer le Megalodon dans ces parages pourrait s'avérer une erreur tragique, dit Jonas.

– Le professeur Taylor a peut-être raison, acquiesça le capitaine. Les marins ont baptisé cette zone « cimetière du Pacifique ». À juste titre. Un front orageux nous arrive de l'ouest. Nous allons avoir à fendre des lames furieuses de 5 à 6 mètres.

– Capitaine, je suis sûr que le *William Beebe* est assez gros pour affronter quelques vagues.

La patience de Jonas recommençait à s'effilocher.

– Écoutez, mon vieux, vous oubliez une chose dans vos calculs : Dief sera à bord de l'*Abyss Glider*, en train d'essayer d'envelopper le Megalodon dans un filet à cargaison, au beau milieu d'une mer démontée.

– Ça suffit ! répliqua Maren. Capitaine, j'ai été engagé par GTI pour organiser cette capture. Je n'ai pas besoin qu'une espèce de cow-boy paléontologue et son sous-fifre de pilote me dictent mon travail.

Jonas s'avança d'un pas agressif.

– Quoi ? Encore des menaces ? s'exclama Maren. Vas-y, gros dur, cogne-moi. Cogne-moi et je te jure, nom de Dieu, que je te ferai un procès qui te ratissera jusqu'au dernier dollar.

Jonas le frappa.

Maren tomba à la renverse. Son cappuccino éclaboussa la table traçante. Il se releva, le nez en sang.

– Ça suffit, professeur, aboya le capitaine. Docteur Maren, ça va ?

– Vous êtes tous témoins, lança Maren d'une voix rauque en se pinçant le nez pour arrêter le saignement.

– Vas-y, fais-moi un procès, petit con. Essaie pour voir.

Mac saisit Jonas par un bras et fit signe à Dief de faire de même.

– Viens, Jonas. On va prendre l'air.

Mac et Dief l'aidèrent à descendre deux étages jusqu'au pont principal. Ils se blottirent sous l'un des zodiacs afin de se protéger de rafales de vent assez violentes pour arracher leurs chemises.

– La vache, Jonas, je ne t'ai jamais vu disjoncter comme ça. Arrête de laisser ce petit merdeux te faire sortir de tes gonds.

– Ce n'est pas que lui, Mac. J'ai l'impression de perdre ma foutue tête.

– Tu es à bout. Une bonne nuit de sommeil te fera du bien.

– Ouais, mais tu oublies une chose : j'ai peur de dormir…

Mac le saisit par les épaules.

– Écoute-moi. Tu sais ce que tu dois faire et tu vas le faire. Après tes cauchemars s'arrêteront d'eux-mêmes. En attendant, laisse le grand expert en poissons faire son boulot et capturer le requin. Il va placer le Megalodon droit dans ta ligne de mire, et on verra bien qui rira le dernier…

– Non !

Jonas plongea les yeux dans ceux de son ami. Le vent sifflait dans leurs oreilles.

– Toi et Dief… je veux que vous quittiez ce rafiot.

– Ouah… du calme, mon vieux.

– Mac, écoute-moi : on n'arrivera jamais à capturer de nouveau ce monstre, tu ne comprends pas ? Il est beaucoup trop gros. Il va faire couler ce bateau et tous ceux qui sont à bord. C'est mon combat, pas le tien. Je veux que vous débarquiez. Pars avec l'hélico et…

– Il déraille. Dief, prenez-le par le bras, on va le rentrer.

– Tu ne m'écoutes pas !

Jonas repoussa Dief.

Mac eut le dessus et cloua son ami contre le portique en A.

– Maintenant, c'est moi que tu vas écouter. Tu es épuisé, tu comprends, oui ou non ? Tu as pété les plombs et tu n'arrêtes pas de geindre comme une écolière. Alors tu choisis : soit tu rentres avec moi et tu te soûles à mort, soit je te mets KO moi-même et on n'en parle plus.

Jonas ferma les yeux.

– Mac, ma vie est déjà un enfer. Je ne veux pas que mes potes meurent aussi.

– Putain, quelle noblesse !

Mac saisit Jonas par le bras pour l'aider à rentrer à l'intérieur du bateau.

– Maintenant que tu as officiellement baptisé notre mission « Voyage des damnés », je pense qu'il est grand temps qu'on se prenne une bonne cuite.

Un pont plus haut, Céleste, dissimulée dans l'ombre, n'avait pas perdu une miette de leur conversation. Elle attendit leur départ pour regagner sa cabine.

CAP DÉCEPTION

Cap Déception
6 h 45

Sous un ciel de matin gris, le *Chinook*, bateau de sauvetage des gardes-côtes américains, fonçait droit à la rencontre d'un nouveau mur d'eau écumante en furie de 5 mètres. Avec un fracas à vous disloquer le squelette, la vague immobilisa net le navire et souleva sa proue en déversant plus de 20 tonnes d'eau de mer sur les quatre hommes d'équipage.

De son poste situé derrière la cabine de pilotage, le lieutenant Eric Wisdom, surnommé « Grand-père », sourit à la vue des deux aspirants, Geary et Richardson, qui se cramponnaient de toutes leurs forces. Les deux garçons s'étaient inscrits au stage de sauvetage des gardes-côtes par gros temps et mer démontée, qui ne se déroulait que dans les eaux au large du cap Déception. Équipés de casques de protection et de cirés, ils étaient attachés à une rambarde d'acier montée derrière la cabine de pilotage ouverte. Ils se retrouvaient confrontés pour la première fois à des « lames stimulantes », comme les qualifiait Grand-père, et mère Nature se montrait particulièrement coopérative.

Alimentées par de violents centres de dépression du Pacifique, des vagues féroces parcouraient des milliers de kilomètres d'océan, un trajet qui durait souvent une semaine ou plus, avant d'atteindre la côte nord-ouest. À l'approche du cap Déception, ces lames puissantes se transformaient en murs gigantesques d'eau bouillonnante qui ravageaient tout sur leur passage. Plus de deux mille bateaux avaient sombré au large du cap Déception depuis le début du XIXe siècle, si bien que ces eaux de la côte de l'Oregon et du Washington comptaient parmi les plus redoutées du monde.

Grand-père Wisdom se pencha en avant pour hurler à son pilote :

– Deacon, ça va ?

– Vent : 31 nœuds ; 60 kilomètres à l'heure. Environ 7 sur l'échelle de Beaufort.

– Parfait. Emmène-nous un peu plus au large. On va donner une petite leçon d'humilité à nos gars. Après, on leur présentera Oscar.

Deacon leva le pouce en signe d'approbation, puis hurla :

– Proue tribord – proue tribord, tenez bon, on va foncer !

Le mur d'eau écumante s'écrasa sur le bateau et le souleva au-dessus de sa crête. Puis il fit retomber brutalement le vaisseau volant de 5 mètres dans l'océan.

– Tenez bon, les gosses, tenez bon. Y en a deux autres qui arrivent, front négatif…

Geary et Richardson se baissèrent derrière la cabine de pilotage, tandis que le *Chinook* décollait au-dessus de la lame en dévoilant toute sa coque.

– Ouaaaah ! hurla Grand-père, alors que le bateau replongeait proue en tête dans la mer.

L'espace d'un moment terrifiant, ils restèrent dans l'eau jusqu'à la taille, puis l'embarcation se redressa en dansant comme un bouchon sur un océan de mousse.

– Tenez bon ! hurla Deacon qui se débattait pour replacer la proue en ligne avant le coup de boutoir suivant.

Le pilote essuya les embruns de son visage et s'arc-bouta contre le gouvernail, tandis qu'une autre paroi d'eau tonitruante se précipitait droit sur eux.

Le Megalodon se déplaçait paresseusement dans la thermocline ; sa nageoire caudale remuait juste assez pour lui permettre de ne pas faire du surplace. La mâchoire inférieure ballante frémissait par réflexe en aspirant l'eau qui s'engouffrait par sa gueule et par ses branchies. Des bouts de viande pendaient des interstices entre les dents acérées du prédateur, seuls vestiges du phoque éléphant de 3 tonnes qu'il avait dévoré quelques heures plus tôt. Rassasié pour le moment, le monstre poursuivait son chemin vers le nord.

Sous la peau dentelée de la créature, un canal sensoriel dénommé ligne latérale courait de la tête à la queue, le long de son torse musclé. Relié à la surface de la peau par de petits tubes, ce canal contenait des cellules spéciales : les « neuromasts ». Les variations de pression dans l'environnement du prédateur stimulaient des milliers de cils à l'intérieur de ce détecteur de mouvements d'une extraordinaire sensibilité, qui lui permettait d'enregistrer le plus infime battement de cœur d'un animal se déplaçant dans l'eau à des kilomètres de lui.

Le Megalodon se maintenait à l'intérieur d'un chenal acoustique dans lequel résonnaient les vibrations en provenance d'un millier de baleines migrantes. Les bancs de cétacés savaient parfaitement que le prédateur les poursuivait de près, tout comme un troupeau de zèbres sait que le lion rôde dans les parages. Mais les cétacés pouvaient également sentir que le requin s'était nourri récemment, si bien qu'il ne les attaquerait pas à moins d'être provoqué. Cela ne les empêchait pas de se tenir à distance respectueuse de la bête qui les traquait le long de la côte de l'Oregon.

Au moment où le requin dépassait le cap Déception, sa ligne latérale détecta un écho d'un autre genre en surface, trop important pour qu'il l'ignore. Stimulé, interprétant les violentes vibrations du *Chinook* comme un défi qui lui était directement lancé, le Megalodon y répondit en changeant de cap.

– Tenez-vous prêt, capitaine, lança le Dr Maren de son poste SOSUS.

Il recala le casque sur ses oreilles et écouta attentivement.

Jonas distingua les perles de sueur qui se formaient sur son front.

– Le squale vient de modifier sa route. Il se dirige maintenant vers l'est. Mince, sa vitesse a aussi augmenté. Quelque chose doit l'avoir effrayé.

– Ou avoir attiré son attention, intervint Jonas. Capitaine, à quelle distance est-on ?

– Un peu moins de 3 kilomètres, mais on devra changer de cap si le Megalodon pénètre dans des eaux moins profondes. Harry, emmène-nous plus au large. On va décrire un cercle pour se rapprocher par l'ouest.

Maren leva les yeux. Cette décision l'agaçait, c'était clair.

– C'est vraiment nécessaire, capitaine ? On est si près...

– Les gardes-côtes ont signalé des brisants de 5 mètres. Je ne peux pas courir le risque de prendre ces vagues par le travers.

Jonas quitta la salle de commande et descendit deux étages pour sortir sur le pont principal. Il gagna la poupe, où deux hommes d'équipage étaient en train de préparer le submersible *AG-1*.

Mac et Dief se tenaient près d'un énorme morceau de lard de baleine suspendu au large portique et au treuil fixés au pont arrière. Ils lui firent signe de s'approcher.

– Comment va ta tête ? demanda Mac.

– Elle résonne comme un foutu marteau-piqueur. Pardon d'avoir déconné hier soir.

– T'inquiète. Où est ton poisson ?

– Il se dirige vers le rivage. Où est-ce que tu as dégoté cette viande de baleine ? Elle va servir à le faire remonter en surface ?

– Repêchée avant hier soir, répondit Dief en tirant sur sa cigarette. Tout ce qui restait d'un des repas du Meg.

– Nerveux, Dief ? demanda Jonas.

– Putain, oui ! (Le pilote sourit.) Un dernier conseil ?

– Ouais. N'y allez pas.

– Merci quand même !

Mac donna une tape dans le dos de Dief.

– Ça se passera bien. Contentez-vous de ne pas entrer dans l'eau tant qu'on ne vous aura pas contactés de l'hélico. Jonas, si ça t'embête pas, je veux décoller avant que ces vagues tapent dans le cul du *William Beebe*.

– Tenez bon, les gars ! hurla Grand-père.

Le mur d'eau blanche explosa par-dessus la proue avec autant de puissance qu'un torrent en crue.

– OK, fistons, jetez Oscar !

Geary se baissa pour détacher le mannequin d'entraînement grandeur nature de sa laisse.

– Un homme à la mer, proue tribord, hurla-t-il en balançant Oscar dans l'eau.

– Tenez-vous prêts, cria Deacon. On viendra au vent à la première accalmie.

– Accrochez-vous, lança Grand-père. V'là une vraie faiseuse de veuves !

Deacon enfonça la proue du *Chinook* dans la barrière liquide, de manière à heurter la lame juste avant qu'elle se brise. Le petit bateau se retrouva catapulté sur la vague et retomba brutalement sur le flanc bâbord. Pendant un centième de seconde, le pilote en perdit le contrôle et les hélices jumelles crachèrent de l'eau dans l'air. Puis le bateau se redressa, tandis que les lames de l'hélice reprenaient appui sur l'eau.

Deacon repéra le rouleau suivant qui déferlait de l'horizon.

– Tenez bon, je change de cap.

Il prit un virage serré à tribord pour pointer la proue vers l'est contre la vague approchante.

– J'aperçois Oscar, hurla Geary en désignant un point par-dessus la proue bâbord.

– Richardson, tiens-toi prêt avec ton crochet de sauvetage, commanda Grand-père.

Par-dessus la traverse, il surveillait la lame qui fonçait sur eux.

– Plus vite, Richardson... vas-y, vas-y...

Richardson se pencha par-dessus la proue à tribord pour accrocher Oscar et le hisser à bord, à l'instant même où un torrent d'eau de 5 mètres s'écrasait par-dessus la traverse et le projetait sur le dos.

– Ça alors ! s'exclama Grand-père. Qu'est-ce qui a bien pu arriver à Oscar ?

Il souleva le mannequin pour examiner les lambeaux de son torse supérieur.

– La vache, lieutenant, on dirait que quelque chose l'a tranché en deux.

– Dieu tout-puissant...

L'image du grand blanc géant en train de s'alimenter dans le lagon Tanaka traversa l'esprit de Grand-père. Il avait emmené sa famille voir le monstre à peine quatre mois plus tôt. Il fut pris de sueurs froides.

– Deacon, tu nous ramènes tout de suite au port !

Subitement, la tête du Megalodon heurta la coque du *Chinook* avec un bruit sourd gigantesque, fendit quatre de ses couples de soutènement et fit gîter le bateau.

Deacon se démena comme un beau diable pour retrouver le contrôle de l'embarcation.

Grand-père Wisdom jeta un coup d'œil sur sa gauche et jura à haute voix en se baissant à toute allure.

La vague bouillonnante de 5 mètres percuta le côté bâbord exposé du bateau, le projeta en avant tout en le soulevant, puis le fit basculer à l'envers.

Entraîné sous l'eau, Grand-père sentit son souffle exploser de ses poumons. Le rugissement tonitruant de l'océan oblitérait toutes ses autres sensations. Il ouvrit les yeux. Il était coincé par son harnais de sécurité, mais un courant vigoureux essayait de l'arracher du pont retourné du *Chinook*.

Il repéra le filin de son harnais et s'en servit pour se hisser jusqu'au crochet de sécurité et se libérer. Après s'être écarté d'une poussée du pont, il refit surface en tremblant de froid.

Deacon réapparut une seconde plus tard.

– Lieutenant, derrière vous…

Grand-père se retourna et aperçut un casque orange qui dansait à la surface des flots. Le jeune homme était à moitié conscient. Son gilet de sauvetage lui maintenait tout juste la tête hors de l'eau.

– Il est resté attaché à son harnais, hurla Grand-père à Deacon. Il faut que je le libère avant que la prochaine vague s'écrase. Trouve Richardson.

Deacon constata que le rouleau suivant s'approchait à vive allure. Il baissa la tête et plongea.

Le capitaine des gardes-côtes dut donner de violents coups de pied pour parvenir sous la coque retournée. Le froid lui mordait la peau et redoublait la difficulté de chacun de ses mouvements. Il saisit le bastingage pour s'aider à descendre de 2 mètres, afin de se retrouver à l'envers à la hauteur du pont.

Il repéra Richardson.

L'apprenti s'était empêtré dans son harnais. Deacon fixa les yeux protubérants du cadavre qui venait heurter le pont submergé. Son visage était figé en un masque de terreur.

Une lueur étrange incita Deacon à baisser les yeux.

Il voulut hurler. Il expulsa l'air que contenaient ses poumons et perdit complètement la tête. Submergé par une frayeur viscérale, il pagaya comme un fou pour remonter et se cogna brutalement la tête contre le pont.

Le Megalodon s'éleva à la verticale et ouvrit la gueule pour arracher délicatement au bateau sa victime qui se débattait, comme s'il la cueillait.

Deacon sentit des poignards rentrer dans ses rotules et le détacher du *Chinook*. Il essaya de s'agripper au bastingage.

Avec un bruit de cassure atroce, sa jambe se sectionna dans la gueule du démon.

L'Ange de la Mort s'éleva encore en ouvrant ses mâchoires insondables. Puis il les claqua bruyamment sur le torse de Deacon et sur un morceau de rambarde d'aluminium.

Grand-père secoua Geary jusqu'à ce que l'apprenti se mette à gémir.

– Réveille-toi, mon gars, et tiens bon !

Il plongea sous l'eau et s'aida de la laisse du harnais de sécurité de Geary pour descendre. Le filin le mena directement au bastingage inversé. Il saisit le crochet de sécurité de Geary dans ses doigts gourds et s'efforça de détacher le filin.

Ses yeux s'exorbitèrent d'horreur.

Suspendue à la verticale, juste sous le bateau retourné, rôdait une créature d'un blanc pur, au moins deux fois plus grosse que le *Chinook*. Sa tête gargantuesque remuait, les dents de sa gueule hideuse enfoncées dans les restes mutilés de Deacon.

Grand-père se pinça le nez pour ravaler la bile acide qui remontait dans sa bouche. Un éclair orange brillait au-dessus de lui – le corps noyé de Richardson. Retenu prisonnier du bateau par son harnais, le cadavre venait battre contre le pont.

Le cœur de Grand-père Wisdom se mit à cogner comme une bombe sur le point d'exploser.

Un œil gris lui lança un regard menaçant par en dessous. Succombant à un accès de démence, Grand-père, à la vue des mâchoires tremblantes qui s'ouvraient et se fermaient, entendit la voix démoniaque d'Ange lui parler. *Eh oui, Grand-père, je vais m'occuper de toi dans un tout petit moment…*

Au loin, un rugissement assourdissant brisa le sortilège.

Le Megalodon remonta vers le corps dansant de Richardson.

Par crainte de remuer, Grand-père, sur le point d'étouffer, gardait la gorge serrée. En haut, le rugissement tonnait comme un train de marchandises. Tout en luttant pour retenir son souffle, Wisdom ferma les yeux à l'instant où la gueule colossale se refermait sur le corps de Richardson.

Une pensée lui traversa l'esprit. Il rouvrit les yeux et, le plus doucement possible, détacha le harnais de Geary de la rambarde...

La pupille grise se tourna, ayant perçu un mouvement.

Grand-père se hâta d'enrouler le bout de la laisse de Geary autour de son avant-bras et serra les dents. L'œil continuait à le chercher.

Geary émergea brutalement de son semi-évanouissement. L'horizon rugissant d'eau blanche qui se précipitait sur lui le fit suffoquer. Il avala une goulée d'air et se baissa d'instinct pour descendre en tirant sur sa laisse.

Grand-père pivota, hissé par les mouvements de Geary.

En pilotage automatique vers la source de mouvement, le Megalodon s'éleva dans toute sa majesté.

Paralysé d'épouvante, Grand-père ne pouvait que fixer la gueule de la créature, qui béait sous lui comme l'entrée d'un tunnel. Il avait l'impression que le monstre bâillait. Un courant l'aspira plus près. Il ferma les yeux.

Dans une espèce de brume, Geary entrevit la lueur de l'albinos. L'effroi le fit remonter en surface. Il avait complètement oublié le rugissement de l'eau.

La vague le percuta et l'entraîna, prisonnier de son tourbillon.

Happé vers le haut par le bras qu'il avait enroulé dans le harnais de Geary, Grand-père rouvrit les yeux et resta horrifié par les hideuses gencives roses et la mâchoire supérieure qui semblaient se projeter vers lui. Son cœur s'arrêta de battre, tandis que la gueule immense se refermait brutalement sur le vide. Une autre force de la nature d'une puissance inouïe venait littéralement d'arracher Wisdom aux mâchoires de la mort.

Le rouleau entraîna Geary, et à sa suite, Grand-père Wisdom, sur 200 mètres vers la côte, avant de les abandonner. Ce dernier refit surface, le cœur au bord des lèvres. L'esprit égaré par le choc, il hurlait et hoquetait.

Quelque chose l'agrippa. Il se débattit à l'aveuglette et donna un coup d'une telle violence dans le nez de Gary que le sang gicla.

– Lieutenant ! Lieutenant, calmez-vous...

L'apprenti repéra le cordon du gilet de sauvetage orange de Wisdom et tira dessus pour le gonfler.

Grand-père cessa de se débattre.

Avant que le lieutenant ne perde conscience, Geary eut le temps de lire l'épouvante dans ses yeux.

– Mac, sur ta gauche... J'aperçois quelque chose qui flotte à la surface.

Jonas mit ses jumelles au point sur un objet qui dansait dans la mer, tandis que Mac rapprochait l'hélicoptère à l'oblique.

– Bon sang, c'est la coque d'un bateau retourné, constata Jonas. Je ne vois pas de survivants.

– J'avertis les gardes-côtes par radio, dit Mac.

Une autre lame puissante déferla dans un bouillonnement d'écume. La coque disparut dessous.

– Mac...

La vague avait retourné le bateau en position normale. Au-dessus du pont inondé, enchaîné à une rambarde, flottait un cadavre humain éventré, à moitié dévoré.

Le Megalodon fit alors surface à côté de la rambarde et poussa son museau de guingois pour essayer d'arracher les restes sanguinolents.

– Bon Dieu !

Tremblant de rage, Jonas se pencha hors du cockpit et hurla :

– Je vais te tuer, Ange, tu m'entends !

Mac le saisit par le coude pour le tirer brutalement à l'intérieur. L'expression de démence qui déformait le visage de son ami le choqua.

Jonas se tourna pour voir la nageoire caudale frapper la surface de l'eau, tandis que le monstre abandonnait l'embarcation coulée.

– Où va-t-il ? Il se dirige vers le rivage...

– Jonas, calme-toi.

– Mac, remue-toi, vas-y... cap à l'est, dépêche-toi ! Il y a peut-être quelqu'un d'autre là-bas.

Mac fit pivoter l'hélicoptère pour prendre la direction du rivage.

Jonas surveillait les eaux gris-vert. L'hélicoptère survola une forme floue ivoire. Jonas saisit les jumelles pour scruter la mer de plus près.

– Mac, là.

Le Megalodon se dirigeait à toute allure vers un gilet de sauvetage orange que les vagues faisaient danser à la surface de l'océan.

Jonas se baissa pour passer à l'arrière de l'appareil et fit glisser la porte du compartiment de fret. L'effort provoqua des élancements dans sa jambe blessée.

– Tiens bon, hurla l'ancien pilote de la Navy en accélérant, afin de devancer la paroi liquide bouillonnante de 5 mètres. L'appareil descendit pour se maintenir en position précaire juste au-dessus de la surface des flots.

D'un coup de frein brutal, Mac faillit projeter Jonas hors du compartiment en effectuant un virage à la corde, afin de se placer face au barrage d'eau déferlante.

– Bouge-toi le cul, Jonas !

Jonas se trouvait déjà à l'extérieur de la porte, les deux pieds en équilibre instable sur les patins du train d'atterrissage. Il entendit le rugissement à sa gauche, à l'instant où il saisissait le lieutenant inconscient par son gilet de sauvetage et le hissait à bord, pendant que l'autre homme se soulevait hors de l'eau. L'aspirant plongea brusquement vers l'avant pour agripper le poignet de Jonas d'une main et un patin de l'autre quand soudain une lueur terrorisante s'élevait derrière lui.

– Vas-y ! hurla Jonas.

Mac tira brutalement sur le manche pour faire remonter l'hélicoptère d'un bond, à la seconde où la tête de la créature surgissait hors de l'eau, les yeux révulsés, les mâchoires béantes prêtes à engouffrer les jambes de l'aspirant suspendu dans les airs.

Une vague explosa contre le haut du torse du Megalodon et le repoussa dans l'eau. Un torrent d'écume vint gifler Jonas et la main de l'aspirant se mit à glisser dans la sienne.

Le jeune homme poussa un hurlement et lâcha le patin d'atterrissage. Jonas le vit faire un plongeon de 10 mètres dans la mer.

– Mac, on l'a perdu ! Fais demi-tour…

Saisissant le harnais de secours, Jonas y plongea les bras et détacha le crochet de sécurité du câble d'acier. Après avoir repéré le gilet de sauvetage orange, il sauta.

– Bon Dieu, Jonas ! hurla Mac.

Jonas plongea les pieds devant dans les eaux glacées du Pacifique. Il s'enfonça de 2 mètres avant que le câble lui disloque pratiquement les épaules. Puis il donna un coup de pied pour remonter à la surface. Le poids du pansement trempé, autour de sa jambe blessée, l'attirait vers le fond.

Geary enlaça Jonas par le cou et le serra avec une telle violence qu'il faillit l'étouffer.

Jonas aperçut la nageoire caudale d'Ange derrière le jeune homme. Le museau luisant fendit la surface. Les deux énormes narines écartées comme celles d'un taureau enragé humaient la mer.

La boucle du câble d'acier qui emportait Jonas et son passager dans les airs lui meurtrit la cage thoracique au point de lui vider l'air des poumons tout en lui déchirant la peau des aisselles.

Incapable de manœuvrer le treuil, Mac ne pouvait que regarder les deux hommes réduits à l'impuissance, suspendus au bout de 12 mètres de câble.

Une forme floue attira l'œil de Jonas.

Ange jaillit de l'eau pour essayer d'arracher sa proie comme elle l'avait fait dans le lagon. Jonas se surprit à regarder dans son gosier béant – tandis que l'homme qu'il retenait se mettait à glisser, à lui glisser des bras.

Jonas enfonça le bout des doigts dans le gilet de sauvetage de Geary à l'instant où l'hélicoptère reprenait de l'altitude d'un bond.

Le Megalodon disparut.

Des larmes glacées embuaient la vision de Jonas dont le visage était lacéré par le vent. Ses bras étaient gourds. Pour s'aider à ne pas lâcher l'homme, il ferma les yeux.

Geary continuait à lui échapper. Son visage glissa sous le torse de Jonas.

Jonas plongea en avant, planta les dents dans le gilet de sauvetage de l'aspirant et enroula sa jambe valide autour de sa taille dans une vaine tentative pour arrêter sa chute.

Le vent froid sifflait dans ses oreilles. Il entendit l'aspirant murmurer :

– J'y arrive pas...

Ils eurent la sensation de ralentir, puis le pont du *William Beebe* apparut comme par miracle sous leurs jambes pendantes.

Le tissu se déchira entre les dents de Jonas, tandis que le corps flasque de Geary lui échappait et tombait de 7 mètres sur le pont principal. Jonas se glissa hors de la boucle et s'effondra comme une masse sur le pont quelques secondes plus tard.

Allongé sur le dos, trop engourdi pour remuer, Jonas fixait le ciel gris tourbillonnant en écoutant le vacarme de l'hélicoptère qui atterrissait quelque part à sa gauche.

Des bruits de pas bondissants traversèrent le pont.

Un beau visage lui cacha le ciel, des cheveux blonds qui flottaient au vent. Des mains chaudes épousèrent ses joues gelées – des lèvres douces s'écartèrent et se pressèrent contre les siennes pour lui donner un baiser de rêve.

MÉDIATION

Fosse des Mariannes

Terry se tortillait sur la couchette bosselée sans parvenir à trouver une position confortable. Elle plia l'oreiller moite en deux, y appuya la tête et fixa la porte fermée à clé. Elle avait du mal à respirer. Les battements bruyants de son cœur et les idées qui tournaient dans sa tête l'empêchaient de s'endormir.

Pour la millième fois, elle se répéta l'avertissement de Heath : *Benedict se juge au-dessus des lois. Pour éviter des histoires, il est capable de vous tuer de ses propres mains.*

Elle s'assit sur la couchette, car elle se sentait sur le point d'étouffer.

Tu vas t'en tirer, garde ton calme, c'est tout. Encore trois jours et tu remontes. Quatre jours et tu es chez toi. Tu feras un gros câlin à Jonas et tu lui diras que tu es désolée, que tu comprends l'épreuve qu'il a traversée.

Pour la première fois, Terry comprenait vraiment. Son mari vivait dans la peur perpétuelle, l'esprit consumé par la prémonition de sa mort violente. Dans l'esprit de Jonas, les pensées qu'elle avait tranquillement rejetées en les qualifiant d'illusions paranoïaques étaient bien réelles. Isolée à bord du *Benthos*, à la merci de Benedict et de son gorille russe, elle comprenait désormais comment la peur pouvait devenir une force capable de submerger tout le reste.

Mon Dieu, comme il me manque ! Comment ai-je pu être à ce point dénuée de compassion...

Un coup frappé à sa porte la fit sursauter. Elle saisit le couteau posé près d'elle.

– Qui est-ce ?

– Benedict.

Elle glissa le couteau de chasse dans sa botte et alla ouvrir.

– Vous dormiez, ma chère ?

– Non, je…

– Bien, puis-je entrer ?

Il le fit sans attendre sa réponse.

Benedict embrassa rapidement la pièce minuscule du regard, puis il plongea les yeux dans les siens.

– Vous avez vraiment l'air épuisée. Ça va ?

– Un peu fatiguée.

– Et un peu stressée, j'imagine. Oui, j'ai appris ce qui s'est passé entre Serguei et vous. Je suis absolument navré.

Terry sentit des larmes brûlantes couler sur ses joues.

– Il vous a fait mal ?

– Il a essayé… (L'avertissement de Heath lui revint à l'esprit.) Mais ça va. C'est oublié.

– Oublié ? Pourtant, vous avez l'air absolument terrifiée.

– Je préfère tout oublier, du moment qu'il me laisse tranquille.

– Sottises ! Je le dénoncerai aux autorités une fois que nous…

– Non ! (Elle lui saisit le bras, puis le relâcha.) Non, laissez tomber. Je vous en prie…

Benedict la dévisagea avec circonspection.

– Comme vous voudrez. Dites-moi comment se présente votre travail. Vous avancez ? Serez-vous bientôt en mesure de rendre votre rapport au JAMSTEC ?

Elle hésita.

– Toutes les informations paraissent correspondre à celles qui sont contenues dans celui du *Benthos*. J'imagine que j'en aurai terminé d'ici un jour ou deux…

– Bien. Maintenant, asseyez-vous, car je vous apporte de mauvaises nouvelles. Notre Ange blanc de la Mort s'est échappé du lagon il y a quelques jours.

Jonas ! Terry sentit son visage se vider de son sang.

– Comment ?

– Il a enfoncé les portes comme un taureau déchaîné. Votre intrépide de mari a été blessé à une jambe, mais il guérira. Heureusement, la bête a été marquée avec un appareil émetteur avant de disparaître. Jonas et Céleste la traquent maintenant pour tenter de la recapturer…

– Une seconde, Jonas est avec Céleste ?

– Superbe collaboration, d'après ce que j'ai compris. Ils sont devenus inséparables. Mais je suis sûr que votre mariage est solide, *n'est-ce pas* [1] ?

Benedict marqua une pause pour se délecter de son expression peinée.

– Ça va ?

– Très bien.

En imagination, Terry vit Céleste exhiber sa silhouette à un million de dollars sous les yeux de son mari, s'insinuer dans son cœur par les minauderies et la ruse. *Dieu, comme je hais cette salope.*

– Je comprends votre inquiétude, dit Benedict qui lisait ses pensées. Céleste possède une beauté qui ferait tourner la tête à n'importe quel homme.

– Il se trouve que je fais confiance à Jonas.

– Un homme vertueux, non ? Quand même…

– Vous aviez autre chose à m'annoncer ?

– Je voulais juste vous inviter à m'accompagner à bord du *Prometheus* quand vous aurez achevé votre rapport au JAMSTEC.

– Ça me ferait plaisir.

– En ce cas, une bonne nuit de repos vous fera du bien. (Après avoir fait mine de sortir, Benedict s'immobilisa à la porte.) Oh, j'ai failli oublier. Le couteau du Russe.

Terry tressaillit.

– Le couteau ?

– Oui, ma chère, le couteau. Puis-je l'avoir ?

Terry hésita.

– Le couteau – tout de suite !

Des éclairs jaillissaient des pupilles de Benedict.

Terry sursauta. Elle sortit la lame de sa botte.

– Je crois que vous avez également emprunté un couteau à steak à la cuisine.

La jeune femme fixa ses pieds, envahie par un sentiment d'impuissance.

– Terry ?

1. En français dans le texte.

Avec la sensation d'être une écolière grondée par son instituteur, elle alla prendre le couteau dans le tiroir du bureau et le lui tendit.

– Merci. Je vais remettre cet ustensile à sa place. Maintenant, dormez un peu.

La porte se referma en cliquetant derrière lui. Terry la verrouilla, puis se laissa tomber la tête la première sur le matelas et hurla de frustration dans son oreiller.

Benedict suivit le corridor principal du pont E jusqu'à une aile à la décoration plus raffinée qui abritait son équipe personnelle. Il entra sans frapper dans la cabine de Serguei et, dans la foulée, lança le couteau de chasse en direction du Russe endormi.

Serguei se redressa d'un bond. Le couteau continuait à faire vibrer le tableau dans le cadre duquel il s'était planté.

– Crétin ! Je t'avais dit de lui faire peur, pas de la tuer.

Le Russe blêmit.

– J'ai obéi à vos ordres. Elle m'a eu par surprise. Je ne m'attendais pas…

– L'alcool t'avachit et te rend négligent. C'est par ta faute que cette fille s'est introduite dans notre laboratoire du *Goliath*, et maintenant, tu vas à l'encontre de mes ordres et tu essaies de la tuer ?

– Je croyais qu'elle était à moi…

– Si je le dis et seulement quand je le dis ! aboya Benedict d'un ton qui incita le Russe à se recroqueviller.

Benedict reprit son souffle et passa les deux paumes sur son crâne rasé pour se calmer.

– Serguei, écoute-moi : d'après notre contact à Tokyo, le navire de surface *Neisushima* est sur le point d'appareiller avec à son bord le submersible des grands fonds commandé à distance, le *Kaiko*. Je ne peux pas me permettre d'être pris à la gorge par les Japonais. J'ai besoin que la fille reste en vie pour qu'elle puisse remettre son rapport au JAMSTEC. D'ailleurs, elle peut nous être utile comme otage, au cas où Céleste n'arriverait pas à soutirer les renseignements dont nous avons besoin à Jonas Taylor.

Serguei sentit sa volonté plier sous le regard perçant de son patron.

– Je comprends.

– J'espère, parce que je ne te l'expliquerai pas deux fois.

– Vous avez eu des résultats aujourd'hui ? demanda le Russe pour essayer de changer de sujet.

– Non, on est toujours dans la mauvaise région, répondit Benedict en balayant la pièce du regard.

Il entra dans la salle de bains et souleva le couvercle du réservoir des toilettes. De l'eau froide, il sortit deux bouteilles de vodka.

– *Niet, niet*, protesta Serguei. J'en ai besoin pour mes nerfs. Benedict, par pitié, je ne supporte pas les profondeurs...

Benedict dévissa les bouchons et versa le contenu des deux bouteilles dans la cuvette.

– Serguei, je sais que tu as planqué d'autres réserves de ce poison un peu partout à bord du *Benthos*. Tu as intérêt à m'obéir, mon ami, sinon, c'est moi qui te donnerai en pâture à Satan en personne.

Benedict sortit. Il gagna la double porte située à l'extrémité du corridor et entra dans sa cabine. Après s'être assis derrière le bureau d'acajou, il alluma une cigarette, prit le téléphone et appela la passerelle.

– Capitaine, veuillez contacter le *Goliath* et leur demander de me mettre en communication avec le *William Beebe*. Je veux parler tout de suite à Céleste.

SINCÈRES CONFESSIONS

– Jonas, réveillez-vous !

– Terry !

Encore plongé dans les affres de son cauchemar, Jonas posa maladroitement un pied en bas de sa couchette. La douleur qui élançait sa jambe blessée se chargea de le réveiller brutalement. Il poussa un gémissement, puis boitilla jusqu'à la porte de la cabine et l'ouvrit à Céleste.

– Jonas, ça va ?

Il recula et s'affaissa sur le lit, le souffle court.

Céleste ajusta son peignoir blanc et, en s'agenouillant près de lui, lui offrit un bref aperçu de son décolleté bronzé.

– Je vous ai entendu hurler de ma cabine. Ça va ? Vous voulez boire quelque chose ? De l'eau ?

– Non.

Le torse de Jonas cessa de se soulever. Il s'aperçut qu'il ne portait que le bas d'un survêtement.

– Ça vous arrive souvent de vous réveiller en hurlant comme ça ?

Il posa sur elle des yeux injectés de sang.

– Ces derniers temps, presque chaque nuit.

– Vous êtes sûr de ne pas vouloir boire ? Je prendrais bien un petit verre avant de dormir.

– Non merci. Vous avez des nouvelles des survivants ?

– L'homme qui était en état de choc devrait s'en sortir. Le jeune s'est cassé une jambe dans sa chute. Mackreides les a transportés tous les deux par hélicoptère dans un hôpital de la région il y a quelques heures.

– Où est le requin ?

– Il est reparti vers le nord en longeant la côte. D'après Maren, il a accéléré. Maren et le capitaine sont en train de changer de cap pour lui couper le chemin, si possible avant qu'il s'alimente de nouveau.

– De nouveau ? Minute… (Jonas se frotta les yeux en se concentrant pour rassembler ses pensées.) Le bateau retourné… il y avait quelqu'un d'autre à bord…

– Deux hommes, répondit Céleste. L'un s'est noyé. Ange a dévoré l'autre.

– Bon Dieu…

Les souvenirs lui revinrent brutalement et il sentit la bile remonter dans sa gorge.

– Ça va ?

– Non ! aboya-t-il en se levant. Ça va ? Ça ne vous dérange pas de savoir que deux personnes de plus sont mortes aujourd'hui parce que ce monstre s'est échappé du lagon ? Vous n'éprouvez donc pas la plus petite once de responsabilité ? Réfléchissez donc : deux familles de plus déchirées parce que…

– Allez vous faire foutre ! cracha-t-elle. De quel droit est-ce que vous me critiquez ? Est-ce que mes larmes les ressusciteront ? Ou ma culpabilité ? Je suis venue vous voir parce que j'occupe la cabine voisine et que je vous ai entendu hurler. La prochaine fois, je ne me donnerai pas ce mal.

Jonas la saisit par le bras pour lui interdire de gagner la porte.

– Attendez. Pardonnez-moi.

– Laissez-moi.

– Céleste, je vous en prie… Je disjoncte, donnez-moi une chance.

Elle plongea les yeux dans les siens.

– Vous savez, Jonas, l'autre soir, quand nous étions seuls sur le pont, j'ai eu envie de vous faire confiance. Je pensais que pour la première fois quelqu'un était capable de me comprendre.

– Dites-moi ce que vous vouliez me dire.

– Pas maintenant. Je n'en ai pas le courage.

Jonas posa une main sur son épaule.

– Céleste, ce n'est pas une excuse, mais ce stress m'a vraiment vidé. L'autre soir, vous vouliez me confier pourquoi vous vous sentiez captive de votre propre destin. Qu'entendiez-vous par là ? Dites-le moi, je tiens à le savoir.

La jeune femme s'assit sur un petit canapé et ramena les pieds sur les coussins.

– Vous connaissez bien Benedict Singer ?

– Je l'ai rencontré à quelques reprises. (Jonas prit place en face d'elle et cala sa jambe bandée sur la couchette.) J'ai eu l'impression qu'il aime tout contrôler.

– Quel euphémisme ! Benedict se prend pour Dieu. Il cherche des âmes désespérées, des gens qui ont touché le fond qu'il recrute et met à son service. Il leur redonne des valeurs – les siennes. Il leur propose le salut, à condition qu'ils y mettent le prix. Il exige qu'on soit loyal à son égard. Gare à celui qui enfreint cette règle, car Benedict la rétablit par la peur. Une fois qu'il vous prend sous sa coupe, c'est pour la vie.

– Et c'est votre cas ?

– Oui et non. Benedict sait qu'il n'est pas éternel. Il y a environ quinze ans, il a eu un accident qui ne s'est pas contenté de lui abîmer les yeux, mais qui l'a rendu stérile. Je suis sa pupille, par conséquent la personne la plus proche d'un héritier qu'il n'aura jamais. Mon destin est tout tracé : je dois reprendre ses affaires.

– Et vous vous sentez prisonnière ?

– Pas du tout. En fait, j'adore l'exercice du pouvoir. J'aime ça presque autant que Benedict. Mais autre chose m'appelle. Une chose que vous êtes en mesure de comprendre : avant tout, je veux venger la mort de ma mère.

– Vous connaissez son meurtrier ?

– Oui, et aussi loin que remontent mes souvenirs, j'ai toujours été obsédée par l'idée d'assassiner ce fils de pute.

– Mais vous vous en êtes empêchée.

– Le bon moment ne s'est pas présenté. Je ne voulais pas tout gâcher avec Benedict.

– J'imagine qu'il n'approuverait pas.

– Est-ce que Benedict approuverait ? (Un sourire perfide s'inscrivit sur le visage de Céleste.) Benedict se ficherait que je tue quelqu'un – à partir du moment où ce meurtre servirait à ses fins. Dans le cas présent, il ne serait probablement pas d'accord. Benedict et moi entretenons une relation bizarre. Je l'aime, mais il continue à me faire peur.

Comme vous me faites peur.

Céleste parut lire dans ses pensées.

– J'ai l'impression que vous n'approuvez pas ?

– Je suis mal placé pour juger. Ce n'est pas ma mère qui a été assassinée.

– Benedict dirait que j'entretiens une blessure toujours ouverte en moi. Je prends mon temps, je tiens mon ennemi à portée de main.

– Vous irez donc jusqu'au bout.

– Un jour. (Elle s'allongea et plaça une jambe nue sur le canapé dans une posture aguichante.) Mes propos vous effraient, hein ? Mais au moins, je regarde mes peurs en face au lieu de me réveiller en criant toutes les nuits.

Jonas avait des sueurs froides dans le dos. Il prit son T-shirt sur la couchette et le fit passer par-dessus sa tête.

– À vous de parler, dit Céleste. Je veux savoir exactement ce qui vous hante. Depuis combien de temps faites-vous ces cauchemars ?

– Ils ont commencé il y a environ deux ans, pendant le procès. Imaginez-vous au tribunal, semaine après semaine, obligée d'affronter les parents, épouses et enfants de gens innocents qui ont péri dans des conditions atroces, tout ça parce que vous essayiez de capturer un requin.

– C'était une parodie de procès. Tout le monde sait que le juge vous a condamné sur de fausses accusations.

– Peut-être, mais la pression est devenue beaucoup trop lourde. Je rentrais chez moi et je ne dormais pas de la nuit, à cause de la culpabilité. À l'époque, Terry était enceinte. Nous nagions dans l'allégresse, c'était notre premier enfant. Mais la tension du procès et des médias l'ont terriblement affectée. Juste avant l'annonce du verdict, le bébé est mort dans son ventre. Elle en était à son huitième mois de grossesse.

– Je suis désolée.

– Mes terreurs nocturnes ont commencé tout de suite après. Le psy a décrété qu'il s'agissait d'un stress post-traumatique, déclenché par les sentiments de culpabilité que j'avais éprouvés lors du procès. Pendant une période, les médicaments ont agi, mais depuis quelque temps mes rêves sont revenus, pires que jamais. C'est là que j'ai compris le fin mot de l'histoire.

– Je ne vois pas où vous voulez en venir.

Jonas respira un grand coup.

– Depuis deux ans, je savais que la descendante du Megalodon grossissait beaucoup trop pour qu'on puisse la maîtriser. Je pense qu'à travers mes cauchemars mon inconscient me disait de me remuer le cul et d'agir avant qu'il ne soit trop tard.

– Dans ce cas, pourquoi n'avoir rien fait ?

– Mais j'ai fait quelque chose. Ou plutôt, j'ai refilé le bébé. J'ai prévenu Masao que la créature risquait de s'échapper, que nous devions la boucler pour toujours dans le lagon. Il était d'accord, mais nous n'avions pas les fonds nécessaires. Le juge était complètement à côté de la plaque. Il nous a ordonné la cessation d'activité, nous a obligés à fermer l'Institut et à geler nos actifs. Nous ne pouvions rien faire, en dehors de payer les avocats et nourrir ce foutu requin. On aurait dit que les pouvoirs en place souhaitaient notre faillite.

Jonas se leva, gagna le hublot en boitillant et l'ouvrit pour avaler une goulée d'air frais.

– J'ai tout gâché, Céleste. Tout gâché à trois reprises. La première fois, à bord du *Seacliff*, puis en essayant de capturer le Megalodon au lieu de le tuer, et maintenant, en laissant sa progéniture s'échapper. Que dit l'adage, déjà ? Un pleutre meurt un millier de morts, un brave ne meurt qu'une fois. C'est moi. J'aurais dû vider le lagon pour faire crever le Megalodon il y a deux ans.

– Tuer le Meg ? Vous êtes fou ?

– Bonne question. Je commence à me le demander.

Elle se leva et se rapprocha de lui. Il inhala l'arôme du jasmin dont elle s'aspergeait la peau. Il la fixa et se sentit bander, tandis qu'elle dénouait son peignoir d'un geste nonchalant.

– Céleste, vous feriez mieux de partir.

Elle se rapprocha encore.

– Rien ne m'y oblige.

– Vous êtes belle, mais je suis marié – heureusement marié...

– Vous n'avez pas l'air très heureux.

– Exact, mais j'aime ma femme. S'il vous plaît...

– OK, mais vous n'avez toujours pas répondu à ma question.

– À propos de cette sensation d'être pris au piège ? (Il referma le hublot et s'écarta d'elle.) Il y a onze ans, j'ai berné la mort. Je pense que j'aurais dû mourir à bord du *Seacliff*.

– N'importe quoi ! D'où vous vient une idée pareille ?

– J'ai vu ma mort en face et elle se rapproche. Dans mes cauchemars, je descends à bord de l'*Abyss Glider*. Ange surgit des ténèbres et cette fois, je ne peux pas m'échapper. Ça paraît dingue, mais je suis convaincu que mon destin est de mourir à l'endroit même où j'aurais dû périr il y a des années, tout au fond de la fosse.

ÂMES SŒURS

Fosse des Mariannes

Les yeux rivés à l'écran de l'ordinateur, Terry relisait pour la quatrième fois le rapport et les données techniques qu'elle envisageait d'envoyer par e-mail au Centre de technologie des sciences marines japonaises.

À l'attention de : Dr Tsukamoto, Directeur, JAMSTEC
RÉF. : Dossier MT-052201-023

L'examen attentif de toutes les données pertinentes concernant l'accident survenu le 22 mai dans la fosse des Mariannes indique qu'aucun autre vaisseau ni aucune forme vivante de type prédateur n'y était impliqué. D'après mon analyse des sonargrammes du Benthos et de son navire de surface, le Goliath, aucun incident sortant de l'ordinaire ne s'est produit avant l'avarie de la coque du submersible (Proteus). (Voir données sonar incluses, réf. n° 5/22.10:34.17 à n° 5/22.10:56.04.)

Je pense qu'une erreur de pilotage est à l'origine de l'accident du submersible, sans doute provoqué par la collision par tribord de la proue avec un fumeur noir (voir photos ci-jointes du champ de débris).

Geo-Tech Industries a déjà engagé la procédure de compensation aux familles des quatre victimes. Nous demandons l'autorisation de poursuivre le déploiement des UNIS. Si d'autres précisions ne sont pas exigées, l'institut Tanaka considère que l'affaire est close.

Terry Tanaka Taylor
Vice-présidente exécutive
INSTITUT OCÉANOGRAPHIQUE TANAKA

Terry imprima une copie de la lettre pour Benedict, puis elle tapa l'adresse e-mail du JAMSTEC.

Je mens, songea-t-elle, *mais je n'ai pas d'autre moyen pour que Benedict me laisse quitter ce bateau.*

À l'aide de la souris, elle envoya le rapport au quartier général du JAMSTEC en e-mail par le canal du *Goliath.*

Des sonnettes retentirent brusquement. L'officier de quart courut à son poste et s'empara de la radio.

– Officier de quart. À vous, *Goliath.*

– Batterie remorquée vient de détecter quatre bio-formes se dirigeant du sud au sud-ouest dans la fosse. Orientation, zéro-un-huit, vitesse, juste en dessous de 12 nœuds. Distance du *Prometheus*... 14,3 kilomètres. Se rapprochent à vive allure.

Le cœur de Terry s'emballa. Quatre objets s'étaient momentanément matérialisés sur les enregistrements sonars du *Benthos*, sept minutes avant l'implosion du *Proteus.* Jonas lui avait pourtant dit que les Megalodons ne chassaient pas en meute.

– Bon sang ! jura le capitaine Hoppe en se plaçant derrière ses deux techniciens sonars. À quelle distance sommes-nous du *Prometheus* ?

– 19 kilomètres, capitaine.

– Officier de quart, contactez le *Prometheus.* Informez-les de la situation et dites-leur de revenir dare-dare ici. Timonier, en avant toute !

Terry sentit le vaisseau faire un bond en avant pour atteindre sa vitesse maximale de 5 nœuds.

– Capitaine, le *Goliath* nous annonce que les objets ont augmenté leur vitesse à 18 nœuds.

– Bon Dieu !

– Capitaine, le *Prometheus* a viré de bord. ETA *Benthos* : quarante-six minutes. Cette fois, ça risque d'être juste.

Cette fois ? Terry vit le technicien sonar s'éponger le front.

Hoppe saisit le téléphone mural et brancha le haut-parleur.

– C'est le capitaine qui vous parle. Préparez-vous tous à un arrimage d'urgence. Il ne s'agit pas d'un exercice.

– Capitaine, les bio-formes viennent de pénétrer dans le champ de notre sonar, elles apparaissent sur mon écran.

Le capitaine alla jusqu'au poste sonar en jurant à mi-voix.

– Nom de Dieu, j'avais prévenu Benedict de ne pas s'aventurer trop loin.

Terry vit l'expression de l'homme passer de la frustration à la peur. Elle se tourna sur sa chaise.

Serguei se tenait derrière elle. Ses yeux noirs étincelaient de fureur.

– Qu'est-ce qu'elle fiche là ? cracha-t-il.

Terry s'affaissa.

– Elle nous aide au sonar, mentit le capitaine.

Serguei lui lança un juron en russe.

– Serguei, ordonna Hoppe, on a besoin de vous à la station d'arrimage.

Le Russe saisit Terry par les cheveux et lui fit perdre l'équilibre. La joue écrasée contre la sienne, il lui écorcha le visage de ses moustaches. Son haleine empestait l'alcool.

– On en finira ce soir, *da* ?

Elle se débattit et tomba par terre, tandis que le capitaine avançait d'un pas.

– Dégagez ma passerelle. Tout de suite !

Serguei adressa un sourire de triomphe à Terry. Il pinça les lèvres pour lui envoyer un faux baiser narquois. Puis il disparut en bas du conduit d'accès.

– Pas de mal, madame ? demanda le capitaine en l'aidant à se relever.

Terry fit non de la tête, incapable de retrouver sa voix. Elle se força à rester à son poste pendant plusieurs minutes, puis elle traversa la passerelle et alla s'enfermer à clé dans l'une des toilettes.

Ses mains ne tremblaient plus quand elle regagna le poste sonar une demi-heure plus tard. Aucun homme d'équipage ne leva les yeux sur son passage.

– Capitaine, les bio-formes se sont arrêtées, rapporta le technicien sonar.

Le capitaine rejoignit l'officier de quart au poste sonar.

– Elles ont probablement senti le *Benthos* et décidé qu'elles n'étaient pas de taille à se frotter à nous, suggéra l'officier.

– Peut-être. À quelle distance étions-nous du *Benthos* quand elles se sont arrêtées ?

– Un peu moins d'un kilomètre, capitaine, mais leur dernière vitesse enregistrée était de 22 nœuds. De toute façon, elles voulaient atteindre le *Prometheus* avant nous.

– C'est clair. Prévenez-moi quand le submersible s'arrimera. (Il se tourna vers Terry.) Madame Taylor, pourquoi ne m'accompagnez-vous pas en haut dans la salle panoramique ? Nous assisterons au retour du *Prometheus*.

Encore légèrement ébranlée, Terry grimpa par l'échelle du conduit d'accès derrière le capitaine, jusqu'au niveau A. Hoppe referma hermétiquement l'orifice derrière eux avant de se diriger vers le bar.

– Un verre ?

Elle acquiesça.

Il lui versa un scotch, puis il manœuvra le mécanisme permettant d'escamoter le dôme extérieur en titane.

Terry vida son verre, tandis que le cœur de la fosse des Mariannes s'ouvrait sous ses yeux.

Le *Benthos* planait majestueusement dans ces régions infernales comme un dirigeable des abysses. Quelque part en contrebas, des sources hydrothermales invisibles crachaient sur eux des nuages champignons bleu-noir d'eau minérale brûlante depuis les fourneaux de l'enfer. D'énormes amas de vers se contorsionnaient dans les vagues chaudes ondulantes. Droit devant eux, un coin de mer chatoyait d'un blanc lumineux, provoqué par un banc de méduses des profondeurs bioluminescentes qui se frayait un chemin dans le canyon.

Terry resta hypnotisée par cette myriade de créatures orange, rouges et pourpres de toutes tailles et formes concevables qui passaient devant la vitre.

Le capitaine lui désigna une silhouette spectrale d'un bleu translucide qui ressemblait davantage à une image animée qu'à une forme vivante.

– On les appelle Kiyohimea. Une espèce de cténophore baptisé d'après une princesse japonaise mythique. Bizarre, non ?

– Superbe. Et ceux-là ? demanda Terry en montrant une tache miroitante orange vif.

– Des herbivores du fond des océans. En fait, ils sont translucides, mais la lumière rouge du navire donne l'illusion que leurs filtres muqueux sont orange.

– Ils sont magnifiques.

– Et dangereux, ajouta le capitaine. (Il remplit le verre de Terry.) Il ne faut pas plaisanter avec Serguei, surtout quand il est ivre. Vous serez en sécurité sur la passerelle et dans vos quartiers, mais ne vous aventurez pas sous le pont E. J'aimerais pouvoir vous protéger davantage. Je suis peut-être le capitaine de ce bateau, mais il appartient à Benedict. Ici, nous vivons suivant ses règles.

Il fixa les abysses.

Voici le *Prometheus.*

Des lumières clignotèrent. Telle une apparition chimérique, le submersible blanc en forme de cigare s'avançait vers eux à travers les épais nuages de fumée ascendante. Ils suivirent sa descente sous le *Benthos* jusqu'à ce qu'il disparaisse de leur vue. Quelques instants plus tard, un tintement métallique fit vibrer la coque du navire, signalant que le submersible était en train de s'arrimer.

– Capitaine, ces créatures qui pourchassaient le *Prometheus* ? Ont-elles également attaqué le *Proteus* ?

– Je ne sais pas. Oui, c'est possible.

– Possible ?

Terry se plaça devant lui pour l'obliger à la regarder dans les yeux.

– J'ignore tout d'elles, à part qu'elles chassent en meute.

– Pour quelle raison Benedict risque-t-il sa vie et celle de son équipage ? J'ai la conviction que ce n'est pas uniquement dans le but de déployer les robots UNIS. Quel est le vrai objectif de cette mission ? Qu'y a-t-il au fond de la mer de si important ?

Il est mal à l'aise. Il veut parler, mais il a peur.

– Ce n'est pas à moi de discuter de notre…

– On effraie notre invitée, capitaine ?

Ils se tournèrent. Benedict émergea du conduit d'accès.

– Simple échange d'opinions.

Les yeux émeraude lancèrent un avertissement.

– *Quot homines, tot sententiae* – « Il y a autant d'opinions qu'il y a d'hommes. » Ne laissez pas l'avis de notre *Capitan* influencer votre objectivité scientifique, ma chère.

– Qu'est-ce qui poursuivait le *Prometheus*, Benedict ?

Sans lui prêter attention, le milliardaire alla se placer devant la baie vitrée en leur tournant le dos. Une créature de 2 mètres qui ressemblait à une anguille apparut. D'un noir d'encre, elle fit glisser son corps tout en longueur le long du dôme, juste au-dessus de la tête de Benedict. Terry la fixa. Elle traînait une ampoule iridescente attachée à sa mâchoire inférieure par une longue antenne.

– Un poisson dragon noir, dit Benedict en faisant aller et venir ses doigts sur la vitre.

La créature fixa sa main de ses yeux translucides, puis elle ouvrit la mâchoire à presque 180 degrés pour essayer de mordre dans la barrière, dévoilant plusieurs rangées de dents effilées comme des aiguilles.

Benedict semblait se délecter de cette démonstration.

– Mignon, non ? Sommes-nous toujours sur Terre, ou avons-nous atteint un monde extraterrestre ? Est-il différent ? Comme les astronautes du futur, nous traversons un environnement hostile, à l'intérieur d'un vaisseau dont seule l'enveloppe fragile nous sépare de la mort. Nous sommes les véritables explorateurs de ce siècle, nous plongeons dans l'inconnu et affrontons la mort à chaque instant. Les 11 kilomètres de mer qui nous surplombent pourraient tout aussi bien être sept années-lumière car, ma chère, qui pourrait bien venir à notre secours en cas d'urgence véritable ?

Il se tourna face à Terry.

– Vous me demandez ce qu'il y a là-dedans. Je vous réponds : l'inconnu. Nous en savons davantage sur les autres planètes que sur cette portion d'océan qui n'a pas changé depuis des centaines de millions d'années. Oui, Terry Taylor, des formes vivantes inconnues vivent bel et bien dans ce trou infernal. Certaines sont belles, d'autres effrayantes, comme nous le dirait notre capitaine, mais toutes ont survécu aux ravages du temps en restant prisonnières de ce magnifique purgatoire. Je ne peux pas vous dire ce qui se trouve ici mais, comme les savants et les explorateurs, je sais que notre mission est d'apprendre.

– Cette mission implique de perdre combien de vies ? demanda Terry.

– Je présume que vous faites référence aux quatre âmes du *Proteus* qui nous ont quittés. Votre rapport au JAMSTEC indique que le vaisseau a implosé à la suite d'une erreur de pilotage, non ?

– Et ces formes vivantes qui pourchassaient le *Prometheus* ?

– Je vous retourne la question.

– Ne jouez pas avec moi, Benedict. À l'évidence, ces objets inconnus qui poursuivaient le *Prometheus* peuvent également avoir détruit le *Proteus*.

– Vous pouvez le prouver ?

Cette question la prit au dépourvu.

– Non, mais si j'avais su...

– Si vous aviez su quoi ? Qu'il existe peut-être dans l'abysse des créatures inconnues susceptibles de menacer notre existence ? Votre mari ne vous en a-t-il pas apporté la preuve il y a des années ?

– Si. C'est même la raison de la réticence des États-Unis et du Japon à envoyer d'autres groupes explorer la fosse. Si le JAMSTEC soupçonnait que l'équipage du *Proteus* avait été tué par...

– Il serait dans l'obligation d'informer les Américains, qui donneraient l'ordre de mener une enquête et retarderaient cette mission de plusieurs mois, conclut Benedict. Sachant ce que vous savez désormais, voulez-vous modifier votre rapport ?

– Je... non, je n'ai pas dit ça...

– Dans ce cas, que dites-vous ?

Terry se frotta le front.

– Que je refuse qu'on continue à me mentir, je pense.

– Mentir ? Vous m'accusez de mentir ?

– Je pense que tous les hommes présents à bord du *Goliath* et du *Benthos* savent que ce sont ces créatures qui ont attaqué le *Proteus*. Je pense que vous avez trafiqué les données sonars pour que je fournisse au JAMSTEC un rapport sans bavures.

– Dans ce cas, c'est vous qui avez menti.

– Que voulez-vous dire ?

– Voyons, ma chère, lequel de nous manipule-t-il l'autre maintenant ?

Les yeux scintillants de Benedict la pétrifiaient comme des phares paralysent une biche.

– Si vous soupçonniez les données sonars d'avoir été falsifiées, vous avez menti au JAMSTEC. Et vous savez pourquoi ?

– Non, chuchota-t-elle.

– Parce que la fin justifie les moyens. Que ça vous plaise ou non, vous et moi sommes taillés dans la même étoffe. Deux explorateurs qui sont descendus accomplir une mission, votre mission. Vous me demandez combien de vies doivent encore être perdues, et je vous réponds : autant qu'il le faudra. Demanderiez-vous à un général, à la veille d'une bataille, combien de ses hommes doivent mourir pour lui garantir la victoire ? La guerre comporte des risques. Oui, quatre de nos bons soldats ont péri. Mais si nous sommes ici, au risque de notre vie, c'est pour permettre à des milliers d'autres de survivre. *Pro bono publico*, « pour le bien public ». N'est-ce pas dans ce but qu'on a décidé de déployer les UNIS ?

– Il y a une différence entre risque acceptable et imprudence, intervint le capitaine Hoppe. Vous envoyez le *Prometheus* beaucoup trop loin du *Benthos*.

Benedict dévisagea le capitaine d'un long regard dur.

– *Tu quoque, Breston* ? Vous mettez mon jugement en question ?

– Je m'interroge, c'est tout : pourquoi accomplir une mission de six mois en six semaines ? Je m'élève contre votre empressement à mettre l'équipage en danger.

Benedict se retourna vers Terry et haussa les épaules.

– Ils condamnent ce qu'ils ne peuvent pas comprendre.

– Vos citations latines, monsieur, ne m'empêcheront pas de continuer à croire que vous prenez des risques inutiles.

– Vous n'êtes qu'un lâche, affirma brusquement Benedict. Vous laissez vos émotions rogner vos certitudes, et il ne vous reste que la peur. Christophe Colomb a-t-il retardé son voyage, est-il retourné en Espagne, quand les premiers murmures de mutinerie se sont propagés parmi ses hommes ? Lewis et Clark ont-ils renoncé à leur expédition après avoir aperçu leur premier grizzly ? La NASA a-t-elle annulé le programme spatial après la perte de sept astronautes à bord de *Challenger* ?

Il se tourna de nouveau vers Terry.

– Je vous répète que nous sommes tous deux des explorateurs. Nous repoussons les limites et refusons de céder à l'infortune, parce que nous savons que la chance sourit aux courageux. À défaut de ressusciter les morts, nous pouvons les honorer de nos triomphes. C'est un sentiment que vous éprouvez, je le sais, car votre frère est mort dans ces eaux mêmes, non ?

– Si, chuchota-t-elle.

– S'il était encore vivant, ce noble explorateur aurait-il tourné le dos au premier signe de danger ou poursuivi sa mission, plus déterminé que jamais ?

– Il aurait continué, murmura-t-elle, des larmes brûlantes au bord des yeux.

– Comme moi, et je n'accepterais pas que nos compatriotes soient morts pour rien. Nous poursuivrons notre chemin dans l'inconnu, préparés mentalement et spirituellement à affronter les défis qui nous attendent. Êtes-vous de mon côté, madame ?

– Oui…

– Alors accompagnez-moi maintenant. Capitaine, donnez l'ordre à l'équipage du *Prometheus* de remonter tout de suite à bord du submersible.

– Déjà ? Monsieur, permettez au moins à ces créatures inconnues de quitter cette zone.

– Non, capitaine. Je ne laisserai ni homme ni bête me dicter mon emploi du temps. Celui qui n'avance pas perd du terrain. Nous avons beaucoup de pain sur la planche et nous sommes déjà très en retard.

– Mais monsieur…

Benedict se rapprocha du capitaine. Les nez des deux hommes se touchaient presque.

– Je vous ai donné un ordre, capitaine.

Les yeux émeraude se firent menaçants.

– Remettez-le en question, et je vous fais définitivement relever.

– Bien, monsieur.

Benedict revint à Terry et l'enlaça par les épaules.

– Venez, mon âme sœur, dit-il en la guidant vers l'escalier. L'inconnu nous attend.

TERREUR PROFONDE

Institut océanographique Tanaka

Debout devant les baies vitrées de son bureau, Masao Tanaka sentait que son cou se raidissait de nouveau. Dans son poing fermé, il tenait un fax froissé qu'il venait de recevoir du *Goliath*, l'informant que, contre sa volonté, sa fille était descendue depuis presque une semaine dans la fosse des Mariannes.

Comment puis-je l'avoir laissée seule avec Benedict ?

Il se massa le cou, les yeux fixés sur la surface bleu sombre du canal. À l'extrémité de la voie d'eau, entre les deux murs en ciment, flottait une barge immense, sur laquelle se dressait une grue de construction mobile de 30 mètres. Un câble d'acier épais descendait de la flèche de la grue et disparaissait sous l'eau.

Une dizaine de reporters de la région, accompagnés de leur équipe de tournage, s'étaient rassemblés le long du mur et des gradins ouest. Deux hélicoptères tournaient bruyamment au-dessus de la scène.

Une demi-douzaine de scaphandriers émergèrent du canal et grimpèrent à bord de la barge. Quelques secondes plus tard, le câble se tendit sous la pression du treuil hydraulique qui commençait à le tracter hors de la mer. Pendant un moment, l'objet immergé qu'il soulevait donna l'impression d'être en mesure de gagner la bataille. Puis un mur d'acier massif sortit majestueusement de l'eau. Sa partie inférieure était déformée au point d'en être méconnaissable.

Masao fixait les portes délabrées du canal. Il essayait de se figurer les martèlements incessants que la créature avait dû exercer pour provoquer de tels dégâts.

Pris de vertige, il retourna à son bureau et s'affaissa dans son fauteuil. Un engourdissement bizarre commençait à remonter le long de son bras gauche. Il avait le souffle court.

Puis son torse fut pris dans un étau et il tomba de côté par terre.

Fosse des Mariannes

Les jambes tremblantes à cause de l'adrénaline et de ses nerfs épuisés, Terry traversa la salle d'arrimage pressurisée du *Benthos*, puis elle descendit avec précaution une échelle pour entrer à bord du *Prometheus*. Benedict l'y suivit et plaça une main paternelle sur son épaule.

– Détendez-vous, ma chère, tout va bien se passer. Venez, je vais vous trouver un siège à un poste pourvu d'un hublot. Je vous inviterais bien à vous installer dans la capsule d'observation, mais Ivan Kron, notre expert en robotique, a besoin de manœuvrer les bras mécaniques pour préparer le terrier où nous enfouirons notre prochain UNIS.

Il la guida par la passerelle étriquée jusqu'à un poste informatique situé contre le flanc bâbord, au milieu du submersible. À sa droite, elle disposait d'un hublot en Lexan renforcé d'une épaisseur de 15 centimètres.

– Regardez d'ici, mais ne touchez à rien, lui ordonna Benedict avant de la quitter pour aller s'entretenir avec le capitaine du submersible.

Terry avait la sensation d'avoir l'épée de Damoclès suspendue au-dessus de sa tête. Elle dévisagea les membres d'équipage, choquée de constater que beaucoup exprimaient la peur. Après tout, nombre de ces hommes, comme elle, n'étaient montés à bord que pour effectuer un travail. Ils n'étaient pas des soldats en guerre et ils ne s'étaient pas fait embaucher par GTI pour risquer bêtement leur vie. Ils se trouvaient désormais à 11 kilomètres sous le Pacifique, aussi impuissants que des agneaux menés à l'abattoir. Une chose inconnue était à l'affût dehors, une chose assez grosse pour avoir détruit le *Proteus*. Pourtant, en dépit de ce danger manifeste, en dépit du fait que quatre de leurs camarades avaient péri, aucun de ces hommes n'osait s'élever contre la décision de Benedict.

Terry étouffa un cri au moment où le submersible se détachait de son manchon d'arrimage. Le visage pressé contre le hublot, elle fixait les abysses. Son cœur battait à tout rompre. Pour quelle raison s'était-elle de nouveau laissé manipuler par Benedict ?

Le submersible fit un bond en avant. Terry se cramponna aux bras de son siège. Un souvenir de son adolescence la submergea. Elle ferma les yeux pour y repenser. De longues années auparavant, elle se trouvait à bord d'un avion de ligne qui traversait une dépression. À 10 000 mètres d'altitude, l'Airbus avait été pris dans une tempête qui le secouait violemment. À chaque soubresaut, à chaque perte subite d'altitude, Terry fermait les paupières et agrippait ses accoudoirs. Tout en priant, comme ses compagnons de voyage, pour que le fragile avion qui les transportait parvienne à résister au déchaînement de la nature, elle se sentait impuissante, seule et vulnérable. Subitement, un éclair frappa l'Airbus, coupant toutes les sources d'énergie et éteignant toutes les lumières dans la carlingue. Pendant un moment de terreur surréaliste, un silence absolu régna dans l'appareil. L'avion tomba du ciel en piqué. Terry et les autres passagers poussèrent d'interminables hurlements, épouvantés de mourir comme des agneaux sans défense – jusqu'à l'intervention d'une force supérieure qui remit miraculeusement les moteurs en marche. Des années s'écoulèrent avant que Terry ne remonte à bord d'un autre avion. Elle avait vingt et un ans quand Masao l'avait poussée à prendre des leçons de pilotage. Comprendre la technologie de l'aviation lui avait permis de maîtriser sa peur et elle était devenue une pilote exceptionnelle.

Terry rouvrit les yeux. Des perles de sueur dégoulinaient sur son visage. Presque vingt ans plus tard, ce souvenir l'ébranlait toujours. Elle avait encore en mémoire le parfum de l'eau de Cologne de son père quand il l'avait étreinte contre son cœur à l'aéroport. Mais surtout, elle revoyait les expressions de désespoir et de terreur inscrites sur les visages des passagers, juste avant que l'avion ne chute du ciel.

Cette expression était exactement la même que celle des hommes d'équipage du *Prometheus*.

De la mer, Terry n'avait jamais eu peur. Comme son frère aîné, D. J., elle aimait la décharge d'adrénaline provoquée par le pilotage d'un submersible. Plus elle s'aventurait bas, plus cela lui plaisait. Une fois, elle s'était littéralement battue avec son père pour qu'il l'autorise à piloter l'*AG-2* dans la fosse des Mariannes.

La situation présente n'avait rien de comparable. Pourtant, elle éprouvait exactement les mêmes émotions que vingt ans auparavant.

Elle se sentait de nouveau la passagère impuissante et vulnérable d'un vaisseau, mais qui cette fois se déplaçait à une profondeur de 11 000 mètres.

– Pardon, madame... je peux me servir de ça ?

Un homme grand, mince comme un échalas, se penchait au-dessus d'elle. Il devait approcher de la trentaine.

– Pardon.

Elle se leva pour permettre au technicien d'accéder à son poste informatique.

– Ça ne me prendra qu'une ou deux minutes, annonça-t-il en amorçant l'ordinateur.

Elle jeta un coup d'œil par-dessus son épaule quand l'écran s'alluma. Un menu apparut sous le sigle GTI. Elle parcourut la liste...

Tokamak !

Le technicien tapa sur plusieurs touches. Le menu disparut et céda la place à une carte de navigation. Il copia plusieurs coordonnées sur un calepin, puis il éteignit l'ordinateur.

– Merci, dit-il en retournant à son poste.

Terry se rassit, les yeux rivés sur l'ordinateur, sa peur momentanément oblitérée par la curiosité. Une idée folle lui traversa l'esprit. Elle la rejeta mais la garda en réserve pour plus tard.

Le submersible qui se déplaçait en silence le long de la paroi du canyon accéléra. Terry regarda par son hublot. Contrairement à ceux du *Benthos*, les phares extérieurs du *Prometheus* transperçaient à peine la nuit cernant le vaisseau. Une tache terne de lumière provenant du dessous du submersible révélait un paysage gris foncé. Ils passèrent au-dessus d'une agglutination de palourdes d'un blanc neigeux, disposées en longues rangées sur le sable. De temps à autre, un homard ou un crabe albinos que le faisceau rendait presque translucide détalait à toute allure.

Mais de tous les autres côtés, c'était les ténèbres absolues.

Terry éprouvait un sentiment bizarre, comme si les abysses se refermaient sur elle. Elle fut prise de sueurs froides ; des tremblements incontrôlables s'emparèrent de ses mains. Elle commença à suffoquer. Sur le point de hurler, elle se détourna du hublot et se leva pour placer le visage juste sous l'une des prises à air conditionné au-dessus de sa tête.

– Une petite crise de claustrophobie ? questionna Benedict.

Elle hocha la tête.

– Je… je n'arrive pas à croire que nous avons laissé Jonas et mon frère plonger à de telles profondeurs dans un submersible monoplace.

– Ah oui, le grand Jonas Taylor ! Votre mari était jadis un remarquable pilote. Hélas, les pressions provoquées par les abysses peuvent saper les nerfs des hommes les plus courageux…

– Essayez donc de traquer un grand requin blanc de plus de 19 mètres à ces profondeurs et vous verrez si vous avez envie de replonger…

Benedict esquissa un sourire.

– Apparemment, j'ai fait mouche. Sachez que je n'éprouve que le plus grand respect pour le professeur Taylor, surtout à la lumière de son intérêt tout récent pour ma protégée.

– Pardon ? (Terry bouillait.) Vous cherchez à me faire douter ?

– Je ne comprends pas, répondit-il avec une innocence feinte. Céleste m'a dit que votre mariage était pratiquement de l'histoire ancienne.

– Votre concubine est mal informée. Jonas et moi avons peut-être eu des problèmes, mais nous les résoudrons.

– Bien sûr. Je suis sûr que leur relation est d'ordre purement platonique.

– Je vous ai déjà dit que je faisais confiance à Jonas. Je sais qu'il m'aime…

– Inutile de me convaincre. Il est parfois difficile de protéger une relation conjugale, surtout face au genre de stress que vous avez subi. Ces dernières années ont été dures, je n'en doute pas. Si je ne me trompe pas, vous avez perdu un bébé. J'imagine que cette expérience tragique laisse des traces sur le plus solide des mariages. Une douleur de ce genre ne s'efface tout simplement pas. Je me trompe, ma chère ?

Terry se cramponna si fort à la barre au-dessus de sa tête que ses articulations blanchirent. Elle revit le visage du médecin, au moment où il lui annonçait, quatre semaines avant la date prévue de son accouchement, que son bébé était mort dans son ventre. Dévoré de culpabilité, Jonas s'était reproché le fardeau émotionnel qu'il lui avait fait porter. Et elle n'avait rien fait pour soulager son chagrin.

Elle se concentra sur les étranges yeux émeraude de Benedict, en s'efforçant d'endiguer les émotions qui l'envahissaient.

Il se pencha plus près d'elle.

– Vous savez, certaines femmes ne sont simplement pas faites pour porter des enfants. Ma propre mère, par exemple, est morte en me donnant naissance. Un miracle qu'elle ait tenu si longtemps ! Je suis persuadé que votre incapacité à mener votre grossesse à terme a brisé le cœur de Jonas. (Il sourit.) Céleste, pour sa part, possède une force intérieure…

– Arrêtez, s'il vous plaît…

– Un jour, elle portera des enfants, j'en suis sûr.

Elle se désintégrait, l'épuisement était sur le point de l'emporter. Les larmes dégoulinaient sur ses joues.

– Ah, comme j'envie l'homme qui l'aura ! Cette femme est un trésor, elle ne ressemble à aucune de celles que j'ai…

– Fermez-la, nom d'un chien ! hurla Terry d'une voix perçante.

Toutes les têtes se tournèrent. Les yeux la fixaient comme si elle se tenait entièrement nue devant eux.

Une expression de triomphe apparut dans ceux de Benedict. Il retint un sourire qui fit légèrement frémir les coins de son bouc.

– Monsieur, intervint le capitaine, nous avons atteint l'endroit où nous nous trouvions tout à l'heure.

Le regard de Benedict continuait à effilocher la volonté de Terry.

– Allons-nous donc recommencer à creuser le site de notre prochain UNIS ? lui demanda-t-il comme si de rien n'était.

Que Dieu vous maudisse, Benedict…

– L'équipage du *Prometheus* attend vos ordres, *Taylor-sama*.

– Allez-y, lança-t-elle d'un ton coupant, en le poussant pour gagner l'arrière du submersible. Elle repéra les toilettes et s'y enferma à clé.

Il lui fallut dix minutes pour se calmer. Elle contempla son reflet dans le minuscule miroir carré scotché au mur nu. À court de larmes, ses yeux en amande étaient rougis et gonflés, ses cheveux d'un noir d'encre en bataille, sa frange collée à son front par la transpiration.

Le *Prometheus* commença à creuser un trou dans le sol marin qui fit vibrer le vaisseau sous ses pieds.

– Très bien, ma fille, dit-elle tout haut. Il est temps de t'endurcir. À partir de maintenant, tu es un roc. Rien ne t'atteint plus – absolument rien. Benedict et sa brute peuvent aller se faire voir…

Terry se lava le visage, puis elle tira ses cheveux en arrière pour faire un petit chignon. À sa gauche se trouvait un placard en aluminium. Elle l'ouvrit et y prit un rouleau de serviettes en papier pour se sécher le visage. Puis elle sortit de la cabine et, au lieu de regagner son siège, se dirigea vers la capsule d'observation.

Ivan Kron, l'un des membres de l'équipe rapprochée de Benedict, y était installé. Il manœuvrait les bras mécaniques. Terry vit un long tube de titane émergeant du dessous du submersible, qui descendait jusqu'au fond de la mer, à 3 mètres sous eux.

– Qu'est-ce que c'est ? demanda-t-elle. Un aspirateur ?

Le technicien ne lui prêta aucune attention.

– Hé, camarade, vous êtes sourd ?

L'homme leva des yeux agacés.

Benedict les rejoignit.

– Un problème ?

– Ce monsieur n'a pas l'air d'estimer utile de répondre à mes questions. En tant que membre de la direction de l'institut Tanaka, je pense que je suis en droit de savoir ce qui se passe.

Cette manifestation subite d'énergie fit sourire Benedict.

– Bien évidemment. Que voulez-vous savoir ?

– On dirait que ce tube aspire des sédiments.

– Exact. Comme vous le savez, chacun de nos robots UNIS doit être enterré dans le sol de la fosse, de manière à pouvoir surveiller l'activité sismique. L'aspirateur effectue cette tâche de manière bien plus efficace que les bras du robot…

Un crissement métallique leur emplit les oreilles, tandis qu'une secousse faisait gîter le *Prometheus*.

– Au rapport, ordonna le capitaine.

– Rien sur le sonar.

– Moteurs toujours en service, capitaine.

– C'était l'aspirateur, lança Ivan depuis la capsule d'observation. Nous nous sommes empêtrés dans un objet enfoui dans le sable. Il a l'air lourd.

– Pouvez-vous nous dégager ? demanda le capitaine.

– Impossible sans abîmer l'aspirateur.

– Inacceptable, répliqua Benedict. Ivan, si nous nous rapprochons, pourrez-vous déterrer cet objet au moyen des bras mécaniques ?

– J'essaierai.

Le *Prometheus* descendit à 1 mètre du plancher marin. Ivan déploya les deux bras mécaniques dont les pinces s'enfoncèrent dans le sable comme celles d'un crabe géant.

Le bruit faisait vibrer le vaisseau, et son écho se répercutait au-delà des parois du canyon.

La créature reptilienne de 15 mètres restait en suspension au-dessus du sol marin plongé dans un noir d'encre, pendant que sa progéniture chassait la proie dans sa direction. Percevant un mouvement, l'énorme femelle ferma ses yeux lumineux pour dissimuler sa présence.

Le calmar géant s'approcha à sa portée. Ses huit bras vigoureux et ses deux tentacules étaient déployés comme s'il sondait l'obscurité à tâtons.

En un mouvement descendant synchrone de ses quatre appendices, la grosse femelle fit un bond vers le haut et referma brutalement la mâchoire sur le manteau en forme de flèche de la proie. Immédiatement, les tentacules de 2 tonnes du calmar s'emparèrent de son assaillante. Leurs ventouses et leurs bords pareils à des dents déchirèrent la peau reptilienne squameuse. Un combat à la vie à la mort débuta entre les deux titans qui s'enroulaient l'un sur l'autre.

Mais l'*Architeuthis* n'était pas de taille à se mesurer à la grosse femelle aux dents grosses comme celles d'un *Tyrannosaurus Rex*, qui, en se refermant sur lui, le broyèrent et lui arrachèrent la vie.

Les trois créatures plus petites surgirent et engloutirent les quelques restes de la carcasse du calmar géant.

Un bout de tentacule pendouillant encore de sa gueule, l'énorme femelle se figea au milieu d'une bouchée. Devant, des vibrations familières lui adressaient des signes dans l'obscurité.

Tout en finissant son repas, la bête de 100 tonnes se glissa en tête de la meute et sa progéniture se plaça en formation derrière elle.

Au bout d'une demi-heure, Ivan avait tracé un sillon d'environ 2,5 mètres sur 1,5 autour de l'objet mystérieux. Il n'était toujours pas possible de savoir à quelle profondeur ce dernier était enterré.

Terry vit l'opérateur radio sursauter et son visage pâlir.

– Capitaine, le *Benthos* annonce que des bio-formes non identifiées se dirigent sur nous.

Tout s'arrêta. Les regards se tournèrent vers Benedict.

– À quelle distance sont-elles ? demanda le capitaine.

– 5 kilomètres à l'ouest. Se rapprochent à vive allure. HAP… 19 minutes. Le *Benthos* est à 13 minutes au sud-est.

– Continuez à creuser, commanda Benedict. Hors de question d'abîmer l'aspirateur.

Les regards des hommes passèrent de Benedict au capitaine.

– Vous avez entendu les ordres de M. Singer, hurla ce dernier. Sonar, prévenez-nous quand ces créatures apparaîtront sur votre écran. Officier de quart, avertissez le *Benthos* que…

– Capitaine, quatre objets viennent d'apparaître, lança le sonar. L'ordinateur indique qu'ils sont… Bon sang, ils font la moitié du *Prometheus* en grosseur. Capitaine, ils ont augmenté leur allure. HAP quatorze minutes.

Le capitaine se tourna vers Benedict.

– Monsieur, nous devons abandonner l'aspirateur.

– Êtes-vous dur d'oreille, capitaine ?

– Non, monsieur.

– Vous manquez de courage, peut-être ?

– Non, monsieur. Mon sort ne m'inquiète pas. Je pense à mes hommes…

– Je suis ici et j'y resterai – jusqu'à ce que la tâche en cours soit effectuée.

– HAP : dix minutes, annonça le sonar.

– *Benthos* toujours à douze minutes, dit l'opérateur radio.

Terry reprit sa place près du poste informatique, en proie à une crise de tachycardie. *Que Dieu vous maudisse, Benedict, pourquoi faites-vous ça ? Par machisme, pour nous prouver que vous êtes un gros dur, ou parce que ça vous fait jouir de faire joujou avec les émotions de tout le monde ?*

Elle se cramponna aux accoudoirs, frustrée de constater qu'une fois de plus sa vie dépendait de cet homme.

– Je suis sous l'objet, annonça Ivan.

Benedict regarda dans l'habitacle.

– Vous pouvez le remonter ?

– Je vais essayer.

Ivan commença à replier les bras hydrauliques.

Terry pressa le visage contre le hublot et vit émerger un énorme objet noir de son cimetière préhistorique, d'où se déversait une averse de sédiments.

Plusieurs longues minutes s'écoulèrent, pendant lesquelles les bras mécaniques s'efforcèrent de remonter leur butin.

– Une minute, capitaine !

– Aspirateur dégagé, Benedict, rapporta Ivan. Dois-je lâcher l'objet ?

– Non ! hurla Benedict. Attachez-le sous le submersible.

Une sensation de claustrophobie s'empara de Terry, comme si les parois du submersible se refermaient sur elle. Elle songea au *Proteus,* au fait que la plus petite fissure dans sa coque avait pu le faire imploser.

– Objet attaché, annonça Ivan.

– Ramenez-nous au *Benthos*, capitaine, ordonna Benedict.

Terry dut se retenir, car le submersible chutait en gîtant à bâbord.

– Bordel !

Le capitaine se fraya un chemin vers les commandes de ballast.

– Qu'est-ce que c'est que ce machin, Ivan ? Il doit peser plus de 250 kg.

Le capitaine lâcha du lest et le submersible se redressa.

– Monsieur, deux créatures par bâbord devant, les autres décrivent des cercles. Distance : 50 mètres. Je pense qu'elles veulent nous écarter du chemin menant au *Benthos*.

Terry pressa de nouveau le visage contre la vitre. Elle ne vit que les ténèbres.

– *Benthos* en vue, capitaine, hurla l'officier de quart sans cacher son soulagement.

– Les créatures s'éloignent…

Le capitaine esquissa un sourire de nervosité.

– Elles ne sont pas de taille à se battre contre le *Benthos*. Trop gros pour elles. Officier de quart, demandez l'ouverture des portes d'arrimage. Placez le *Prometheus* en position de déposer l'objet que nous avons déterré, puis préparez les manœuvres d'arrimage.

Terry poussa un soupir de soulagement. Elle relâcha les accoudoirs en prononçant une prière à voix basse.

Puis elle se souvint que Serguei l'attendait à bord du *Benthos*.

PRISONNIÈRE

Sea World
Seattle, Washington

Derrière les rideaux de scène, Pete Soderblom, gardien en chef des animaux à Sea World, regarda à la dérobée la foule qui se rassemblait dans l'auditorium.

– Bon sang, Andy, qu'est-ce qui se passe ? J'ai l'impression que quelque chose attise la frénésie des medias.

Le zoologue lui tendit un journal.

– Jette un coup d'œil en page une.

Pete parcourut les titres du *Seattle Times*.

LE MEGALODON ÉCHAPPÉ APERÇU AU LARGE DE LEADBETTER POINT

OYSTERVILLE, WA. Hier en début de soirée, un pêcheur a aperçu au large de Leadbetter Point le Carcharodon Megalodon, ce requin monstrueux de 22 mètres qui s'est attaqué il y a quelques jours à un bateau des gardes-côtes et a fait deux victimes.

« On rentrait au port quand cette gigantesque nageoire dorsale blanche a commencé à tourner autour du bateau, raconte Cal Cambronne, un pêcheur de la région. Ce foutu machin nous a suivis jusque dans la baie avant de repartir vers le large. Il a flanqué une frousse pas possible à tout l'équipage. Notre bateau ne mesure que 16 mètres… »

Par ailleurs, d'après des savants de Sea World, Tootie, le baleineau gris de 8 tonnes relâché en mer il y a quelques semaines, semble avoir abandonné ses tentatives de migrer vers la mer de Béring. Le jeune cétacé, qui s'était échoué il y a quatre mois sur Ocean Shores, a été aperçu en train de s'alimenter hier dans Grays Harbor par des observateurs de baleines. Les biologistes de Sea World qui suivent ses déplacements par émetteur radio confirment que Tootie se trouve à moins de 15 kilomètres de l'endroit où a été repéré pour la dernière fois le Megalodon.

Gay Gordon, défenseur des droits des animaux, manifeste son inquiétude à propos du danger encouru par le baleineau. « Tout en félicitant Sea World d'avoir sauvé la vie de Tootie, nous pensons que les responsables n'auraient pas dû la relâcher en mer avant que le Megalodon ne soit capturé. »

Nous n'avons pas pu obtenir les commentaires de Pete Soderblom, le gardien en chef de Sea World, faute d'avoir réussi à le joindre.

– Les salauds ! hurla Pete. Je suis resté au bureau toute la soirée. Personne ne m'a appelé. Ce reporter ne précise même pas que nous avons relâché Tootie une semaine au moins avant que le Megalodon ne s'échappe. Comment diable étions-nous censés savoir…

– Laisse tomber, Pete, on a des problèmes plus sérieux, intervint Andy. J'ai parlé à Jonas Taylor il y a environ une heure. Il pourchasse le Megalodon à bord du *William Beebe* et il m'a confirmé que le monstre peut atteindre Grays Harbor d'ici trois heures. Regardons la réalité en face : le Meg peut pénétrer dans la baie et massacrer le baleineau.

Pete essuya son front trempé de sueur.

– Bon sang ! Question relations publiques, ça va être un vrai désastre !

– J'ai eu un coup de fil d'Anheuser-Busch ce matin. Ça ne les réjouit pas, c'est le moins qu'on puisse dire. Apparemment, ils n'imaginaient pas associer leur bière à un baleineau sans défense dévoré par un requin gigantesque pour le lancement de leur nouvelle campagne de « retour à la nature ». Pete, il faut qu'on aille à Grays Harbor avec le semi-remorque pour sortir Tootie de là.

– Tu es sûr qu'elle est encore dans la baie ?

– Oui, d'après notre dernier contact radio. Pourquoi ? À quoi penses-tu ?

Pete sourit.

– Si le Megalodon la traque vraiment jusque dans Grays Harbor, on pourrait utiliser des filets araignées pour l'empêcher d'en ressortir. Comme ça, on coordonnerait la capture du Megalodon avec le sauvetage de Tootie.

– Tu veux utiliser Tootie comme appât ?

– Elle l'est déjà, malheureusement. Mais imagine le tableau : Tootie à l'abri dans le camion, le Megalodon capturé grâce à Sea World, et nous, en train de célébrer ce triomphe autour d'un demi bien frais ! Tu crois que je pourrais vendre ça à Anheuser-Busch ?

– Spuds MacKensie est battu à plate couture ! Tu veux que je fasse quoi ?

– Débrouille-toi pour que le container à marchandises et le harnais nous retrouvent à la marina de Westport. Ce camion doit être sur la route dans l'heure qui vient. Je vais organiser une concertation par téléphone entre Jonas Taylor, moi-même et le commandant du port. Nous devons réduire la circulation maritime et voir s'il y a des filets araignées disponibles pour bloquer l'embouchure de la baie.

– Et le baleineau ?

– Quand tu contacteras la marina de Westport, loue un chalutier, filets compris. On localisera Tootie et on la halera jusqu'à des eaux moins profondes avant que le monstre ne l'atteigne. Une fois qu'elle sera en sécurité, soit on attendra, soit on la ramènera à Sea World, en fonction de ce qui se passe avec le Meg.

– Dans ce cas, on aura besoin d'une grue, observa Andrew. (Il désigna l'auditorium.) N'oublie pas les journalistes.

– Je m'en occupe. En fait, je vais les briefer en détail. Après quoi, je veux parler à Jonas Taylor.

Jonas se protégea les yeux des débris projetés par l'hélicoptère qui se posait sur l'aire d'atterrissage du *William Beebe*. Il attendit que les rotors aient cessé de tourner pour saluer Mac.

Ce dernier se glissa hors de l'appareil et examina son ami de la tête aux pieds.

– Tu as l'air de t'être bien retapé. J'imagine qu'il faut en remercier ton infirmière personnelle.

– C'est censé vouloir dire quoi ?

– Il faut qu'on parle, mon vieux, mais pas ici. Aide-moi. Le matériel que tu m'as demandé est au fond.

Mac le guida jusqu'à la soute. Il fit glisser la porte, derrière laquelle apparurent deux caisses de bois, portant l'inscription INSTITUT OCÉANOGRAPHIQUE TANAKA.

Mac ouvrit la première et en sortit un fusil à l'aspect bizarre.

– Une carabine lance-grenade Olin Ram qui fonctionne comme un lance-roquette. La grenade n'est pas aussi grosse qu'une roquette LAWS et elle peut être lancée de la bouche de n'importe quelle carabine standard de l'OTAN.

– Oui, mais est-ce qu'elle peut tuer un animal de cette taille d'un seul coup ?

– Putain, bien sûr que oui ! La charge a été conçue pour transpercer une armure de 400 mm d'une distance de 250 mètres. Un bon coup dans le flanc et ton requin se transforme en fricassée. L'autre boîte contient quoi ?

– Un émetteur acoustique portable, un magnétophone et un ensemble de micros sous-marins.

– Tu prépares un concert sous l'eau ?

– Plutôt une sonnette sous-marine pour annoncer les dîners. On va laisser la carabine lance-grenade à l'intérieur. On rangera le matériel sonore à la proue.

Ils transportèrent la boîte à l'arrière du navire et l'enfermèrent dans l'un des compartiments de rangement situé près du portique en forme de A.

– Allez, Mac, dis-moi ce qui te tracasse.

Mac fixait la côte de l'État de Washington.

– Explique-moi pourquoi tu veux mourir.

– Je veux mourir ?

– Ne me prends par pour un crétin.

– Je veux mourir parce que j'ai sauté pour repêcher ce garçon ? J'étais censé faire quoi ? Rester planté là à le regarder se faire bouffer ?

– Tu ne t'es pas contenté de sauter, tu t'es jeté à l'eau à corps perdu, comme si tu te foutais complètement de vivre ou de mourir.

Jonas cracha dans la mer.

– Je reconnais les symptômes, Jonas. Je suis passé par là aussi. Culpabilité du survivant : voilà ce dont tu souffres. Tout à fait classique.

– J'ai déjà un psy.

– Eh bien, ça t'en fait deux. Tu oublies apparemment que j'ai subi la même chose au Vietnam.

– En quoi c'était pareil ?

– Hé, mon vieux, personne ne se porte volontaire pour une troisième mission à moins d'avoir un léger court-circuit dans la cervelle. La troisième semaine dans la jungle, j'ai mené ma patrouille directement dans une embuscade des Jaunes. J'ai perdu plus de la moitié de mes hommes. Je m'en suis voulu, exactement comme toi. Bon sang, j'ai dû revivre cette nuit dans mes rêves un bon millier de fois.

– Ça t'arrive encore ?

– De temps en temps, mais mes cauchemars sont beaucoup moins violents. Je ne me réveille plus en hurlant. (Mac posa un bras sur l'épaule de Jonas.) Tu traverses le même merdier que moi, sauf que tu as déclaré la guerre à cette créature. Évidemment, elle l'ignore, vu que c'est juste un animal stupide qui essaie de survivre, mais toi – bon sang, tu es aussi obsédé que ce foutu capitaine Achab. Tu rends ce monstre responsable de tout ce qui s'est passé dans ta vie et de tout ce que tu as perdu au cours des onze dernières années, et tu ne seras satisfait que quand tu l'auras tué.

– Je ne réalisais pas que toutes ces séances chez les zinzins t'avaient rendu si savant !

– Tu peux toujours rigoler, mais ne te dépêche pas de foutre ta vie aux orties. Ce n'est pas parce que l'arbre te cache la forêt que tu ne trouveras pas le chemin de la sortie. J'y suis arrivé, et j'étais vraiment perdu.

– Je connais la sortie. J'ai assisté à la fin de ma vie.

– C'est juste des cauchemars, Jonas. Moi aussi, je rêvais tout le temps que je me faisais tuer. N'en fais pas des prédictions qui se réalisent.

– Je n'essaie pas, crois-moi.

– Conneries.

Pour plaisanter, Mac lui donna une tape sur la tête.

– Sauter pour sauver cet élève ? Tu te prends pour qui, Batman ?

Jonas sourit.

– D'ac, c'était un peu risqué.

– Ouais, un peu. Alors dans tes cauchemars, ça se passe comment, ta mort ?

Jonas plongea les yeux dans ceux de son ami.

– Je descends dans la fosse des Mariannes à bord de l'*Abyss Glider*. Pour une raison inconnue, je suis à la recherche de Terry.

– Elle est dans la fosse ?

– Oui. Elle meurt en même temps que moi, au moment même où je viens de la retrouver.

Mac paraissait mal à l'aise.

– Quoi ?

Mac s'adossa au bastingage.

– J'attendais pour te le dire. Quand je suis passé prendre tes joujoux à l'institut, j'ai appris que Masao venait d'avoir une crise cardiaque.

Le visage de Jonas se vida de son sang.

– Quand ?

– Hier après-midi. Sadia l'a trouvé inconscient dans son bureau. Ils l'ont transporté au Valley Memorial. État stationnaire, selon le médecin, mais il était encore dans le coma quand je suis passé le voir. Il avait l'air plutôt mal en point.

– Il faut que j'appelle l'hôpital... Est-ce que quelqu'un a contacté Terry ? (Mac détourna les yeux.) Quoi d'autre encore ?

Mac avait blêmi.

– C'est pas tout. Masao venait d'apprendre que ta femme est descendue dans la fosse des Mariannes avec Benedict Singer. Elle est à bord du *Benthos*.

Jonas eut l'impression d'avoir reçu un coup de poing à l'estomac. Il ferma les yeux, complètement liquéfié.

– Jonas, t'inquiète pas pour elle.

Jonas hocha la tête.

– C'est en train d'arriver, Mac. Mon cauchemar se réalise. J'ai l'impression de vivre une espèce de *déjà vu*. Terry et moi allons tous les deux mourir dans la fosse. La créature apparaîtra et...

– Calme-toi, mon vieux.

Jonas s'emporta.

– J'ai supplié Terry de ne pas descendre. Bon dieu, je l'ai suppliée !

Mac se releva et lui saisit le bras.

– Jonas, écoute-moi : Terry sera de retour à bord du *Goliath* dans quelques jours. Quant au Megalodon, il croise à des milliers de kilomètres de la fosse. Des milliers de kilomètres ! Ton sentiment de culpabilité te fait tout noircir. La descente de Terry dans la fosse n'est qu'une coïncidence. Je te le répète : elle remontera d'ici la fin de la semaine.

– Je ne sais plus où j'en suis. Je n'arrive pas à penser rationnellement. Peut-être... peut-être que c'est juste ça, juste une coïncidence, mais je ne peux pas courir ce risque. Il faut que je tue ce foutu monstre pour être sûr.

– D'accord. Et une fois le requin mort, toi et Terry partirez à cheval vers le soleil couchant.

Jonas poussa un grand soupir.

– Si elle veut encore de moi.

– Évidemment ! Vous êtes faits l'un pour l'autre. (Mac s'aperçut que Céleste s'approchait d'eux.) Contente-toi de résister aux tentations de la vilaine reine.

– Vous ne pourriez pas nous rendre service et ramener ce tas de boulons au Vietnam ? demanda Céleste.

– Il est vachement plus pratique qu'un balai de sorcière, répliqua Mac avec un sourire en coin.

– Fermez-là, vous deux !

Céleste se tourna vers Jonas.

– J'ai un des directeurs de Sea World en liaison radio. Il dit qu'il connaît le moyen de capturer le Meg.

Jonas étala la carte du Pacifique nord-ouest sur la table lumineuse et entoura Grays Harbor au marqueur effaçable.

– D'après Sea World, le baleineau qu'ils ont relâché a élu domicile ici. Si le Meg ne change pas de cap, il va le détecter et se diriger droit sur lui. Le plan de Sea World consiste à nous faire suivre le Megalodon dans la baie. Quand il y sera entré, le commandant du port barrera le bras de mer au moyen de filets araignées. Ils pendront verticalement sous l'eau comme des rideaux géants. Dans cette zone, la profondeur n'est que de 15 à 16 mètres et le bras de mer fait environ 5 kilomètres de large. Le Meg se retrouvera littéralement prisonnier de la baie.

– Judicieux, commenta Céleste.

– Mais pas commode. N'oublions pas l'aspect financier de l'opération. La marina de Westport exige des garanties avant de dépêcher ses bateaux de pêche sur place pour déployer les filets : Geo-Tech doit s'engager à payer tous les pots cassés, plus 10 000 dollars, qui couvriront la main-d'œuvre et les dépenses.

– C'est nous qu'ils devraient arroser pour la pub qu'on va faire à leur foutu port ! ironisa Céleste. Qu'en pensez-vous, Maren ?

– Je suis pour. Une pareille occasion ne se présentera pas deux fois. Comparés aux pertes quotidiennes de l'institut, ces frais sont une goutte d'eau dans la mer.

– Et vous ? demanda-t-elle à Jonas.

– Ça pourrait marcher, mais c'est terriblement risqué. Nous ne laissons pas assez de temps au commandant du port pour écarter la circulation maritime.

– Pas d'accord, intervint Maren. D'après le SOSUS, le Megalodon se trouve à moins de 3 kilomètres devant nous et il n'avance qu'à une vitesse de 3 nœuds. À son allure actuelle, il lui faudra au moins une heure et demie pour atteindre l'embouchure de la baie.

Jonas était loin de partager son enthousiasme.

– Figurez-vous, Maren, que dès qu'Ange détectera le baleineau il foncera. Sa vitesse maximale est de 96 kilomètres à l'heure. À votre place, je ressortirais ma calculette pour revoir mon petit plan. Personnellement, je suis pour qu'on poursuive la bataille en pleine mer. Acculer un animal est toujours dangereux. Alors, un grand blanc de 22 mètres ! Ange a passé toute sa vie en captivité. Ça ne l'enchantera pas de se retrouver prisonnier.

– Je me souviens du jour où ton premier requin est devenu fou furieux au large de la côte de Monterey, intervint Mac. Beaucoup de bateaux ont coulé cet après-midi-là. Plein de gens sont morts.

Maren roula les yeux d'agacement.

– On perd notre temps. Le commandant du port attend notre appel.

– Toutes ces parlotes ne servent à rien, intervint Céleste. Que ça vous plaise ou non, il y a de fortes chances pour que le requin repère le baleineau et le prenne en chasse. S'il entre dans la baie, ce serait idiot de ne pas essayer de le capturer.

– La voix de la raison, ce n'est pas trop tôt !

– Maren s'empara de la radio pour appeler le commandant du port.

Le capitaine Morgan étudiait la carte.

– Le bras de mer est peut-être étroit, mais Grays Harbor est vaste. Il ne sera pas facile d'harponner ce monstre quand il sera dedans –

il faudra commencer par le trouver. Le SOSUS ne nous sera plus d'aucune utilité une fois que nous serons dans la baie.

– Elle n'est pas profonde, observa Jonas. Mac et moi devrions pouvoir repérer le Meg du ciel.

– Contentez-vous de localiser le baleineau et Ange suivra, dit Céleste.

– Sea World vient de nous envoyer un message radio, leur apprit Maren. Leur équipe de sauvetage est arrivée à Hoquiam. Elle devrait sortir dans la baie à bord d'un chalutier d'ici vingt minutes.

Céleste se tourna vers lui.

– Dites-leur de ne pas repêcher le baleineau avant l'entrée de la créature.

– Leur priorité est de sauver Tootie, dit Jonas. À mon avis, ils ne sont déjà plus très loin d'elle. Je vous le répète, une fois qu'Ange l'aura détectée, il entrera dans la baie plus vite que vous ne le pensez.

– Dans ce cas, *arrivederci Tootie* ! observa Céleste.

– Aucune importance, affirma Maren. Une fois que le loup entre dans la bergerie, qui s'inquiète de savoir s'il mange les moutons ?

Mac hocha la tête.

– Les moutons justement, je vous le garantis.

Tootie continuait à sillonner les fonds vaseux de Grays Harbor. Incapable de suivre la même allure que les baleines en migration, le baleineau avait cherché refuge dans la baie, attiré par la vaste quantité de nourriture que lui offrait le fond marin. Il aspirait les eaux troubles dans sa bouche, puis ses fanons filtraient les pucerons de mer et les autres organismes vivants du limon, et il les engouffrait au fond de son gosier. Par intervalles de quelques minutes, il se risquait à remonter en surface pour souffler, puis il inhalait avant de redescendre s'alimenter.

Le prédateur rasait en silence le plancher sous-marin. Sa peau luminescente projetait une lueur terne le long du fond obscur. Ses yeux sinistres, d'un gris opaque, cherchaient en vain dans la mer l'objet dont ses sens préhistoriques lui signalaient la présence devant.

Des petits mouvements puissants de sa queue en demi-lune propulsèrent le géant à une vitesse plus rapide. Le Léviathan remonta en flèche derrière sa proie qui filait à toute allure, roula d'un côté et, en ouvrant les mâchoires, créa un vide dans l'eau qui lui permit d'aspirer la pieuvre de 2 mètres et sa traînée d'encre dans son immense œsophage.

Après l'avoir avalée tout entière, le requin se redressa et, malgré sa corpulence, poursuivit sans effort son chemin au fond de l'eau. Une fois encore, le prédateur ralentit pour se remettre en pilotage automatique. Ses sens lui permettaient de rester d'instinct dans le sillage des bancs de baleines migrantes.

Deux cents mètres au sud, sept prédateurs qui mesuraient entre 4 et 7,5 mètres réduisirent leur vitesse comme s'ils ne faisaient pratiquement qu'un. Excités par l'odeur très forte que dégageait leur cousine ancestrale, les grands blancs mâles avaient poursuivi la gigantesque femelle dans son voyage vers le nord. Ils se nourrissaient des résidus de ses tueries, tout en demeurant à distance respectable derrière elle.

À une allure qui lui permettait tout juste de ne pas rester sur place, le Megalodon entra en phase de repos, aussi proche du sommeil que le lui accordait la nature. Le prédateur solitaire avait repéré la présence des mâles depuis sa fuite du lagon. Comme elle trouvait facilement des proies, la femelle tolérait ce cortège de requins – à condition qu'ils ne se rapprochent pas trop.

Tandis que le Megalodon poursuivait tranquillement son chemin, des vibrations lointaines qui se propageaient le long du sol sous-marin commencèrent à stimuler les fibres nerveuses situées le long de ses flancs. Des signaux rapides se transmirent à son cerveau, déclenchant une alarme primitive. Sorti de son état de stupeur, il changea de posture et mit en branle ses sens olfactifs par de rapides mouvements de la tête et du museau.

Le requin monstrueux renifla la mer et parvint à isoler la direction d'où venait l'odeur du baleineau.

Comme un missile guidé, le plus sauvage prédateur de la planète se mit à filer au fond de l'océan en soulevant de grosses bouffées de sédiment dans son sillage.

Pete Soderblom emboîta le pas de son spécialiste en acoustique pour traverser la longue promenade en planches de la marina de

Westport, qui abritait une des plus importantes flottes de pêche du monde. De là, il disposait d'une vue panoramique imprenable sur l'ensemble du port. Droit devant lui se dressait le phare de Grays Harbor, d'une hauteur de 33 mètres. À sa gauche s'étendait l'océan Pacifique, relié à la baie par un bras de mer de 5 kilomètres. Grays Harbor donnait sur une vaste étendue d'eau peu profonde qui s'étalait à perte de vue au nord et à l'est. Neuf villes étaient bâties sur ses rives, ainsi que quatre terminaux maritimes modernes, équipés pour recevoir les plus gros cargos du monde.

Une escorte de police aida les deux hommes à fendre la foule. Des agents donnaient l'ordre aux pêcheurs de remonter leurs lignes, sous les yeux de milliers de spectateurs qui se bousculaient le long de l'esplanade réservée aux piétons. Des centaines d'autres personnes occupaient les plates-formes d'observation. Quelques chanceux avaient même réussi à trouver des places de premier choix sur la tour de guet de trois étages de la marina. Des pélicans bruns se tenaient en équilibre sur des piliers, des chevaliers des sables et des hérons bleus se pavanaient au bord de l'eau. Les interférences entre les basses profondes d'un rythme de calypso et les croassements des oiseaux de mer, mêlés aux relents de fast-food, faisaient régner une véritable atmosphère de carnaval.

L'agent de police dirigea Pete et son technicien à l'extrémité d'un long quai de pêche contre lequel mouillaient des centaines de bateaux vides. La surface argent étincelante de la mer obligeait Pete à plisser les yeux. Débordante d'activité en temps ordinaire, la baie était à présent interdite à tous, à l'exception de la patrouille du port et de deux chalutiers qui, pour l'heure, se plaçaient en position au centre du bras de mer.

Pete remarqua un autre chalutier amarré au bout du quai. Son vaste pont dégagé, d'une longueur de 30 mètres, permettait de hisser d'énormes quantités de poissons dans ses filets. En dehors d'une cabine de pilotage, le seul trait distinctif de ce bateau de pêche était trois piliers d'acier en forme d'arches, qui se dressaient à 6 mètres au-dessus du pont. Ces structures verticales soutenaient deux câbles d'acier qui partaient des filets de pêche, passaient au-dessus des arches et entraient dans deux treuils hydrauliques situés derrière la cabine de pilotage. Une fois les filets emplis, on amenait les câbles de manière à les tracter hors de l'eau le long du chalut incliné, si bien que les poissons passaient directement de la mer à la cale du bateau.

Pete monta à bord et trouva Andrew Furman en pleine discussion avec un homme très grand et très halé.

– Pete, voici Greg Dechiaro, le capitaine de ce chalutier. D'après lui, on a vu Tootie s'alimenter à environ 1,5 kilomètre d'ici.

– Formidable. On part quand ?

– Mon équipage aura en principe fini de monter le filet d'ici dix minutes. Combien pèse votre baleine ?

– Environ 9 tonnes, répondit Pete. Votre gréement sera assez solide ?

– Du moment qu'elle ne se débat pas trop. Je viens de dire à votre assistant qu'on utilisera le chalut à loutres de mer. Le filet est lesté ; alors il s'ouvrira comme un parachute géant quand on le remorquera. On ramassera votre baleine et on la tirera jusqu'à la côte.

Andrew désigna le rivage, où un harnais de 10 mètres pendait d'une immense grue.

– Faut qu'on se positionne là-bas. Le camion container est déjà en place et à moitié rempli d'eau de mer.

Pete jeta un coup d'œil à la foule de plus en plus dense.

– J'ai le sentiment que ces gens ne sont pas simplement venus assister au sauvetage d'une baleine. (Il consulta sa montre nerveusement.) On ferait mieux d'aller récupérer notre baleineau.

Jonas regardait le Dr Maren relever les dernières coordonnées communiquées par le SOSUS pour la quatrième fois en cinq minutes.

– Un problème ? demanda-t-il.

Maren leva vers lui un visage terreux.

– Je... je crois que vous aviez raison.

Il hocha la tête d'incrédulité.

– Où est-il ?

– D'après ces coordonnées, il vient d'entrer dans la baie.

– Bon Dieu ! (Jonas saisit la radio.) Andy, répondez.

– À vous, Jonas, répondit une voix brouillée par les parasites.

– Andy, le Megalodon vient de pénétrer dans la baie. Vous avez déjà attrapé Tootie ?

– Jonas, répétez, s'il vous plaît. J'ai cru comprendre que la créature était déjà dans la baie.

– Affirmatif. Avez-vous pris le baleineau dans votre filet ?

– Non… pas encore, mais nous sommes à 200 mètres de lui. Tenez-vous prêts.

De la cabine de pilotage, Pete scrutait la baie au moyen de jumelles très puissantes. À sa droite, son acousticien écoutait les doubles émetteurs fixés le long du torse supérieur de Tootie.

– Elle ne doit pas être loin de nous, dit le technicien. Les deux signaux me parviennent très clairement.

Pete vit une tête gris plombé fendre l'eau, le museau couvert de varech.

– La voici, juste devant nous !

Le capitaine donna le signal de descendre le chalut à loutres de mer. Quelques secondes plus tard, le filet commença à se déployer derrière le bateau.

Dansant à la surface de l'eau, Tootie ramassait du varech dans sa gueule à l'aide de ses fanons pour filtrer les myriades de créatures marines minuscules attachées aux longues feuilles. Après avoir avalé, le baleineau gris reprit souffle et s'immergea.

Alors qu'il descendait gracieusement dans les eaux troubles, le jeune cétacé enregistra subitement la présence d'un autre poisson qui se rapprochait à vive allure. Le baleineau s'immobilisa.

Une forme floue luminescente fusait vers lui au fond de l'eau. Sentant le danger, le baleineau fit demi-tour pour battre en retraite vers la surface.

Pete vit son technicien acoustique ajuster son récepteur avec des gestes frénétiques.

– Bon sang, je viens de perdre un des émetteurs ! L'autre fonctionne, mais le signal a d'un coup diminué de moitié. Tootie remonte. Elle est à peu près à 100 mètres par-devant tribord.

– Pete, Jonas dit que le Megalodon est entré dans la baie, annonça Andy. Il faut qu'on sorte Tootie de l'eau. Rapido !

– Communiquez-moi sa position exacte, ordonna le capitaine.

– Un poil à tribord, répondit l'acousticien. Impeccable. On est juste sur la même trajectoire. Elle est encore assez bas, on va passer sur elle – ça y est !

Le capitaine modifia légèrement son cap, puis il réduisit sa vitesse de moitié.

– Attrapez-la ! hurla le technicien en claquant sa paume contre celle de Pete.

Quelques secondes plus tard, le bateau entier se mit à trembler. Le filet à loutres de mer venait de ramasser une énorme créature.

– Embraquez, les gars, commanda le capitaine.

Les deux treuils hydrauliques se tendirent pour remonter le chargement immergé.

Le *William Beebe* se glissa dans Grays Harbor alors que le dernier des filets araignées était mis en place pour bloquer le bras de mer.

Jonas se baissa sous les rotors tourbillonnants de l'hélicoptère pour grimper à bord.

– L'arme est prête ?

– Oui, dit Mac. Accroche-toi…

L'hélicoptère décolla du pont et survola le bateau à toute allure.

Jonas trouva la carabine lance-grenade Olin-Raam cachée derrière une pile de couvertures. Il vérifia qu'une grenade était bien chargée dans le canon et regagna son siège avec l'arme.

Mac lui tendit la radio.

– Sea World, vous me recevez ?

– Andy ?

– Jonas, on vient de mettre notre baleine en sac. Maintenant, on la remorque, mais elle se débat beaucoup. Le Meg ne doit pas rôder bien loin.

Jonas entendait des hommes hurler à l'arrière-plan.

– Tenez-vous prêt, Andy…

L'hélicoptère survola le chalutier à environ 60 mètres. Jonas vit le filet immergé, ainsi qu'une forme ivoire qui, de toute apparence, livrait une bataille frénétique sous la surface de l'eau.

– Andy, le Meg est juste derrière vous. Hissez le baleineau !

De sa position près du capitaine et d'une dizaine de ses membres d'équipage, Pete suivait la lente remontée du chalut le long du plan arrière fortement incliné.

Des tremblements secouèrent le bateau dont l'arrière s'enfonça davantage dans l'eau.

– Nom de Dieu ! jura le capitaine, les piliers se plient. Impossible que ce baleineau ne pèse que 8 tonnes.

Andy déboula, hors d'haleine.

– Jonas dit que le Meg est juste derrière nous. Dépêchons-nous de remonter Tootie.

Le capitaine lui saisit le bras pour lui montrer les arches en surplomb.

– Regardez ça : si on tire plus fort, elles vont s'effondrer.

Des nuages de fumée noire tourbillonnaient sur le pont.

– Et maintenant ? hurla le capitaine. Ces foutus roulements à billes prennent feu.

Le chalutier continuait à trembler, ses moteurs ne parvenaient plus à le faire avancer. Un crissement métallique suraigu déchira l'air.

– Stoppez les moteurs, ordonna le capitaine.

La poupe s'enfonça alors de manière inouïe dans la mer. L'eau monta à 1,20 mètre de la traverse.

Pete s'arc-bouta pour regarder fixement le bas du pan très raide, en prononçant une prière pour que Tootie émerge de l'eau. Le baleineau se livrait à une lutte sans merci.

La poupe se redressa subitement, la tension des câbles s'étant momentanément relâchée. Le chalut commença à remonter.

– La voici, annonça Pete en se frayant un chemin vers le bas de la rampe, comme s'il allait saluer sa baleine.

La face blanche spectrale d'Ange surgit verticalement de la baie, la gueule béante en une espèce de hurlement. Le sang écarlate de Tootie maculait ses mâchoires, comme si du rouge à lèvres y avait été écrabouillé. Des morceaux de lard de baleine pendaient de ses rangées de dents meurtrières. Le torse supérieur d'Ange, emberlificoté dans le filet de pêche, resta suspendu hors de l'eau jusqu'à ses nageoires pectorales semblables à des ailes.

Les yeux de Pete lui sortirent des orbites. La taille de la bête l'hypnotisait. Cloué à la traverse, trop lourd pour être hissé à bord, le monstre restait à la verticale dans l'eau, un de ses yeux gris rivé sur le chalutier.

Puis, avec une débauche d'énergie inconcevable, le Megalodon commença à tortiller le haut de son torse prisonnier en spasmes violents. Chaque secousse faisait sursauter le chalutier et resserrait le filet étouffant autour du corps de la créature. Folle de rage, la bête se débattait de plus belle, chaque mouvement de balayage de sa tête colossale traçait des arcs démesurés d'avant en arrière le long de la surface. Dans sa fureur, elle déclenchait de gigantesques vagues qui déferlaient dans toutes les directions.

Pete ne put que se cramponner, tandis que des tonnes d'eau bouillonnante et des morceaux de filet de pêche se déversaient sur sa tête. Il entendit un gémissement métallique écœurant – suivi par des hurlements d'hommes – tandis que les arches de soutènement avant s'effondraient sur le pont.

Jonas et Mac contemplaient la scène qui se déroulait en contrebas sans en croire leurs yeux.

– Mon Dieu, quel monstre ! chuchota Mac.

– Il est en train de mettre le chalutier en pièces.

Jonas plaça la carabine lance-grenade sur son épaule.

– Mac, rapproche-nous. Il est temps d'en finir avec ce cauchemar.

L'hélicoptère descendit se placer en suspension à une dizaine de mètres au-dessus du chalutier.

Jonas visa.

– Bon sang, il se débat trop. J'y arrive pas.

Au même instant, un des deux câbles d'acier soutenant le filet se détacha de son treuil hydraulique et son extrémité alla fendre l'air. Elle heurta l'arrière de l'hélicoptère et mit en pièces les rotors tournoyants.

– Putain, qu'est-ce que c'était ? hurla Mac. Merde, je perds le contrôle.

L'hélicoptère se mit à tourner comme s'il avait le vertige.

L'autre câble céda aussi et fusa au-dessus du pont. Il s'abattit sur le coude d'un des marins et lui trancha le bras en deux, avant d'aller s'enrouler autour du support d'acier encore debout à la poupe.

L'hélicoptère fou se mit en vrille. Mac perdit de l'altitude et tomba vers l'arrière du chalutier. Jonas retint son souffle quand le train d'atterrissage s'écrasa sur les vestiges de l'un des piliers d'acier. L'appareil faillit basculer par-dessus bord avant de s'immobiliser contre l'amas de métal déchiqueté.

D'un dernier balayage de sa tête, les denticules aiguës du Megalodon mirent en lambeaux les restes du filet qui retenaient le haut de son torse captif et il parvint à replonger sous la surface.

Pete remonta tant bien que mal le pan incliné, juste à temps pour voir l'hélicoptère se crasher sur le pont.

Andy lui tendit une main.

– Où est Tootie ?

Pete avait du mal à reprendre haleine.

– Ce monstre doit l'avoir avalée, avec les émetteurs et le reste.

– Bordel !

– Regardez mon bateau ! hurlait le capitaine. Qui va payer les dégâts ?

Une secousse en arrière du chalutier les précipita tous à terre.

– Bon sang, qu'est-ce qui se passe encore ? hurla Andy.

Pete fixait la poupe. Des vagues venaient s'y écraser, tandis que le chalutier était entraîné en arrière sur les flots.

– C'est pas croyable, dit Pete. Ce monstre nous tracte.

Le capitaine repéra le bout du câble qui restait enroulé autour du support de la poupe. Il gagna la cabine de pilotage au galop et saisit une hache. Alors qu'il s'arc-boutait pour trancher le câble, le filin se rompit brutalement, l'animal enragé s'étant enfin libéré du dernier de ses liens.

Le *William Beebe* faisait lentement bouillonner l'eau du bras de mer qu'il parcourait dans le sens de la largeur, afin de surveiller les 5 kilomètres de baie désormais séparés de l'océan par un cordon constitué des filets araignées suspendus à la verticale. 300 kg de lard de baleine à moitié gelés et pourrissants flottaient à environ 10 mètres derrière lui, accrochés à un câble d'acier au gros treuil de la poupe.

Harry Moon jeta un coup d'œil par-dessus le fusil harponneur sur le tas de viande qu'ils traînaient. Tout en tripotant nerveusement d'une main la détente de l'arme, il porta de l'autre un casque à ses oreilles.

– Dief, qu'est-ce qui se passe ?

En équilibre instable au sommet d'un mince grillage d'acier cinq étages au-dessus du pont, Richard Diefendorf se retenait au mât central, tout en mettant au point ses jumelles sur la baie.

– On dirait qu'il s'est dégagé du chalutier. Je n'y vois rien... attends, j'aperçois la nageoire dorsale. Harry, tiens-toi prêt, il se dirige vers nous. Capitaine, un peu plus au sud. Encore 200 mètres.

Le capitaine Morgan transmit à son timonier les instructions qui lui parvenaient dans ses écouteurs.

– Céleste, docteur Maren, Dief dit qu'il arrive, annonça Harry.

Appuyés au bastingage bâbord, Céleste et le savant scrutaient la mer du regard, dans l'attente de voir apparaître le cuir albâtre du Megalodon.

Dief le repéra le premier.

– Capitaine, il est à 20 mètres par avant bâbord et il fonce vers nous. Je ne peux pas vous dire quel... une seconde, il bifurque vers la poupe !

– On va permettre à M. Moon de tirer, dit le capitaine. Timonier, stoppez tous les moteurs !

Ange rasait le fond vaseux, proche de l'épuisement. Les denticules dont était pourvu son cuir rugueux avaient minimisé les dégâts causés par le filet du chalutier, mais de fins rideaux de sang dégoulinaient de sa tête et de son abdomen, où des lacérations pareilles à des coupures au rasoir zigzaguaient sur sa peau luisante et pâle.

Son instinct lui dictait maintenant avant tout de s'autopréserver. Vulnérable dans les bas-fonds, il se dirigeait comme un bolide vers les eaux plus profondes de l'embouchure.

Ayant détecté un objet en surface, le Megalodon s'accrochait au fond pour éviter une autre confrontation. De quelque part au-dessus de lui dans l'eau trouble lui parvenaient les cris d'agonie de deux des grands blancs mâles qui s'étaient emberlificotés dans le filet araignée. Ses sens lui ayant indiqué la présence de cette barrière dangereuse, le Megalodon prit un virage à la corde. D'un écart brutal de la tête, il évita la barrière tout en filant le long du filet, à la recherche d'une issue.

– Le requin longe le filet vers le sud, il cherche à s'échapper, annonça Dief.

– Il ignore l'appât, dit Harry, et il nage à une trop grande profondeur pour que je puisse lui tirer dessus.

Dief suivit la forme floue avec ses jumelles jusqu'à ce que le géant disparaisse de sa vue.

– On n'y arrivera pas, constata-t-il. On a besoin de l'hélico. Qu'est-ce que fiche Mac ?

Mac et Jonas se protégèrent les yeux au moment où l'hélicoptère de la patrouille du port atterrissait sur le pont du chalutier endommagé. Le marin blessé fut rapidement monté à bord. Son bras sectionné, conservé dans de la glace, avait été placé dans un sac poubelle en plastique.

– On vous envoie un autre hélico le plus tôt possible, cria le copilote, tandis que l'appareil redécollait.

Le capitaine du chalutier attendit que les bruits des rotors se soient dissipés avant de s'en prendre à nouveau à Jonas et à Pete Soderblom.

– Ce filet à loutres de mer va vous coûter 100 000 dollars, hurla-t-il. Quant aux dégâts causés à mes moteurs, ils sont incalculables.

– Détendez-vous, capitaine, répondit Mac. Je suis témoin. J'ai entendu Céleste Singer accepter de payer tous les dégâts. Geo-Tech est une boîte qui roule sur l'or au point de ne pas savoir quoi faire de son fric. À votre place, j'essaierais de lui soutirer la plus grosse galette possible.

Jonas les ignorait. Il étudiait le port à la jumelle.

– Capitaine, qu'est-ce que c'est ? demanda-t-il en lui désignant le nord.

Un superbe voilier se dirigeait vers eux.

Le capitaine examina le navire à travers ses propres jumelles.

– Le *Lady Washington*, la réplique d'un grand vaisseau du XVIIIe siècle.

– Ouais, mais qu'est-ce qu'il fiche dans la baie ? Andy, tu ferais mieux de contacter le commandant du port par radio.

– Le Meg a viré, il se dirige droit sur nous, hurla Dief. Harry, j'aperçois le bout de sa nageoire caudale. Capitaine, il va passer sous nous à tribord dans trente secondes. Donnez-lui du champ.

Le Dr Maren se précipita vers Harry Moon.

– Tirez. Vous n'aurez peut-être plus l'occasion de le faire.

Harry fit pivoter son arme de manière à placer l'extrémité du harpon face à l'océan. Il fixait le bout du canon, dans l'attente de voir apparaître le requin derrière le bateau.

Dief retenait son souffle en surveillant l'ombre pâle qui filait comme un éclair juste sous la surface.

– Bon sang, il sonde...

– Le voilà ! montra Maren, survolté par la simple taille de la créature qui glissait sous le bateau.

Harry vit l'objet couleur crème passer comme une fusée. Il tira.

Le harpon explosa bruyamment de la carabine et entraîna le câble d'acier dans un nuage de fumée argentée.

Le Meg se trouvait à 20 mètres de profondeur quand la pointe du harpon s'enfonça à la base de sa nageoire dorsale. Ralentie par la mer, la lance ne possédait pas la puissance nécessaire pour percer profondément son cuir épais.

Le Megalodon sentit quand même l'impact. Il se tortilla le long du fond et parvint à se débarrasser du harpon d'une secousse avant que l'anesthésiant n'ait eu le temps de pénétrer dans son corps.

Acculé et blessé, l'animal devint fou de rage.

UN HÔTE INATTENDU

De la dunette du *Lady Washington*, le capitaine James H. Locke, connu sous le sobriquet de « Flagg » pour ses amis et ses marins, adressait des signes de tête aux invités des fiancés que les commissaires du navire guidaient à leur siège. Une fraîche brise printanière soufflait dans son dos et gonflait la voile de misaine et la fortune carrée qui se déployaient très haut au-dessus de sa tête.

Le *Lady Washington*, un brick Douglas Fur, était une reproduction à l'identique d'un grand voilier, le premier navire battant pavillon américain à avoir contourné le cap Horn au XVIIIe siècle. D'une longueur totale de 37 mètres et d'une largeur de 8 mètres, il possédait deux mâts, pourvus chacun de trois voiles qui culminaient à 28 mètres au-dessus du pont. En temps normal, à la même heure, le « grand ambassadeur » de l'État de Washington était à quai où le public pouvait en effectuer la visite. Mais cet après-midi-là, le *Lady Washington* avait été loué à des fins privées : une cérémonie de mariage se tenait à bord, détail qui avait échappé au commandant du port.

Trois cloches sonnèrent la demie d'une heure. Les invités se turent.

Flagg attendait, en prêtant l'oreille au clapotis apaisant de la mer et aux claquements réconfortants des toiles. Il jeta un coup d'œil au fiancé, un homme d'environ trente-cinq ans, bien bâti, vêtu d'un smoking gris ardoise.

– Prêt ?

Le futur marié acquiesça d'un bref sourire nerveux.

Flagg adressa un signe de tête à un membre de son équipage. Les premières notes de la musique nuptiale retentirent. Les invités se levèrent et tournèrent à l'unisson leur regard vers la mariée et ses parents qui l'escortaient en haut des marches menant à la dunette.

– Un après-midi idéal pour un mariage, déclara le capitaine, tout en se demandant pourquoi la baie était aussi déserte.

Avec des battements frénétiques de sa queue en forme de croissant, le Megalodon zigzaguait le long du fond vaseux. Afin de trouver une issue, il sondait la baie en tous sens en fonction d'un schéma précis qu'il élargissait sans cesse. Prisonnier d'un dédale, l'animal enragé fonça vers la terre comme un taureau, mais se retrouva contraint de battre en retraite à cause de la faible profondeur de l'eau. Il prit un virage à la corde pour se diriger vers le bras de mer. En bifurquant à la dernière seconde à l'approche des filets araignées, il éparpilla son escorte de cinq derniers requins mâles qui avaient été également pris au piège.

Jonas, Mac et l'équipage du chalutier endommagé contemplaient avec effarement et stupéfaction le sillage de 2,5 mètres créé par le Léviathan immergé qui déferlait à la surface de la baie.

– Il est piégé et il le sait, dit Mac.

Jonas examina le *Lady Washington* qui s'était rapproché à 500 mètres du chalutier. À travers ses jumelles, il distinguait l'eau déplacée par les 170 tonnes du vaisseau qui avançait dans toute sa splendeur sur la surface lisse comme du verre.

– Ange va s'en prendre au voilier, marmonna Jonas.

– Pourquoi ? demanda Mac. Le *William Beebe* fait à peu près la même taille et il ne l'a pas attaqué.

– Le *William Beebe* est en acier, avec des hélices qui font bouillonner l'eau. Le *Lady Washington* avance en montant et en descendant sur les flots comme une baleine. Ange est paniqué. Son système sensoriel est tellement surchargé qu'il va attaquer d'instinct tout ce qui traverse son chemin.

À l'approche du quai de la marina de Westport, le Megalodon prit un virage serré, obligé de s'écarter une fois de plus des bas-fonds. Dans les eaux plus profondes bordant le bras de mer, le prédateur fila le long du filet pareil à un rideau, un grand blanc de 5 mètres et 110 kilos enserré dans ses mâchoires. D'un craquement violent, les dents d'Ange cisaillèrent son lointain cousin en trois morceaux. La queue et la tête du mâle tombèrent en vrille au fond de la mer. Sans ralentir, le prédateur épuisé bifurqua de nouveau pour se diriger vers une nouvelle source de vibrations, en provenance d'un adversaire de plus grosse taille qui se déplaçait en surface.

– … en vertu des pouvoirs qui me sont conférés par l'État de Washington, les gardes-côtes des États-Unis, et en qualité de capitaine du *Lady Washington*, je vous déclare maintenant mari et femme. Vous pouvez embrasser la mariée.

À l'arrière-plan de la photo, Flagg offrit un sourire figé au photographe occupé à mitrailler le jeune couple en train d'échanger un baiser. Puis il suivit des yeux les nouveaux mariés qui se dirigeaient par le passage central vers le coin réception aménagé sur le pont principal. Il se tourna ensuite sur sa gauche, car un mouvement venait d'attirer son attention dans la baie.

– Ça alors !

La vague unique semblait déferler droit sur eux.

Flagg, debout derrière la rambarde de sécurité, aperçut un objet de couleur pâle qui filait sous la surface, une seconde avant qu'un son mat d'une extrême violence ne vienne marteler le flanc du *Lady Washington*. Avant qu'il puisse réagir, le sillage balaya le pont principal, accompagné de bruits du bois qui se brisait, tandis que le grand navire donnait de la bande.

Les cris des passagers médusés qui tombaient lourdement sur les planches du pont fusèrent. Les tables du buffet se renversèrent et un réchaud à gaz provoqua même un petit incendie qu'un invité eut heureusement la présence d'esprit d'étouffer rapidement.

Le second maître et un des commissaires rejoignirent Flagg en toute hâte.

– Capitaine, qu'est-ce qui nous a percutés ?

– Aucune idée. Calmez les passagers. Je vais descendre constater les dégâts.

Flagg passa par l'écoutille de la dunette pour gagner l'entrepont.

L'eau s'infiltrait par des interstices minuscules le long des planches fendues, juste au-dessus du plancher. Il prit une torche et gagna le pont inférieur.

– Mon Dieu…

Le pont était déjà recouvert de plus de 2,50 mètres d'eau. Flagg entra et se baissa, afin de braquer sa torche sur la paroi opposée. Il ne lui fallut pas longtemps pour repérer les dégâts. Le mur de la cuisine n'était plus qu'un trou béant de 2,80 mètres par lequel l'eau s'engouffrait rapidement.

Flagg refit surface pour reprendre souffle. Il haletait, secoué par le spectacle des dégâts. Qu'est-ce qui pouvait bien les avoir heurtés si brutalement ? Il réalisa que s'il ne fermait pas tout de suite hermétiquement les écoutilles supérieures, le voilier pouvait sombrer en quelques minutes. Il mit les pieds sur le premier barreau.

Un autre coup violent projeta le *Lady Washington* de côté, comme si une locomotive folle le percutait. La secousse renversa Flagg dans l'eau. En ouvrant les yeux, il resta interdit devant le second trou qui perçait la paroi fendue. Il s'en approcha à la nage et regarda au travers.

Son cœur se mit à palpiter jusque dans son crâne à la vue du museau ivoire luminescent. La créature secoua la tête, puis elle s'éloigna d'une glissade dans les eaux troubles.

Flagg se hissa en haut de l'échelle, l'eau sur les talons, et reclaqua l'écoutille derrière lui. Pendant plusieurs secondes, il resta immobile, plié en deux, dégoulinant, tandis qu'il s'efforçait de se représenter la taille du monstre qui attaquait son navire.

Il leva les yeux vers le second maître et le commissaire de bord qui descendaient du pont principal.

– Capitaine, qu'est-ce qui nous percute ?

– Je préfère ne pas vous le dire. Écoutez-moi bien, tous les deux : notre voilier est en train de sombrer à vitesse grand V ! Fermez toutes les écoutilles. Après, remontez sur le pont et embarquez tout le monde dans les radeaux de sauvetage.

Le second maître, un volontaire qui travaillait pour se payer le gîte et le couvert, avait l'air médusé.

– On abandonne le bateau ?

– Non, mon gars, c'est le contraire. C'est lui qui sera au fond dans moins de cinq minutes. Maintenant, remuez-vous !

L'équipage du chalutier, impuissant, vit la nageoire dorsale pareille à une voile s'élever au-dessus du sillage qui se dessinait autour du voilier en détresse.

Jonas s'accroupit dans le cockpit de l'hélicoptère abattu en hurlant dans la radio :

– Docteur Maren, je vous ai dit que je voulais parler à Céleste.

– Pas question, Taylor, on ne remonte pas les filets. Le Megalodon est épuisé. Le *William Beebe* va le harponner. On repêchera les passagers tombés à l'eau, mais on ne...

Dief entra dans la cabine de pilotage et arracha la radio à Maren.

– Jonas, c'est Dief. Qu'est-ce qui se passe, bordel ?

– L'hélico a perdu son empennage. Dief, ce voilier coule à toute vitesse. Il doit bien y avoir cinquante passagers à bord. Il faut qu'on enlève ces filets araignées. Le Meg est fou furieux.

– Je suis dessus.

Jonas rejoignit Mac sur le pont. À 200 mètres, le *Lady Washington* était parvenu à tourner sous le vent, et sa proue s'efforçait d'atteindre le chalutier endommagé. De 3,5 mètres, son tirant d'eau était passé à 60 centimètres.

– Ils n'y arriveront jamais, observa Mac. Merde, il recommence !

Jonas se recroquevilla, tandis que le sillage fonçait sur le *Lady Washington* et que le voilier tremblait sous l'impact d'un autre coup gigantesque. Il entendit les hurlements des passagers.

Un craquement énorme retentit et l'immense mât principal bascula en avant comme un séquoia abattu par des bûcherons. En levant les yeux, des passagers terrifiés réalisèrent qu'ils allaient périr écrasés. À leur soulagement, les voiles principales heurtèrent le mât fracturé en s'effondrant et le firent dévier. Le mât s'écrasa dans la baie avec une éclaboussure gigantesque.

La grand-mère de la mariée, Emily Wheeler, se remit difficilement à genoux. La vieille dame de soixante-dix-huit ans essayait de se dégager du hunier fracassé qui la maintenait clouée au pont.

– Au secours, je vous en prie...

– Maman, maman, où es-tu ?

Hugh Wheeler, le père de la mariée, écarta la toile pour aider sa mère à se relever. Le pont du *Lady Washington* penchait à présent de 30 degrés à tribord.

Wheeler aperçut Flagg qui courait vers les deux canots de sauvetage. Il se jeta sur lui et le saisit pratiquement à bras-le-corps.

– Capitaine, j'exige de savoir ce qui se passe !

– Ce qui se passe ? Ce qui se passe, c'est qu'un très gros requin ne paraît pas apprécier notre bateau.

– Un requin ? Je ne peux pas croire qu'un requin...

Flagg constata que l'eau sortait de plusieurs écoutilles.

– Monsieur Wheeler, nous n'avons pas le temps de discuter. J'ai besoin d'aide pour placer vos invités dans les canots de sauvetage.

Wheeler prit sa mère par le bras et la transporta pratiquement de l'autre côté du pont inondé. Sa femme et sa fille lui adressaient des signes de l'un des radeaux de sauvetage gonflables, déjà bondés de passagers hystériques.

Flagg souffla le plus fort possible dans son sifflet.

– Écoutez-moi bien. Le *Lady Washington* est sur le point de couler. Vous devez être tous installés dans un radeau de sauvetage d'ici trente secondes. Restez aussi calmes et silencieux que possible. Il y va de votre vie. Un énorme requin rôde autour de nous, et je ne veux surtout pas lui révéler notre présence.

Le *William Beebe* traversait la baie à vive allure, avalant littéralement les 500 mètres qui le séparaient du voilier à l'agonie. Harry Moon et le Dr Maren se hâtèrent de recharger de l'anesthésiant dans le canon du fusil harponneur, pendant que Dief et Céleste supervisaient le lancement d'urgence de l'*Abyss Glider*.

Tandis que Dief ouvrait l'écoutille arrière du minuscule submersible en Kevlar, il se tourna vers Céleste et le capitaine Morgan.

– Je vais détourner le Meg par la ruse pour vous donner la possibilité de sauver ces gens. Ensuite, je m'arrangerai pour le ramener vers vous. Comme ça, vous pourrez l'atteindre sans problème.

Il rampa à l'intérieur de la capsule en Lexan de l'*AG-1* et s'y enferma hermétiquement.

Jonas régla ses jumelles sur la nageoire dorsale blanche qui s'élevait derrière le *Lady Washington.* L'eau recouvrait à présent le pont principal du voilier dont tous les passagers et les membres d'équipage attendaient dans les deux radeaux de sauvetage attachés au grand mât.

Mac saisit Jonas par le bras pour lui désigner le navire de recherches qui glissait le long du grand voilier en train de couler.

– Jonas, regarde la proue du *William Beebe*. Est-ce qu'ils font descendre l'*AG-1* ?

Jonas eut juste le temps de changer de point de mire pour voir le submersible monoplace plonger dans la mer.

Pleins à ras bord, les deux radeaux de sauvetage, toujours accrochés au mât de misaine, flottaient juste au-dessus du pont inondé du *Lady*

Washington. Flagg et ses passagers, horrifiés, contemplaient le sillage qui filait sur eux. Une nageoire d'un blanc perle émergea de la montagne d'eau mouvante et continua à monter. Le museau apparut.

Des hurlements jaillirent quand le monstre percuta la poupe immergée d'un effroyable coup de dents. L'impact brisa la coque et fractura le mât de misaine qui bascula en arrière comme un arbre tronçonné.

Flagg vit la nageoire caudale en forme de faucille fouetter d'arrière en avant les débris flottants à moins de 20 mètres d'eux. La créature fourrageait le périmètre du bateau coulé qui commençait maintenant à tourner, prisonnier d'un lent tourbillon.

30 mètres d'océan les séparaient de leurs éventuels sauveteurs.

– Le *Lady Washington* va nous entraîner par le fond, hurla-t-il. Détachez les filins et ramez vers le bateau de sauvetage.

Harry Moon lâcha le fusil harponneur pour aider son équipage à placer un filet de cargaison par-dessus le flanc bâbord du bateau, tandis que les deux radeaux de sauvetage surchargés s'avançaient vers eux à la rame.

– Bon sang ! grommela-t-il. La nageoire dorsale avait bifurqué et mis le cap sur les vibrations.

Couché sur le ventre et maintenu par son harnais, Dief saisit les manettes jumelles et amorça les propulseurs principaux du submersible. Il plongea à angle aigu et descendit rapidement jusqu'au fond en direction de la coque endommagée du grand voilier.

– Mon Dieu…

Un trou gigantesque le fixait, si large qu'il aurait pu passer au travers avec le submersible.

– OK, le requin, où… oh, putain.

L'apparition de la lueur lui fit tordre brutalement les manettes vers la gauche, tandis qu'une tête de la taille d'une petite maison se glissait de derrière l'épave. En proie à une panique momentanée, Dief accéléra trop vite et faillit enfouir le nez du rapide submersible dans la vase.

Sans tenir compte de l'*AG-1*, le requin remonta en surface.

Dief rasait le plancher en cherchant le monstre d'un regard frénétique dans les eaux troubles. Il leva les yeux et aperçut une silhouette terrifiante qui glissait comme un jumbo-jet le long de la surface inondée de soleil. Elle se rapprochait lentement d'un radeau de sauvetage jaune.

Ses ponts désormais complètement submergés, le *Lady Washington* tournoyait en grands cercles dans le sens inverse des aiguilles d'une montre, entraînant vers le fond ses voiles principales. Flagg et ses passagers se cramponnaient, à bord des deux radeaux de sauvetage qui convergeaient avec les débris flottant en surface vers le centre du vortex créé par le bateau mère en train de couler.

D'une secousse subite, la coque fracturée du bateau se tordit sur le fond vaseux. Le grand mât avant resta à la verticale. Dressé au-dessus des vagues, il marquait la position de l'épave.

Emily Wheeler, frissonnante, était installée à l'arrière d'un des radeaux de sauvetage, sa robe neuve trempée d'eau de mer. Hugh ôta sa veste de smoking pour en envelopper les épaules de la vieille dame.

– Ça va, maman ?

Elle acquiesça, les lèvres bleuies par le froid.

– Tiens bon. On sera dans le bateau de secours d'ici...

Subitement, le museau du Megalodon surgit derrière le radeau et projeta l'embarcation en l'air.

Les vingt-huit passagers poussèrent des cris perçants en s'accrochant désespérément les uns aux autres, tandis qu'ils basculaient par-dessus bord dans la mer.

Emily fut projetée de biais dans l'eau. Le choc glacial paralysa son organisme. Mais grâce au gilet de sauvetage qui lui permettait de flotter, elle refit rapidement surface en suffoquant.

Hugh émergea à côté de sa femme qui hurlait :

– Carrie ne sait pas nager !

Il plongea. Sa fille se débattait sous lui sans gilet de sauvetage. Le poids de sa longue robe de mariée qui se déployait comme un parachute l'entraînait vers le fond.

En levant les yeux, Dief vit le Megalodon mordre dans le radeau qui éclata en une averse de bulles. Secouant sa tête gigantesque des deux côtés comme un chien, le monstre déchira l'embarcation en lambeaux.

Éparpillés à la surface, les jambes et les bras qui battaient l'eau dans toutes les directions offraient au prédateur un véritable festin. Dief frémit d'horreur à la vue de la mariée qui coulait pieds devant, sa robe et sa traîne à présent enroulées autour de ses jambes en un étau mortel.

Hugh plongea en battant frénétiquement des pieds pour essayer d'atteindre sa fille qui se noyait dans 6 mètres d'eau. Il rata son bras mais parvint à agripper une poignée de ses longs cheveux et à stopper un instant sa descente. Il referma une main sur son poignet et la remonta à la surface, en s'efforçant d'avancer dans des vêtements si alourdis qu'ils l'attiraient vers le fond comme une ancre.

Au moment où sa tête fendait la surface, Hugh fut soulagé d'entendre les bruits que faisait sa fille pour essayer de reprendre souffle. Il enroula un bras autour de sa poitrine et entreprit de la traîner vers le bateau de sauvetage. Ce fut alors que la nageoire dorsale émergea.

– Oh, mon Dieu, maman, maman ! hurla-t-il de douleur, tandis que la créature infernale s'élevait directement derrière sa mère.

Dief dirigea le nez du submersible vers une brèche ensoleillée pour lancer son embarcation entre le museau du Megalodon et la silhouette d'une vieille femme. Avec un cri de guerre, il fit accélérer l'*Abyss Glider* verticalement en direction de la mâchoire inférieure de la créature.

Un courant étrange aspira Emily et la fit tournoyer dans l'obscurité. Elle eut tout juste temps de pousser une espèce de petit jappement avant que sa vie ne s'éteigne et que sa forme frêle ne soit pulvérisée en chair à pâté contre le palais de la gueule du requin.

Une seconde plus tard, l'ogive de l'*Abyss Glider* percuta brutalement la gorge tressaillante du Megalodon. Ayant attiré l'attention du monstre, Dief fit marche arrière toute et s'éloigna rapidement vers le bas en pivotant, pendant que la gigantesque créature ingurgitait son repas et se tournait pour le prendre en chasse.

Les passagers du *Lady Washington* grimpaient le long du lourd filet de cargaison en se piétinant les uns les autres et se jetaient désespérément dans les bras de l'équipage du *William Beebe*.

Hugh Wheeler fut le dernier à atteindre le bateau. Tout en regardant sa fille monter à l'abri, il resta dans l'eau à sangloter sur la perte de sa mère.

Dief zigzaguait au fond de la mer, en jetant de brefs coups d'œil par-dessus son épaule pour s'assurer qu'il était bien suivi.

Le Megalodon éperonna l'empennage de l'*AG-1* et le fit tomber de côté dans la vase. Dief parvint à le dégager et regagna la surface en hâte.

Jonas et Mac virent l'*Abyss Glider* jaillir de l'eau comme un poisson volant. Une seconde après, la tête de la créature fendit la surface. Ses mâchoires béantes se refermèrent sur le vide, tandis que le submersible disparaissait dans la baie.

Jonas courut dans le cockpit pour saisir la radio.

– Céleste, capitaine, répondez !

– Jonas, c'est Céleste.

– Céleste, vous devez remonter ces filets avant que Dief se fasse tuer.

– Maren est prêt à harponner.

– Écoutez-moi, nom de Dieu ! La baie n'est pas assez profonde, Dief n'a pas la place de manœuvrer. Retirez ces filets avant qu'il se fasse tuer.

– OK, OK...

Maren leva les yeux de son fusil harponneur et vit qu'un des chalutiers commençait à remonter l'extrémité sud des filets araignées.

– Céleste, non !

– Tire, Michael. Dépêche-toi !

Dief éloigna le submersible à 360 degrés, à l'instant où le Megalodon mordait dans son aile centrale bâbord et arrachait l'appendice en Kevlar comme il aurait pelé un épis de maïs. Sachant qu'il ne pouvait plus échapper au requin qui se déplaçait plus vite que lui, Dief décrivit un cercle en arrière, afin de chercher refuge derrière l'épave du *Lady Washington.*

Sa radio grésilla.

– Dief ?

– Faites vite, Céleste.

– Il y a une brèche à l'extrémité sud des filets.

– Ouf !

Dief s'écarta du *Lady Washington* d'un virage vers le sud pour mettre le cap sur l'océan.

Une ombre passa au-dessus de lui. Il leva les yeux – et hurla – tandis que l'hideuse mâchoire supérieure se refermait brutalement sur l'ogive transparente de son submersible.

Crevée, la capsule de Lexan implosa dans un bruit infernal. Un torrent d'eau éclaboussa le visage de Dief et lui coupa le souffle. Il y eut un grondement, suivi d'un bruit de dents écœurant, et le submersible en Kevlar et Lexan fut pulvérisé autour de lui. Un morceau de l'ogive écrasée lui entailla profondément le haut d'un bras.

Le Megalodon lâcha sa bouchée et commença à tourner autour de sa proie, dans l'attente de son dernier souffle.

Dief se débattait dans son harnais sans parvenir à se libérer de l'étreinte étouffante de son cercueil renversé. Il tendit le bras sur sa droite et parvint à atteindre sa petite bouteille à boire. Il enfonça le détendeur dans sa bouche et ouvrit la valve d'arrivée d'air de secours. Après avoir haleté dans l'embout, il se calma et avala une bouffée de vie.

La lueur terrorisante apparut sur sa gauche. À travers des tourbillons de vase, Dief vit une tête ivoire glisser plus près de lui. Le museau poussa l'épave et se pressa contre son torse. Des deux mains, le pilote du submersible essaya en un geste futile de repousser les 30 tonnes de la gigantesque créature. Un courant d'une puissance surprenante aspira sa main gauche et le happa dans une narine géante.

En un mouvement irréel, les mâchoires s'ouvrirent sous ses yeux et la gueule démesurée oblitéra la lumière du soleil.

Richard Diefendorf prononça une prière hâtive. Puis il recracha le détendeur et inhala l'eau de mer, tandis que l'Ange de la Mort venait le cueillir.

Michaël Maren lança un juron à la vue de la forme albâtre qui filait le long du *William Beebe* en direction de l'extrémité sud du bras de mer.

Après avoir effectué deux cercles, le monstre sentit que la barrière avait été enlevée. Quelques secondes plus tard, le Megalodon n'était plus là.

UNE ENTREPRISE RISQUÉE

Fosse des Mariannes

Terry essuya son front trempé de sueur avant de se remettre à la tâche. Elle essayait de tordre une barre de fer. Un quart d'heure s'écoula avant qu'elle parvienne à dégager un bout du montant de la couchette. Grâce à ce levier supplémentaire, l'autre bout se défit rapidement.

Elle se leva et claqua la barre creuse contre sa paume ouverte pour la soupeser. Cet instrument était loin de valoir le couteau de chasse du Russe, mais au moins, elle disposerait d'une arme.

Terry consulta sa montre : 2 h 10. Elle ouvrit la porte de sa cabine et tendit l'oreille. Comme elle n'entendait que le bourdonnement des générateurs du *Benthos*, elle se glissa pieds nus dans le couloir, la barre de fer bien serrée dans son poing droit. Son cœur cognait dans sa poitrine.

Elle gagna la descente sur la pointe des pieds, toujours aux aguets. De la cuisine lui parvenaient les voix des hommes d'équipage qui discutaient de l'énorme fossile préhistorique déterré par le *Prometheus* quelques heures plus tôt. Terry pénétra dans la cage d'escalier fermée hermétiquement, souleva l'écoutille étanche à la base des marches et descendit à pas de loup, après avoir refermé l'écoutille dans son dos.

Niveau F. Les entrepôts du navire, les pièces réservées au matériel et le réacteur nucléaire. Continue…

Terry ouvrit l'écoutille de la descente suivante et tendit de nouveau longuement l'oreille avant d'emprunter le dernier escalier qui aboutissait au pont G, seul niveau dont l'accès était interdit à tout le monde, en dehors des membres de l'équipe personnelle de Benedict.

Elle retint son souffle. Là encore, elle n'entendit que le bourdonnement des générateurs du navire. Pieds nus sur le sol carrelé, elle se précipita le long du couloir vide jusqu'à l'entrée de la station d'arrimage sous-marine.

Terry pressa l'oreille contre la porte étanche. S'apercevant de la futilité de son geste, elle poussa la porte pour pénétrer dans l'espace voûté. Le vide béant de la salle circulaire s'offrit à elle. Le cœur palpitant, elle courut jusqu'à la tourelle du *Prometheus* qui dépassait du plancher, au centre de la station d'arrimage. Elle ouvrit l'écoutille extérieure du submersible et descendit dedans.

Le *Prometheus* était plongé dans l'ombre, en dehors de la lueur fluorescente diffusée par la dizaine de consoles de commande. Elle avança d'un pas furtif, l'oreille tendue, terrifiée d'être seule à bord d'un sous-marin enveloppé de 1 120 kilos d'eau de mer par centimètre carré.

Elle repéra la console de l'ordinateur, y prit place et amorça le système. Toute la journée, Benedict Singer l'avait exaspérée, avait joué avec ses émotions et l'avait manipulée comme une marionnette.

À présent, les rôles étaient renversés.

Le menu de Geo-Tech apparut sur l'écran, comme quelques heures auparavant. À l'aide de la souris, Terry souligna « TOKAMAK ». Elle allait presser la touche « ENTER » quand un bruit lui parvint de la salle d'arrimage.

Des pas !

Affolée, Terry chercha désespérément une cachette. Elle gagna en hâte l'arrière du submersible et se cogna douloureusement le tibia contre une autre console avant de plonger dans les toilettes.

Elle entendit l'écoutille s'ouvrir. Qui pouvait bien descendre dans le *Prometheus* ?

Terry était persuadée qu'il s'agissait du Russe. Elle essuya ses paumes trempées de transpiration, empoigna étroitement la barre de fer des deux mains et la souleva au-dessus de sa tête.

Les pas vibrèrent jusqu'à elle. Ils marquèrent un arrêt devant l'ordinateur, puis continuèrent vers l'arrière, s'approchèrent des toilettes…

Vise sa tête, un bon coup, et n'arrête pas tant qu'il ne sera pas mort.

La porte s'entrouvrit…

Terry balança la barre de fer en direction de la silhouette.

L'homme écarta la barre d'un mouvement de côté, puis il lui saisit le bras et le lui tordit habilement derrière le dos. Terry voulut hurler, mais son assaillant fut plus rapide qu'elle. Il lui boucla la bouche et le nez d'une main.

– Terry. C'est Heath !

L'étau se relâcha. Elle se plia en deux en suffoquant.

– Ça va ? demanda-t-il.

Elle acquiesça, toujours pantelante.

Heath examina la barre.

– Ouais, ça aurait pu faire mal. (Il la lui rendit.) Mieux vaut la garder pour Serguei.

– Qu'est-ce que vous faites ici ?

– Je vous ai vue sortir de votre cabine et je me suis dit que vous alliez peut-être venir ici. Très très risqué. Suivez-moi, j'ai quelque chose à vous montrer.

Il la guida par le bras jusqu'au poste informatique.

– On ne peut pas accéder au dossier GTI que vous vouliez ouvrir sans code de sécurité. En n'ayant pas entré ce code dans les soixante secondes, vous auriez déclenché toute une série de systèmes d'alarme.

Terry fixait l'écran, les joues dégoulinantes de sueur.

– Pourquoi m'avez-vous suivie ? Vous essayez de me protéger du Russe ?

Heath eut un large sourire.

– Serguei ne vous embêtera pas cette nuit. J'ai glissé un petit quelque chose dans son thé au dîner. Pour le moment, il ronfle comme un chien-loup. Pourquoi vouliez-vous ouvrir le dossier Tokamak ?

La jeune femme s'assit à côté de l'ordinateur.

– Benedict joue avec mes nerfs depuis que nous sommes à bord du *Benthos*. J'en ai par-dessus la tête. Cet après-midi, il a dépassé les bornes. J'ignore s'il a l'intention de me laisser vivre ou de me tuer, mais j'ai décidé que mon tour était venu de lui en faire voir.

– Que savez-vous de Tokamak ?

– Rien.

– Terry, je ne peux pas vous aider si vous me mentez.

– Je ne vous mens pas. Qui êtes-vous ? Vous connaissez vraiment Jonas ?

Heath épongea son front moite.

– Je ne le connais pas personnellement, mais nous avons travaillé ensemble sur un projet abyssal pour la Navy il y a environ onze ans.

– Onze ans… (La lumière commença à se faire dans l'esprit de Terry.) Les plongées dans la fosse des Mariannes ?

Heath acquiesça.

– C'était une mission top secrète. À ce jour, Jonas ignore encore de quoi il s'agissait vraiment. Shaffer et Prestis – les deux hommes qui ont péri quand votre mari a paniqué dans l'abysse – étaient mes collègues.

– Vous appartenez donc à la Navy ?

– Plus maintenant.

– Mais vous n'êtes pas paléontologue ?

– Dites-moi ce que vous savez de Tokamak.

– Vous êtes de la CIA ?

– Terry, je ne peux pas vous aider si vous refusez de coopérer.

– Vous êtes de la CIA, oui ou non ?

– Terry, ça suffit ! Pour l'instant, vous mettez nos deux vies en danger.

– Je viens de vous dire que je ne savais rien sur Tokamak. Quand j'étais à bord du *Goliath*, j'ai… (elle eut un sourire gêné), disons que j'ai effectué une petite opération secrète. Je suis tombée par hasard sur une espèce de laboratoire ultramoderne dissimulé dans les entrailles du *Goliath* et…

– Dans le *Goliath* ? Où ? (Heath paraissait excité.) Comment avez-vous pu y pénétrer ? Qu'y avait-il à l'intérieur ?

Elle lui parla alors de la cage d'escalier cachée dans l'ancien silo à missile du navire, puis elle lui décrivit le laboratoire.

– Cette grosse machine, reprit Heath, est-ce qu'elle ressemblait à un tore géant – à un pneu géant ?

– Oui. Comment le savez-vous ?

– Bon Dieu… (Heath essuya de nouveau son visage.) Que savez-vous sur la fusion ?

– Comme dans les bombes atomiques ?

– Non, non, ça, c'est la fission. La fusion est le processus qui fait fonctionner le soleil et les étoiles. Elle se produit quand on fait chauffer deux atomes d'hydrogène, en général un isotope de deutérium et un de tritium, à des températures extrêmement élevées, jusqu'à ce qu'ils fusionnent et dégagent une somme d'énergie inouïe. Quand ça se produit, la matière entre dans un nouvel état – le plasma.

Heath éteignit l'ordinateur.

– Il faudra sans doute encore un bon quart de siècle avant de faire fonctionner un réacteur à fusion, mais les bénéfices potentiels sont énormes. Imaginez une source d'énergie virtuellement inépuisable, sans danger pour l'environnement, ne fabriquant pas de produits de combustion, de gaz de serre, ni même de sous-produits susceptibles d'être transformés en armes.

– Ça paraît trop beau pour être vrai.

– Certains bureaucrates pourraient le penser. Nous en sommes encore au stade expérimental et c'est très coûteux, mais nous avançons. Pour provoquer la fusion, il faut chauffer les atomes de deutérium et de tritium à plus de 100 millions de degrés, puis les maintenir ensemble assez longtemps pour lui permettre de se produire. Le soleil y parvient à l'aide de la gravité. Sur terre, nous devons nous servir d'un champ magnétique pour emprisonner les gaz.

– Alors, qu'est-ce ça veut dire, *tokamak* ?

– *Tokamak* signifie « chambre toroïdale » en russe. Des bobines enroulées autour du tore ou pneu créent un champ magnétique à l'intérieur de la chambre, qui, à son tour, stabilise le plasma de fusion...

– Je n'y comprends plus rien. Dites-moi simplement en quoi ça concerne Benedict.

– Écoutez-moi jusqu'au bout : le défi principal de la fusion consiste à contenir assez longtemps le plasma brûlant. Ça pose des problèmes au niveau du combustible lui-même, en particulier le tritium, qui est radioactif. Il y a plusieurs années, les services secrets israéliens ont appris qu'une rencontre s'était tenue entre Benedict Singer et Osama ben Laden, le milliardaire en exil saoudien. Ce dernier finance le Front national islamiste, une organisation terroriste impliquée dans l'attentat contre le World Trade Center et d'autres attentats à la bombe, y compris celui contre l'ambassade américaine à Nairobi. Lors de cette rencontre, Benedict lui a montré le prototype d'un combustible qui crée une réaction de fusion, à une échelle qui dépasserait de loin toute réaction d'énergie produite jusque maintenant. Ce prototype a tellement impressionné ben Laden et ses associés arabes qu'ils ont accepté de financer les travaux de GTI, en échange d'un contrôle partiel de sa technologie. Avec leur soutien et leur influence, Benedict a eu la possibilité de recruter certains des plus brillants cerveaux de la Russie et du Moyen-Orient. Ils l'aident à créer ce qui va sans doute devenir le premier vrai réacteur à fusion *Tokamak* au monde.

– Que se passera-t-il si Benedict réussit ?

– L'équilibre du pouvoir sera modifié pour des décennies. Jusqu'à maintenant, les nations du monde entier se sont partagé la technologie de la fusion. Elles ont combiné leurs efforts pour unir leurs ressources en vue du bien commun. La fusion assoirait l'influence de ben Laden sur toute notre économie. Ce serait comme si Hitler avait réussi à fabriquer la bombe atomique avant les États-Unis. Nous devons absolument découvrir la source du combustible de la mystérieuse fusion de Benedict, et déterminer si elle est stable. Ça fait des années que la CIA le surveille et essaie d'infiltrer son organisation. Notre première ouverture s'est présentée quand Benedict a contacté Scripps pour recruter un paléontologue.

– Manifestement, vous ne l'êtes pas. Et vous ne craignez pas que Benedict vous découvre ?

– J'ai des connaissances de base dans ce domaine, assez pour m'en sortir. Jusque maintenant, les choses se sont bien déroulées. Mais là, je suis tombé sur un os.

– Ce fossile ?

– Oui. Il s'agit d'un spécimen de reptile préhistorique dont je ne connais pas d'équivalent. Benedict exige que je lui fournisse des explications sur son origine, et rapido.

– Il ne peut pas avoir un rapport avec l'espèce qui nous a traqués aujourd'hui ?

– Trop tôt pour le savoir. Je me suis probablement beaucoup trop engagé. Mais je dois bientôt donner des renseignements à Benedict, avant qu'il soupçonne quelque chose.

– Qu'est-ce que je peux faire ?

– Pour commencer, ne touchez surtout pas à ces ordinateurs, répondit Heath. La CIA pense que le combustible de fusion de Benedict peut se trouver à bord du *Benthos*. Il y a une espèce de magasin situé sur le pont G, seulement autorisé à Benedict et à ses piranhas. Si je pouvais y jeter un coup d'œil, je saurais à quoi m'en tenir.

– J'aimerais bien pouvoir vous aider, mais pour l'instant j'essaie en priorité de ne pas me faire assassiner. (Terry lui adressa un sourire empreint de nervosité.) Peut-être que vous pourriez tuer Serguei à ma place, vous savez, dans le cadre de votre mission…

– J'interviendrai pour vous protéger, pour autant que je peux le faire sans mettre ma couverture en danger, mais je ne peux vous aider que si vous restez dans votre cabine. Cette nuit, vous avez vraiment fait preuve de légèreté. Je vous suggère de demander à Benedict de l'accompagner de nouveau à bord du *Prometheus*. Titillez son ego, parlez-lui en latin, inventez quelque chose. La chance aidant, on remontera en surface d'ici quelques jours. Alors ne courrez pas de risques, OK ?

– OK.

Ils ressortirent du submersible. Heath l'escorta jusqu'à sa cabine. L'agent de la CIA lui souhaita bonne nuit, puis il regagna sa propre cabine, sans soupçonner la présence de la caméra cachée dans le plafond qui avait enregistré le moindre de leurs mouvements.

ÉMOTIONS MÊLÉES

La réverbération du soleil sur le pont arrière obligeait les passagers et l'équipage du *William Beebe* à plisser les yeux.

Le cœur lourd et la gorge douloureusement nouée, Jonas regarda le capitaine Morgan fermer le livre de prières, en conclusion de la cérémonie d'hommage à leur camarade de bord disparu.

Mac saisit Jonas par le bras pour l'attirer à l'écart. Il avait du mal à retenir ses larmes de colère.

– GTI s'est organisé pour m'envoyer chercher un autre hélico, mais je dois d'abord faire un rapport à la FAA sur l'accident d'hier. Ça me prendra sans doute la journée. À mon retour, tu me diras comment on va exterminer ton putain de requin.

Jonas se contenta d'acquiescer et le laissa partir.

Des effluves de la lotion au jasmin dont Céleste enduisait sa peau halée précédèrent la jeune femme. Elle portait une espèce de barboteuse beige, dont le haut blousant qui dégageait ses épaules ne cachait rien de sa superbe poitrine. Pieds nus, elle balançait des sandales au bout de ses doigts.

Jonas la dévora des yeux malgré lui. Elle ne parut pas lui en tenir rigueur.

– Où allez-vous ? demanda-t-il.

– On a une réunion dans dix minutes dans la cuisine. Comme on va sans doute rester coincés dans le port pendant au moins quinze heures, je me suis dit que vous pourriez m'aider à faire quelques emplettes en ville.

– Je ne serai pas de très bonne compagnie.

Elle posa sur lui ses yeux bleus brillants.

– Moi non plus. Je suis assez remuée. C'est pour ça que j'ai besoin de m'éloigner quelques heures de ce bateau.

– Je vais réfléchir, dit-il en lui emboîtant le pas.

Jonas adressa un signe de tête au capitaine et à Harry Moon avant de déposer son plateau sur la table. Il prit un siège vacant, en face du Dr Maren. Céleste posa son plateau à côté du sien.

– J'envoie un représentant de GTI dans la famille de Dief, annonça Céleste. Il va organiser ses funérailles et s'occuper des autres questions matérielles.

– Céleste, l'institut Tanaka a appelé pour vous dire que votre colis arrivera à bord dans la soirée, annonça le capitaine Morgan.

– Quel colis ?

– J'ai pris des dispositions pour faire livrer un *Abyss Glider* de remplacement. Je sais bien que la mort de Dief hante tout le monde, mais il n'en reste pas moins que nous devrons plonger sous le Megalodon une fois qu'il sera endormi pour le placer dans le filet.

– Qui va piloter le submersible ? demanda Jonas.

– Moi, répondit Maren.

– Ça n'a rien à voir avec le pilotage de l'Alvin, observa Jonas. Vous devrez peut-être descendre à 200 ou 300 mètres de profondeur, pour passer le filet sous le Meg.

– Je le sais parfaitement, Taylor. Céleste, peut-on se dispenser des parlottes et commencer notre réunion ? Contrairement à certains d'entre vous, j'ai énormément de pain sur la planche.

Céleste opina.

– Donnez d'abord les dernières informations à Jonas.

Maren se frotta les yeux, comme s'il avait la gueule de bois.

– En un mot, on a perdu le SOSUS.

– Qu'entendez-vous par là ? demanda Jonas.

– Le signal n'émet plus. L'émetteur a dû être arraché à la peau du Megalodon pendant qu'il se débattait pour se libérer du filet à loutres. Aucune importance, on va le retrouver.

– Ah oui ? J'aimerais bien savoir comment !

– Nous le traquerons en longeant la côte : Vancouver, l'Alaska et droit dans la mer de Béring.

– Vous prenez la mer de Béring pour une foutue mare ? Comment comptez-vous…

– Jonas, si c'est nécessaire, j'enverrai une flotte d'hélicoptères à sa poursuite, le coupa Céleste.

– Pourquoi ne pas faire appel à l'armée de l'air, pendant que vous y êtes ? Bon sang, Céleste, ce périple pourrait durer des mois.

– Non merci, répliqua un peu trop fort le Dr Maren.

– Quelque chose vous défrise ?

– Le plan a marché comme sur des roulettes, on a coincé le requin dans le port. Il était épuisé. Cinq minutes de plus et je le harponnais. Si vous n'aviez pas donné l'ordre à Céleste de remonter les filets araignées…

– Le requin attaquait les radeaux, répliqua Jonas. Sans Dief, il y aurait eu beaucoup plus de victimes.

– Pas d'accord, rétorqua Maren. La créature s'était déjà alimentée. Elle n'avait plus faim. Si elle a attaqué le voilier, c'est parce qu'elle se sentait menacée. J'ignore ce que vous avez dit à Diefendorf, mais ça a suffi pour le faire descendre à la mer. Qui nous dit que ce n'est pas l'*Abyss Glider* qui a flanqué la trouille au Megalodon ?

– Précisez votre pensée.

– Vous avez paniqué, Taylor. Si vous n'aviez rien dit à Dief, le *William Beebe* aurait eu la possibilité de sauver les passagers sans que le Megalodon ne s'en prenne à eux et nous aurions pu le harponner. Sans oublier le fait que Diefendorf serait encore vivant…

Céleste vit le visage de Jonas rougir de fureur.

– … mais bon, ces créatures semblent apparemment vous ficher la trouille, ajouta Maren. Résultat : le nombre des victimes augmente.

Jonas plongea par-dessus la table pour saisir le jeune savant par sa chemise et le souleva de terre des deux mains. Le capitaine Morgan et Harry Moon s'interposèrent pour l'obliger à le relâcher.

Hors de lui, Maren se tourna vers Céleste.

– J'en ai ras le bol des conneries de ce babouin. Si vous tenez à ce que je fasse mon boulot, empêchez-le de m'approcher !

Il fusilla Jonas du regard, redressa son col de chemise déchiré et sortit de la cuisine d'un pas martial.

Jonas se précipita sur le pont principal, les mains tremblantes de fureur.

Céleste le laissa partir, puis elle se rendit dans la cabine de Maren. Sans même prendre la peine de frapper, elle entra dans la pièce.

Debout près de la couchette, il était en train d'ôter sa chemise saccagée.

Elle effleura sa gorge meurtrie.

Maren lui adressa un sourire juvénile.

– À ce rythme, je vais avoir besoin d'une nouvelle garde-robe. Alors ? Je m'en suis bien sorti ?

– Tu mérites un oscar.

– Et s'il me défonce le crâne ?

– Aucun danger ; en tout cas pas tant qu'il y a du monde autour de vous. Tiens bon.

– Taylor ne me fait pas peur. C'est son copain psychotique, ce Mackreides, qui m'inquiète.

– Laisse-le-moi. Quant à Jonas, je te préviendrai la prochaine fois que tu devras le moucher.

Maren passa un bras autour de la taille de la jeune femme.

– Et nous ? Tu m'avais dit que tu viendrais dans ma cabine hier soir. Qu'est-ce qui s'est passé ?

Elle glissa la main entre ses jambes et le pinça d'un geste espiègle.

– J'aime titiller mes proies avant de les dévorer, roucoula-t-elle en lui léchant le cou. Je n'avais sans doute pas faim hier soir.

Céleste repoussa le bras qui l'étreignait, tout en chuchotant à l'oreille de Maren :

– *Varium et mutabile semper femina.*

– Un autre adage de ton mentor ?

– Traduction : la femme est une chose volage et changeante. Sois patient avec moi, Michaël chéri, tu ne le regretteras pas. Entre-temps, occupe ta libido ailleurs et aide-moi à recapturer mon poisson.

L'essaim de reporters de télévision et de presse écrite qui faisait le pied de grue sur le quai se tourna à l'unisson pour courir vers Jonas qui venait d'apparaître sur le pont principal. Ils se penchèrent par-dessus le bastingage et l'assaillirent de questions, tandis que les photographes faisaient cliqueter leurs appareils.

Jonas battit en retraite à l'intérieur du bateau.

– On descend à terre, Taylor ?

Jonas fit volte-face en sursautant. C'était Harry Moon.

– Céleste m'a demandé de l'aider à faire quelques courses.

– Dans ce cas, vous feriez mieux d'emporter ça. (Moon lui tendit un téléphone cellulaire.) Vous vous êtes fait quelques ennemis de plus ces dernières vingt-quatre heures. Le numéro reliant le bateau à la terre est déjà en mémoire. Vous n'avez qu'à appuyer sur les touches « 1 » et « SEND ». Faites-le de temps en temps pour nous rassurer.

Jonas mit le téléphone dans sa poche.

– Merci.

Pendant qu'Harry s'éloignait de lui, Céleste le rejoignit depuis l'autre extrémité du couloir.

– Accompagnez-moi en ville, répéta-t-elle. Tout vaut mieux que d'affronter les journalistes.

Jonas opina.

Céleste le prit par le bras pour le guider vers une chaloupe amarrée le long de la proue bâbord du *William Beebe*. Ils descendirent dans l'embarcation et se dissimulèrent sous une bâche goudronnée imperméable, pendant que le pilote mettait le moteur en marche. Cinq minutes plus tard, ils débarquèrent, à l'insu de tous, à l'autre extrémité de la marina.

Les commandes chez les grossistes et l'organisation de la livraison du matériel à bord du navire leur prirent six heures. En fin d'après-midi, leurs courses terminées, ils firent une halte dans un parc, pour se reposer sur un banc face à l'océan. Le soleil qui baignait le quai d'une lumière dorée embrasait la peau ambrée de Céleste. Jonas la regarda donner du pop-corn aux mouettes.

– Cette petite escapade m'a vraiment fait du bien, soupira-t-elle. Je peux vous demander encore un service ? Nous sommes passés devant un restaurant à quelques pâtés de maisons d'ici, sur West Haven Drive…

– L'*Islander* ?

– Oui. Si on allait y dîner ? (Elle sourit.) Aux frais de l'entreprise.

– D'accord.

– Vous avez l'air fatigué. Il est encore tôt. Pourquoi ne pas fermer les yeux un moment pour vous détendre ?

Jonas inclina la tête en arrière. Les yeux clos, il se laissa bercer par le chant apaisant de la mer. Quelques secondes plus tard, il dormait.

À son réveil, le soleil s'était transformé en une boule écarlate qui descendait à vive allure à l'horizon. Céleste était nichée contre lui.

– Le somme était agréable ?

Jonas se redressa et s'étira. Il se sentait requinqué.

– Quel bonheur de dormir sans faire de cauchemar !

– C'est parce que je veillais sur vous.

Ils attendirent que le flamboiement du soleil se soit coloré de mauve pour se diriger vers le restaurant. Le maître d'hôtel leur attribua un box éclairé aux chandelles qui donnait sur l'océan.

Céleste se pencha en avant.

– Jonas, j'ai quelque chose à vous dire. Je me sens très à l'aise en votre compagnie, j'ai l'impression que je peux vous parler de tout. C'est la première fois que j'ai ce genre de relation avec un homme. De plus, vous m'attirez, vous le savez.

– Je suis marié…

– Oui, mais soyez honnête : Êtes-vous heureux ? Terry est-elle heureuse ?

– Le moment est mal venu pour parler de mon mariage.

– Et pourquoi ? Je vous ai fait des confidences sur ma vie.

– Céleste, j'aime ma femme. C'est si difficile à comprendre ?

– Non, mais de votre côté, pourquoi n'arrivez-vous pas à comprendre que Terry a envie d'autre chose ?

Mal à l'aise, Jonas prit le menu.

– J'ai passé une journée sympa. Pourquoi tout gâcher maintenant ?

– J'essaie de vous aider…

– Non, vous essayez de me manipuler pour me faire croire que Terry veut divorcer.

Céleste sourit.

– Bon, bon, je l'admets : j'ai d'autres visées. En vérité, je pense que vous et moi pourrions être heureux ensemble. (Elle passa le bout des doigts au-dessus de la flamme d'une bougie.) Jonas, oubliez-moi un moment. Répondez simplement à ma question : comment s'est terminé votre premier mariage ?

– Mon premier mariage ? Qu'est-ce que ça peut vous faire ?

– Répondez juste à ma question : c'est vous qui l'avez quittée, ou bien le contraire ?

– C'est elle, si vous tenez absolument à le savoir. Elle avait une aventure avec un de mes amis.

– À votre avis, pourquoi est-ce arrivé ?

– Vous insinuez quoi ?

Elle lui effleura la main.

– Je vais vous dire quelque chose qui vous semblera peut-être dur, mais réfléchissez-y : l'amour d'une femme pour un homme meurt quand son partenaire cesse de lui prêter attention. Des femmes comme Terry ont besoin qu'on s'occupe constamment d'elles. Sinon, elles finissent par regarder ailleurs. Je ne sais pas ce qui s'est passé dans votre premier couple, mais je pense que votre mariage avec Terry a échoué parce que vous vous sentiez toujours coupable du drame du *Seacliff*.

Jonas retira sa main.

– Je me sens coupable de beaucoup de choses.

– Mais le moment essentiel de votre vie date d'il y a onze ans : c'est le jour où vous avez commencé à être obsédé par la mort. Deux hommes ont péri sous vos ordres. Vous connaissant, je dirais que vous vous êtes reproché leur décès et que, du coup, vous avez bousillé votre premier mariage. Il y a quatre ans, vous avez transformé votre culpabilité en haine, vous avez rendu ces requins responsables de votre malheur…

Jonas fixait la fenêtre.

– Elle est morte.

– Qui ?

– Maggie, ma première femme. Le Megalodon l'a massacrée il y a quatre ans.

– Je suis désolée.

Le garçon interrompit leur conversation. Céleste se chargea de commander pour deux, pendant que Jonas continuait à fixer son reflet obscur dans la baie vitrée.

– Jonas, ça va ?

– Si on changeait de conversation ?

– D'accord. (Elle se pencha vers lui.) Maren vous a exaspéré, non ?

– Ce type est un trou du cul.

– Oui, mais un trou du cul intelligent. J'ai besoin de lui jusqu'à ce qu'on capture la créature.

– Et moi, pourquoi avez-vous besoin de moi ?

Elle sourit.

– Maren est un jeune homme. Et vous un homme. Un vrai.

Jonas sentit ses orteils lui chatouiller le mollet.

– Céleste…

– Pardon. (Elle vida son verre.) Comment va Masao Tanaka ?

– Pas bien.

– La fuite du Megalodon l'a sans doute trop stressé. Il devrait peut-être prendre sa retraite.

– Pour moi, c'est la nouvelle de la descente de sa fille dans la fosse des Mariannes qui a provoqué sa crise cardiaque, pas la fuite du requin.

– Pourquoi se fait-il du souci pour Terry ? Il pense que le *Benthos* n'est pas un navire sûr ?

– Il ne s'agit pas du *Benthos*. Son fils, D. J., a péri dans la fosse il y a quatre ans.

– *Prastitye*, j'avais complètement oublié. (Céleste picorait sa salade Caesar.) Jonas, j'aimerais savoir combien de requins se trouvent encore dans la fosse.

– Je n'en sais rien. Plusieurs, c'est certain.

– Et le *Benthos* ? Peuvent-ils l'attaquer ?

– Impossible à dire. Je sais que Benedict l'a conçu pour qu'il résiste à pas mal de choses, mais on ne peut pas savoir quels autres monstres hantent les abysses.

– Maintenant, c'est moi qui suis inquiète. La fosse est si vaste...

Elle se tut, les yeux rivés sur son verre d'eau.

– Jonas, où avez-vous rencontré le Megalodon pour la première fois ?

– Il y a quatre ans ?

– Non, la toute première fois. Il y a onze ans, quand vous commandiez le *Seacliff*.

– Oh, très loin. Dans un site que nous avions surnommé le Purgatoire du Diable.

Les yeux de Céleste s'éclairèrent.

– Le Purgatoire du Diable. Vous vous souvenez des coordonnées exactes ?

– Oui, mais je ne peux pas les donner. La mission était top secrète et la Navy m'en a déjà assez fait voir comme ça.

– Elles m'intéressent uniquement parce que je me fais du souci pour Benedict et pour l'équipage du *Benthos*. C'est la seule famille qui me reste. Imaginez que le *Benthos* explore cette même région – le Purgatoire du Diable...

– Oui ?

– Est-ce qu'il ne risque pas davantage d'y croiser le chemin d'un autre Megalodon ? On devrait peut-être les prévenir d'éviter cette zone ?

– Rien n'indique qu'elle soit plus dangereuse que les autres. Et je viens de vous dire que je ne pouvais pas vous révéler ces coordonnées.

– Mais s'il y a un autre monstre de la taille d'Ange là-bas…

– Impossible, je vous assure.

– Quand même, vous m'avez dit qu'il y avait peut-être d'autres requins… Jonas, je vous promets que je ne le répéterai à personne. Ça m'angoisse, c'est tout. Je vous ai dit que je vous faisais confiance. Pas vous ?

– Ça n'a rien à voir avec la confiance, Céleste. Top secret signifie top secret. Je considère Masao comme mon père, mais je ne lui révélerais pas non plus ces coordonnées.

– Bien. (Elle posa bruyamment sa fourchette.) N'en parlons plus.

– Ne vous fâchez pas.

– C'est fait. Et je suis déçue. Je croyais que nous étions amis.

– Exact.

– Si Mackreides vous demandait ces coordonnées, vous les lui donneriez ?

– Céleste…

– Je ne comprends pas comment un vague renseignement datant d'il y a plus de onze ans peut causer des ennuis à la marine américaine.

– Parce que vous ignorez l'objectif de cette mission.

– Je m'en fiche complètement. Je vous répète que je me soucie simplement du sort des passagers du *Benthos*.

– Terry, changeons de sujet.

Céleste fronça les sourcils.

– Vous venez de m'appeler Terry.

– Ah oui ? (Jonas se frotta les yeux.) Pardon, lapsus freudien. Je suis vraiment fatigué. Si on parlait d'autre chose ?

– J'ai une meilleure idée. Taisons-nous.

Harry Moon les accueillit à leur retour à bord du *William Beebe*.

– Où sont passés les reporters ? demanda Jonas.

– Maren s'est occupé d'eux. Content de vous revoir, on était sur le point de se tirer. Ça fait deux heures que Maren rend le capitaine dingue. Depuis l'arrivée du nouvel *Abyss Glider*. Il était prêt à envoyer une escouade à votre recherche. À mon avis, il craint que le requin ne nous sème.

– Je le paie pour qu'il s'inquiète, dit Céleste.

Jonas sortit le téléphone cellulaire que lui avait prêté Harry de sa poche.

– Gardez-le jusqu'à la fin du voyage, dit Harry.

– Jonas, je meurs de fatigue, susurra Céleste. Vous m'accompagnez à ma cabine ?

Ils traversèrent le pont sans se presser, s'arrêtant en chemin pour admirer le nouvel *Abyss Glider* qui avait été assemblé et monté sur son traîneau à la poupe.

Le visage de Jonas blêmit.

– Bon Dieu, que fiche ce truc à bord ?

– De quoi parlez-vous ?

– Céleste, ne vous payez pas ma tête. Vous savez parfaitement de quoi je parle. Ce submersible est un *AG-2*, le modèle des grands fonds. Qu'est-ce qu'il fabrique ici ? C'est vous qui l'avez demandé ?

– Jonas, calmez-vous. L'institut n'avait pas d'autre submersible disponible à la dernière minute. Il n'est peut-être pas aussi rapide que l'*AG-1*, mais il conviendra parfaitement. Ça pose un problème ?

– Un problème ? Un problème gigantesque, une saloperie de problème ! Bon sang, Céleste, je vous ai parlé de mes cauchemars et vous avez fait venir un *AG-2* à bord ? À quel petit jeu jouez-vous ?

– Jonas…

– Ce submersible est mon putain de cercueil !

Elle le saisit par le bras.

– N'importe quoi ! Ce n'est même pas vous qui allez le piloter.

Elle le suivit à l'intérieur du *William Beebe* dont les moteurs commençaient à bourdonner.

– Jonas, attendez… Je suis désolée. Ça va ?

– Non. Rendez-moi service : fichez-moi la paix. Je n'arrive pas… je n'arrive pas à réfléchir correctement.

– Venez avec moi, je sais ce qu'il vous faut. (Elle l'emmena jusqu'à sa cabine.) Entrez prendre un petit verre, ça vous calmera.

– Pas ce soir.

– Jonas, la nuit sera longue. Laissez-moi vous présenter mes excuses.

Elle l'enlaça par la taille et pressa son sexe contre le sien.

Jonas la repoussa.

– Arrêtez ! Je vous ai dit que j'aimais Terry.

– Comme vous aimiez votre première femme une fois qu'elle a arrêté de vous aimer ? Passez la nuit avec moi, Jonas. Vous n'êtes pas obligé de me faire l'amour si ça ne vous dit rien. Laissez-moi simplement veiller sur vous pendant votre sommeil. Je vous empêcherai de faire des cauchemars.

Il la but du regard. Sa poitrine se soulevait, sa sensualité l'enivrait. *Si belle… si dangereuse.*

Elle déboutonna son chemisier.

– Personne ne pourra vous faire l'amour comme moi, chuchota-t-elle en tendant la main vers son pantalon.

Jonas la saisit par les poignets. Ses propres mains tremblaient de désir.

– Laissez tomber, Céleste. C'est peine perdue.

– Vous me désirez, Jonas…

– Bonne nuit, Céleste.

Elle le suivit des yeux dans le couloir.

– Jonas, je vous parie que, dans votre solitude, vous penserez à moi cette nuit.

Il fit la sourde oreille et ouvrit la porte de sa cabine, sans remarquer Maren qui l'observait depuis l'autre extrémité du couloir.

LA MOUCHE ET L'ARAIGNÉE

Fosse des Mariannes

Heath Williams continuait à fouiller dans ses dossiers informatiques, frustré de ne pas trouver de renseignements qui se rapportaient aux anciens reptiles marins. Au moins, il savait à quelle espèce préhistorique appartenait l'énorme morceau de crâne fossilisé. Malheureusement, il avait aussi conscience que cette information ne suffirait pas à satisfaire Benedict. Il tapa sur une autre touche pour avoir accès aux informations de Jonas Taylor sur le *Carcharodon Megalodon*.

Il leva les yeux. Serguei venait d'entrer dans le laboratoire.

– Serguei, par là.

Heath le mena à la pièce du fond et s'y enferma avec lui.

Le cliquetis de la porte servit de feu vert à Terry. Elle se glissa furtivement hors du placard à rangement du laboratoire, puis elle emprunta le couloir extérieur pour gagner la passerelle où se trouvait sans doute Benedict.

– Vous vouliez me parler ? demanda Serguei.

Il dévisageait Heath d'un regard circonspect.

– Oui, j'ai réussi à dater ce fossile et à achever mon travail de taxonomie. D'après les mesures du crâne, je dirais que nous nous trouvons en présence d'une créature dont les dimensions correspondent à celles des formes vivantes qui ont pris le *Prometheus* en chasse. J'ai la quasi-certitude que le groupe d'animaux qui pourchassait le submersible descend de la même espèce que ce fossile. Benedict doit savoir que nous sommes en présence de meutes de prédateurs qui sont probablement plus rapides et plus rusés que le *Carcharodon Megalodon* – voire plus dangereux. Je recommande vivement de retarder toutes les futures missions dans la fosse, tant que nous n'en savons pas plus sur ces bestioles.

Serguei ricana. Il connaissait déjà la réponse de Benedict.

– Alors comme ça, vous souhaitez embarquer à bord du *Prometheus* ?

Les yeux émeraude de Benedict la scrutèrent, cherchant à pénétrer ses pensées les plus intimes.

Terry se détourna pour se placer en face de la vitre d'observation en Lexan. Les créatures bioluminescentes des abysses faisaient scintiller l'eau d'un noir d'encre comme un fantasmagorique ciel nocturne.

– Je sais bien que ma demande a quelque chose d'incongru, étant donné ce qui s'est passé hier ; mais j'ai le sentiment que je dois le faire. Que disiez-vous déjà ? Ne pas céder à l'infortune ?

Benedict caressa son bouc du pouce.

– La présence de ces mystérieux prédateurs ne vous gêne pas ?

– Bien sûr que si, répondit Terry. Mais c'est une peur saine, comme celle de l'équipage du *Prometheus*. Je ne la laisserai pas entraver mes devoirs. Je suis prête à l'affronter.

– La chance sourit aux audacieux, c'est ça ?

– Si vos hommes en sont capables, moi aussi. Je ne suis pas motivée par l'argent.

– Parce que vous croyez que c'est l'argent qui pousse mes hommes d'équipage à risquer leur vie ?

– Je le présume, répondit-elle. En apparence, la plupart n'ont pas l'air d'être des savants. J'en conclue donc qu'ils sont bien payés.

– Bien payés, oui, mais à quoi sert l'argent quand on est mort ? Vous et moi risquons nos vies parce que nous croyons à l'importance de notre mission pour l'humanité. Pas eux. Je les ai recrutés pour leurs talents, sélectionnés un à un et formés moi-même, parce que leur existence n'avait plus aucun sens depuis longtemps. Des âmes perdues. Ils avaient atteint un état que vous ne pouvez même pas concevoir. Ils avaient renoncé à tout et menaient une existence misérable, sans signification ni valeur. Je leur ai donné ce dont ils avaient un besoin désespéré : une raison de vivre. (Il écarquilla les yeux.) Drogue, alcoolisme, sévices sur des enfants… Ma présence comble désormais des vides créés par ces années de vices. Je leur ai montré qu'une mort honorable vaut mieux qu'une vie honteuse. Et je suis devenu à la fois leur diable et leur dieu, car ils me craignent autant qu'ils m'aiment... ce qui, ma chère, est le véritable pouvoir.

– Vous vous servez donc de leurs peurs pour en faire vos proies ?

Benedict caressa à nouveau son bouc, comme s'il ruminait la question.

– Possible. L'homme, après tout, est un prédateur par nature. Au bout de deux millions d'années, nous continuons à nous massacrer, que ce soit au nom de la conquête, de la religion ou d'autre chose. Or toutes ces justifications reposent sur le pouvoir de la peur.

– Ces hommes n'ont pas de famille ?

– Leur famille, c'est moi. Je veillerai sur eux et ils resteront mes employés jusqu'au jour de leur mort.

– Et Céleste ?

Benedict lui adressa un sourire malveillant.

– Céleste est d'un tout autre genre animal.

– Et si ces hommes veulent partir ?

– Ils le peuvent. Ceux qui l'ont fait par le passé sont vite retombés dans la drogue, l'alcool ou les autres problèmes personnels qui m'avaient amené à les recruter. Essayez de comprendre : les tragédies qui ont fait déchoir ces hommes les ont privés de leur autodiscipline. Je leur ai fourni à chacun un nouveau bail sur la vie. En échange, ils ont remis leur libre arbitre à une force supérieure.

– Vous ?

– Oui. Je suis comme l'araignée. J'attire la mouche condamnée et je lui offre un salut agréable, mais uniquement à l'intérieur de ma toile.

– Les mouches ne trouvent aucun salut dans une toile d'araignée, juste la peur et la mort. Pour moi, votre organisation a plutôt l'air d'une secte ; et vous en êtes le chef mégalo.

– Je vous en prie, si vous souhaitez que nous poursuivions cette conversation, ayez la gentillesse de contrôler vos émotions. Comme tous les vrais chefs, je suis d'abord et avant tout un analyste de la nature humaine.

Benedict se tourna vers l'immense vitre de Lexan et fixa les abysses.

– Vous êtes-vous jamais demandé pourquoi certains hommes, à travers l'histoire, en dépit de tous les obstacles imaginables, sont parvenus à s'élever au-dessus de leurs pairs et à dominer le monde ? Gengis Khan, Napoléon, Hitler, Staline, Pol Pot, Saddam Hussein… Tous ces hommes comprenaient la peur, cet état d'esprit si puissant qu'il peut soulever les montagnes ou amener un homme sur la Lune avec la même facilité qu'il peut annihiler la résistance d'un être humain d'une simple pensée.

Il se tourna face à elle.

– De quoi l'homme a-t-il vraiment peur ? De la pauvreté, des critiques, de la maladie, de la perte d'un être aimé, de la vieillesse… Sans oublier bien sûr la peur ultime : la mort. Réfléchissez-y : sans peur, nous n'avons besoin ni de religion ni de guerre. La peur est donc un moteur puissant, non ? Si les premiers hommes ne l'avaient pas connue, l'espèce humaine ne se serait jamais développée.

– Vous êtes en train de me dire que la peur vous est étrangère ?

Benedict hocha la tête.

– Je l'ai vaincue. Le courage et la compréhension, voilà les clefs. La peur n'est rien d'autre que le versant obscur de la pensée, elle n'a de réalité que dans le cerveau. Nous la créons, et nous sommes les seuls à pouvoir la détruire. Mais comme la plupart des gens ne la maîtrisent jamais, ils en restent esclaves toute leur vie. Mes hommes sont prêts à me suivre dans les profondeurs de l'enfer parce qu'ils craignent ma colère plus que tout au monde.

Qu'est-ce qu'il a bien pu faire pour leur inspirer une telle peur ? Terry eut un sourire de nervosité.

– Je suis juste venue vous demander si je pouvais passer ma dernière journée dans les grands fonds à bord du *Prometheus*. Si ça pose un problème…

– La peur nous pousse à faire des choses que nous ne ferions jamais autrement, n'est-ce pas, ma chère ?

– Je ne vois absolument pas de quoi vous voulez parler.

– Bien sûr que si ! répliqua-t-il en se rapprochant d'elle. Je sens votre peur. Elle paralyse votre esprit, votre faculté de raisonner, de réfléchir.

Il la dominait et faisait vaciller sa volonté de son regard pénétrant.

– Vous avez peur, non ? Peur de ce que Serguei peut vous faire s'il vous trouve seule.

– Oui, reconnut-elle. Est-ce que vous ne pouvez pas lui interdire de m'approcher ?

– Serguei est un animal. Je l'ai prévenu, mais il se nourrit de votre peur... Elle l'enivre autant que son alcool. Vous devez apprendre à concentrer votre énergie sur les solutions du problème, par sur le problème en soi.

– Les solutions ? Donnez-moi un pistolet et je lui ferai sauter la cervelle. Ça vous va, comme solution ?

– Pour passer le reste de votre vie en prison ? Je ne pense pas. Votre véritable ennemi n'est pas Serguei, Terry, c'est la peur. Elle vous prive de votre volonté, vous affaiblit, paralyse vos défenses. Pour la maîtriser, vous devez d'abord la comprendre, reconnaître ses subtilités et trouver ses points faibles.

– Je ne comprends pas.

Benedict se rapprocha davantage. Il lui prit la main et, du pouce, essuya la sueur qui mouillait sa paume ouverte.

– La peur provoque le stress, qui crée à son tour une série de changements physiologiques : le cœur bat plus vite, la respiration s'accélère. Du coup, l'alimentation en oxygène augmente et les muscles pompent davantage de sang. Le taux de sucre monte dans le sang ; on a donc plus d'énergie. Les pupilles se dilatent, de telle sorte qu'on voit mieux. Et l'augmentation des sécrétions qui provoque l'influx nerveux améliore la vitesse des réactions. La nature a doté l'homme préhistorique de ces capacités physiologiques pour lui permettre de survivre dans la jungle, de réagir face aux défis qu'il rencontrait. Mais l'évolution de notre espèce n'est survenue que quand nous avons appris à utiliser notre cerveau.

« L'homme civilisé doit faire face à des défis de nature plus émotionnelle que physique. Face aux obstacles, notre société de faiblards préfère souvent la fuite à la lutte. Au lieu de se concentrer sur les solutions, l'homme moderne choisit d'échapper à la réalité, et la bataille est perdue avant même d'avoir été engagée. La fuite se transforme en terreur. Les drogues et l'alcool atténuent les changements physiologiques dus à la peur, mais, du même coup, ils obscurcissent le raisonnement. En succombant à nos peurs, nous nous privons de la seule arme susceptible de nous apporter la victoire, du processus qui mène aux solutions et grâce auquel l'espèce humaine a été capable de sortir de la jungle. (Benedict relâcha la main de Terry.) La vraie bataille se joue ici, dans votre cerveau, dit-il en désignant la tempe de la jeune femme. Obligez-le à créer des solutions. Affrontez votre peur... et vainquez-la.

Il se dirigea vers le conduit d'accès, mais s'immobilisa en chemin.

– Nous connaissons tous les deux la véritable raison pour laquelle vous voulez vous joindre à nous à bord du *Prometheus* ce matin. Opter pour le moindre mal n'est pas toujours le meilleur moyen de vivre sa vie, mais en la circonstance, c'est peut-être la meilleure solution. Par conséquent, j'accède à votre demande. Départ dans un quart d'heure.

Dix minutes plus tard, Terry descendit sur le pont G, sans savoir encore si elle avait vraiment l'intention d'embarquer à bord du *Prometheus*. Elle suivit le long corridor blanc menant à la station d'arrimage, puis elle s'immobilisa.

Au bout du couloir sur sa droite, Serguei était en train d'insérer sa carte magnétique dans la serrure du magasin. Il l'aperçut au moment où il allait y entrer.

– Tu peux arrêter de me regarder comme ça, lança-t-elle ! Si tu fais le con, tu auras affaire à Benedict...

Le sourire de Serguei s'éteignit.

Terry passa près de lui en se donnant des airs, puis elle entra dans la salle d'arrimage, morte de frousse. Elle prit le temps de respirer à fond plusieurs fois avant de descendre à bord du *Prometheus*.

À son entrée dans la cabine, Benedict cessa un instant de consulter ses cartes de navigation.

– Capitaine, notre dernier passager vient d'arriver. Appareillez.

– Oui, monsieur. Préparez le navire à plonger.

Le milliardaire resta penché sur la table lumineuse, ses yeux scintillants levés sur elle. Sans savoir si cette impression provenait de ses prunelles émeraude ou de sa bouche entrouverte en un sourire figé, Terry prit, l'espace d'un instant, sa tête chauve pour celle d'un serpent, prêt à frapper.

– Bienvenue dans ma toile, dit l'araignée à la mouche.

– Ce n'est pas la peur qui m'a fait venir ici, mentit-elle. Comme je remonte demain en surface, c'est ma dernière occasion d'explorer la fosse.

– Bien sûr. Vous êtes ici parce que vous en avez envie, même si la mort peut vous tomber dessus à l'improviste. Ah, la folie d'un homme en rend beaucoup d'autres fous !

– Ça vous dérange ?

– Non, pas du tout. Comme je vous l'ai dit tout à l'heure, vous êtes la bienvenue. (Il lui adressa son sourire figé.) *Morituri te salutamus* : « Ceux qui vont mourir te saluent. »

Sans demander la permission, elle prit place au poste informatique. Quelques instants plus tard, le submersible des grands fonds se détacha de sa niche d'arrimage pour se glisser dans la fosse.

Durant les quatre heures suivantes, le *Prometheus* se déplaça dans les ténèbres. Tous les kilomètres environ, il descendait jusqu'au plancher marin pour prélever un échantillon de sédiments ou de rocs.

– Chacun d'eux va être examiné à bord du *Benthos* par nos géologues, lui avait expliqué Benedict. Les résultats des examens nous aident à tracer la carte de la fosse et à déterminer quels sont les terrains les mieux adaptés pour accueillir notre prochaine série de robots UNIS.

Pour ne pas s'endormir, Terry s'étira, puis elle se rendit aux toilettes. Elle referma la porte et se dévisagea dans le miroir.

– Tiens bon, ma fille, dit-elle tout haut. Demain à la même heure, tu seras de retour sur le *Goliath*, et puis tu rejoindras Jonas.

Elle se soulagea et se lava ensuite le visage.

D'un seul coup, le submersible prit un virage serré à bâbord qui la projeta contre le placard de rangement en aluminium. Elle reprit son équilibre et se hâta de sortir des toilettes, tandis que le submersible virait de nouveau.

Benedict, le visage tendu, se tenait entre ses techniciens radio et sonar. Les autres membres d'équipage le regardaient.

– Qu'est-ce qui se passe ? demanda l'un d'eux.

– Le *Goliath* a repéré les créatures. Au lieu de nous poursuivre, elles se dirigent quelque part entre nous et le *Benthos*. Comme si elles cherchaient à nous isoler.

Terry reprit place sur son siège. Cette nouvelle l'avait anéantie.

Benedict craint-il de mourir ?

Elle le dévisagea. Il avait l'air agacé.

– Quatre objets viennent d'apparaître sur le sonar, monsieur. À 2 kilomètres. Ils se rapprochent rapidement. Le *Benthos* est toujours à 5 bons kilomètres derrière eux. (Le marin leva les yeux.) Ils nous ont coincés, monsieur.

– Concentrez-vous, messieurs, ordonna Benedict.

Plusieurs minutes s'écoulèrent en silence. La température commença à monter dans la cabine. Une odeur âcre de respiration emplissait l'air.

– Les quatre choses sont à 70 mètres à bâbord. Tenez-vous prêts. Monsieur, trois d'entre elles viennent de se détacher de la meute. Elles se rapprochent extrêmement vite. La quatrième décrit des cercles derrière nous.

– Des créatures intelligentes… murmura Benedict. Timonier, gardez le cap.

– Bien, monsieur.

Terry plissa les yeux pour essayer de pénétrer l'obscurité. Comme elle ne distinguait rien à l'avant, elle se concentra sur le faisceau de lumière dirigé vers le plancher marin.

Quelques seconde plus tard, l'apparition d'une forme gigantesque qui glissait sous le submersible la fit tressauter.

Apparut d'abord la surface dorsale plate, d'un brun sale, de la tête colossale. Le crâne était aussi gros que la poupe du *Prometheus*. Deux nageoires avant étaient attachées à un corps profilé, effilé vers l'arrière, qui se terminait par deux membres en forme de pagaie et une queue courte, mais musclée.

– Il vient de passer sous nous ! hurla-t-elle.

– Vous l'avez vu ? lui demanda le marin le plus proche d'elle. Quelle taille…

– Aussi large que nous, presque aussi long. Il se déplaçait comme un crocodile géant.

D'un seul coup, le *Prometheus* reçut un coup violent sur le flanc qui projeta Terry de profil contre le hublot. Elle se cogna douloureusement le coude contre la plaque de titane.

– Le *Benthos* se trouve maintenant à 3 kilomètres au sud. ETA sept minutes.

Un choc à l'arrière projeta le *Prometheus* en avant.

– Capitaine, une de ces bestioles s'attaque à l'hélice. Je n'arrive plus à contrôler…

Un crissement métallique démentiel emplit la cabine. Le submersible se mit à gîter à tribord, puis il vibra, les lumières vacillèrent et s'éteignirent…

Enveloppée d'une obscurité oppressante, Terry se couvrit les oreilles pour ne pas entendre le bruit perçant et assourdissant que faisait l'hélice endommagée.

Le crissement se tut.

Terry sentit le submersible tomber. Elle se cramponna à ses accoudoirs au point de presque les arracher. Dans le noir d'encre de la cabine du *Prometheus* en train de chuter au tréfonds du monde, elle respirait à grand-peine. La sueur dégoulinait le long de son visage et elle frissonnait.

– Hélice arrachée, capitaine, annonça un marin ébranlé. Nous n'avançons plus du tout.

– Lâchez les plaques de lest.

– Non, capitaine, hurla Benedict. Nous serons plus en sécurité au fond.

Au bout de sa chute entre deux fumoirs noirs, le submersible s'enfonça proue en avant dans le plancher marin. Le reste de la coque heurta le fond une seconde après.

Terry commença à étouffer quand le vaisseau s'immobilisa totalement, dans un silence absolu, en plein cœur des ténèbres, au fond de la fosse de 11 kilomètres.

Un générateur de secours se mit en marche, baignant la cabine dans une lumière rouge.

Terry sentit quelque chose s'attaquer avec une force prodigieuse aux plaques extérieures. Elle jeta un coup d'œil par le hublot et étouffa un cri…

Un œil cramoisi iridescent de la taille d'un pamplemousse la fixait.

– Monsieur Singer, la température de la coque dépasse les 280 °C et monte rapidement. Ces cheminées vont nous faire griller…

– Je vois le *Benthos* ! hurla le sonar. Capitaine, les créatures se dispersent.

Terry essuya ses larmes, tout en poussant un soupir de soulagement.

– Capitaine, informez le *Benthos* que nous n'avons plus d'hélice, ordonna Benedict. Une fois qu'il aura placé la niche d'arrimage au-dessus de nous, nous lâcherons du lest pour monter directement dans les pinces d'arrimage. Faites attention de déployer entièrement les bras. Toute la marge de sécurité sera nécessaire pour cette manœuvre, nous n'aurons droit qu'à un essai.

– Compris, monsieur.

Quelques minutes plus tard, Terry sentit le *Prometheus* remonter verticalement du plancher marin. Elle murmura une prière de remerciements, tandis que les bras d'arrimage hydraulique du *Benthos* ramenaient le submersible à l'abri de sa niche.

LES TIGRES DES ABYSSES

Fosse des Mariannes

– Impossible de réparer, annonça le capitaine Hoppe en fixant les abysses du pont panoramique. Les saloperies qui ont attaqué le *Prometheus* ont littéralement arraché l'hélice de l'arbre de transmission.

Plongé dans ses pensées, Benedict caressait son bouc.

– Contactez le *Goliath*. Informez-les que je veux procéder au changement de submersible et d'équipage douze heures plus tôt que prévu. L'*Epimetheus* doit descendre d'ici une heure. Capitaine Warren, rassemblez vos hommes, votre rotation est terminée. Comme vous n'avez plus de propulsion, vous serez obligé de laisser le *Prometheus* se glisser hors de sa niche d'arrimage. Attendez que le *Benthos* se déplace, puis lâchez votre lest et laissez-vous remonter en surface pour effectuer les réparations.

– Oui, monsieur, répondit le capitaine Warren. Et la fille ? Elle comptait remonter.

– Pour l'instant, elle reste à bord du *Benthos*.

– Benedict, quel mal y aurait-il à la laisser partir ? demanda le capitaine Hoppe. Elle ne sait rien…

Les yeux du milliardaire parurent grésiller.

– Encore une contestation, capitaine Hoppe ?

– Je veux seulement… (Le regard perçant de Benedict coupa court à ses objections.) Non, monsieur.

– Et ces créatures ? demanda le capitaine Warren.

– Où est notre paléontologue ?

– Williams est sans doute au labo, répondit Hoppe.

– J'y vais. Messieurs, exécutez vos ordres. Oh, j'oubliais… Capitaine Hoppe, dites à Serguei de me rejoindre dans le laboratoire.

Heath Williams glissa la micro-cassette dans une poche secrète de son sac de toile. Puis l'agent de la CIA finit d'y ranger ses affaires.

– Vous allez quelque part, professeur ? demanda Benedict en entrant dans le laboratoire.

– Monsieur Singer, vous m'avez fait peur. Oui, j'ai entendu dire que le *Prometheus* remontait plus tôt que prévu. Comme je vous l'ai dit quand vous m'avez embauché, je dois être à l'institut Scripps cette semaine ; j'anime une série de conférences sur la répartition et la diversité des cheloniens du crétacé. Mais je reviendrai la semaine prochaine. Le bout de squelette fossilisé que vous avez rapporté... quel spécimen inouï !

– Vraiment ?

– Oui. Je vous ai laissé un rapport détaillé à propos de cette espèce.

– La lecture des rapports m'assomme, professeur. Je préfère écouter leur auteur m'en donner verbalement les détails. Par conséquent, si vous n'y voyez pas d'inconvénient...

– Pas du tout. Enfin, si j'ai le temps. Le *Prometheus* part quand ?

– Pas avant que nous n'ayons fini notre discussion. Alors ne vous pressez pas.

Heath l'emmena dans l'arrière-salle où un objet énorme et grisâtre était placé sous un éclairage chirurgical. Quatre tables d'acier avaient été installées les unes contre les autres pour soutenir le fossile, qui mesurait plus de 3,5 mètres sur 2,5 mètres, pour une hauteur maximale d'1,5 mètre.

– Nous sommes en présence de la coupe transversale d'un crâne appartenant à une espèce disparue de reptiles marins appelés *Plesiosaurus*, commença Heath. Il existait deux sous-espèces principales de plésiosaures, différentes par la longueur de leur cou et leurs habitudes alimentaires. Ce spécimen appartient à la famille supérieure des *Plisauroidea*. Une race de carnivores, pourvus d'un cou court, considérés par les paléontologues comme les tigres des mers du mésozoïque. Vous pouvez constater que ces monstres possédaient des têtes gigantesques sur de petits cous, qui leur donnaient un profil aérodynamique pour la nage. Les muscles de leurs mâchoires étaient très puissants, leurs dents particulièrement hideuses – des cônes en forme d'aiguilles, légèrement incurvés et coupants comme des rasoirs, qui sortaient de la mâchoire comme celles d'un crocodile actuel. Tenez, regardez vous-même.

Heath désigna le bout étroit du crâne.

– On ne voit pas très bien, parce que les mâchoires ont été gravement broyées par le prédateur qui l'a tué, mais si vous regardez ici, vous pouvez encore distinguer des fragments de ses dents de 10 centimètres.

– Et vous appelez ça un plésiosaure ? demanda Benedict qui examinait la mâchoire.

– En fait, j'estime qu'il s'agit ici d'un *Kronosaurus*, le plus gros des plésiosaures connus. L'espèce remonte au début du crétacé, il y a plus de cent millions d'années. Avant l'avènement du *Carcharodon Megalodon*, ces monstres étaient les vrais seigneurs des océans. Le *Kronosaurus* dominait les mers chaudes et peu profondes, le long des blocs continentaux qui sont devenus par la suite l'Australie et le Queensland. Ce fossile nous prouve que cet animal dépassait les 10 mètres de long. Il pesait quatre à cinq fois plus lourd qu'un *Tyrannosaurus Rex*, et il aurait sans doute pu en avaler un pour son petit déjeuner.

– Et c'était donc son crâne ?

– Un morceau seulement. Du milieu de sa mâchoire environ jusqu'à la ceinture de ses membres avant et au sommet de sa cage thoracique. Regardez ces deux trous. (Heath lui montra l'arrière du crâne.) C'est difficile à dire, à cause de l'écrasement, mais ses orbites se trouvaient là. Le *Kronosaurus* avait une tête plate, pourvue de mâchoires puissantes plus grosses et plus destructrices que celles d'un *Tyrannosaurus Rex*. Les mâchoires supérieure et inférieure étaient armées chacune de vingt à vingt-cinq dents. Le reste du corps était ellipsoïdal, très profilé, avec deux paires de longs membres, qui fonctionnaient comme des nageoires en forme d'ailes. Le torse s'effilait vers l'arrière et se terminait par une petite queue très musclée. Les ceintures des membres assez grosses d'autres fossiles que nous avons trouvés indiquent que ces créatures étaient des prédateurs qui poursuivaient leurs proies à très vive allure dans la mer.

Benedict contemplait le fossile avec respect.

– De quand date ce spécimen ?

– Voilà le plus inouï. Nous sommes en présence d'un animal qui vivait dans ces eaux il y a moins de deux mille ans. De plus, on voit bien les adaptations anatomiques suscitées par son environnement. (Heath pointa la cage thoracique écrasée le long de l'extrémité la plus large du crâne.) C'est de nouveau difficile à dire à cause des énormes dégâts, mais ces cannelures, des deux côtés de la cage thoracique, ont l'air d'être des fentes de branchies.

– Des fentes de branchies ? Je croyais qu'il s'agissait d'un reptile.

– C'en est un. Ou plutôt, c'en était un. Vous êtes en présence d'un reptile marin préhistorique qui s'est adapté à son habitat des grands fonds en acquérant des branchies. Cette espèce particulière a sans doute évolué pendant plusieurs dizaines de millions d'années pour pouvoir survivre dans l'environnement unique de la fosse des Mariannes.

– Vous croyez donc que le *Prometheus* a été attaqué par des kronosaures ?

– Aussi invraisemblable que ça paraisse, oui. Nous savons que la plupart des dinosaures ont disparu du monde entier à la fin de l'ère mésozoïque, il y a environ soixante-cinq millions d'années. Les anciens reptiles marins ont disparu à peu près à la même époque, mais leur extinction s'est faite de manière plus graduelle, à cause de la baisse régulière de la température des mers.

« Les reptiles sont des créatures à sang froid qui tirent leur principale source d'énergie et de chaleur du soleil. Les savants pensaient que la vie ne pourrait pas exister sans le soleil. La découverte des sources hydrothermales en 1977 a changé tout ça. Nous savons à présent que les bactéries et d'autres créatures marines des abysses sont capables d'utiliser le soufre et d'autres produits chimiques crachés par ces failles. C'est la chimiosynthèse, et non la photosynthèse, qui les fait vivre.

– Vous ne m'apprenez rien de neuf, professeur.

– J'en suis conscient, monsieur, mais tout ce que je viens de vous rappeler nous amène à une hypothèse inouïe que m'inspire la fosse.

Heath sortit une carte géologique du Pacifique Sud. Un trait rouge entourait la courbe montagneuse des îles Mariannes. Le contour de la fosse des Mariannes s'étirait en parallèle du bloc continental, comme s'il l'obscurcissait.

– Nous savons que la fosse des Mariannes, la crête et les îles Mariannes voisines ont toutes été formées par la subduction continuelle de la plaque Pacifique qui s'enfonçait sous la plaque des Philippines. Ce processus tectonique dure probablement depuis des milliards d'années. Il fut une époque où les îles Mariannes, exemple parfait d'une chaîne de stratovolcans actifs, étaient toutes, en fait, immergées. Il y a un million d'années, la zone allant d'ici au continent australien était une mer tropicale chaude, foisonnante de toutes sortes d'espèces préhistoriques de poissons et de requins. Au sommet de cette chaîne alimentaire se trouvaient les kronosaures.

« Il y a soixante-cinq millions d'années, la chute d'un astéroïde a déclenché une série d'extinctions de masse. Le niveau des mers a brusquement chuté, l'air s'est rafraîchi, de même que la température des eaux. Comme le *Kronosaurus* était un reptile, le soleil n'a soudain plus était capable de maintenir la température de son corps. Recherchant désespérément de la chaleur, un grand nombre de ces créatures s'est aventuré au plus profond de la fosse des Mariannes, où les eaux brûlantes sortant des sources hydrothermales agissent comme un fourneau primitif et leur permettent de garder la température corporelle adéquate.

– Intéressant, commenta Benedict en effleurant son bouc. La fosse des Mariannes s'est donc transformée en oasis pour des espèces de vies marines préhistoriques ?

– Exactement.

– Cet animal, professeur… qui l'a tué ?

– Le *Kronosaurus* n'avait qu'un seul ennemi naturel : le *Carcharodon Megalodon*. Les requins n'ont connu leur évolution que bien après le crétacé, mais le Megalodon était plus gros, plus méchant et mieux équipé pour s'adapter aux changements de température. Les spécimens fossilisés de dents de Megalodon indiquent que les requins ont continué à prospérer dans les eaux du monde entier jusqu'au dernier âge glaciaire, il y a environ cent à deux cents millions d'années. (Heath jeta un coup d'œil à sa montre.) J'ai lu les théories de Jonas Taylor sur la façon dont les *Carcharodons Megalodons* sont parvenus à ne pas s'éteindre après le dernier âge glaciaire. Mais un détail m'a toujours posé problème : comment ces gigantesques requins pouvaient-ils survivre seuls au fond des abysses, alors qu'ils n'avaient pratiquement rien à se mettre sous la dent ? Il s'avère que leur nourriture n'était pas limitée du tout. Les kronosaures proliféraient dans la fosse depuis des dizaines de millions d'années, bien avant que le Megalodon y cherche refuge. Bien évidemment, une fois que le Megalodon y a élu domicile, les chasseurs sont devenus les chassés.

Du doigt, Heath désigna une série d'orifices alignés le long de la cage thoracique du fossile.

– Vous voyez ces trous ? Ce sont des marques de morsure. Ce *Kronosaurus* a été tué par un Megalodon. Le requin a enfoncé ses mâchoires dans sa tête et dans le haut de son torse. D'une seule bouchée phénoménale, il a cassé l'os et n'a pas seulement écrasé la colonne vertébrale de sa proie, mais cisaillé le reptile en deux. Je vous parie que si les kronosaures chassent aujourd'hui en meute, c'est pour se protéger des attaques des Megalodons.

– Le *mysterium tremendum* est donc enfin résolu. Et comment nous suggérez-vous de nous défendre contre ce troupeau de *Kronosaurus* ?

– Dans la fosse des Mariannes, c'est la taille qui compte. Les kronosaures sont presque aussi gros que le *Prometheus*, ils continueront donc à l'attaquer. Mais quatre de ces monstres réunis ne sont quand même pas de taille à s'attaquer au *Benthos*, le plus gros objet qui se déplace dans la fosse. Mon conseil est simple : ne jamais vous éloigner du *Benthos*, même si cela implique d'accomplir votre mission moins vite.

– Je vois.

Heath se tourna, car Serguei venait d'entrer dans le laboratoire.

– Serguei, attends-moi dans le couloir, dit Benedict. Je te rejoins de suite. (Il se retourna vers Heath et lui tendit la main.) Vous feriez mieux de descendre sur le pont G, professeur.

Le visage souriant, ce dernier lui serra la main.

Au lieu de relâcher celle de Heath, Benedict posa alors la main gauche à l'intérieur de son poignet, comme s'il voulait le remercier chaleureusement.

– Une dernière question, dit-il en lui pressant le pouls, avez-vous entendu parler du Purgatoire du Diable ?

Les yeux de Heath s'accrochèrent à ceux de Benedict. Le pouls de l'agent de la CIA battait à tout rompre.

– Le Purgatoire du Diable ? Non, jamais entendu parler. On dirait une devinette. Pourquoi me posez-vous cette question.

Benedict lâcha sa main en souriant.

– Comme ça. Merci encore, et bon voyage. Vos renseignements m'ont beaucoup éclairé.

Terry fourra ses affaires à la hâte dans son sac de toile. La nouvelle de la remontée anticipée du *Prometheus* s'était vite propagée, et elle était bien décidée à être la première à bord.

Elle sursauta. Quelqu'un venait de frapper à sa porte.

– C'est qui ?

– Serguei. Je suis chargé de vous accompagner au submersible.

Terry fut prise de sueurs froides.

– Pas la peine, je peux m'y rendre toute seule, merci.

– Je vous attends, répondit le Russe.

Terry s'assit tout au bord de sa couchette. Elle tremblait de tout son corps. Elle fixa son sac de voyage et ses yeux se remplirent de larmes de frustration et de colère. Elle savait que Serguei n'avait nullement l'intention de l'accompagner jusqu'au submersible.

Le message, d'une clarté lumineuse, venait de lui être transmis : elle était désormais une mouche dans la toile de Benedict. Il ne la laisserait pas ressortir vivante du *Benthos*.

FRUITS DE MER

À bord du *William Beebe*
7 h 35

Jonas ouvrit la porte de sa cabine. Mac entra, la mine renfrognée.

– Couché tard ? fit-il d'un ton accusateur.

– Qu'est-ce que tu as ?

– J'espère que tu te préoccupes plus de venger la mort de Dief que de baiser Céleste.

– Tu es complètement à côté de la plaque. Je l'ai accompagnée en ville commander du matériel. Nous avons dîné ensemble, point final. Il ne s'est rien passé et il ne se passera rien.

Mac leva les mains.

– Bien, bien. Excuse-moi.

– Pour ce qui est de tuer le Meg, tu n'as pas à me dire d'y penser. N'oublie pas que je suis ce putain de capitaine Achab.

– Tu as un plan ?

– Oui.

– Bon. (Mac se frotta la nuque.) Excuse-moi, Jonas. Je suis un peu à cran.

– Je sais. Dief était un type bien.

– Ouais. (Mac se pinça le nez pour refouler une larme.) On aurait dû faire exploser ce putain de poisson depuis des années.

– Ton nouvel hélicoptère est prêt ?

– Ouais.

– Bon, on va chercher Ange.

Île de Vancouver
10 kilomètres au sud du détroit Barkley

Main levée, Andrea Jacobs fit signe au reste du groupe d'arrêter de ramer et leur désigna un point à une centaine de mètres devant eux.

Elle pivota sur le siège de son kayak pour jeter un coup d'œil à ses compagnons et leur adresser un sourire.

Son mari, Ronald, qui était assis derrière elle dans le kayak, leva le pouce en signe d'accord. Karen McNeil, leur guide, fit glisser son embarcation afin de se placer sur sa gauche. L'assistante d'Andrea, Shirley Kollin, l'encouragea d'un geste de l'avant de son kayak à deux places. Son mari, Jon, assis derrière elle, était en train de mettre une pellicule vierge dans son appareil.

Andrea plaça la proue de son kayak face au sud. Puis elle se redressa pour attendre, tout excitée.

Andrea avait dû faire des pieds et des mains pendant plus de deux ans avant d'obtenir le feu vert de son rédacteur en chef pour un reportage sur l'île de Vancouver. Située à l'ouest de la ville du même nom, parallèlement à la côte de la Colombie-Britannique, cette île, la plus vaste du Pacifique Est, possédait le genre de topographie accidentée, de vie sauvage multiforme et de conditions climatiques contrastées qui en faisaient un lieu idéal de vacances à la dure pour les férus d'expériences de retour à la nature. À leur arrivée à Port Hardy par ferry, les deux couples avaient passé leur première semaine à faire des randonnées sur des pistes de montagne et à explorer les sommets de granite et les glaciers alpins qui formaient une sorte de colonne au centre de l'île. Andrea avait photographié des pics majestueux couronnés de neige, des troupeaux d'élans à la noble ramure, des aigles planant dans le ciel et plusieurs ours noirs happant des saumons dans une rivière. Mais c'étaient les baleines qui l'intéressaient vraiment. Les grosses baleines. Cette envie impliquait d'explorer les eaux froides et dangereuses au large de la côte ouest de l'île. Andrea avait dû convaincre Karen McNeil que leur groupe avait assez d'expérience pour affronter les difficultés du kayak en mer, le meilleur moyen pour s'approcher des bancs. Du parc national de Pacific Rim, ils avaient donc entrepris ce matin-là de remonter la côte vers le nord, en restant relativement près du rivage.

À présent, leurs efforts étaient sur le point de porter leurs fruits.

Andrea remonta la capuche de sa combinaison étanche sur sa tête, puis elle plaça son masque et son tuyau. L'excitation lui donnait des palpitations. Elle fixa l'appareil photo étanche autour de son cou, serra sa rame et attendit.

Avec un grand panache d'air, les orques firent surface. Les nageoires dorsales noires brillantes et crochues des femelles paraissaient plus petites auprès des nageoires d'un mètre en forme de lame des mâles. Se rapprochant des kayakistes sans s'éloigner de la surface, le banc d'orques émergeait et plongeait selon un rythme paresseux.

Andrea respira à fond et se laissa basculer de côté pour s'immerger à l'envers avec son kayak dans les eaux canadiennes glacées. Suspendue la tête en bas, elle s'émerveilla de l'apparition du banc de cétacés dans l'univers liquide bleu foncé.

Elle mit au point et prit à toute vitesse une dizaine de clichés. Des sifflements basse fréquence et des cliquetis aigus emplissaient les eaux alentour. Le banc glissa à sa droite et un mâle de 10 mètres surgit de la brume et s'approcha pour la regarder de plus près. Le cœur d'Andrea s'affola, tandis que la créature inouïe restait en suspension à moins de 2 mètres d'elle. La gueule du mammifère était assez grosse pour engouffrer d'une bouchée son torse entier. Elle prit plusieurs autres photos, fascinée par la pure majesté et par l'intelligence de la créature, puis elle la regarda s'éloigner et se fondre dans le fin brouillard bleuté avec le reste du banc.

D'un coup vigoureux de son aviron vers le bas, Andrea se retourna et sentit que son mari lui venait à l'aide, à l'arrière de son kayak. Elle cracha le tuyau et reprit souffle en haletant, le visage picotant de froid.

– Incroyable ! annonça-t-elle aux autres.

Son mari lui lança une serviette.

– Tu raccourcis ma vie de plusieurs années chaque fois que tu fais ça.

– L'eau est glaciale ? demanda Shirley.

– Ça pourrait être pire, répondit Andrea. La combinaison me tient au chaud. J'ai juste les joues un peu gelées. (Elle se tourna vers

Karen.) Tu nous avait dit que les orques préfèraient la côte est de l'île, non ?

– C'est ça, répondit la guide. Le détroit Johnstone, au nord-est de l'île, accueille tous les étés treize bancs d'orques. Le groupe que nous venons de voir ne fait que passer.

– Comment le sais-tu ? demanda Jon.

– Seules les baleines qui migrent vers la mer de Béring restent de ce côté de l'île. Elles chassent les phoques et les lions de mer en chemin. Les nôtres préfèrent les poissons et leurs bancs sont beaucoup plus gros.

– Les orques sont magnifiques, mais on peut les photographier à Sea World, dit Andrea. Moi, j'ai envie de voir les grosses baleines...

– Elles sont un peu plus au large, répondit Karen. Je suggère qu'on continue à longer le rivage à environ 800 mètres. D'ici une heure, on traversera le détroit Barkley pour atteindre Ucluelet. On se retrouvera alors en plein océan et on devrait rencontrer quelques baleines grises, voire même un banc de baleines à bosse. Vous sentez-vous vraiment capables d'affronter des vagues de 3 mètres ?

– Ça ira, répondit Andrea en adressant un clin d'œil à Shirley. Si les hommes n'y arrivent pas, on les abandonnera sur la plage.

Jonas observait l'ombre de l'hélicoptère qui survolait le phare de cap Flattery. Quelques instants plus tard, ils se retrouvèrent au-dessus de l'eau. Fonçant droit sur le nord-ouest, ils approchaient de l'île de Vancouver.

– Bonjour le Canada, dit Mac.

Jonas ne lui prêta pas attention. Il contemplait l'océan.

– Qu'est-ce que tu as, Jonas ? Tu n'as pas ouvert la bouche de tout l'après-midi.

– Ça me pèse.

– Céleste ou le requin ?

– Les deux.

Mac souleva ses lunettes de soleil pour regarder son ami droit dans les yeux.

– Suis mon conseil : ne t'approche ni de l'un ni de l'autre.

– Je t'ai déjà dit que Céleste ne m'intéresse pas.

– Allons, allons, mon vieux. Elle ne t'attire pas du tout ?

– Sans commentaire.

– Elle t'a fait des avances hier soir, non ?

Jonas eut un grand sourire.

– Eh oui !

– Et tu l'as envoyée paître.

– Je te le répète : elle ne m'intéresse pas. On ne sera jamais autre chose que des amis.

– Des amis ? Putain, Jonas, réveille-toi ! Tu ferais mieux de la baiser un bon coup pour t'en débarrasser que de lui faire l'honneur de ton amitié.

– En fait, on a eu des conversations plutôt intéressantes.

– C'est y pas mignon ! Peut-être bien que vous pourrez suivre des cours d'aérobic ensemble à votre retour à Monterey.

– Question femmes, j'aimerais bien savoir d'où tu tiens ta science. Pour ce qui est de penser avec ta queue, tu es champion toute catégorie.

– Ouais, mais ma queue est assez fine pour deviner quand on me prend pour un crétin. Tu crois que Céleste te balancerait ses nichons sous le nez si elle ne cherchait pas à obtenir quelque chose ? Sans te vexer, mon vieux, t'es pas Mel Gibson.

– Peut-être qu'elle est seule.

– Faux. Céleste a le sang froid. C'est une égoïste qui se fout de tout le monde. Si elle fait sa gentille avec toi, c'est qu'elle a besoin de toi.

– Pour quoi faire ? Maren s'occupe de tout.

– Ouvre les yeux. Elle t'a fait venir pour une raison précise, et ce n'est pas pour te faire du pied sous la table du petit déjeuner. Arrête de te laisser éblouir par ce charme clinquant qu'elle allume comme une lampe. T'es pas dans *La Croisière s'amuse*, mais sur le *William Beebe*. Céleste n'est que la version féminine de Benedict.

– Justement. Elle m'a avoué que Benedict la baise depuis qu'elle a quatorze ans. Impossible de savoir si elle l'aime ou si elle a peur de lui.

– Sans doute les deux.

Mac vira à l'ouest pour que l'hélicoptère puisse survoler le détroit Juan del Fuca en direction de la frontière canadienne.

Jonas mit ses jumelles au point sur l'île de Vancouver qui se dessinait à l'horizon.

– Très bien, Madame Soleil, dites-moi pourquoi Céleste ne quitte pas Benedict si elle a peur de lui ?

Mac sourit jusqu'aux oreilles.

– Le pouvoir, mon vieux. Il le détient, et elle le veut. Je te parie qu'elle continue à écarter les jambes pour lui.

– Dans ce cas, pourquoi s'intéresse-t-elle à moi ?

– Je te le répète, Jonas : elle veut quelque chose. Les hommes se servent de l'amour pour baiser et les femmes baisent pour obtenir l'amour, c'est bien connu. Céleste utilise le sexe pour arriver à ses fins. Et c'est là qu'elle est la plus dangereuse.

L'hélicoptère descendit au-dessus de l'extrémité sud de l'île.

– Je me dirige plus au large ou je suis la côte ?

– La côte.

Jonas braqua ses jumelles sur un banc d'orques qui remontait vers le nord. Pendant plusieurs minutes, ils poursuivirent leur route sans rien dire. Jonas balayait la surface de l'eau du regard. Il espérait plus ou moins détecter une espèce de mouvement anormal ou des vestiges de baleine qui indiqueraient la présence du prédateur albinos. Sa frustration ne cessait de grandir. Depuis bientôt trois jours, Ange restait invisible.

Il n'y a aucun espoir...

– Mac, tu crois que les gens peuvent changer ?

– Calamité, elle t'a vraiment mis le grappin dessus !

– Figure-toi que je parlais de moi.

Avec un hurlement retentissant de sa sirène, le ferry *M.V. Lady Rose* s'éloigna du bassin de Bamfield afin de poursuivre son aller et retour en dix heures de Ucluelet.

Tout en donnant des coups de pied dans le pilier en fonte, Kevin Blaine, un adolescent de quatorze ans, appuya le front contre la rambarde de bois astiquée. Les vibrations des moteurs du bateau se répercutèrent dans sa tête.

– Kevin, arrête ! hurla sa sœur aînée, Devon. Tu embêtes les autres passagers.

– Je m'ennuie. Pourquoi est-ce que je ne peux pas faire du roller ?

– Je t'ai dit qu'il y avait trop de monde sur le pont.

– Dans combien de temps on arrive à Ucluelet ?

La jeune fille de dix-neuf ans saisit son cadet par le bras.

– Kevin, ferme-la, tu me rends dingue ! Je te jure que si maman et papa me redemandent de t'emmener à Port Alberni, je te tuerai d'abord.

– J'ai faim.

– Tiens, dit-elle en lui glissant un billet de dix dollars dans la main. Maintenant, déguerpis. Je ne veux plus te revoir avant qu'on arrive au port.

Le prédateur poursuivait sa route vers le nord en luttant contre les courants violents du détroit Imperial Eagle. Il continuait sa traque, sans s'éloigner du fond rocheux et corallien. Le Megalodon aspira un abreuvoir entier d'eau de mer en balançant sa tête éléphantine des deux côtés. Ses sens olfactifs venaient de discerner vaguement une odeur âcre d'urine.

À un peu moins d'un kilomètre, un lion de mer adulte effectuait de gracieuses pirouettes sous la surface des flots. Le mammifère de 3 tonnes ne craignait que les bancs d'orques. L'instinct de survie dictait à ce mâle agile jusqu'où il pouvait s'éloigner du rivage sans risquer de se faire attaquer. Comme sa vue ne lui permettait pas de distinguer quoi que ce soit au-delà de 10 mètres, il restait aux aguets et ne s'aventurait pas à plus de 15 mètres de la plage.

Le prédateur qui filait le long du plancher marin parcourut rapidement la distance le séparant des battements de cœur du lion de mer. Remontant lentement sous sa proie, le Megalodon fouilla la surface ensoleillée et se dirigea automatiquement sur son repas invisible.

Le lion de mer, qui avait senti le danger, se propulsa à toute allure vers le rivage.

La femelle distingua une silhouette sombre qui se mouvait à la surface. Elle bondit à la verticale en s'aidant de coups rapides et calculés de sa queue musclée.

Le lion de mer sentit quelque chose d'anormal sous lui. Prisonnier à la surface des vagues, il se contorsionna et battit l'eau pour essayer à l'avance de faire dévier la morsure du prédateur invisible.

Le Megalodon jaillit de la mer, les yeux révulsés, les mâchoires écartées au maximum, et engouffra le lion de mer en une seule bouchée horrible. Une pression de 3 300 kilos par centimètre carré broya instantanément l'énorme masse de graisse ailée. Des flots de sang et d'excréments jaillirent entre les rangées de dents acérées comme des rasoirs.

Quatre heures venaient de sonner quand les cinq kayakistes dépassèrent le dernier bout de terre qu'ils verraient pendant plusieurs kilomètres. Alors qu'ils se dirigeaient vers le large, Ronald Jacobs remarqua un aigle chauve qui décrivait des cercles dans le ciel. Il arrêta de ramer pour suivre le vol de l'oiseau majestueux, jusqu'à ce qu'il se perche sur les branches supérieures d'un sapin, à 300 mètres d'eux.

– Très bien, annonça Karen. Il nous reste 6 kilomètres pour atteindre Ucluelet. Attention aux vagues. Elles peuvent être vraiment rosses.

– J'ai l'impression qu'on a de la compagnie, dit Jon.

Il pointa le doigt vers le sud. Un ferry se rapprochait au loin.

– Le *Lady Rose*, leur apprit Karen. C'est lui qui nous ramènera d'Ucluelet à Port Alberni demain après-midi.

– On ne partira pas avant que j'aie de bonnes photos sous-marines, prévint Andrea. Où sont passés les bancs dont tu m'as parlés ?

– Quarante à cinquante baleines grises passent le printemps et l'été à s'alimenter entre les détroit Barkley et Clayoquot, à environ 50 kilomètres au nord d'ici. Et il y a toujours quelques minkes et des baleines à bosse, dans les environs, répondit Karen. Sois patiente. Tu vas les voir d'ici peu.

Kevin Blaine se pencha par-dessus la proue tribord pour cracher et regarda son jet de salive, emporté par le vent, parcourir 5 mètres avant de tomber à l'eau. La plupart des passagers du *Lady Rose* faisaient la sieste sur les rangées de bancs de bois ou étaient rentrés s'abriter à l'intérieur du ferry.

Il fixait la surface bleue de l'océan, dans l'espoir d'apercevoir une baleine, quand une silhouette floue ivoire qui faisait la moitié du ferry apparut sous l'eau. Kevin se pencha le plus possible par-dessus le bastingage pour contempler, médusé, la créature qui se déplaçait parallèlement au bateau.

Au bout de quelques secondes, elle sonda et disparut de sa vue.

Kevin courut jusqu'à sa sœur qui se faisait bronzer, allongée sur un des bancs.

– Dev, je viens de voir un truc énorme. Je crois que c'était le Megalodon.

– Fiche-moi la paix !

– Tu m'écoutes pas !

– Rends-toi utile : va me chercher un Coca.

Au lieu de lui obéir, Kevin repartit en courant vers la proue.

– Là, dit Karen en leur désignant quelque chose devant eux sur la gauche. On a de la veine, on dirait. Elles se nourrissent de phytoplancton en fleurs.

– C'est quoi ? demanda Ronald.

Il pagaya plus vigoureusement pour rester à la hauteur de sa femme. Puis il fit une pause, car une série de lames de 2,50 mètres soulevaient son kayak et l'aspergeaient d'eau glaciale.

– Ce truc blanc qui ressemble au bain mousse, répondit Karen en se laissant rouler sur une vague. Chaque printemps, le soleil provoque une débauche de fleurs de phytoplancton. Les petites larves et les poissons s'en nourrissent et attirent les baleines.

Ils s'approchèrent à moins de 15 mètres des cétacés qui s'alimentaient.

– C'est quoi, comme baleines ? demanda Shirley.

– Des baleines grises. J'en compte cinq adultes, peut-être six, et un baleineau. Ne nous approchons pas davantage.

Andrea passa la capuche étanche sur sa tête et plaça son masque. Elle vérifia que le nouveau rouleau de pellicule était bien chargé dans son appareil photo.

– Souhaitez-moi bonne chance, dit-elle en se laissant basculer de côté dans l'océan.

En dépit de la combinaison de plongée, l'eau glacée lui coupa le souffle. Elle fit un tour d'horizon des yeux et comprit sur-le-champ qu'elle était encore trop loin du banc pour voir quoi que ce soit. Puis, alors qu'elle allait se retourner, elle repéra une forme fantomatique qui glissait dans l'eau plus profonde vers les baleines, juste sous elle.

Andrea donna de vigoureux coups d'aviron pour se redresser à l'endroit.

– Incroyable ! s'exclama-t-elle, le visage dégoulinant d'eau. Je viens de voir un béluga !

– Tu en es sûre ? demanda Karen. En général, les bélugas ne s'aventurent pas si loin au sud.

– Puisque je vous le dis !

Elle reprit sa rame.

– Tu fais quoi ? lui demanda son mari.

– Le béluga se dirigeait vers le banc. Il faut que je me rapproche. Je suis trop loin pour faire des photos.

– Trop tard, annonça Shirley.

Les baleines grises avaient interrompu leur repas.

– Quelque chose les a effrayées, observa Karen. Elles se mettent en ordre serré.

Subitement, tout le banc mit le cap sur eux.

– Oh, merde ! hurla Karen. Ne vous écartez pas et accrochez-vous !

Les Léviathans de 30 tonnes accélérèrent vers eux en fendant la surface et sondèrent une seconde avant de heurter les kayaks. Les quatre embarcations tanguèrent follement, tourbillonnèrent et se percutèrent.

Andrea remplit ses poumons d'air et roula de côté, son appareil photo déjà placé devant son masque.

Une série de sillages de 2 à 2,50 mètres déferla sur eux, souleva et fit retomber dangereusement les kayaks. Lorsque la mer se calma, les baleines avaient disparu.

– Pas de dégâts ? demanda Karen.

– Je meurs de froid, répondit Shirley. Jon prit une serviette dans un des compartiments étanches et la tendit à sa femme.

Ronald se tourna vers le kayak d'Andrea qui était toujours retourné.

– Au moins, il y en a une qui prend du bon temps !

– Shirley, si on rentrait ? fit Jon. J'ai mon content de nature pour le restant de mes jours. La prochaine fois que ton magazine veut t'envoyer en reportage chez les sauvages, suggère-leur Manhattan.

Ronald tendit le bras pour aider sa femme à retourner son kayak. Il aperçut alors le nuage rouge écarlate qui formait une flaque autour de l'embarcation.

– Andrea !

Ronald retourna le kayak – et hurla à pleins poumons.

Shirley regarda à son tour, puis elle se retourna pour vomir par-dessus bord. Karen et Jon, la main sur la bouche, restèrent paralysés d'horreur.

D'Andrea Jacobs ne restait plus qu'un moignon sanguinolent de chair mutilée : la partie inférieure de son torse encore coincée dans le kayak, tranchée à la hauteur de l'estomac.

La nageoire dorsale de 2,50 mètres, d'un blanc immaculé, qui surgissait de l'eau, coupa net le hurlement de Ronald. L'apparition tourna deux fois autour du groupe, puis s'immergea.

– Le Megalodon… chuchota Jon d'une voix rauque, en se cramponnant ; les kayaks étaient soulevés par une autre série de vagues. Il se pencha en avant pour retenir la tête de sa femme qui s'évanouissait.

Les yeux de Ronald sortirent de leurs orbites à la vue de la lueur sinistre qui remontait sous lui. Bouche bée d'épouvante, il regarda la tête énorme s'élever à la verticale à sa gauche et engouffrer les restes de sa femme et son kayak dans ses mâchoires gigantesques. Le requin donna deux coups de mâchoires fracassants et se glissa de nouveau dans la mer, en ne laissant qu'une rame et un morceau de proue danser à la surface des flots.

– Avancez ! hurla Shirley. Séparez-vous !

Elle se mit à ramer vers le sud, en direction du ferry.

Jon la regarda faire, puis il donna une gifle magistrale à sa femme.

– Shirley, réveille-toi ! hurla-t-il en la secouant.

Il la sentit remuer, lâcha sa tête et commença à pagayer en direction de Ucluelet, à 4 kilomètres au nord.

Toujours en état de choc, Ronald Jacobs resta à pleurer, paralysé dans son kayak.

Jonas régla ses jumelles sur le ferry, puis il repéra autre chose.

On dirait un kayak. Il se dirige droit sur le ferry.

– Jonas… juste derrière le kayak…

Jonas fouilla l'océan des yeux.

– Oh, merde !

– Tiens bon…

L'hélicoptère fila par-dessus le *Lady Rose*, tandis que Jonas s'efforçait frénétiquement d'alerter le ferry par radio.

Seul à la proue, Kevin regardait la femme ramer comme une folle en direction du bateau. Il se baissa d'instinct à l'instant où l'hélicoptère les survolait, puis il aperçut la nageoire dorsale et comprit le drame qui se déroulait sous ses yeux.

Il se retourna à toute vitesse pour fouiller le pont du regard et repéra une bouée de sauvetage. Il l'arracha au bastingage au moment où le *Lady Rose* prenait un virage à tribord pour se porter au secours de la femme.

Les efforts inhumains qui provoquaient des élancements dans ses épaules, ses bras et son dos faisaient grogner Karen. Elle changea de côté pour pagayer à droite à l'approche du ferry. Les ampoules de ses mains se mirent à saigner ; ses larmes et les embruns salés l'aveuglaient.

Moins de 50 mètres...

Elle riva son regard à la proue en réfléchissant à toute vitesse. Comment allait-elle bien pouvoir atteindre le bastingage, à plus de 5 mètres en surplomb ?

Puis elle aperçut l'adolescent qui était en train de décrocher la corde.

Le prédateur s'éleva, la mâchoire béante, les yeux accrochés à la silhouette du kayak en fuite. Dans l'eau trouble, le contour de l'embarcation ressemblait à celui d'un lion de mer. Le Megalodon se rapprocha à 10 mètres, puis il détecta le changement de cap de la créature plus imposante et s'approcha de sa proie.

Kevin sentit le ferry couper ses moteurs. Il leva les yeux et vit trois membres d'équipage courir dans sa direction.

Tout en appelant la femme en contrebas, il lui lança la bouée.

À bout de forces, les bras tremblants, Karen amena son kayak le long du ferry qui bougeait encore. Elle plongea en avant pour attraper la bouée. Après avoir enroulé le bras droit à l'intérieur, elle parvint à libérer le bas de son corps de l'embarcation, mais elle fut incapable de rassembler l'énergie nécessaire pour parvenir à se hisser.

Les trois marins écartèrent Kevin d'une poussée et saisirent la corde.

Karen se sentit soulevée dans les airs. Elle se cramponna de toutes ses forces en priant pour que le monstre l'épargne.

Les passagers s'étaient attroupés. Incapable de voir quoi que ce soit, Kevin grimpa à califourchon sur le bastingage.

Mac mit l'hélicoptère en suspension à 25 mètres au-dessus du pont du ferry. Jonas poussa un soupir de soulagement quand les marins saisirent la femme et la soulevèrent en sécurité à bord.

– Est-ce que tu peux tirer avec la carabine à grenade ? demanda Mac.

Jonas scrutait l'étendue de mer à portée de l'arme, à la recherche du monstre.

– Il a sondé et le soleil m'éblouit. Impossible de savoir à quelle distance il se trouve du ferry.

De sous son siège, il sortit un gros revolver qui ressemblait à un pistolet de starter. Un petit émetteur était logé dans le canon, attaché à un crochet acéré de 20 centimètres. Il défit la sécurité et mit l'émetteur en marche.

– Où t'as trouvé ce truc ? demanda Mac.

– Je l'ai fait livrer par l'institut pendant qu'on était à quai. Son rayon n'est que de 5 kilomètres, mais…

D'un seul coup, le Megalodon s'éleva de la mer d'une poussée à la verticale qui projeta le haut de son torse dans les airs, tandis que ses mâchoires se refermaient sur le kayak vide. Le Léviathan retomba en avant et heurta brutalement le flanc du ferry. Son poids fit gîter fortement le *Lady Rose* à bâbord.

La plupart des passagers et des marins se retrouvèrent allongés sur le dos. Les jambes serrées autour de la rambarde en équilibre instable, Kevin Kaine fixait bouche bée la bête gargantuesque dont l'énorme nageoire pectorale était si proche qu'il aurait pu la toucher en tendant le bras. À l'instant où le torse supérieur de la créature percutait le flanc du ferry, la rambarde se déroba brusquement sous l'adolescent qui bascula en avant. Il se retourna en plein vol et eut le temps d'apercevoir un coin de ciel bleu avant de plonger tête en avant dans la mer.

De peur d'atteindre le ferry, Jonas abaissa la carabine à grenade et saisit le pistolet. D'un seul geste, il visa et tira. La flèche acérée et l'émetteur jaillirent du canon et allèrent se ficher dans le ventre dénudé du Megalodon.

Le monstre rebondit contre le bateau et replongea dans l'eau.

Comme il était bon nageur, Kevin se redressa vite sous l'eau et donna de vigoureux coups de pied pour refaire surface. Plus glacé qu'effrayé, il leva les yeux, dans l'attente que quelqu'un apparaisse derrière le bastingage et lui lance une corde.

En état de choc, Devon se releva du pont et se précipita vers le bastingage. Elle avait vu son frère tomber à la mer. Elle le repéra vite. Il faisait du surplace en lui adressant des signes du bras.

– Kevin, tiens bon…

Elle aperçut le bout de la corde de nylon attachée à la rambarde et commença à la ramener vers elle. La bouée de sauvetage apparut de l'autre côté du pont. Elle continua à tirer, l'attrapa et la jeta par-dessus bord.

Le démon spectral avait réapparu. Il glissait gracieusement sur le flanc. Il ouvrit la gueule. Le contour de sa mâchoire inférieure progressait en silence à la surface de la mer. Un courant d'eau rentrait à l'intérieur du tunnel formé par l'orifice qui s'élargissait de plus en plus.

Devon succomba à l'hystérie. Une dizaine de passagers se mirent à hurler dans ses oreilles, tandis qu'elle adressait des signes frénétiques à son frère pour lui faire comprendre qu'il devait saisir la bouée de sauvetage.

À la vue de la terreur qui s'inscrivait sur le visage de sa sœur, le sourire de Kevin s'effaça. Il se tourna.

La tête ivoire, posée de côté, était à peine visible. Un petit sillage se rapprocha, révélant un trou noir dans la mer, encadré de gencives roses et de dents répugnantes.

La panique l'emporta. Au lieu d'attraper la bouée, Kevin essaya de s'éloigner à la nage. Mais un courant d'une puissance extraordinaire le saisit et l'aspira. Comme dans un rêve, il eut la sensation étrange de glisser les pieds en avant dans un trou, enveloppé dans une cascade d'eau qui se précipitait des deux côtés de son corps.

Un torrent liquide le balaya et le poussa vers le bas. La lumière du jour disparut. Dans l'obscurité totale, l'adolescent essaya un instant de s'agripper à la surface visqueuse de la langue du monstre. Puis il bascula en arrière, broyé dans le néant.

Jonas donna un coup de tête contre la porte du cockpit en poussant un cri de rage, tandis que la créature disparaissait sous les vagues.

Mac mit l'hélicoptère en suspension en pilotage automatique, trop ébranlé pour tenir le manche. Pendant plusieurs minutes, les deux hommes ne purent que bouillir de fureur. Leurs yeux étaient fermés, mais la scène abominable continuait à se dérouler dans leur tête.

– Hélicoptère, à vous. Je suis le capitaine du *Lady Rose*. Hélicoptère, à vous…

– Quoi ? fit Jonas, sans reconnaître sa propre voix.

– Hélicoptère, d'après la femme que nous avons sauvée, il y a encore deux autres kayaks à la mer. À environ 800 mètres au nord-ouest. Répondez, s'il vous plaît. Terminé.

Jonas regarda Mac. Le visage de son ami était rouge de fureur. Mac saisit le manche et l'hélicoptère fit une embardée en avant.

– On y va ! hurla Jonas.

Ils suivirent la direction indiquée par la femme en fouillant l'océan du regard et eurent vite fait de repérer les kayaks. L'appareil se laissa tomber en piqué.

Mac le fit planer juste au-dessus des flots. Une série de lames approchaient.

– Dépêche-toi, Jonas…

Jonas détacha son harnais pour gagner le compartiment de fret. Il fit glisser la porte, se pencha vers l'homme inconscient et le saisit par un de ses bras.

Jonas parvint à extraire Ronald Jacobs de son kayak et à le hisser dans l'hélicoptère, au moment où l'appareil faisait un saut de mouton au-dessus d'une vague de 2,50 mètres.

– Il vit encore ? demanda Mac.

– Il respire, mais il est en état de choc.

Jonas enveloppa l'homme dans des couvertures, pendant que Mac décrivait un cercle en direction de l'est, à la recherche de l'autre kayak.

À bout de souffle, les muscles tressaillant sous l'effet d'une montée d'acide lactique, Jon Kollin fut contraint d'arrêter de ramer.

– Shirley, aide-moi s'il te plaît, murmura-t-il d'une voix éraillée.

Il essuya les gouttes de sueur qui l'aveuglaient et essaya de se concentrer sur le ruban de terre, encore distant de 750 mètres.

Shirley enfonça le bout de sa rame dans l'eau, incapable de pagayer.

– Jon, je ne peux pas, je vais encore vomir.

Jon regardait le ferry, au loin derrière eux.

– Il se passe quelque chose là-bas.

Il se pencha par-dessus bord pour s'asperger le visage d'eau. Le froid le requinqua.

– Cheryl, regarde-moi…

Sa femme se tourna et il l'éclaboussa d'un coup d'aviron.

– Salaud !

– Maintenant, tu vas ramer ! commanda-t-il.

Le Megalodon continuait à tourner sous le ferry, dans l'attente de voir apparaître d'autres proies, lorsqu'un vrombissement lui parvint de quelque part au loin. Les vibrations basses qui se poursuivaient incitèrent le requin à s'éloigner du bateau pour voir de quoi il s'agissait.

Alors qu'il approchait de leur source, les vibrations cessèrent brusquement. Le requin décrivit un cercle. Il ne comprenait plus et attendait que les ondes lancinantes reprennent. Au lieu de quoi, un autre bruit capta son attention. Un bruit qui, celui-là, se déplaçait en surface.

La femelle donna un coup de fouet avec sa nageoire caudale et mit le cap sur le dernier des kayaks.

Tout en pagayant, Jon jeta un coup d'œil en l'air et vit apparaître les lumières rassurantes d'un bâtiment qui s'élevait à l'entrée d'un ponton privé.

– Tout droit, Shirley, hurla-t-il en donnant des coups de rame plus vigoureux. On y est presque.

Shirley se tourna, puis elle cessa de ramer, les yeux rivés sur le large.

– Shirley, n'arrête pas…

– Jon…

Ses yeux bruns s'écarquillèrent de peur.

La nageoire dorsale se rapprochait d'eux.

Jonas continuait à écouter les bips de l'émetteur à tête chercheuse, sans cesser de scruter la surface légèrement agitée. La lumière déclinante du soleil couchant ne lui facilitait pas la tâche.

– Le signal s'affaiblit. Essaie de rebrousser chemin en cercle.

L'hélicoptère s'éloigna d'un virage sur l'aile des îles Broken Group et fila vers l'extrémité méridionale de Ucluelet.

– Mac… là, pointa Jonas. On dirait qu'ils se dirigent vers le ponton.

– Regarde qui les escorte…

Les muscles du dos de Jon Kollin le brûlaient, ses avant-bras ne répondaient plus. Les ampoules à vif de ses mains l'empêchaient de serrer étroitement ses avirons.

Un mouvement rapide l'incita à pivoter sur sa droite. De la mer s'éleva un sillage d'un mètre qui fit dévier le kayak de côté.

Le fantôme fit surface. Il glissait sans effort sur le côté, sa peau luminescente baignée d'orange par le soleil couchant. Juste sous la ligne de flottaison, un œil gris sans âme fixait Jon. Les mâchoires s'ouvrirent dans un frémissement et dévoilèrent les pointes de leurs dents.

Shirley poussa un cri perçant.

L'adrénaline et la peur se chargèrent de faire avancer les rames de Jon dans l'eau. Il continua à fixer le requin en pagayant, fasciné par sa taille inouïe. S'obligeant à sortir de sa transe, il chercha l'extrémité du ponton des yeux.

Encore un peu plus de 10 mètres.

Le poisson battit la surface de sa queue et s'immergea.

– Oh bon Dieu, oh bon Dieu, ça y est ! hurla Jon. Il va nous attaquer par en dessous, comme tout à l'heure. Shirley, dégage tes jambes et prépare-toi à sauter.

Sa femme arrêta de ramer et se libéra d'une torsion du corps.

– Ça y est, à toi ! lança-t-elle en se mettant à ramer en équilibre sur les genoux.

Jon se débattit pour extirper le bas de son corps de l'embarcation. À force d'être resté assis si longtemps, il avait les jambes engourdies. Ses bras tremblaient d'épuisement. Au moment où une de ses jambes se dégageait, il vit l'eau blanchir sous eux.

– Cheryl, saute… Saute !

La tête du Megalodon jaillit de la mer. Ses yeux chavirèrent, tandis que ses mâchoires s'écartaient pour prendre le kayak en sandwich. Shirley et John sentirent l'embarcation s'élever sous eux et sautèrent. Le piège à ours géant se referma brutalement et broya le kayak, tandis que ses deux occupants volaient dans les airs et basculaient dans la mer.

L'explosion d'eau glaciale fit réagir Jon. Il se redressa, battit des pieds pour regagner la surface et sentit que la masse volumineuse de la créature l'attirait de nouveau vers le fond.

Son esprit lui criait de donner des coups de pied plus vigoureux. Il émergea. À son grand soulagement, sa femme nageait déjà vers le ponton. Il leva un bras pour avancer et constata avec terreur que ses muscles, pesants comme du plomb, le paralysaient presque.

Shirley tendit le bras vers le bord du ponton croulant et se hissa dessus. En roulant sur le sol, elle s'écorcha les bras. Elle s'assit, la respiration hachée, le souffle court.

– Jon, nage plus vite ! hurla-t-elle à pleins poumons.

Sous la surface, le Megalodon secouait la tête sans parvenir à situer sa proie au milieu des vestiges du kayak. Une seconde plus tard, il mit le cap sur les vibrations familières en provenance de la surface. Le requin tourna, agita la tête et la queue d'arrière en avant pour reprendre son élan.

Jon avait atteint l'extrémité du ponton, mais son épuisement était tel qu'il ne parvenait même pas à lever la main hors de l'eau pour se hisser en sécurité. Shirley se pencha pour agripper le poignet de son mari. Mais elle eut beau tirer, il lui fut impossible de faire bouger sa masse de 100 kilos.

Elle vit alors la surface bouillonner à 10 mètres derrière lui.

Les yeux exorbités de terreur de Shirley suffirent à faire bouger Jon. Une poussée d'adrénaline lui permit de se hisser tant bien que mal sur le ponton, puis il saisit sa femme par la taille et fit un bond de côté.

La tête du monstre déchaîné percuta la construction et écrasa deux piliers. Sous l'impact, toute une partie du débarcadère s'effondra dans la mer, entraînant avec elle Jon et Shirley.

Comme un taureau en furie avide de sang, le Megalodon tourna ses mâchoires béantes vers les débris tourbillonnants et les referma bruyamment le long de la surface, comme s'il cherchait sa proie à l'aveuglette.

Jon poussa sa femme sur une petite échelle. Des vagues d'un mètre cinquante se formaient dans son dos. Pendant qu'il grimpait à son tour, il se tourna et vit le requin glisser vers eux.

Il saisit la main de Shirley et courut. Au milieu des trombes d'eau qui s'écrasaient autour d'eux, le bruit mat de leurs pas faisait résonner les planches de bois usées par les intempéries.

Les vibrations dégagées par ses proies en fuite poussèrent le Megalodon à se glisser sous le ponton, en direction des bruits.

Jon se retourna. Le ponton tremblait. Derrière eux, des échardes jaillirent dans les airs. Dans sa folie meurtrière, le monstrueux requin venait d'écraser son museau triangulaire à travers les planches.

John entraînait sa femme vers l'entrée de l'embarcadère.

– Plus vite ! hurla-t-il en essayant de ne pas trébucher. Zut !

Une barrière de 5 mètres formée par une chaîne de chantier leur bloquait le chemin. Elle allait s'attacher sur leur droite au flanc d'un restaurant de fruits de mer bâti sur un ponton voisin.

Jon essaya d'ouvrir le cadenas, pendant que sa femme courait vers le côté du restaurant et tambourinait contre la porte pare-feu de métal.

D'un seul coup, les planches, soulevées par le museau conique du requin, se brisèrent sous Jon.

Il se cramponna aux anneaux d'aluminium de la barrière, tandis que le ponton s'effondrait dans la mer. Sous la surface obscure de l'eau et les débris de planches, une lueur blanche tournoyait.

– Jon, par ici !

Jon se balança de côté pour passer avec précaution par-dessus la brèche et mettre le pied sur un trottoir de bois qui longeait le côté du restaurant. Shirley le saisit par la main et le tira par une porte ouverte sur la partie du ponton soutenant la salle à manger du restaurant.

– Shirley, attends, on a pris la mauvaise direction.

– Il y a un balcon derrière. On est obligé de traverser le restaurant pour sortir du ponton.

Shirley le fit passer devant les baies vitrées. Des clients médusés qui dînaient aux chandelles levèrent les yeux à leur passage, sans se douter que la créature tournait sous l'embarcadère.

Shirley donna un coup violent sur la porte vitrée du balcon. Jon vit la nageoire luminescente s'élever.

Un garçon s'approcha de la porte en leur désignant de la tête l'entrée principale, à l'instant même où un des piliers de soutènement du ponton vacillait sous un formidable coup de boutoir.

Jon cogna à son tour contre le verre épais.

– Ouvrez cette foutue porte ou j'entre à coups de pied !

Le garçon recula. Un autre individu, un directeur manifestement, s'approcha et déverrouilla la porte.

Shirley l'ouvrit d'une poussée brutale et Jon la propulsa dans la salle à manger élégante. Ils restèrent plantés là, dégoulinants, pour reprendre haleine.

– *Madame* [1], vous ne pouvez pas…

– Faites sortir tout le monde ! hurla Shirley. Le ponton est en train de s'effondrer.

Précédant son mari, elle passa devant les dîneurs ébahis, à la recherche de la sortie.

– *Madame, Monsieur* [1]…

– Vous êtes sourd ou quoi ? Ma femme vient de vous dire d'évacuer tout le monde.

Un choc cataclysmique secoua le restaurant entier, fit voler en éclats les baies vitrées et projeta les clients et leurs repas sur le sol.

Par-dessus le vacarme et les cris, Jon entendit un craquement gigantesque, en provenance d'un des piliers endommagés qui s'affaissait sous l'appontement.

Le restaurant commença à pencher.

Jon saisit la main de Shirley et courut. En poussant de tous les côtés, il se fraya un chemin à travers un dédale de tables et des dizaines de personnes qui essayaient à présent tant bien que mal d'atteindre la sortie.

En suspension très au-dessus de cette mêlée, Jonas et Mac ne purent qu'assister à la dislocation et à l'effondrement de l'extrémité du restaurant qui basculait dans la mer.

---

1. En français dans le texte.

SOLUTIONS

Fosse des Mariannes

Serguei attendit dans le couloir devant la cabine de Terry jusqu'à ce que le *Prometheus* se dégage de son manchon d'arrimage.

Le Russe se décida enfin à s'en aller, non sans lui lancer un rire sadique.

– On refuse de repartir, hein ?

Assise par terre, Terry s'efforçait de ne pas sombrer dans l'hystérie.

Elle sursauta. Quelqu'un venait de frapper à sa porte.

– C'est Benedict.

Elle s'essuya le visage et lui ouvrit.

– Ma chère, que diable faites-vous donc encore à bord ? demanda-t-il d'un ton innocent. Le *Prometheus* est remonté en tout début de matinée.

– Vous vous payez ma tête ? Votre crétin de Russe n'a pas décollé de ma porte pendant des heures.

– Serguei ? (Benedict hocha la tête.) Je l'ignorais.

– Ben voyons ! C'est comme ça que vous jouissez, Benedict, en manipulant les émotions des autres ?

Un éclair d'avertissement jaillit dans les yeux de Benedict.

– Nous en reparlerons quand vous vous serez calmée.

Terry le regarda s'éloigner dans le couloir et claqua le porte de sa cabine. Après avoir attendu dix minutes, elle la rouvrit, fonça vers l'escalier, monta deux niveaux et emprunta au pas de course le couloir menant au laboratoire de Heath.

Elle frappa et entra. La pièce était vide. Elle referma la porte dans son dos et se dépêcha d'aller voir si l'agent secret se trouvait dans la pièce voisine.

Les orbites vides du crâne fossilisé la fixèrent.

Affolée, elle ressortit du laboratoire et remonta sur le pont B.

Elle aperçut le capitaine Hoppe dans la salle de commande. La manière dont il avait osé affronter Benedict lui revint à l'esprit. Elle s'approcha de lui et le tira à l'écart.

– Ça va ? demanda-t-il. Vous ne devriez pas être ici.

– Je peux vous dire un mot en privé ?

– L'*Epimetheus* va bientôt arriver, répondit Hoppe. (Il s'adressait davantage à son équipage qu'à elle.) Venez en haut. On va le regarder descendre.

Terry emprunta l'échelle du conduit d'accès sur ses talons, jusqu'au pont panoramique. Elle attendit avec impatience qu'il procède à la manœuvre d'escamotage de l'enveloppe de titane qui recouvrait la vitre en Lexan renforcé.

– Parlez bas, la prévint-il. Les murs ont des oreilles.

– Benedict me garde prisonnière à bord...

– Je sais.

– Vous pouvez m'aider ?

– Je... je ne suis pas sûr.

– Où est Heath ? Qu'est-ce qui lui est arrivé ?

– Le paléontologue ? Je crois qu'il est remonté à bord du *Prometheus*.

Le cœur de Terry se serra. Comment pouvait-il être parti sans l'emmener ?

– Capitaine, je vous en supplie, je dois quitter ce vaisseau.

La fébrilité de Hoppe était visible.

– Qu'est-ce que je peux faire ?

– Demander de l'aide par radio aux autorités.

Le capitaine secoua la tête.

– Tous les systèmes de communication du *Benthos* et de ses submersibles passent par le *Goliath*. On ne peut pas le contourner.

Des larmes de désespoir montèrent aux yeux de Terry.

– Vous êtes capable de piloter l'*Epimetheus* ?

Cette question parut le perturber.

– Nous n'irions pas bien loin. Impossible d'aller plus vite que le *Goliath*.

– À quelle distance se trouve l'île la plus proche ?

– Environ 220 kilomètres à l'ouest de notre position actuelle.

– C'est faisable.

Le capitaine Hoppe se tourna face à l'abysse. Il hocha la tête en direction d'une faible lueur qui apparaissait dans le lointain.

– L'*Epimetheus* arrive, marmonna-t-il.

– Capitaine, je vous en supplie…

Hoppe contempla longuement son reflet obscur sur la vitre.

– Je suis avec Benedict depuis plus de vingt ans. Il m'a pris sous son aile. À l'époque, j'étais un minable alcoolique. Je venais de tuer ma femme et ma petite fille dans un accident de voiture… conduite en état d'ivresse. (Hoppe plongea les yeux dans ceux de Terry.) Ma fille aurait sans doute à peu près le même âge que vous aujourd'hui.

– Vous me sauveriez la vie.

– Retournez dans votre cabine et n'en bougez pas. Ne parlez à personne. On se retrouve sur le pont G à 3 heures du matin.

Durant les quatorze heures suivantes, Terry resta calfeutrée dans sa cabine, dans l'attente angoissée de pouvoir échapper à sa prison des grands fonds.

Benedict n'avait pas perdu de temps. À peine l'*Epimetheus* s'était-il arrimé qu'il avait donné l'ordre au submersible de sortir dans la fosse, sans s'éloigner cette fois du *Benthos*. Peu après minuit, Terry entendit le submersible s'amarrer de nouveau. Elle ne savait toujours pas ce que Geo-Tech trafiquait dans les abysses, mais elle était désormais persuadée que le déploiement des robots UNIS n'était qu'une habile couverture.

À 2 h 50, Terry ouvrit la porte de sa cabine, la barre d'acier étroitement serrée dans son poing droit. Pieds nus, ses chaussures dans l'autre main, elle descendit à pas de loup deux étages et entra sur le pont G.

Elle attendit dans le couloir désert, l'oreille aux aguets.

Une voix… venant du hangar. Le capitaine Hoppe ?

Elle traversa le couloir en hâte vers la porte étanche, qu'elle eut la surprise de trouver légèrement entrouverte. Par l'entrebâillement, elle vit le capitaine Hoppe agenouillé face au mur opposé, le dos tourné.

Terry entra dans le hangar et referma la lourde porte dans son dos.

– Capitaine, qu'est-ce que vous faites ici ?

Alors qu'elle effleurait l'épaule de Hoppe, il bascula sur le côté. Du sang jaillit de sa gorge tranchée.

Le hurlement de Terry fut étouffé par la main de Serguei.

– Tu es en retard, chuchota le Russe en la tirant par une poignée de ses longs cheveux, tout en pressant la lame de son couteau de chasse contre sa gorge. On va s'amuser un peu avant que je te tue, *da* ? Lâche ça.

La barre d'acier tomba à terre avec un bruit métallique.

– Maintenant, enlève ton pantalon, chuchota-t-il en glissant la pointe de sa langue dans son oreille.

Terry sentit le bout de la lame pénétrer dans sa peau. Son sang coula. Elle porta les mains à sa taille pour déboutonner lentement son jean, tout en réfléchissant à toute allure.

– Descends-le ! Jusqu'aux chevilles.

Elle fit descendre le jean moulant le long de ses hanches en se tortillant et se pencha pour le faire passer par-dessus ses mollets. Puis elle sortit calmement le pied droit de la jambe du pantalon.

Avec des halètements bestiaux, Serguei plaça le couteau entre ses dents sans lui lâcher les cheveux. De sa main libre, il fit descendre son propre pantalon sur ses chevilles.

Il reprit ensuite le couteau et le pointa sur la colonne vertébrale de Terry.

– Penche-toi. Écarte les jambes.

La jeune femme obtempéra. La pointe s'enfonça légèrement dans son dos. Elle écarta les jambes et se prépara en déplaçant le poids de son corps.

Sergei replaça le couteau dans sa bouche, puis il déchira la culotte de Terry. Elle tressaillit de dégoût en le sentant palper entre ses jambes pour s'aider à la pénétrer.

Maintenant !

De sa jambe libre, Terry lança une ruade et donna un coup de talon brutal en plein dans le sexe dénudé de Serguei.

Le Russe poussa un hurlement de douleur.

Elle se laissa tomber sur un genou et allongea le bras pour atteindre la barre d'acier, tandis que Serguei la tirait brutalement en arrière par les cheveux. La main de Terry se referma sur la barre. Elle pivota sur place et l'abattit de toutes ses forces sur le crâne du Russe.

Serguei s'effondra comme une masse. Du sang suintait du sommet de sa tête.

La jeune femme recula, cogna de nouveau et eut la satisfaction d'entendre un craquement.

Un long moment, elle resta immobile au-dessus du corps inerte. Elle aurait voulu pousser un hurlement de défi. Au lieu de quoi, elle se baissa pour remonter son jean. Puis elle se pencha sur le Russe et vérifia son pouls.

Encore vivant...

La barre d'acier en équilibre au-dessus de sa tête, elle fouilla les poches de l'homme de sa main libre et prit son laissez-passer magnétique dans sa chemise.

Le Russe remua. Il plongea maladroitement en avant pour lui saisir une jambe.

Terry poussa un cri à moitié étouffé, puis elle lui assena un coup de barre sur les articulations.

Serguei poussa un gémissement de douleur et la lâcha.

Terry courut à la porte étanche donnant sur le couloir. Elle vérifia qu'elle était bien fermée et entra dans la cabine de commande du hangar en verrouillant la porte hydraulique derrière elle.

Elle passa en revue le tableau de bord, repéra les valves d'inondation et les tourna dans le sens inverse des aiguilles d'une montre.

L'eau de mer se déversa par les soupapes situées dans le sol du hangar. Serguei roula sur lui-même et se mit à genoux, la tête serrée entre ses mains.

Le tueur russe se remit debout en vacillant. De l'eau jusqu'à hauteur des chevilles, il pataugea en direction de la porte étanche du couloir.

Terry scruta le panneau. La lampe rouge lui confirma que le corridor et les portes de la cabine de commande ne pouvaient pas être ouvertes pendant que le hangar s'emplissait d'eau.

Serguei tira sur la porte comme un homme ivre. Puis il remarqua Terry, assise dans la cabine. Il pressa le visage contre le hublot de Lexan renforcé. Une malveillance de prédateur jaillissait de ses yeux. Il se mit à donner des coups de poing sur la vitre.

L'eau lui arrivait à la taille.

Il cogna de nouveau.

Terry vit sa haine se muer en peur. Il cogna plus fort, poussé par le désespoir. Le niveau de l'eau dépassa son cou. Le visage collé contre la vitre, il lui fit une grimace concupiscente.

L'eau atteignit le plafond. Les portes extérieures s'ouvrirent. Terry vit Serguei se prendre la tête dans les mains juste avant qu'elle implose comme une pastèque mûre.

Elle se détourna et s'affaissa dans le fauteuil du technicien, complètement vidée. Les restes de deux corps mutilés dérivèrent lentement vers les portes ouvertes du hangar, en direction des profondeurs obscures de la fosse.

Un mouvement attira le regard de Terry. Elle poussa un cri perçant. Une tête brune colossale venait de surgir de l'abysse. Des mâchoires plates de crocodile s'ouvrirent sur une rangée hideuse de dents acérées qui cherchaient à mordre frénétiquement.

Terry se pétrifia. Fascinée et terrorisée, elle vit le reptile marin préhistorique de 10 mètres de long enfoncer la tête dans le hangar et happer les restes de Serguei d'une seule bouchée gargantuesque. La bête se tourna à l'envers pour avaler, en crachant des bouts de chair dans toutes les directions.

De lumineux yeux écarlates se remirent ensuite à chercher leur pitance dans le hangar.

Les restes du capitaine Hoppe glissèrent dans la fosse à côté de la bête. Le reptile monstrueux s'écarta d'une poussée de la porte du hangar pour les suivre et s'éloigna en ondulant comme une anguille.

Encore tétanisée, Terry pressa les commandes de fermeture des portes.

Elle avait fait une croix sur son projet de fuite. Mieux valait mourir à bord du *Benthos* que d'affronter la terreur tapie à l'extérieur.

Terry entendit les bras hydrauliques qui se mettaient en action pour faire ressortir l'eau du hangar et la stocker dans des réservoirs situés un peu partout dans le *Benthos*. De longues minutes s'écoulèrent avant que la salle soit totalement vidée.

Elle attendit que les lumières du panneau de commandes passent au vert, puis elle sortit de la cabine. Elle arpenta le plancher mouillé pour inspecter la salle qui sentait encore l'eau de mer, afin de s'assurer que toute preuve de son passage était effacée.

Un bruit bizarre se fit entendre. Terry retint son souffle. C'était un grattement sourd et profond, en provenance de l'extérieur.

Terry sortit en courant et referma la porte du couloir derrière elle.

L'APPÂT

Golfe de l'Alaska

L'aube se levait quand l'hélicoptère de Mac atterrit sur le pont du *William Beebe*. Harry Moon les accueillit et les accompagna à la salle de commande.

Le Dr Maren et le capitaine Morgan étaient penchés sur une carte du golfe de l'Alaska. À l'autre extrémité de la pièce, Céleste avait une discussion orageuse avec la côte par liaison radio.

– Vous avez des mines de déterrés, observa le capitaine.

– Pas étonnant, on revient de l'enfer, marmonna Mac.

Céleste raccrocha brutalement.

– Et merde ! Les autorités canadiennes nous tiennent pour responsables de la mort de la kayakiste et du gosse qui est tombé du ferry.

– Normal, dit Jonas.

– Foutaises ! répliqua Céleste.

– Quand un lion s'échappe d'un zoo et massacre quelqu'un, le zoo est responsable, intervint Mac.

Céleste roula les yeux.

– Merci d'éclairer ma lanterne. J'ai une nouvelle qui va vous faire plaisir : les gardes-côtes canadiens ont décidé de prendre les choses en main. Ils ont envoyé une vedette et deux hélicos à la poursuite du requin pour le tuer.

– Grand bien leur fasse ! se moqua Maren. D'ici la tombée de la nuit, le Meg sera ressorti des eaux canadiennes et de leur juridiction.

– Pourquoi changeons-nous de cap ? demanda Jonas.

Maren lui montra la carte.

De l'île de Vancouver, les baleines empruntent deux itinéraires distincts pour pénétrer dans la mer de Béring. Nous savons que le

Megalodon suit la route principale qui longe les côtes du Canada et de l'Alaska. Je pense qu'il va continuer vers l'ouest jusqu'aux îles Aléoutiennes. Après quoi, il devrait bifurquer vers le nord et entrer dans la mer de Béring, juste derrière le banc. Le *William Beebe* suit pour l'instant un raccourci utilisé surtout par les baleines grises. Nous allons beaucoup plus vite que le requin. Ça va nous permettre de le devancer. Comme ça, on pourra l'intercepter ici – à la hauteur du cap Chiniak, sur l'île Kodiak.

Jonas étudia la carte.

– Et comment comptez-vous le repérer une fois qu'on le précédera ? Sans compter que vous devrez vous rapprocher assez pour l'atteindre avec votre harpon…

– Changement de plans, répondit Céleste. On va se servir d'un appât pour l'anesthésier.

– Quel genre d'appât ?

– Des lions de mer morts, dit Maren, la friandise favorite de notre monstre. À notre arrivée à Kodiak, nous en embarquerons trois. Je pratiquerai une petite opération pour remplir leurs carcasses d'anesthésiant. Une fois l'appât accroché, nous l'attacherons au treuil par un filin d'acier, et nous le remorquerons en surface jusqu'à ce que le Megalodon l'avale. Cinq minutes après avoir ingurgité les somnifères, il sera hors service.

– À votre avis, le requin atteindra le cap Chiniak quand ? demanda le capitaine Morgan.

– S'il ne change pas d'allure, d'ici trois ou quatre jours.

– Dans ce cas, je suggère d'établir une rotation, dit Harry.

Maren acquiesça.

– Je vais préparer des tours de garde.

Hôpital Valley Memorial
Monterey, Californie

À son entrée dans la chambre privée de son patron, Sadia Kleffner fut étonnée de le trouver assis dans son lit, une infirmière à son chevet.

– Masao, comment vous sentez-vous ?

– Sadia, Dieu merci ! Veuillez avoir la gentillesse de dire à cette dame que je dois sortir d'ici tout de suite.

– Rallongez-vous et détendez-vous, monsieur Tanaka. Vous n'irez nulle part tant que le médecin ne vous y aura pas autorisé.

– Mais je me sens mieux...

– Je suis sûre qu'il sera ravi de l'apprendre. Maintenant, rallongez-vous. Sinon je vais vous attacher à votre lit.

Masao fusilla l'infirmière du regard, puis il lui obéit. Il n'était pas de taille à s'opposer à ce mastodonte.

Sadia s'assit sur le bord du lit.

– Ils ont fini de remettre les portes en place hier. King Kong lui-même ne parviendrait pas à les forcer.

Masao attendit que l'infirmière soit sortie.

– Que se passe-t-il, Sadia ? Vous me cachez quelque chose, j'en suis sûr.

La secrétaire détourna les yeux.

– Il y a eu une autre victime. Un jeune garçon.

Un poids tomba sur la poitrine de Masao. Il ferma les yeux.

– Les médias sont sur le sentier de guerre. Ça s'envenime.

– Des nouvelles de ma fille ?

– J'ai fini par atteindre le *Goliath*. Ils prétendent que Terry a décidé de rester à bord du *Benthos* une semaine de plus.

– Quoi ! Elle est toujours dans la fosse ?

Sadia s'aperçut que les mains du vieil homme tremblaient.

– Monsieur Tanaka, ils m'ont assuré que tout allait bien.

– Non. Il y a un problème. Je le sens. Où est Jonas ?

– En route pour le golfe de l'Alaska. Ils vont essayer d'intercepter le monstre à la hauteur de l'île Kodiak. Oh, j'oubliais, j'ai fait livrer l'*AG-2*, conformément à la demande de Céleste.

– L'*AG-2* ? (Masao rouvrit les yeux.) Mais pourquoi ?

– Aucune idée. Céleste a bien spécifié qu'elle voulait la version grands fonds.

Masao hocha la tête.

– Sadia, écoutez-moi bien : vous allez contacter le commandant James à la base navale de Guam. Dites-lui que je veux le voir tout de suite. Et réservez-moi un vol le plus vite possible.

– Mais le médecin ne vous a pas encore donné l'autorisation de sortir.

Masao s'assit et débrancha l'intraveineuse fichée dans son bras.

– Je me la donne moi-même.

– Masao…
– Sadia, la vie de mes enfants est en jeu. Maintenant, passez-moi mes vêtements avant que cette harpie ne revienne.

Cap Chiniak
Côte sud-ouest de l'île Kodiak

Appuyée au bastingage, Céleste surveillait le chargement du dernier lion de mer. Du bateau de pêche, des hommes hissèrent la carcasse pour la faire descendre sur le pont du *William Beebe*, puis ils la placèrent dans de la glace.

Maren s'approcha d'elle et lui tendit un télégramme.

– Ça vient d'arriver du *Goliath.*

Céleste l'ouvrit.

– C'est de Benedict.

– Que dit-il ?

– *Age quod agis* : « Mets-toi au travail. »

– Ça veut dire quoi ?

– Qu'il perd patience avec moi.

– Ne t'inquiète pas, dit Maren en glissant un bras autour de sa taille. On va bientôt capturer le Megalodon…

Céleste repoussa son bras.

– Je te l'ai déjà dit : pas en public.

– Mais pourquoi ? Tu as peur que Jonas Taylor s'en aperçoive ? Céleste, j'ai bien vu comment tu le regardais.

– La jalousie ne te va pas, Michaël. Comme le dit Benedict, mets-toi au travail. (Elle consulta sa montre.) À quelle heure je suis de garde ?

– Je t'ai affectée à l'équipe d'après-midi. Harry te relèvera de 18 heures jusqu'à minuit ; Taylor et Mackreides prendront ensuite le relais de minuit à 6 heures du matin. C'est idéal : comme ça, on pourra se voir pendant la nuit à l'insu de Taylor.

– Idiot ! (La colère enflammait les yeux de Céleste.) C'est moi qui décide si et quand on se voit, pas tes hormones. Je t'avais demandé de me mettre avec Jonas.

Maren fit profil bas.

– Je sais, mais Taylor a tenu à prendre la rotation de nuit avec son copain. Qu'est-ce que je pouvais faire ?

Céleste regarda le bateau de pêche s'éloigner du *William Beebe*.

– Ces deux-là trament quelque chose. Où est Jonas ?

– La dernière fois que je l'ai vu, il était dans l'hélico avec Mackreides.

– Trouve-le. Dis-lui que je suis bouleversée, que je suis très inquiète à propos du *Benthos*. Dis-lui que je veux le voir tout de suite dans ma cabine.

– Et nous ? Si on se voyait cette nuit ?

– Le travail d'abord. Maintenant, obéis-moi.

Maren jeta un coup d'œil dans le cockpit. Comme il était vide, il contourna l'hélicoptère jusqu'à la porte du compartiment de fret et la fit glisser.

Vide.

Il allait refermer la porte quand il lui sembla reconnaître la crosse d'une grosse carabine qui dépassait d'une couverture. Il grimpa à bord et tira sur la couverture. C'était bien un fusil à grenade.

Le fils de pute...

Après avoir pris soin de vérifier que personne ne le regardait, il se glissa à l'arrière de l'hélicoptère et se mit au travail.

– Tu es cinglé, lança Mac en refermant la porte de la cabine derrière lui.

– C'est risqué, mais ça va marcher, dit Jonas. Je ne vois pas d'autre moyen de placer le Megalodon dans ma ligne de mire.

– Tu as l'intention de te rapprocher de combien ?

– D'une cinquantaine de mètres.

– Et qu'est-ce qui l'empêchera de t'attaquer ?

– Il ne saura même pas que je suis dans le zodiac. Au lieu de me servir du moteur, je me laisserai remorquer par le *William Beebe*, juste devant l'appât.

– Tu es cinglé ! Laisse-moi au moins venir avec toi.

– Pas question. J'ai besoin que tu surveilles la mer du ciel. Grâce à l'émetteur, je saurai que le monstre est dans les parages, mais tu pourras le repérer avant moi.

– Ce plan est trop risqué, Jonas.

– Peut-être, mais cette folie n'a que trop duré. Je vais y mettre un terme cette nuit, d'une façon ou d'une autre.

Un coup frappé à la porte les interrompit. Mac ouvrit.

Céleste se tenait dans le couloir, le visage baigné de larmes qui souillaient son maquillage.

– Pardon, je ne voulais pas vous déranger…

– Qu'y a-t-il, Céleste ? demanda Jonas.

– Je voudrais vous parler le plus vite possible.

– J'allais partir, dit Mac en roulant les yeux.

Les yeux luisant de larmes, Céleste alla se placer à côté du hublot.

– Jonas, j'ignore où en est notre amitié, mais j'ai besoin de votre aide. Vous devez me faire confiance.

– Que se passe-t-il ?

– J'ai réfléchi à vos cauchemars. Nous devrions peut-être y prêter attention. Ça paraît dingue, mais pour être en paix avec moi-même, je dois prévenir Benedict à propos du Purgatoire du Diable.

Jonas hocha la tête.

– Tiens, tiens, vous croyez à mes rêves maintenant ? Vous disiez que c'était la culpabilité qui…

– Terry se trouve toujours à bord du *Benthos*.

– Quoi ? (Jonas lui saisit le bras.) Qu'est-ce que vous attendiez pour me le dire ? Qu'est-ce qu'elle fiche encore dans la fosse ?

– D'après Benedict, elle refuse absolument de remonter tant qu'ils n'auront pas mis en place le dernier UNIS.

Jonas se sentit pris de faiblesse. Il s'assit sur le bord du lit et se frotta les tempes.

– Je veux lui parler.

– Impossible. On ne peut communiquer directement avec le *Benthos* que du *Goliath*. (Elle s'assit près de lui et entreprit de lui masser le cou.) Jonas, donnez-moi les coordonnées du Purgatoire du Diable pour que je puisse les prévenir.

Il garda le silence.

– Vous ne me faites toujours pas confiance ?

– Il ne s'agit pas de confiance.

– Dans ce cas, la parole que vous avez donnée à la Navy compte davantage que la vie de Terry.

– Vous vous faites du souci pour Terry ? Ça aussi, c'est nouveau !

– Je me fais du souci pour Benedict et pour l'équipage du *Benthos*. Je n'ai pas d'autre famille. Dois-je vous rappeler qu'ils se trouvent à 11 kilomètres sous l'océan et que la moindre fissure dans leur coque pourrait…

– Ça suffit, Céleste ! S'il y a quelqu'un qui connaît les dangers de la fosse des Mariannes, c'est bien moi. Je dois réfléchir. Donnez-moi un peu de temps, OK ?

Céleste lui tourna le dos, frustrée.

– Très bien. Restez ici à vous tourner les pouces. Mais si un malheur s'abat sur eux, je ne vous le pardonnerai jamais.

Enveloppé de ténèbres impénétrables, Jonas avait perdu tout sens de l'orientation. Le visage pressé contre la vitre froide de Lexan, il fixait le néant, dans l'attente qu'apparaisse l'Ange de la Mort.

Une vague lueur décrivait des cercles au loin. Jonas était incapable de discerner si elle se trouvait au-dessus ou au-dessous de lui. Il savait simplement qu'il s'en rapprochait. La lueur s'élargit et ses contours se précisèrent. Jonas fut pris de tremblements et son ventre se noua de frayeur.

Il suffoquait. Épouvanté, mais incapable de rebrousser chemin, il regardait avec fascination son persécuteur ouvrir ses mâchoires grotesques et lui dévoiler son gosier gigantesque.

De l'intérieur de la gueule de la bête apparut un objet. Expulsé des mâchoires dans un mouvement irréel, il s'éleva vers lui.

Une capsule de survie ?

Le tube transparent, semblable à un cercueil, s'immobilisa à plusieurs mètres sous lui. Jonas distinguait une silhouette à l'intérieur : celle d'un homme, entièrement nu, dont le visage était dissimulé dans l'ombre.

Tandis que la lueur de la bête s'estompait, les traits de l'homme se précisèrent peu à peu. Jonas poussa un hurlement. La silhouette sans vie était la sienne.

Jonas souleva la tête de l'oreiller qui l'étouffait et arrêta la sonnerie de son réveil. Il roula sur le dos, incapable de se débarrasser de la vision de son propre cadavre, étendu dans la capsule de survie. Il s'assit, en nage et le corps encore secoué de tremblements.

Il consulta son réveil : 23 h 35. Toujours en proie à une sensation de claustrophobie, il boitilla jusqu'au hublot, tira sur le rideau et ouvrit la vitre. Une rafale d'air arctique emplit la cabine. Une légère bruine tombait. Il referma le hublot et commença à enfiler sa combinaison étanche.

La nuit n'allait pas être une partie de plaisir.

Quand il sortit à l'air libre, la pluie tombait plus dru. Il mit la capuche de sa parka et traversa le pont arrière glissant.

Mac était en discussion avec Harry Moon à côté du gros treuil. Harry lui adressa un signe de tête.

– Quel temps pourri !

– J'espère que ça ne va pas empirer, répondit Jonas.

Harry leva les yeux.

– La pluie devrait se calmer vers 2 ou 3 heures du matin. Il n'y a pas grand-chose à faire. Surveillez juste le filin en essayant de ne pas vous endormir. Si votre monstre se décide à croquer un morceau, vous vous en apercevrez. Donnez-lui autant de mou qu'il veut et priez pour que les anesthésiants agissent.

– Je connais la marche à suivre, dit Jonas.

– Bon, je vous souhaite une bonne nuit. Céleste prendra la relève à 6 heures.

Jonas attendit que Harry ait disparu à l'intérieur du navire. Puis il mit le treuil en marche arrière pour ramener l'appât, pendant que Mac allait chercher leur matériel dans l'hélicoptère.

Jonas regarda les 3 tonnes de carcasse de lion de mer dégoulinante sortir de l'eau. Il arrêta le treuil, puis il saisit le filin d'acier de 5 centimètres de diamètre et balança l'appât lesté d'eau par-dessus la traverse, en relâchant assez de câble pour permettre au lion de mer de tomber sur le pont.

Le filin d'acier traversait la gueule de l'animal et allait jusqu'à un croc d'un mètre qui perçait la paroi de son estomac. Un mélange de 40 litres de médicaments avait été placé dans son tube digestif. Une dizaine de sachets supplémentaires emplis d'autres anesthésiants avaient été cousus en hâte le long de sa peau boursouflée.

Maren ne laisse rien au hasard.

Mac revint avec le fusil à grenade et une petite mallette qu'il avait prise dans la caisse de matériel. Jonas l'ouvrit et en sortit un haut-parleur radio sous-marin portable de grande puissance. Mac écarta les mâchoires du lion de mer pour permettre à son ami d'enfoncer l'appareil dans l'œsophage de l'animal.

– On va l'essayer.

Jonas mit le système sonore en marche en pressant sur un bouton à l'intérieur de la mallette. Un grondement profond sortit de la carcasse. Jonas augmenta le volume, et les vibrations très rythmées firent tournoyer le tas de graisse sans vie sur le pont glissant.

– Ce foutu machin nous exécute une valse, dit Mac. Je me demande à quelle distance ton requin va entendre ce vacarme.

– Le bruit se propage sur de bien plus longues distances sous l'eau. On ignore l'acuité exacte des sens du Megalodon, mais je suis prêt à parier qu'il distinguera ces vibrations de loin. (Jonas essuya la pluie qui mouillait son visage.) Aide-moi à remettre l'appât à l'eau.

Il actionna le treuil. La carcasse s'éleva au-dessus du pont. Mac la poussa par-dessus bord pendant que Jonas relâchait 100 mètres de câble. Le lion de mer s'évanouit dans la nuit. Les vibrations lancinantes continuaient à résonner dans les ténèbres.

– À moi, dit Jonas.

– Jonas…

– Arrête, Mac, on ne va pas recommencer. Aide-moi juste à mettre le zodiac à l'eau.

Des deux flancs du pont central du bateau sortaient des petits treuils servant à faire descendre les radeaux à moteur en caoutchouc. Jonas monta dans l'un d'eux et attacha une longue corde de nylon à l'avant de l'embarcation.

– J'ai 60 mètres de corde. Déduction faite du tirant d'eau du bateau, ça devrait me placer à environ 50 mètres devant l'appât.

Mac lui tendit le fusil à grenade en hochant la tête.

Ça correspond à deux longueurs de Megalodon. C'est pas grand-chose. Ce serait moins dangereux si je pilotais le Zodiac.

– Je te répète qu'il vaut mieux le remorquer. Le bruit du moteur attirerait l'attention d'Ange.

Mac lui tendit un talkie-walkie.

– Je volerai à 30 mètres, mais je vais aussi laisser pendre le harnais de secours, au cas où tu aurais à quitter le Zodiac en catastrophe.

Jonas esquissa un sourire forcé, puis il prit des écouteurs à distance dans la mallette. Il les plaça sur sa tête et tendit l'oreille.

– Alors ?

– Rien. Il n'est pas encore à portée. La nuit risque d'être longue.

– Contente-toi de ne pas t'assoupir, Achab.

Mac défit le croc de la poulie du portique, afin de permettre au Zodiac de tomber droit dans la mer.

Jonas leva le bras pour détacher l'embarcation de son harnais. Emporté par le sillage du *William Beebe*, le radeau dériva rapidement derrière le navire de recherches qui avançait vers le sud-ouest à un peu moins de 3 nœuds.

En jouant sur la longueur de corde, Mac plaça le Zodiac derrière la poupe. Il attacha le bout au bastingage en fonte, de manière à ce que le Zodiac soit remorqué entre le *William Beebe* et l'appât.

Jonas s'installa à son aise dans l'embarcation en caoutchouc qui glissait en silence sur la surface des eaux noires de l'Alaska sans faire la moindre ride. Une pluie froide continuait à tomber du ciel plombé. L'air du nord lui donnait des frissons. Assis au fond du bateau, il cala une bouée contre la proue et s'inclina en arrière, face au moteur.

Le filin d'acier reliant le *William Beebe* à l'appât était suspendu à 60 centimètres au-dessus de son épaule gauche et disparaissait à une cinquantaine de mètres derrière le Zodiac dans la mer gris-noir plongée dans la brume. Comme ses yeux s'habituaient à l'obscurité, Jonas parvint à le suivre jusqu'à une petite tache d'écume provoquée par le déplacement de la carcasse du lion de mer à la surface de l'eau. Il entendait et sentait les vibrations profondes produites par le haut-parleur sous-marin, qui battaient sous l'eau comme un cœur.

Jonas mit la carabine en joue en réglant le viseur sur la gerbe mousseuse.

– Ton dîner est servi, Ange, chuchota-t-il. Tu n'as plus qu'à venir le chercher.

À 35 kilomètres au nord-est du cap Chiniak, le *M/V Kennicott*, un ferry de 175 mètres, poursuivait son voyage le long de l'autoroute maritime de l'Alaska. À l'insu des huit cents passagers et de l'équipage, une lueur ivoire accompagnait le navire qui se dirigeait vers l'île Kodiak.

En pénétrant dans le golfe de l'Alaska, le Megalodon avait augmenté d'instinct sa vitesse, en réponse viscérale à la température plus basse de l'océan. Les adaptations génétiques qui avaient permis à l'espèce géante de ne pas s'éteindre jusqu'au dernier âge glaciaire servaient maintenant à protéger le prédateur suprême du froid. Des sécrétions chimiques, à l'intérieur de ses systèmes nerveux et circulatoire, déclenchèrent des contractions musculaires plus rapides et plus puissantes. L'énergie calorifique supplémentaire qu'elles générèrent fit monter la température sanguine du Megalodon de 6 à 8 °C. Grâce à la dilatation des artères du péricarde, cette chaleur corporelle plus élevée circula jusqu'aux organes internes, tandis que la simple corpulence du prédateur lui permettait d'isoler sa température interne des rigueurs de son environnement.

Ange glissait juste au-dessus de la thermocline, sans cesser d'entrecroiser le sillage du *Kennicott*. Il cherchait de la nourriture. L'augmentation de la température interne de la femelle avait accéléré son processus digestif, mais le développement de son cycle d'ovulation, doublé de sa baisse de métabolisme due au froid la rendaient légèrement apathique. Elle ne s'était pas alimentée depuis trois jours, et son affaiblissement l'empêchait de s'attaquer à un gros banc de baleines.

Tandis qu'Ange poursuivait son chemin vers l'ouest derrière le ferry, ses détecteurs commencèrent à enregistrer des vibrations familières. Excité, il commença à effectuer des battements plus vigoureux de sa nageoire caudale, non sans avoir d'abord quelque peine à faire accélérer sa masse prodigieuse. Au bout d'une dizaine de coups puissants, il parvint à se mouvoir plus vite et atteignit la vitesse de croisière que son corps en forme de torpille pouvait maintenir sans trop de difficulté. Le Megalodon se glissa sous le ferry et fila devant, guidé par un signal acoustique qui allait l'amener d'instinct à de la nourriture.

2 h 56

– Jonas, tu es toujours en vie ?

Jonas leva les yeux. Il entendait bien le roulement des rotors, mais l'hélicoptère restait invisible dans le ciel noir et nuageux. Il prit le talkie-walkie d'une main engourdie et le colla contre son visage.

– Oui. Comment ça se passe là-haut ?

– Le vent s'est un peu levé. Du moment qu'il n'y a pas d'éclairs, ça va. Et toi ? Tu as dû te transformer en glaçon.

– La combinaison me tient chaud, mais ça commence à tanguer.

– Écoute, mon vieux, ça suffit pour cette nuit, non ? Si je te ramenais à bord avant que tu chopes une pneumonie ?

– Non ! hurla Jonas. Plus de cauchemars, plus de morts. Je t'ai dit que j'allais y mettre un terme cette nuit, une bonne fois pour toutes.

– Et si ton monstre ne se manifeste pas, Achab ?

– T'inquiète. Terminé.

Jonas enfonça le talkie-walkie dans la poche de sa combinaison.

Des vagues d'environ 1 mètre faisaient à présent rouler le canot d'un bord à l'autre. Avec le vent qui soufflait plus fort, la pluie lui cinglait le visage.

Peut-être qu'il ne se montrera pas.

Jonas fixait les ténèbres. L'eau agitée gris foncé se détachait contre le ciel noir. Pour la centième fois au moins, il revécut son cauchemar dans sa tête et se revit mort dans la capsule de survie.

D'autres images se bousculaient dans son cerveau. Un cauchemar éveillé qui le consumait peu à peu. Il se revit, attendant sous la pluie que les cercueils des deux marins qu'il avait tués onze ans plus tôt soient descendus en terre. Il se revit à bord du *Manate*, en train de fixer l'intérieur de la gueule du démon, incapable de se porter au secours de son ex-femme, Maggie, qui était happée sous l'eau. Il se revit au tribunal, accusé par les avocats d'avoir pris des risques insensés, sous les yeux d'une foule de curieux qui psalmodiaient « assassin, assassin ». Puis il vit Terry, les yeux noyés de larmes, allongée dans un lit d'hôpital où elle pleurait la perte de leur enfant mort-né.

Terry leva vers lui ses yeux en amande et le transperça du regard, avec le mélange de tristesse et de haine qu'il avait constaté chez les veuves, les parents, les frères et sœurs et les enfants en deuil.

Jonas ouvrit les yeux en haletant.

La pluie s'était calmée.

Il se redressa et posa un genou sur un des bancs. Il descendit la fermeture Éclair de sa combinaison étanche pour uriner par-dessus bord.

– OK, Ange, chuchota-t-il. Me voici. Je t'attends.

Céleste montait et descendait plus vite en écrasant son pelvis contre celui de son partenaire. Elle l'entendit gémir, puis il éjacula avant qu'elle ne soit parvenue à l'orgasme.

– C'est tout ? fit-elle, déçue.

– Tu plaisantes ? murmura-t-il avec un sourire de satisfaction. C'était génial.

Elle se dégagea de lui.
– Ravie qu'au moins un de nous ait joui.
– Où vas-tu ?
– Prendre une douche
Il admira sa silhouette sur le chemin de la salle de bains.
– On peut la prendre ensemble ?
Elle pivota vers lui.
– Michaël, ne le prends pas mal, mais je doute que tu sois à la hauteur. Maintenant, retourne dans ta cabine. J'ai besoin de dormir.
Maren descendit de la couchette, enfila ses vêtements et s'en alla.

Bip.
Le bruit réveilla Jonas en sursaut. Il ajusta son casque et retint son souffle.
Bip... bip... bip...
Il saisit le fusil à grenade d'une main, tout en cherchant le talkie-walkie de l'autre.
– Mac, je viens de recevoir un signal !
Mac fouilla des yeux l'océan plongé dans l'obscurité.
– Je ne l'aperçois pas encore. Essaie de rester calme pour qu'il ne se doute pas que tu es là.
– Je suis calme ! rétorqua Jonas qui scrutait la mer en respirant à grand-peine.
Les bips augmentèrent d'intensité.

Ange humait la mer. Ses narines directionnelles se branchèrent sur les particules microscopiques d'urine. Il s'éleva jusqu'à 10 mètres sous la surface et se mit à décrire des cercles sous sa proie. Il avait choisi de rester tranquillement à distance, le temps de sonder d'instinct les lieux.

– Je le vois ! hurla Mac. Il décrit des cercles sous l'eau, à 20 mètres à bâbord du Zodiac. Tiens bon, Jonas, il passe sous toi – ça y est !
Jonas se crispa et sentit une immense aspiration par en dessous, tandis que la colossale masse en mouvement de la créature faisait un instant basculer l'embarcation de côté. Il se pencha par-dessus bord et vit une nageoire dorsale luminescente cingler la surface, à l'instant où la bête s'éloignait d'un virage sur sa droite.

– Jonas, tu es là ?

– Chut… (Jonas baissa le volume.) Il est où ?

– Disparu sous l'eau.

Le cœur de Jonas tambourinait, la veine de son cou palpitait. Il serra plus étroitement la carabine à grenade.

– Jonas, il fait surface derrière l'appât.

Jonas colla l'œil contre la lunette de la carabine.

– Attention, le voilà ! hurla Mac.

Le museau du Megalodon jaillit de l'eau derrière le lion de mer. Ses mâchoires se refermèrent sur la queue sans vie et la tranchèrent du torse.

La tête gigantesque en plein dans sa ligne de mire, Jonas retint son souffle – et tira.

Clic.

Son cœur s'arrêta de battre. Il rechargea et appuya de nouveau sur la détente.

Clic, clic… clic.

– Nom de Dieu, le fusil ne marche pas !

Le cœur de Jonas remonta alors dans sa gorge : le Zodiac venait de s'immobiliser net. La carcasse du lion de mer, encore remorquée par le *William Beebe*, fonçait droit sur lui.

Mac vit le radeau s'immobiliser, puis il jeta un coup d'œil à la poupe du *William Beebe* et entrevit une silhouette qui disparaissait à l'intérieur du navire.

– Quelqu'un a coupé ta corde. Tiens bon, Jonas, j'arrive.

Mac fit chuter l'hélicoptère à la verticale et dirigea le harnais vers le radeau.

Jonas attendait en retenant son souffle. À la place du harnais, il vit apparaître le museau du Megalodon qui se rapprochait de la carcasse du lion de mer et de son Zodiac.

Les mâchoires d'Ange s'ouvrirent…

Saute !

Jonas sauta du Zodiac en agrippant le filin d'acier des deux mains. La carcasse du lion de mer percuta le Zodiac à la dérive et le renversa.

Ayant perçu un mouvement, le Megalodon mordit d'instinct dans le Zodiac et le fit exploser dans sa gueule.

Jonas se retenait au câble comme un skieur nautique qui vient de tomber à l'eau et qui refuse de lâcher la corde. Le bas de son torse rebondissait douloureusement contre la surface glacée, et le filin lisse cisaillait ses mains en sang. Les restes du lion de mer qui le heurtaient violemment par-derrière lui coupèrent le souffle et déclenchèrent des spasmes douloureux dans sa jambe blessée.

Jonas glissa sous la carcasse à moitié dévorée et enveloppa les jambes autour de l'appât rebondissant. Son dos claquait atrocement contre la houle. Aveuglé par l'obscurité et l'eau glacée, il ne sentait même plus ses mains blessées. Il avait l'impression que son sang devenait lourd comme du plomb, tandis que sa peau grésillait sous la combinaison étanche.

Tu parles d'une mort, minable ! Tu t'es suicidé !

Le Megalodon percuta le reste du Zodiac de sa mâchoire et fila derrière la proie qui lui échappait.

L'hélicoptère de Mac restait en suspension au-dessus des vagues couronnées d'écume. Des gouttes de sueur froide dégoulinaient dans les yeux du pilote qui tentait désespérément de placer le harnais suspendu sur le même axe que l'appât mouvant. Il comprit qu'il n'y parviendrait pas, saisit la radio et hurla au *William Beebe* de répondre.

Le lion de mer coincé entre ses genoux, Jonas disposait d'un appui suffisant pour enfoncer son pied droit à l'intérieur du torse supérieur en lambeaux. L'enveloppe contenant les somnifères était tombée à la mer, mais il sentait le crochet d'un mètre sous la plante de son pied. En suffoquant, il se hissa sur le morceau d'acier incurvé et leva la tête au-dessus des vagues pour essayer de reprendre souffle. Il ne parvenait pas à maîtriser le tressaillement de ses muscles.

Terrorisé, il vit le museau luminescent s'élever derrière lui, la mâchoire et les gencives écartées projetées vers son corps.

L'envie de céder le traversa. Au lieu de quoi il se tordit de côté pour balancer la carcasse loin de la gueule qui voulait le happer. Le prédateur referma la mâchoire sur le vide. Il s'éleva de nouveau. Cette fois, ses mâchoires béantes s'étaient élargies pour engouffrer le lion de mer et Jonas d'une seule bouchée.

Jonas ferma les yeux. Ses cauchemars l'avaient trompé. Il ne mourrait pas avec sa femme dans la fosse, mais ici, maintenant, seul, en pleine mer.

Au-dessus de sa tête, un rugissement assourdissant se fit entendre. Le bout du patin d'atterrissage de l'hélicoptère racla la nageoire dorsale. La collision entailla profondément un côté de la nageoire et envoya l'hélicoptère en vrille.

Le prédateur s'immergea.

Mac se battait avec le manche sans parvenir à contrôler son embardée. Les patins d'atterrissage heurtèrent la surface de la mer, puis rebondirent avant que le rotor ne percute l'eau. Ayant compris qu'il allait caler, Mac tenta le tout pour le tout afin de reprendre de l'altitude et parvint à remonter l'hélicoptère au-dessus de la proue du *William Beebe* et à faire atterrir en catastrophe son paquet de boulons contre le pont inférieur.

Jonas attendait d'être dévoré. *Pardon, Terry, j'ai vraiment été stupide...*

Mac s'extirpa hors du cockpit et courut vers le treuil près duquel l'attendaient Harry et Maren.

– Mackreides, bon Dieu, qu'est-ce qui se passe... ?

Mac écarta brutalement Maren pour rebobiner le treuil.

– Vous êtes dingue...

– Foutez-moi la paix, bordel... Jonas est à l'eau !

Le Megalodon avançait à 100 mètres sous l'eau, juste en dessous de sa proie. Son instinct lui disait que le lion de mer était blessé ou mort, mais comme il avait réagi, il l'avait forcé à changer de tactique. Affamée, la femelle remonta de nouveau en direction des mouvements violents de sa proie. Cette fois, au lieu de mordre pour tuer, elle décida de mordre et de lâcher, puis de décrire un cercle et d'attendre la mort de son gibier.

Dans son délire, Jonas imagina qu'on le hissait hors de l'eau. Puis ce fut le trou noir.

Mac descendit le long du bastingage pour tendre les bras vers le corps inerte de son ami qui basculait à nouveau en arrière vers la mer.

La rotule droite de Jonas, coincée dans la courbe du crochet, maintenait son corps en suspension à 4 mètres au-dessus de l'océan comme un morceau de viande. Dans sa position précaire, Mac le saisit par la taille à l'instant où la lueur remontait sous lui.

Mâchoires béantes, la bête se propulsa hors de l'eau à la verticale. Son torse supérieur s'éleva le long de la poupe du bateau en marche. Marc arracha Jonas d'une secousse à la gueule ouverte, jeta pratiquement le corps de son ami par-dessus son épaule, puis sur le pont.

Ayant raté sa cible, le requin planta ses mâchoires dans le portique. La créature ne lâcha pas prise et, l'espace d'un instant inouï, son corps d'un blanc pur resta appuyé contre la traverse, tandis que sa masse gigantesque retombait en arrière en tirant par-dessus bord un enchevêtrement composé du treuil, du portique et de 6 mètres de revêtement de pont en lambeaux. Un hurlement perçant de métal tordu déchira la nuit.

Mac attira Jonas contre lui et se baissa, tandis que le treuil et le bloc filin semblaient sauter par-dessus le bastingage.

– Jonas, Jonas, réveille-toi ! (Mac se pencha sur son ami.) Bordel, il ne respire plus ! Harry, allez chercher le médecin. Je ne sens plus son pouls. Harry, allez chercher le médecin, nom de Dieu !

On aurait dit qu'un ouragan avait dévasté la poupe du *William Beebe*. Cloués sur place au beau milieu des débris, Harry et Maren fixaient la nageoire dorsale blanche sans prêter attention à Mac. Ils ne la lâchèrent pas des yeux jusqu'à ce qu'elle ait disparu sous le sillage écumant du navire.

INTRUS

Fosse des Mariannes

Terry se réveilla en hurlant. Le cœur palpitant, elle s'assit sur sa couchette. Son T-shirt était trempé de sueur.

Les coups frappés à sa porte redoublèrent de violence.

– Qui… qui est-ce ?

– Benedict. Ouvrez-moi.

Mon Dieu, il sait…

– Une minute.

Terry enfila son jean, se fit une queue de cheval et ouvrit la porte.

Le regard perçant de Benedict se posa tout de suite sur elle, comme s'il examinait les lieux d'un crime.

– Je vous ai entendue crier. Vous êtes très pâle.

– Un mauvais rêve, c'est tout. Je n'ai pas vraiment dormi tout mon soûl depuis que nous sommes dans la fosse. Quand pourrai-je remonter ?

– Bientôt. Finissez de vous habiller et montez au pont panoramique. Je veux vous montrer quelque chose.

Elle referma la porte et tendit l'oreille pour s'assurer que Benedict était bien parti. Puis elle mit le verrou et sortit la carte de sécurité magnétique qu'elle avait prise à Serguei de la poche de son pantalon.

Où est-ce que je peux la cacher ?

À l'aide de sa lime à ongles, elle pratiqua une entaille de 10 centimètres dans une des coutures de son matelas et y inséra la carte avec précaution. Elle fit le lit, acheva de s'habiller et se dirigea vers l'escalier.

Une dizaine de regards muets accueillirent son arrivée sur la passerelle.

– Bonjour, marmonna-t-elle, tout en empruntant l'échelle du conduit d'accès pour monter sur le pont supérieur.

La salle panoramique était plongée dans l'ombre. À l'extérieur de la baie vitrée, on distinguait seulement la lueur rouge des projecteurs du *Benthos* qui éclairaient les abysses. La silhouette de Benedict se détachait contre l'arrière-plan de la fosse.

– Fermez bien le conduit d'accès derrière vous, ordonna-t-il d'une voix douce mais ferme. Approchez lentement. Leur vue est étonnamment perçante.

Terry lui obéit. Elle ferma l'écoutille étanche et traversa la pièce obscure à pas lents pour venir se placer près de lui, derrière l'énorme vitre d'observation.

– Ne faites aucun mouvement brusque, quoi que vous aperceviez, la prévint Benedict.

– Qu'est-ce que nous allons voir ?

– Soyez patiente, regardez bien.

Autour du *Benthos*, les profondeurs étaient baignées dans une lumière rouge tendre. Le plancher marin formait une ombre, à 20 mètres sous le navire en suspension. Une forêt pétrifiée menaçante de fumeurs noirs se dessinait à la limite des ténèbres. Chaque cheminée primitive, haute et très étroite, crachait des nuages champignons brunâtres de suie, d'eau bouillante et de minéraux soufrés.

Terry perçut un mouvement – la projection d'une ombre énorme qui traçait des cercles au-dessus du plancher marin. La forme vivante en elle-même demeurait cependant cachée sous le *Benthos*. Au souvenir de la créature qui s'était introduite dans le hangar, la panique l'envahit.

Il y eut un autre mouvement, provenant cette fois de dessus leurs têtes. Une anguille gobeuse de 5 mètres ondula le long de la vitre de Lexan. Sa gueule en forme d'entonnoir grande ouverte suivait un poisson hachette argenté. Plutôt que de chasser sa proie qui se déplaçait plus vite qu'elle, l'anguille brun foncé enroula l'extrémité de sa longue queue en forme de fouet devant ses mâchoires. Instantanément, une lueur orange pâle s'alluma au bout de la queue effilée.

Attirée par la lumière, le poisson hachette fit brusquement volte-face et fonça droit dans la bouche ouverte de l'anguille gobeuse.

Terry allait dire quelque chose quand une ombre remonta le long de la coque incurvée du *Benthos* d'une glissade majestueuse.

Le dessous de la tête plate et ignoble apparut d'abord, laissant entrevoir des dents pareilles à celles d'un tyrannosaure. Les gigantesques muscles de la mâchoire se fléchirent pour permettre à la gueule de crocodile de s'ouvrir.

Deux claquements de mâchoires successifs suffirent au reptile colossal pour engouffrer l'anguille gobeuse, à la vitesse d'un serpent. La créature s'éloigna ensuite d'une gracieuse pirouette, en cognant la vitre de Lexan avec l'un de ses énormes appendices en forme de pagaie. Elle s'évanouit de leur vue.

Benedict devança la question de Terry.

– Cette espèce porte le nom de *Kronosaurus*, lui apprit-il. Une race de plésiosaures au petit cou. Un reptile marin préhistorique qui régnait dans les mers du mésozoïque, jusqu'à l'évolution du *Carcharodon Megalodon* il y a soixante-dix millions d'années. J'en ai compté six. Ils tournent tous autour de nous.

– Je croyais qu'ils avaient peur du *Benthos*...

– Apparemment, c'est leur appétit qui l'emporte.

– Je ne comprends pas.

Terry sentit des gouttelettes de sueur glisser le long de sa nuque.

Benedict se tourna et la brûla de ses yeux émeraude.

– J'ai l'impression qu'ils ont goûté à la chair humaine, ma chère. Ça leur a plu, manifestement.

Terry réfléchissait à toute vitesse.

– Le *Proteus*... ces créatures ont dû l'attaquer et dévorer les dépouilles des membres d'équipage.

Cette explication parut satisfaire Benedict.

– Vous allez retarder la prochaine sortie ?

– *Mais non, madame, je la maintiens* [1]. Le *Benthos* poursuit son voyage vers le nord. L'*Epimetheus* et son équipage sont prêts à déployer les engins. Je compte sur vous pour nous accompagner ?

– Non... Non, c'est hors de question. Comment pouvez-vous envisager de faire sortir l'*Epimetheus*, avec ces monstres à l'affût ?

Benedict se déplaça lentement vers le panneau de bord du mur opposé.

– Alors, vous leur préférez désormais Serguei ?

---

1. En français dans le texte.

– Non, simplement…

– Je vous attends donc à bord du submersible. Départ dans vingt minutes.

Benedict pressa le bouton permettant de refermer le dôme extérieur de titane, qui se mit à recouvrir lentement la fenêtre panoramique.

– Benedict, attendez…

Terry se précipita vers lui.

De l'ombre, un deuxième kronosaure apparut subitement. Tête la première, la bête de 16 tonnes se lança à l'assaut de la vitre dont la surface se rapetissait. Les lumières rouges faisaient flamboyer ses yeux lumineux.

Terry regarda Benedict qui fixait le carnivore de ses yeux écarquillés, une grimace sadique inscrite sur le visage.

Elle se recroquevilla quand la créature ouvrit sa gueule. Ses mâchoires plates et effilées étaient plus hautes que la vitre.

Dans un gémissement hydraulique aigu, les parois de titane escamotables se refermèrent d'un claquement sur la vitre. Un coup tonitruant se répercuta dans la pièce. Le kronosaure s'attaquait au dôme.

Près du panneau de commandes, Benedict regardait Terry avec un large sourire. Sa tête rasée de près luisait sous l'éclairage du plafond.

– En définitive, l'exploration de la fosse va peut-être attendre un peu.

Elle le regarda desceller l'écoutille et descendre dans le conduit d'accès, tandis qu'une succession de coups énormes ébranlait l'extérieur du *Benthos*.

SECONDE CHANCE

Clinique Iluliuk
Port de Dutch Harbor
Unalaska, Alaska

– Bon retour parmi nous !

Jonas ouvrit les yeux. Le visage rebondi d'une infirmière aléoute était penché sur lui.

Elle lui adressa un sourire chaleureux, puis elle alla ouvrir les persiennes pour permettre au soleil matinal de pénétrer dans la chambre.

– Voilà, c'est mieux comme ça. Je parie que vous avez mal à la gorge.

Jonas opina.

– Je vais vous chercher un verre d'eau. Mais d'abord, je vous détache.

Jonas baissa les yeux sur ses poignets qui avaient été attachés à la rambarde du lit par de l'adhésif. Il éprouvait une sensation bizarre dans ses mains, enveloppées dans des pansements.

– Le médecin dit que ça va aller mieux, mais vous nous avez vraiment fait peur.

Elle porta une tasse d'eau à la bouche de Jonas.

Il avala quelques gorgées du liquide qui calma sa gorge desséchée.

– Qu'est-ce qui s'est passé ? demanda-t-il d'une voix rauque.

– Apparemment, vous avez décidé de prendre un petit bain dans le golfe de l'Alaska. L'eau glacée a provoqué une hypothermie. Votre corps a cessé de fonctionner.

– Mon cœur s'est arrêté ?

– Vous êtes mort un instant. Heureusement que votre ami sait faire les massages cardiaques. À votre arrivée en hélicoptère, vous respiriez, mais votre température interne et votre pression sanguine avaient dangereusement chuté. Vous avez fait un autre arrêt cardiaque en salle d'opération. Nos médecins ont réussi à vous ranimer.

– Minute, vous êtes en train de dire que j'étais… mort ?

Jonas ferma les yeux pour essayer de se remémorer ce qu'il prenait pour un rêve.

– Pendant une ou deux minutes. En plus, vous avez des gelures graves aux doigts et aux orteils.

Jonas essaya de remuer les doigts. Ils étaient raides et très douloureux.

– Le docteur s'inquiète un peu pour vos orteils du pied gauche. Il tient à les surveiller. Il craint que la gangrène s'installe… Quant à votre jambe droite… Dieu du ciel ! Tout le personnel s'interroge. D'où viennent ces affreuses blessures ?

– Un accident de pêche, murmura Jonas. Je suis ici depuis quand ?

– Trois jours. Vos amis sont repartis sur leur bateau. Ils sont quelque part dans la mer de Béring. Nous leur donnons des nouvelles par radio. Je vais demander à notre standardiste de les contacter pour leur faire savoir que vous êtes sorti du coma.

L'infirmière tapota son oreiller, puis elle sortit.

Jonas ferma les yeux pour bien se pénétrer de toutes ces nouvelles.

Je suis mort…

Une tristesse inouïe le submergea. Il repensa à tout ce qui lui était arrivé en onze ans, depuis qu'il avait échappé à la mort dans la fosse des Mariannes. La culpabilité l'avait incité à devenir paléontologue. Son ego le poussait à prouver au monde entier qu'il avait agi correctement à bord du *Seacliff*. Son obsession pour les créatures avait détruit ses deux mariages. Et pour couronner le tout, sa haine aveugle l'avait amené aux portes de la mort.

Dieu m'offre une seconde chance…

Quelques heures plus tard, l'infirmière revint et déposa le déjeuner de Jonas sur une desserte installée à côté de son lit.

– J'espère que vous avez faim. Au fait, votre petite amie, la jolie blonde…

– Ce n'est pas ma petite amie.

– Ah bon. Bref, elle vient d'arriver. Elle a hâte de vous voir. Je la fais attendre jusqu'à la fin de votre repas ?

– Non, non, faites-la venir.

Céleste entra quelques instants plus tard. Sa longue chevelure platine était dénouée sur un pull à col roulé noir. Elle se pencha sur lui et l'embrassa gentiment sur la joue, puis elle tira une chaise à côté du lit.

– Tenez, avant que j'oublie.

Elle sortit un téléphone cellulaire de son sac et le posa sur la table de nuit.

– De la part de Harry. Comme ça, vous pourrez l'appeler quand vous voudrez qu'il vienne vous chercher. Alors, vous avez vu une lumière blanche ou vous vous dirigiez dans la direction opposée ?

– Je me souviens d'une lueur blanche, mais avec des dents. J'ai vraiment fait une acrobatie stupide, hein ?

– S'il ne s'agissait que de ça ! Mais vous avez essayé de tuer mon requin. Moi qui pensais pouvoir vous faire confiance... La vérité, c'est que vous vous êtes moqué de moi depuis le début. Vous m'avez utilisée pour vous approcher du Megalodon et essayer de le tuer.

– Céleste...

– Ne mentez pas. Reconnaissez simplement les faits.

– Bon, OK. J'admets que c'est pour ça que j'ai accepté votre offre. Mais en ce qui concerne mes sentiments, je ne vous ai jamais menée en bateau. Dès le départ, je vous ai dit que j'aimais ma femme. C'est vous qui m'avez fait des avances.

– Vous m'attirez. C'est un crime ?

– Je suis marié...

– Et si vous ne l'étiez pas ?

– Quoi ?

Céleste avait posé la question d'un ton qui lui donna des frissons dans le dos.

– Vous m'avez bien entendu. Si Terry n'était pas votre femme, m'auriez-vous quand même repoussée l'autre nuit ?

Fais attention, Jonas...

– Céleste, vous êtes belle et je ne suis qu'un vieux savant coincé. Ça ne collerait pas. Je tiens avant tout à votre amitié. J'ai vraiment apprécié les moments que nous avons passés ensemble. Et vous aviez raison, je faisais porter à ces requins monstrueux la responsabilité de tout ce que j'ai vécu depuis onze ans.

– Je vous l'ai dit : vous êtes obsédé.

– Terry et Mac me le serinent depuis des années, mais je ne les écoutais pas. Il fallait sans doute que je meure pour comprendre que j'étais aveuglé par la colère et la culpabilité. Mac me surnomme Achab. Il a vu juste. Céleste, quand je pense que j'étais prêt à perdre ma vie pour tuer un gros poisson ! (Il appuya la tête sur son oreiller et ferma les yeux.) Pardon si je vous ai induite en erreur.

Elle lui caressa la joue.

– Ça n'a pas d'importance.

– À partir de maintenant, tout va changer. Dieu m'a offert une seconde chance et je vais la saisir.

Elle le dévisagea avec circonspection.

– Ça veut dire quoi ?

– Que ça suffit. J'arrête. Plus de Megalodons dans la vie de Jonas Taylor. J'ai pris officiellement ma retraite.

Elle se recula, les narines frémissantes.

– Ne faites pas votre vertueux avec moi, monsieur Taylor. Vous ne pouvez pas laisser tomber. Pas après tout ce qui est arrivé. Nous n'avons toujours pas capturé votre requin.

– « Mon » requin ? Si ma mémoire est bonne, c'était le vôtre...

– Vous me comprenez fort bien. Accrochez-vous... Vous me le devez bien.

– Laissez-le vivre.

– Vous délirez ? (Céleste se leva si brusquement qu'elle renversa son jus d'orange par terre.) Jonas, combien de gens sont morts depuis que votre requin s'est échappé du lagon ? Vous ne pensez pas que vous devez au public de le retrouver avant que d'autres innocents soient massacrés ?

– Céleste, ce n'est qu'un requin, pour l'amour du ciel ! Il est dans son habitat naturel. D'ordinaire, il ne se gave pas d'humains. Nous l'avons gêné, point final.

– Erreur. C'est à cause de vous que ces monstres se sont échappés de la fosse des Mariannes. (Elle enfonça l'index dans le torse de Jonas.) Vous et Tanaka êtes responsables de leur remontée en surface.

– Ouh ! Je rêve ou quoi ? Vous qui me répétiez de ne pas me sentir coupable !

– Exact… à partir du moment où vous faites le nécessaire, à savoir m'aider à capturer Ange avant qu'il tue de nouveau quelqu'un.

– Pourquoi moi ? Parce que je suis le pauvre crétin qui a eu la déveine de croiser le chemin de ces machines à tuer il y a onze ans ? J'ai déjà aidé à capturer un Megalodon et à en tuer un. Question requins préhistoriques, j'ai rempli mon quota.

Céleste arpentait la chambre comme une lionne en cage.

Vous êtes responsable vis-à-vis de l'institut, Jonas, vis-à-vis de tous ceux qui sont morts…

– N'exagérez pas. Vous l'avez dit vous-même : ça fait bien trop longtemps que je me gâche la vie avec ces créatures. Désolé, Céleste, mais la haine, la culpabilité, c'est fini… Elles sont mortes avec moi sur la table d'opération il y a trois jours. Vous avez devant vous le nouveau Jonas Taylor. Je suis né une seconde fois. Pour ce qui est de mes responsabilités à votre égard et à celui de l'Institut, je vous avais prévenue. Je vous avais dit d'endormir le requin pour nous permettre de sceller les portes une bonne fois pour toutes.

Céleste s'assit par terre et appuya la tête au montant du lit.

– Je vous en prie, Jonas, j'ai besoin de votre aide.

– Erreur, Céleste. Maren peut s'occuper de tout. Personnellement, je pense qu'Ange est trop grosse pour qu'on la capture. De plus elle est en chaleur, ce qui la rend encore plus dangereuse. Vous voulez un conseil ? Continuez à fouiller la mer de Béring. Tôt ou tard, elle finira bien par se montrer. Ce n'est qu'une question de temps.

– Vous vous trompez. Nous avons complètement perdu sa trace depuis votre accident et nous ne sommes pas les seuls à la chercher. Les gardes-côtes ont déployé les grands moyens et il doit bien y avoir un millier de bateaux de pêche sur l'eau aussi. Personne n'a aperçu le requin, ni la moindre trace de baleine ou de lion de mer morts. Maren lui-même y perd son latin.

– La mer de Béring est vaste. Offrez une récompense aux pêcheurs du coin. Je suis sûr que quelqu'un le repérera vite fait bien fait.

Céleste appuya la tête contre la main de Jonas.

– C'est donc votre dernier mot ? Vous laissez tomber ?

– Parfaitement. (Il retira sa main.) Je vais guérir, récupérer mes forces. Puis je retournerai en Californie et j'entamerai une nouvelle vie avec Terry.

Céleste plongea un regard dur dans le sien.

– Très bien, Jonas, je comprends vos sentiments. Vous avez vécu une expérience très traumatisante sur le plan émotionnel. Je ne vous reproche pas de vouloir arrêter. Mais il y a encore une chose que vous pouvez faire pour empêcher d'autres innocents de mourir.

– Quoi ?

– Votre femme est toujours à bord du *Benthos*, en compagnie d'êtres chers à mon cœur. Tant qu'ils sont dans les abysses, ils courent un danger.

– Que voulez-vous que je fasse ? demanda Jonas en se redressant tant bien que mal dans le lit.

– Soyez l'ami que vous prétendez être. Je n'ai pas fermé l'œil depuis que vous m'avez parlé du Purgatoire du Diable. Traitez-moi de névrosée, mais je suis malade d'angoisse. Cet endroit m'inspire d'affreuses prémonitions.

– Céleste, cette gorge mesure plus de 2 400 kilomètres de long sur 65 de large !

– Je suis une femme, Jonas. N'essayez pas de faire entendre raison à mes émotions.

Il se rallongea, épuisé.

– OK, Céleste, qu'est-ce que vous voulez ?

– Avant que vous abandonniez vos responsabilités, procurez-moi au moins la paix d'esprit que j'ai essayé de vous insuffler. Donnez-moi les coordonnées du Purgatoire du Diable. Ça n'a peut-être pas de sens à vos yeux, mais savoir que le *Benthos* évitera cette zone de la fosse me permettra de dormir la nuit. Si quelqu'un peut le comprendre, c'est bien vous.

Jonas ferma les yeux. Il s'interrogeait : pouvait-il ou non lui donner ce renseignement ? Pour autant qu'il le savait, la Navy ne s'intéressait plus à la fosse des Mariannes. Quel mal pouvait-il y avoir à lui révéler ces coordonnées ? Par la même occasion, il se la sortirait de la tête une bonne fois pour toutes.

Mais l'avertissement de Mac lui revint alors à l'esprit.

– Désolé, Céleste, mais je ne peux pas vous le dire.

Il vit le visage de la jeune femme se congestionner de fureur.

– Vous savez quoi, Jonas ? Vous et la Navy, vous pouvez aller vous faire foutre !

Il eut un mouvement de recul, tandis qu'elle renversait sa table et son repas, avant de sortir de la chambre comme une furie.

Michaël Maren contemplait la carte de la mer de Béring d'un œil distrait quand Harry Moon entra dans la salle de commande.

– Les orques viennent d'avaler la dernière bouchée de la carcasse du lion de mer, lui annonça ce dernier. Et maintenant ?

Maren leva les yeux.

– Comment voulez-vous que je sache, bordel ?

– C'est vous, l'expert. Vous aviez dit que le requin croiserait par ici.

– Exact. Il ne se montre pas, c'est tout. Peut-être que tous ces foutus hélicoptères, bateaux et vedettes des gardes-côtes lui flanquent la pétoche. Croyez-moi : tôt ou tard, il va réapparaître.

– Vous avez l'air lessivé. Si vous vous reposiez un peu ?

– Ouais, je vais faire un somme. Céleste revient quand ?

– À 3 heures.

Maren se rendit sur le pont. Il était en train d'ajuster sa parka pour se protéger des rafales de vent quand quelqu'un le héla.

– Docteur Maren, par ici.

Il leva la tête vers l'aire d'atterrissage des hélicoptères et aperçut Mackreides qui essayait de soulever une grosse caisse de carton pour la lancer dans le compartiment de fret de son appareil.

– Doc, s'il vous plaît. Il n'y en a que pour une minute.

Maren s'approcha avec circonspection.

– Qu'est-ce que vous voulez ?

– Un petit coup de main. Je me tue le dos.

Maren se pencha pour soulever la boîte qui pesait à peine 20 kilos.

– Ce truc est léger comme une plume ! Qu'est-ce qui vous arrive ? Je vous prenais pour un gros dur.

– Je viens de vous le dire : mon dos m'a lâché. Ça vous ennuie de la poser dedans ?

Maren se tourna pour lancer la boîte de carton contre la paroi du fond.

– Si c'est tout, je vais…

Mac le souleva de terre et le jeta la tête la première dans le compartiment de fret.

Maren se retourna sur le dos, s'assit et se frotta la tête.

– Ça va pas !

Le bout de la botte de Mac s'enfonça dans son plexus et lui ôta l'air des poumons. Avant qu'il ait le temps de se ressaisir, Mac lui ligota les poignets avec une corde de nylon. Puis il le remit sur ses pieds et fit passer le bout de la corde plusieurs fois autour d'une barre fixée au plafond de l'hélicoptère, l'obligeant à rester debout.

Maren se débattit pour se dégager.

– Mais qu'est-ce qui vous prend ?

Mac grimpa dans le cockpit et mit le moteur en marche.

– C'est simple, doc : quand on baise mon copain, on me baise aussi.

L'hélicoptère décolla et s'éloigna du *William Beebe* en direction du nord.

– Une seconde, bon Dieu ! Où m'emmenez-vous ?

– Faire un peu de tourisme. L'Alaska est superbe, non ?

– Oui. Pourquoi faites-vous ça ?

Mac ne lui répondit pas. L'hélicoptère survola la mer de Béring, puis il continua son chemin vers le nord, au-dessus de pics enneigés et de vallées verdoyantes.

Céleste leva le nez de son magazine en voyant l'infirmière approcher de la chambre de Jonas.

– Pardon, c'est pour mon fiancé ?

Elle désigna le plateau-repas.

– Votre fiancé ?

– Oui, le docteur Taylor.

– Oh, eh bien, oui, c'est pour lui.

– Je peux ?

L'infirmière lui tendit aimablement le plateau.

Céleste la remercia d'un sourire, puis elle attendit qu'elle ait tourné le dos pour sortir deux pilules jaunes de sa poche.

Jonas était en train de regarder les informations télévisées.

Céleste entra d'un air dégagé.

– Salut, me revoilà !

Il éteignit le poste.

– Je croyais que vous aviez regagné le bateau.

– Je m'en voulais. Nous étions censés être amis, et je vous ai hurlé dessus. Je ne souhaite que votre bonheur.

– Merci, Céleste, moi de même pour vous.

Elle se pencha pour l'embrasser sur le front.

– Tenez. (Elle lui tendit les deux pilules et un verre de jus de fruits.) L'infirmière m'a demandé de bien vous les donner. Elles vont vous remonter.

Jonas avala les pilules.

– Qu'allez-vous faire ?

Elle tira une chaise près du lit.

– Le *William Beebe* se dirige vers le port le plus proche pour réparer…

Durant les dix minutes suivantes, Céleste continua à ronronner sans intermittence. Jonas sentait une immense lassitude le gagner.

– … et j'ai suivi votre conseil et offert une prime de cinq mille dollars à la première personne qui apercevra Ange. Je suis sûre qu'il ne va pas mettre longtemps à réapparaître.

L'écho de ses paroles résonnait dans la tête de Jonas.

Céleste vit ses yeux se révulser.

– Ça va ?

Il se frotta la tempe.

– Je ne sais pas. Je suis vraiment crevé…

Il ferma les paupières.

Céleste se pencha et lui chuchota à l'oreille.

– Jonas, vous me trouvez séduisante ?

– Oui.

– Vous me faites confiance ?

– Non.

– Mais vous aimeriez me baiser, non ?

Il mollissait.

– Oui, mais c'est impossible… marmonna-t-il, assommé par le Sodium Pentothal. J'aime Terry et je ne la tromperai pas.

– Jonas, Terry est dans la fosse des Mariannes. Si nous ne la prévenons pas d'éviter le Purgatoire du Diable, elle va mourir. Jonas, ne la laissez pas mourir.

Jonas serra les dents pour essayer de se concentrer dans son état comateux.

– Je ne veux pas qu'elle meure…

– Alors donnez-moi les coordonnées… vite. (Elle lui tapota la joue.) Jonas, le Purgatoire du Diable…

Il se sentait gagné par le sommeil, les mots qu'il prononçait sortaient de la bouche d'un autre.

– … le canyon du nord… 22 degrés… 45 minutes… latitude nord.

– Oui, continuez !

– … un… 46… degrés… 33… minutes… longitude est.

Céleste lui donna un baiser violent sur la bouche et sortit en trombe de la chambre.

Deux heures s'écoulèrent avant que Mac ralentisse et décrive un cercle au-dessus d'une immense prairie piquée de fleurs sauvages. Une chaîne de montagnes enneigées sculptait l'horizon au nord-est, une forêt de pins tapissait le sud.

L'hélicoptère atterrit.

– Où on est, bordel ? hurla Maren.

– Déjà entendu parler d'une ville appelée Bethel ?

– Non.

– Moi non plus, mais d'après la carte, elle se trouve quelque part au sud d'ici, à environ 50, 60 kilomètres.

Mac fit glisser la porte du compartiment de fret, puis il jeta la boîte de carton dehors.

– Quoi ? Qu'est-ce que vous faites maintenant ?

– Je me suis dit que ça vous ferait plaisir d'avoir vos affaires. J'ai pris la liberté de vider votre cabine. Ne me remerciez pas, tout le plaisir est pour moi.

– Vous n'allez pas m'abandonner ici ?

– Pourquoi pas ? La région est charmante. Mais faites quand même attention aux ours.

– Je vais mourir…

Mac dénoua la corde et tira Maren hors de l'appareil.

Le savant tomba à genoux sur le sol boueux à moitié gelé.

– Mackreides, attendez. OK, je reconnais que c'est moi qui ai enlevé le percuteur de l'arme de Taylor. Mais je n'ai pas coupé la corde.

– Alors c'est qui ?

– Aucune idée.

Mac retourna à l'hélicoptère pour refermer la porte du compartiment de fret.

– Attendez, Mackreides, ne partez pas ! Si vous ne me croyez pas, demandez à Céleste. Je couchais avec elle la nuit où Taylor a été attaqué.

– Un mobile qui se tient : Céleste faisait du gringue à Jonas. Ça vous a rendu jaloux et vous avez essayé de le tuer.

– Non. Enfin, oui, j'étais jaloux, mais je n'ai pas coupé la corde.

Mac étudia le visage de Maren. Il prit son couteau Bowie dans sa poche.

Maren tressaillit.

Mac le saisit par les poignets et coupa ses liens. Puis il sortit un sac à dos du cockpit et le lui lança.

– Il contient une carte, des allumettes et des produits de première nécessité. Si vous croisez encore mon chemin, je vous tue.

Mac remonta dans le cockpit.

Maren courut jusqu'à la porte. Elle était verrouillée.

– Mackreides, ne faites pas ça !

Mac se retourna. Un sourire hilare élargit sa mâchoire carrée.

– Ça vous dégourdira les jambes !

Désespéré, Maren s'agrippa à un patin d'atterrissage. L'hélicoptère se souleva et le projeta à terre.

Il s'assit et regarda l'hélicoptère disparaître par-dessus un bosquet de pins. Des bourrasques de vent du nord frisquet hurlaient dans les arbres et le faisaient frissonner.

Il parcourut le paysage du regard et comprit enfin dans quel pétrin il se trouvait.

– Va te faire foutre, Mackreides ! hurla-t-il en courant derrière l'hélicoptère.

L'écho de sa voix lui revint de loin. Il trébucha sur un tronc creux, se redressa et se mit à donner des coups de pied dedans en lançant des jurons et en hurlant comme un gosse qui pique une crise de rage.

Au bout de plusieurs minutes, il s'arrêta ; son pied l'élançait. Il ouvrit le sac à dos et en sortit la carte que Mackreides lui avait laissée. Il la déplia.

Fils de pute !

C'était un plan de Cleveland.

Maren le déchira en deux et se mit en marche, d'un pas fortement claudicant.

Jonas ouvrit les yeux. Céleste était partie, sa chambre plongée dans l'ombre. Aussi loin que remontaient ses souvenirs, c'était la première fois qu'il se sentait en paix. Il imagina ce qu'il allait dire à Terry : il lui proposerait de déménager, de vendre la maison, de recommencer leur vie à zéro, là où elle en aurait envie. Il prendrait un emploi avec des heures régulières, rentrerait chez eux le week-end. Il ferait tout ce qu'il fallait pour leur permettre de ne pas se séparer.

Un grondement profond interrompit le fil de ses pensées. Autour de lui, la pièce tremblait. Il s'assit. La vitre vibrait bruyamment dans son cadre. Une tasse d'eau se renversa sur son plateau.

Quelques secondes plus tard, les vibrations cessèrent.

L'infirmière réapparut, le visage souriant.

– Ça va ?

– C'était un séisme ?

– Un mini-tremblement. Ça n'arrête pas. La plupart des gens n'y font même plus attention. Vous auriez dû voir la dernière éruption de ce bon vieux Makushin. Dieu du ciel ! Une couverture de cendres partout…

– Je ne réalisais pas qu'il y avait un volcan sur cette île.

– Il y a des volcans en activité dans toutes les Aléoutiennes. Après tout, nous faisons partie de la ceinture Pacifique.

Jonas se raidit. Une pensée atroce venait de lui traverser l'esprit.

– Ça va, monsieur Taylor ?

– Non. Madame, une seconde, s'il vous plaît, j'ai besoin de votre aide… Il me faut un ordinateur.

– Mon fils a un portable…

– Je peux le lui emprunter ? C'est très important. Une question de vie ou de mort.

LA SOURICIÈRE

Fosse des Mariannes

Benedict Singer était penché sur la table lumineuse circulaire, la lueur fluorescente rendait ses yeux émeraude plus bestiaux qu'humains. À sa droite se tenait Vladislav Prokovitch, le nouveau capitaine du *Benthos* ; à sa gauche, le Dr Liua Kwan, professeur de physique spécialiste du plasma. Les trois hommes examinaient l'immense carte informatisée bathymétrique de la fosse et des îles Mariannes environnantes.

La chaîne d'îles volcaniques formait un long bloc continental incurvé qui s'étirait du nord au sud. Des millions d'années auparavant, les îles avaient surgi du plancher océanique, soulevées par la subduction de la plaque tectonique Pacifique sous la plaque des Philippines. À l'est s'étendait en parallèle la fosse la plus profonde du monde. Un plateau d'une cinquantaine de kilomètres de large séparait cette gorge tortueuse en son milieu, dans le sens de la largeur.

Un point bleu désignait la position du *Benthos* à l'intérieur de la région sud. Benedict traça un X au marqueur rouge dans la partie nord de la fosse.

– Jonas a indiqué à Céleste que les plongées du *Seacliff* s'étaient déroulées ici. Vladislav, combien de temps nous faut-il pour y arriver, à pleine vitesse ?

Vladislav Prokovitch tapota le bandeau permanent qui recouvrait son orbite gauche, un vestige de la guerre d'Afghanistan.

– Il faut compter trente heures pour atteindre la paroi du plateau. Le *Benthos* doit alors remonter 4 000 mètres pour sortir de la gorge, puis parcourir 46 kilomètres avant de redescendre dans la région nord. De là, encore vingt heures jusqu'au Purgatoire du Diable… Je dirais donc soixante-douze heures, peut-être moins, en fonction des courants…

– Ça nous aiderait si le *Goliath* procédait aux relevés chromatographiques de gaz du Purgatoire du Diable avant notre arrivée, suggéra Kwan.

Prokovitch hocha la tête.

– *Nyet.* Trop dangereux. Impossible de laisser le *Goliath* nous devancer tant que ces créatures continuent à nous attaquer.

– Pourquoi donc ? demanda Kwan. La coque du *Benthos* est inexpugnable.

– Exact, mais les réservoirs d'essence et de lest attachés au carénage sous le navire sont très vulnérables, de même que l'*Epimetheus*, répondit Prokovitch. Les heures supplémentaires ne justifient pas ce risque.

– Les créatures nous abandonneront une fois que nous commencerons à remonter, décida Benedict. Donnez l'instruction au *Goliath* de nous suivre jusque-là.

– Et la fille ? demanda Prokovitch. Maintenant que Serguei est mort, peut-on la laisser circuler librement dans la station ?

– Illusion, rectifia Benedict. Elle n'est pas libre. Mes yeux la suivent partout.

– Dans ce cas, pourquoi ne pas l'avoir empêchée de tuer Serguei ?

– J'ai simplement laissé la situation se dérouler jusqu'à son terme. La fille était rusée, Serguei imprudent. L'alcool l'avait condamné depuis longtemps. Il méritait de mourir.

– On pourrait placer un garde…

Benedict tapota les cheveux rouge carotte coupés en brosse du jeune homme.

– Ne vous inquiétez pas, Vladislav. J'observe cette fille. Une petite souris désespérée, prisonnière d'un dédale inextricable. Comme j'aime étudier la nature humaine, je le fais à son insu. J'analyse ses réactions au stress.

– Elle en sait trop, estima Kwan.

– À qui peut-elle parler ? demanda Benedict. Tant qu'elle reste en vie, elle peut toujours servir d'otage, en cas de problème inattendu. Notre mission accomplie, ma petite souris sera disséquée et proprement larguée. D'ici là, laissez-la vagabonder dans sa cage.

3 h 20

Le cœur battant à tout rompre, Terry s'immobilisa pour écouter les voix étouffées qui lui parvenaient de la salle du réacteur nucléaire située au niveau F. Elle ouvrit la porte étanche, descendit et referma l'écoutille dans son dos pour émerger enfin sur le pont G.

Elle pénétra dans le couloir désert et se dirigea sans hésiter vers les doubles portes de sécurité qui étaient censées donner sur des magasins. Elle inséra la carte magnétique de Serguei dans la fente.

Les portes s'ouvrirent en cliquetant sur un petit couloir faiblement éclairé. Après les avoir laissées se refermer hermétiquement, Terry suivit le corridor étroit qui menait à une autre porte, sur sa droite. Le long du mur se trouvaient plusieurs cabines de changement. Dans chacune d'elles, des combinaisons semblables à celles du *Goliath* étaient suspendues à des crochets.

Après avoir traversé le vestiaire vide, Terry suivit un passage revêtu d'un tapis jusqu'à une salle de bains et des cabines de douche et atteignit enfin une porte d'acier. Au-dessus était placardé un avertissement en anglais, coréen et arabe.

« DOUCHE À AIR OBLIGATOIRE AVANT D'ENTRER DANS LE LABO DE FUSION. »

Sans en tenir compte, Terry entra et dut fermer les yeux, le visage fouetté par une violente rafale d'air. Cette dernière se dissipa une fois qu'elle eut franchi le seuil et pénétré dans une petite antichambre. Des bancs étaient alignés le long des deux côtés de la pièce de 3,5 mètres sur 4,5 mètres, terminée à l'autre bout par une porte vitrée. Terry pressa le visage contre le verre foncé.

La porte donnait sur un laboratoire, mais qui ne ressemblait à aucun de ceux qu'elle avait eu l'occasion de voir. Au centre se trouvait un objet qui ressemblait à un cube noir de 2 mètres, entouré d'une myriade d'ordinateurs et d'aspirateurs. Juste au-dessus de ce cube, un engin ressemblant à un laser industriel d'une grande puissance était placé contre le plafond.

Le laboratoire paraissait vide. Terry poussa la porte et reçut une autre rafale d'air en plein visage. Elle passa devant les ordinateurs et arriva devant des rangées de tables d'examen en aluminium, couvertes de piles de roches noires en forme de pommes de terre. Elle en prit une pour l'examiner.

– Du manganèse, chuchota-t-elle en examinant le nodule.
– Exact.
La jeune femme sursauta, pivota sur place et se retrouva nez à nez avec Benedict Singer. Prise en flagrant délit, elle adopta une attitude de défi, dans l'attente de recevoir sa punition pour mauvaise conduite.
– On dirait que vous prenez goût aux petites promenades matinales, persifla Benedict. À l'avenir, je vous serais reconnaissant d'obéir à nos règles d'hygiène, avant d'entrer par effraction dans nos installations de haute sécurité. Vous l'avez fait quand vous vous êtes introduite dans le laboratoire Tokamak du *Goliath*.
Terry commençait à perdre son sang-froid.
– Qu'allez-vous faire ? Me tuer ?
Quelle idiotie...
– Vous tuer ? Pour être entrée ici par effraction ? Un peu extrême, non ? Quoique… il est vrai que vous avez assassiné Serguei.
– Il me violait.
– Une tentative de viol justifie-t-elle un crime ?
– Il m'aurait tuée, comme il a tué le capitaine Hoppe.
– *Sancta simplicitas*, n'est-ce pas, ma chère ? (Benedict tournait autour d'elle comme un vautour.) Aucune importance. Votre crime restera secret.
– Qu'est-ce que vous me voulez ? demanda-t-elle, au prix d'un gros effort pour ne pas s'écrouler.
– Ce que je veux de vous ? répéta Benedict, comme s'il réfléchissait à la question. En fait, pour être honnête, je ne le sais pas vraiment. Je pense que j'essaie encore de mesurer votre valeur. Vos prouesses physiques dans le hangar m'ont impressionné, c'est sûr, sans parler de votre témérité à bord du *Goliath*. Si nous testions votre intelligence ? Dites-moi ce qui m'intéresse véritablement dans la fosse des Mariannes ?
Elle plongea les yeux dans les siens, refusant de se dérober.
– La fosse des Mariannes se trouve à l'intérieur des frontières régies par les lois sur les zones d'exclusivité économique. Vous utilisez le déploiement des UNIS comme couverture pour en extraire illégalement du manganèse.
Un éclair d'approbation illumina les yeux de Benedict.
– Très bien. Mais je me donnerais tout ce mal dans le simple but d'extraire quelques nodules polymétalliques ?

– Manifestement, ce n'est pas le manganèse que vous voulez, ni même le nickel ou le cobalt. Ces nodules doivent contenir quelque chose qui a un rapport avec la fusion.

– *Bravo !* Suivez-moi.

Benedict l'enveloppa de son bras droit pour l'amener à côté de la chambre de combustion de forme ovoïde.

– Avez-vous déjà entendu parler de l'hélium-3 ?

– Un gaz extrêmement rare, non ?

– Euphémisme. La plupart des savants estiment qu'il y en a tout juste assez sur Terre pour remplir une tasse. En revanche, cet isotope existe en abondance sur la Lune. Mais se lancer dans une exploitation minière sur la Lune… Vous imaginez l'entreprise !

– En quoi est-ce si important ?

Benedict sourit.

– C'est la clé, ma chère. La clé permettant d'accéder à la fusion thermonucléaire, le plus grand défi technologique de tous les temps. L'humanité a accompli de gros progrès depuis qu'Einstein a déduit que la masse peut produire de l'énergie, mais nous sommes face à un problème fondamental : comment contenir le plasma brûlant nécessaire pour atteindre des températures de fusion de cent millions de degrés ?

– Et vous avez résolu ce problème ?

Benedict s'appuya contre une des tables d'aluminium.

– Pas moi, mais deux brillants physiciens, les professeurs Dick Prestis et Michaël Shaffer. J'ai eu le premier pour collègue dans le temps.

– Prestis et Shaffer ? Ces noms me disent quelque chose.

– Normal. Il s'agit des deux hommes qui ont trouvé la mort à bord du *Seacliff*. Heureusement pour moi, ils ont emporté le secret de la fusion dans leur tombe.

– Jonas est au courant ?

– Grands dieux, non ! La Navy elle-même ignorait leur découverte.

– Jonas m'a dit qu'ils mesuraient les courants pélagiques de manière à enterrer des baguettes de plutonium usagées.

Benedict prit une expression réjouie.

– Couverture intelligente, mais fort éloignée de la vérité. Quelques années plus tôt, Prestis et Shaffer avaient fait une étonnante découverte, alors qu'ils analysaient des nodules de manganèse extraits du plancher marin il y a plus d'un siècle par le *H.M.S. Challenger.*

Benedict pressa un bouton sur le tableau de bord de la machine en forme de cube, dont un pan entier s'ouvrit dans un sifflement. Il prit un nodule de manganèse sur une pile et le plaça sur un plateau à l'intérieur de la machine.

Terry vit ensuite le tube du laser s'écarter du plafond. Benedict lui tendit une paire de lunettes de protection.

– Mettez-les, ordonna-t-il.

Un rayon brillant, visible à travers le verre noir transparent, s'alluma dans la chambre de combustion. Le nodule, baigné par cette lumière intense, commença à chauffer, pendant qu'une pompe aspirait le gaz à l'extérieur.

– Nous ne comprenons pas encore tout à fait comment s'effectue le processus d'enrichissement de ces nodules, mais nous savons que les sources hydrothermales du Pacifique crachent des gaz primitifs. Un de ces gaz est l'hélium-3, qui s'est raréfié sur Terre depuis la formation de notre planète. Au fur et à mesure que le manganèse, les minéraux et les eaux surchauffées jaillissent des failles hydrothermales, des nodules se forment. Des gaz inertes en restent souvent prisonniers.

La liste des différents métaux et éléments chimiques composant le nodule s'inscrivit rapidement sur l'écran de l'ordinateur.

– Prestis et Shaffer ont fait appel à un processus identique à celui-ci avec les nodules de manganèse extraits par le *H.M.S. Challenger* dans les années 1870. Leur découverte les a sidérés : les extraits contenaient un mélange unique d'hélium-3 et de deutérium – mélange compatible avec une réaction de fusion de longue durée, comme ils s'en sont vite rendu compte.

Benedict éteignit le laser.

– Tous les nodules que nous avons ramassés ces derniers mois ne sont bons à rien. Malheureusement, ceux du *Challenger* provenaient d'un site précis de la fosse des Mariannes que seuls Prestis et Shaffer connaissaient. Ils l'appelaient en plaisantant le Purgatoire du Diable. Pour leur plongée secrète, le *Seacliff* était équipé d'un long aspirateur conçu pour les extraire du plancher marin. À mon avis, ce sont les vibrations dégagées par cet aspirateur qui ont attiré le Megalodon.

– Mon Dieu…

Benedict éteignit l'ordinateur.

Prestis est parvenu à prélever une demi-douzaine de nodules avant l'apparition et l'attaque du monstre. La Navy les a confisqués, mais elle ignorait tout de leur valeur. Il m'a fallu des années après la mort des deux savants pour parvenir à me procurer une partie de ces pierres et les tester en laboratoire.

Il prit un autre nodule.

– Trouver le Purgatoire du Diable dans cette immense fosse ? Autant chercher une aiguille dans une meule de foin. Malheureusement, seule une poignée d'officiers de la Navy en connaissaient les coordonnées – tout comme, bien évidemment, le pilote du *Seacliff*.

– Jonas ? Jonas ne vous les communiquera jamais…

– C'est fait. Pour être plus précis, il les a données à ma protégée. (Un sourire de triomphe s'inscrivit sur le visage de Benedict.) Ne vous étonnez pas. Céleste peut se montrer très persuasive.

– Je ne vous crois pas.

– Vous avez tort. À l'heure qu'il est, nous nous dirigeons vers le Purgatoire du Diable.

Terry hocha la tête.

– Je ne comprends pas. Pourquoi tous ces secrets ?

– Vous avez déjà répondu à la question. Les lois sur les zones d'exclusivité économiques interdisent aux autres nations d'extraire ces nodules. Les fruits défendus sont les plus exquis, *n'est-ce pas* [1] ?

– À qui tout cela profite-t-il ? Pour qui travaillez-vous ?

– Benedict Singer ne travaille pour personne. Il se trouve que mes partenaires sont une petite coalition d'investisseurs qui ont généreusement fourni à GTI les ressources humaines et les moyens financiers nécessaires à une entreprise de cette envergure.

– Des investisseurs ? Des terroristes, vous voulez dire, bafouilla Terry, en regrettant sur-le-champ d'avoir prononcé ce mot.

Les yeux de Benedict plongèrent dans les siens.

– Une nouvelle fois, je constate que je vous ai sous-estimée. Peu importe. Pour répondre à votre affirmation, l'étiquette de terroriste ou de combattant de la liberté relève davantage de la politique que

1. En français dans le texte.

des actes en eux-mêmes. Les colonisateurs britanniques, à la fin du XVIIIe siècle, n'étaient-ils pas autre chose que violents ? Mes nouveaux amis arabes me permettent de monopoliser cette nouvelle source d'énergie comme le monde occidental ne l'aurait jamais fait. Je suis, par nature, un explorateur. Je veux atteindre de nouvelles frontières. Je n'ai donc aucun intérêt à voir mes ressources limitées par des contraintes juridiques et législatives.

Benedict la saisit par le bras pour la faire sortir du laboratoire.

– L'intervention conjuguée du *Prometheus* et de l'*Epimetheus* devrait nous permettre de prélever rapidement les nodules. Grâce à l'institut Tanaka, le *Benthos* remontera des abysses sans que les États-Unis ni le Japon ne soupçonnent un seul instant le véritable but de notre mission.

Terry avait la nausée, ses mains tremblaient.

– Qu'allez-vous faire de moi ?

– J'hésite. Vous me plaisez de plus en plus... Une espèce de marotte. Je me demande si je ne vais pas vous laisser continuer à vivre à bord du *Benthos*. (Il sourit de nouveau.) J'ai une petite question à vous poser, ma chère : me trouvez-vous séduisant ?

L'ANNEAU DE FEU

Mer de Béring

Jonas se protégea les yeux des débris projetés par les pales de l'hélicoptère qui atterrissait sur le parking de l'hôpital. Il adressa un signe de la main à l'infirmière, ouvrit la porte du passager et grimpa à bord du cockpit familier.

– Tu m'as l'air en forme pour un mort ! lança Mac.

Jonas échangea une rapide poignée de main avec son ami.

– Mac, je...

– N'y pense plus. Je me contenterai d'ajouter ça à ton ardoise. Au fait, elle s'allonge ! Plaisanteries mises à part, je suis content que tu aies revissé ta tête à l'endroit. J'étais sur le point de changer de nom : j'avais choisi Ismaël.

Jonas boucla sa ceinture de sécurité pendant que l'hélicoptère décollait.

– On est loin du *William Beebe* ?

– Quelques minutes. On a mouillé hier soir à Dutch Harbor. Au fait, Céleste nous a quittés à l'aube.

– Céleste ? Où est-elle allée ?

– Un hélico de GTI est venu la chercher. D'après le capitaine Morgan, elle a emporté toutes ses affaires.

– Invraisemblable, commenta Jonas, tout en repérant le *William Beebe* au loin. Pourquoi partirait-elle, alors que le lagon vient d'être réparé et qu'elle dépense une fortune pour capturer le requin ?

– Mystère et boule de gomme. Peut-être que ça a un rapport avec le fait qu'elle te faisait du gringue tout en s'envoyant en l'air avec Maren.

– Céleste et Maren ? Qui te l'a dit ?

– Maren. Juste avant que je le largue de l'autre côté de la frontière de l'Alaska. Histoire de l'encourager à se muscler les jambes. Il m'a avoué qu'il avait ôté le percuteur de la carabine et juré ses grands dieux que ce n'était pas lui qui avait coupé le filin du Zodiac.

– Et tu le crois ?

– Oui. Ça implique que quelqu'un d'autre à bord ne t'a pas particulièrement à la bonne. Un indice ?

– Non. (Jonas se frotta les yeux. Il avait du mal à assimiler cette avalanche d'informations.) Je n'y pige absolument rien. Pourquoi Céleste m'a allumé comme ça alors qu'elle couchait avec Maren ?

– Comment veux-tu que je sache, putain ? En tout cas, bon débarras !

Le capitaine et Harry Moon les accueillirent dans la salle de commande.

– Taylor, content de vous voir en un seul morceau, dit Morgan. Mais qu'est-ce que c'est que cette histoire de changement de cap ?

– Il faut que vous nous emmeniez le plus vite possible à la fosse des Mariannes.

– Désolé. J'ai pour ordre de réparer ce bateau et de retourner ensuite dans la mer de Béring pour capturer le requin.

– Le Megalodon n'y est pas, affirma Jonas. Il fait route vers la fosse.

– Je suis sûr que le Dr Maren ne serait pas d'accord, intervint Harry.

Il dévisageait Mac d'un air soupçonneux.

Jonas fouilla dans les cartes du navire et sortit un relevé bathymétrique de l'océan Pacifique.

– Harry, vous connaissez l'Anneau de Feu ?

– Euh… Non.

– Vraiment ? J'aurais juré le contraire. Peu importe…

Jonas étala la carte en plastique et, à l'aide d'un marqueur rouge effaçable, traça une ligne qui remontait le long des côtes de l'Amérique du Sud et de l'Amérique centrale jusqu'à la côte nord-ouest Pacifique des États-Unis, avant de suivre celles du Canada, de l'Alaska et des îles Aléoutiennes, puis de traverser le Pacifique et de redescendre le long de la côte japonaise jusqu'en Indonésie.

– L'Anneau de Feu, c'est ça : une zone sismique située autour de la dorsale Pacifique, qui contient plus de quatre cents volcans en activité. Dans les entrailles de la Terre, au-dessus du noyau et du manteau, on trouve à peu près quatorze plaques tectoniques, qui flottent comme de gigantesques radeaux sur la croûte de la planète. Des collisions se produisent le long de ces plaques. Elles provoquent des tremblements de terre et des éruptions volcaniques dont les plus puissantes se situent le long de cet anneau sismique.

– Quel rapport avec le Megalodon ? demanda Harry.

– Au cours du dernier âge glaciaire, la chute de la température des océans a tué la plupart des Megalodons. Les quelques survivants ont réussi à s'installer à l'intérieur d'une couche d'eau chaude pélagique, alimentée par les sources hydrothermales du fond de la fosse des Mariannes. Mais la fosse elle-même fait partie de l'Anneau de Feu.

– Où voulez-vous en venir ?

– Au fait que ces requins sont équipés d'un système sensoriel utilisant le champ magnétique de la Terre ainsi que les vibrations sismiques dans les failles, ce qui leur permet de s'orienter sur de longues distances. Quand la mère d'Ange s'est échappée de la fosse il y a quatre ans, elle s'est dirigée d'instinct vers l'est. Elle a d'abord suivi la chaîne des îles d'Hawaï, puis bifurqué vers le nord le long de la côte d'Amérique centrale, jusqu'au canyon de Monterey. Tous ces sites font partie de l'Anneau de Feu, comme ceux de l'itinéraire que suit Ange depuis sa fuite.

– Je croyais qu'il suivait le flux migratoire des baleines, répondit Harry.

– Moi aussi. Maintenant, je suis convaincu qu'il a ignoré la mer de Béring. Je pense qu'il a mis le cap sur le sud-ouest, parce qu'il suit de minuscules vibrations sismiques en provenance de la fosse des Aléoutiennes. Regardez… (Jonas désigna la côte de l'Alaska.) Si Ange continue à suivre la fosse des Aléoutiennes, il va traverser le Pacifique nord et pénétrer directement dans les fosses du Kamchatka et des Kouriles. Ces gorges deviennent ensuite la fosse japonaise – là encore, on suit l'Anneau de Feu. La fosse japonaise donne dans la fosse des Mariannes, qui abrite l'espèce depuis plus d'un million d'années.

– On dirait que le requin suit une espèce d'autoroute sous-marine, observa Mac.

– Personnellement, votre théorie ne me convainc pas vraiment, dit le capitaine Morgan.

Jonas capta son regard.

– La femelle ne suit pas les baleines. Elle est en plein *œstrus*. Comme une espèce de saumon géant, elle utilise l'Anneau de Feu pour se diriger vers la Fosse des Mariannes afin de copuler.

– Taylor…

– Capitaine, je vous en prie. Ma femme est dans la fosse. Je dois la sortir de là avant qu'il soit trop tard.

Pacifique Ouest
34 kilomètres au sud-ouest de la péninsule du Kamchatka

Le capitaine du *Cachalot*, un navire de recherches de 9 mètres, fit tourner son bateau contre le vent pour permettre à son équipage de baisser les voiles et de se laisser dériver sur une houle d'une cinquantaine de centimètres. Une brise fraîche balayait le mât. La lune, qui en était à son troisième quartier, perça de derrière un banc de nuages et vint baigner de ses rayons le pont du navire.

À l'intérieur, Janis Henkel ajusta ses écouteurs et tendit l'oreille, en se remémorant de ne pas regarder la caméra de *Discovery* pointée sur elle.

La spécialiste en acoustique se tourna face à son mari.

– Bruce, d'après mes derniers calculs, Mad Max dort à environ 280 mètres de fond. Il est immobilisé juste sous notre bateau. S'il s'en tient à son schéma, il devrait se reposer au moins trois heures avant de repartir vers le nord.

– Et… coupez, dit Norton Binder, le producteur de *Discovery*. Parfait, Jan. Le cachalot est vraiment endormi ?

– Je viens de le dire.

– Formidable. On va en profiter pour refaire les quelques prises dont on a parlé tout à l'heure. Bruce, prêt ?

Bruce Henkel, le mari de Jan, accrocha le micro à sa chemise avant d'ajuster son col.

– Prêt.

– Bien, dit Norton. Comme c'est un commentaire hors champ, ne t'inquiète pas pour la caméra. Contente-toi de lire tes notes. Josh, prêt ?

– Quand vous voudrez, lança le caméraman.

Le biologiste s'éclaircit la gorge.

– Le cachalot, qui peut atteindre 18 mètres de long et peser plus de 45 tonnes, est sans conteste le plus gigantesque prédateur de la planète. Les baleiniers ont commencé à chasser ces Léviathans au début du XIXe siècle pour récolter leurs énormes réserves d'huile. Contrairement aux baleines, les cachalots se défendent souvent. Herman Melville s'est inspiré d'eux pour écrire son chef-d'œuvre, *Moby Dick.*

– Très bien, c'est meilleur que l'autre prise, dit Norton. Continue.

– Plus corpulents et agressifs que leurs femelles, les cachalots mâles se déplacent en général seuls. Ils descendent à des profondeurs qui les rendent très difficiles à pourchasser en plein océan. Pour en apprendre davantage sur eux, notre navire va rester à la voile. En faisant le moins de bruit possible, nous les traquerons avec nos micros sous-marins montés sur la coque du navire. Contrairement à leurs cousins les dauphins, les cachalots font appel à des pulsions sonores appelées « écholocations » pour distinguer leur environnement. Ce système sensoriel est spécifique aux baleines à dents. Depuis quatre jours, notre expédition poursuit un mâle gigantesque que nous avons surnommé Mad Max. En écoutant ses vocalisations sous-marines, Jan peut définir se position exacte dans un rayon de 7 kilomètres.

– Coupez. Bon, les gars, on a vraiment bien travaillé. Josh et moi, on va dormir. Surtout, réveillez-nous si quelque chose d'intéressant se passe.

Tandis que Jan suivait du regard les deux hommes qui regagnaient leurs cabines, elle sentit les doigts de son mari lui masser le dos.

– Hum… c'est super agréable. J'en conclue que c'est à moi de veiller pour écouter les ronflements de Max ?

– Oui, c'est ton tour.

Bruce déposa un baiser sur sa nuque, puis se faufila dans sa couchette.

Glissant en silence dans le courant Anadyr, la femelle cheminait vers le sud le long de la côte. Elle longea les îles Kouriles à 1 800 mètres de profondeur, bien au-dessus de la fosse des Kouriles qui, à son point extrême, la fosse Vitiaz, chutait presque à plus de 10 500 mètres.

Avec la fosse des Aléoutiennes pour axe d'orientation, le prédateur albinos avait exactement suivi la route prédite par Jonas. Une fois dépassé le cap Lopatka, le requin se retrouva au milieu d'un millier de baleines, qui migraient toutes vers leurs pâtures estivales de la mer d'Okhotsk.

Comme la présence d'un lion affamé se jetant sur un troupeau de gazelles, celle du Megalodon fit passer un vent de panique parmi les bancs de cétacés. Les baleines changèrent immédiatement d'itinéraire pour se mettre à l'abri du prédateur. Mais ce dernier avait néanmoins eu le temps de massacrer une mégaptère et son baleineau.

Alors qu'il glissait dans les flots à l'est de l'île japonaise d'Hokkaido, le Megalodon détecta de nouvelles vibrations. Sur le champ, il reconnut le faible mais puissant battement de cœur d'un autre prédateur. Soixante-dix millions d'années d'instinct sauvage prirent le dessus. Il devait s'occuper sans tarder de cet intrus.

Stimulé, le Megalodon accéléra.

Le cachalot restait en suspension à la verticale, immobile sous 280 mètres d'eau. Quoique silencieux et en état de repos, il ne dormait néanmoins jamais ; une partie de son cerveau restait toujours sur le qui-vive.

Quelque chose qui approchait au loin le sortit de sa torpeur. Il ouvrit les yeux et donna plusieurs coups de sa colossale queue pour se redresser.

Le cachalot secoua sa tête gargantuesque afin de se réveiller. Au moyen de ses cliquetis qui fonctionnaient comme des sonars, il repéra sur-le-champ le Megalodon à l'attaque. Le mâle se mit à décrire des cercles en agitant la tête, comme s'il défiait à l'avance son challenger.

Jan Henkel referma son journal, puis elle avala une gorgée de café. La boisson était froide. Elle se leva pour la réchauffer au micro-ondes. Au même instant, son hydrophone lui retransmit des cliquetis intenses.

– Bruce, réveille-toi ! On dirait que Max s'est remis en marche.

Le biologiste se retourna sur sa couchette, assommé par le manque de sommeil.

– Dis-lui de se rendormir.

Jan tendait l'oreille dans ses écouteurs.

C'est bizarre. Il ne s'éloigne pas, il se contente de tourner en rond, à 200 mètres sous nous.

– Tu crois qu'il nous a repérés ?

– Je ne vois pas comment. On est peut-être en présence d'un comportement inhabituel chez un cachalot.

Bruce roula à bas de la couchette.

– Bon, je vais réveiller les gars de *Discovery*.

Le cachalot attendit que le Megalodon se soit rapproché à quelques dizaines de mètres pour interrompre ses déplacements défensifs. Avec des battements furieux de haut en bas de sa queue musculeuse, il chargea le requin albinos pour tenter de le pilonner de sa tête gigantesque.

Sentant le danger, le Megalodon effectua un virage serré et s'éloigna d'une courbe. Le cachalot prit son adversaire en chasse, mais comme ce dernier était plus rapide que lui, il revint vite à son comportement défensif.

Quoique plus véloce que le cachalot, le Megalodon ne pouvait pas l'attaquer sans risquer de se faire écraser par un coup de tête ou de queue démesuré.

Les deux Léviathans continuèrent donc à tracer des cercles. Ils se toisaient, le mâle tentait par moments de se précipiter vers le requin lumineux qui s'esquivait comme une flèche pour mieux revenir, à la recherche d'une ouverture.

– Qu'est-ce qui se passe ? hurla Norton en se retenant au mât, car le bateau venait d'être pris dans un tourbillon.

– Max a de la compagnie, lui cria Jan.

– Une autre baleine ?

– Non, on n'enregistre qu'un ensemble de cliquetis. Une chose est sûre, il est très énervé.

– Écartons-nous, au cas où ils émergeraient, dit Bruce, tout en mettant le moteur en marche.

Comme la proue du bateau s'approchait du bord de la turbulence, le mouvement de rotation du voilier s'arrêta.

Le cachalot faisait la même taille que le Megalodon mais, en tant que mammifère, il avait un défaut dont était dépourvu son ennemi :

il avait besoin de respirer. Tout en continuant à décrire des cercles, le mâle remonta donc en surface pour souffler.

Le Megalodon bifurqua, afin de lancer son assaut par en dessous.

Après être remonté à la verticale comme une flèche, il planta ses dents comme des scies dans la petite nageoire pectorale ronde du cachalot et s'y accrocha tel un pitt-bull. Mad Max lança des ruades frénétiques.

L'équipage du navire vit l'énorme tête du cachalot fendre la surface, suivie d'une autre tête d'un blanc neigeux qui s'agitait contre la sienne. Personne n'eut le temps de réagir. Le voilier se retrouva au cœur de la bataille que se livraient les deux titans.

Des vagues énormes, provoquées par les mouvements désordonnés de la tête du cétacé, s'écrasaient contre la petite embarcation et retombaient par-dessus bord. Agrippé au gouvernail, Bruce dut en même temps retenir sa femme pour l'empêcher d'être balayée.

À quelques mètres à peine de leur proue, le cachalot fouettait l'eau de sa queue. Il roula sur le flanc et se débattit furieusement, afin de se débarrasser de son assaillant qui essayait d'arracher la gigantesque bouchée de chair coincée dans sa mâchoire.

La nageoire pectorale de la baleine n'était pas de taille à résister aux dents du requin qui eurent vite fait de percer son gros appendice jusqu'à l'os. S'aidant de secousses latérales effrénées de sa tête, le Megalodon trancha le membre avant de la baleine de son corps, cisaillant en même temps un morceau de lard sanguinolent.

Grièvement blessé, le cachalot tourna brutalement sa tête colossale pour affronter le requin et essayer de mordre dans son museau. Face à lui, comme secouée de spasmes saccadés, la longue mâchoire étroite du Megalodon s'ouvrait et se fermait.

Une pluie de sang et d'écume s'abattit sur l'équipage. Jan se cramponna à son mari, car le voilier venait de plonger de côté dans un creux de 3 mètres. La proue se souleva dangereusement et Jan vit alors l'hideuse mâchoire supérieure du Megalodon, qui semblait se projeter à l'extérieur de sa gueule, venir se refermer d'un claquement écœurant sur la mâchoire inférieure du cachalot et la broyer.

Dans d'atroces souffrances, le mâle de 38 tonnes traînait son corps énorme à la surface en agitant la queue. Les restes mutilés de sa mâchoire disloquée pendaient sous sa tête.

Des vagues noires balayèrent la traverse du *Cachalot* et déposèrent une pellicule glissante d'huile de baleine et de sang sur le pont. Bruce mit le moteur en marche pour éloigner le voilier du mammifère martyrisé qui refusait obstinément de mourir et continuait à se débattre à la surface.

Le mâle se renversa, ventre à l'air, pour pousser son dernier souffle. La nageoire dorsale d'albâtre fila devant la proue du *Cachalot* et disparut. Bruce éteignit le moteur, épouvanté à l'idée que le bruit puisse attirer le monstre. Quelques instants plus tard, le cachalot fut secoué d'un dernier spasme de douleur. Le Megalodon venait de l'attaquer par-dessous et d'enfoncer les dents dans son dos. Dans une averse d'écume, une nageoire caudale en forme de faux fouettait les flots.

Sur le pont du voilier, les passagers se pelotonnaient les uns contre les autres, terrorisés par la brutalité de l'attaque et par leur propre vulnérabilité. Norton fut le seul à jeter un coup d'œil de côté pour s'assurer que son caméraman continuait à filmer.

Vingt minutes durant, le Megalodon s'acharna sur la masse de lard sanguinolent qui avait été Mad Max. Peu à peu, le torrent en surface repoussa le *Cachalot* du lieu du massacre. Bruce et son équipage hissèrent une des voiles pour s'éloigner davantage du monstre cauchemardesque.

Alors que le voilier s'éloignait, Jan distingua une demi-douzaine de nageoires dorsales gris plombé qui émergeaient des ténèbres.

Au lieu de se rapprocher du carnage, les grands blancs se contentèrent de décrire des cercles, dans l'attente que leur cousin ait terminé son repas.

HEURES DÉSESPÉRÉES

Terry monta à la salle panoramique et y trouva Benedict, occupé à se verser un verre derrière le bar. Le capitaine Prokovitch, installé sur un tabouret, l'accueillit d'un regard qui lui donna envie de retourner se réfugier dans le conduit d'accès.

– Ah, vous voici ! dit Benedict. Juste à temps. Le *Benthos* est sur le point de remonter la paroi du canyon. Que prendrez-vous ?

– Rien.

– Rien ? Voyons, voyons.

Benedict lui versa une double vodka, puis il contourna le bar pour lui fourrer le verre dans la main.

– *À votre santé*[1].

Benedict fit cul sec, avant de dire quelque chose en russe au capitaine Prokovitch.

Terry laissa son verre sur le bar. Elle regarda le borgne descendre vers la passerelle et refermer l'écoutille derrière lui.

Benedict s'approcha du tableau de commandes. Il éteignit les lumières intérieures et manœuvra le dôme escamotable.

La barrière de titane s'entrouvrit. La lueur rouge des projecteurs extérieurs éclaira la paroi rocheuse du canyon plongée dans les ténèbres.

Le *Benthos* entreprit sa lente ascension.

Terry étouffa un cri. Deux énormes kronosaures venaient de glisser devant la baie vitrée. Quelques secondes plus tard, un grondement métallique ébranla le navire.

– Ils sont plus agressifs, murmura la jeune femme.

---

1. En français dans le texte.

– Parce qu'ils ne veulent pas nous laisser partir. Ils voient en nous une source de nourriture. (Benedict ramassa le verre de Terry sur le bar et le lui tendit. Puis il l'escorta jusqu'à la vitre.) Regardez. Quand ils approcheront du courant de suie hydrothermale qui isole la couche inférieure, ils vont devenir hystériques.

Terry fixa le kronosaure de 15 mètres qui se glissait lentement entre la paroi du canyon et la fenêtre d'observation.

– Benedict, on dirait que celui-ci va attaquer.

Comme si elle lui répondait, la bête se tourna et fonça droit sur eux.

– Ça y est… Benedict, qu'est-ce que vous attendez ? Refermez le dôme !

Benedict resta impassible.

La tête du monstre s'élargit jusqu'à devenir immense. À la lumière artificielle, ses yeux se transformèrent en taches de feu. Terry fut prise de palpitations. Elle se tourna pour prendre la fuite…

Benedict pressa un bouton sur la petite commande à distance qu'il tenait dans sa main. Instantanément, des lumières éblouissantes et aveuglantes jaillirent du *Benthos* et illuminèrent les abysses.

Le kronosaure qui les chargeait pirouetta brusquement. Son torse supérieur tressaillait comme s'il avait reçu une décharge de 10 000 volts. Terry vit la créature éviter de justesse la collision avec la paroi du canyon, puis disparaître dans le noir d'encre de la gorge.

Benedict éclata de rire.

Terry vida son verre. La tête se mit à lui tourner et elle s'effondra sur un fauteuil tendu de panne de velours.

– Vous prenez plaisir à me narguer, hein ?

– Mon petit côté gamin, répondit Benedict avec un sourire de triomphe. Un autre verre ?

– Non.

L'opacité de l'eau augmentait au fur et à mesure que le *Benthos* traversait la couche épaisse de sulfure et de minéraux qui restaient en suspension au-dessus de la fosse comme un nuage de smog. Terry entendait de faibles craquements, comme ceux que feraient des cailloux lancés contre la vitre extérieure.

Puis ce fut terminé. Ils venaient de s'élever au-dessus de la couche hydrothermale et poursuivaient leur ascension le long de la paroi du canyon du fond des âges.

– Les kronosaures ne nous suivront pas ?

– Non. Ils ne peuvent pas traverser la couche hydrothermale, dit Benedict. Ce sont les failles qui permettent à la vie d'exister dans les abysses. Sans elles, tout la chaîne alimentaire basée sur la chimiosynthèse s'éteint.

Terry sentit son regard peser longuement sur elle. Puis il gagna aussi la passerelle et la laissa seule avec ses pensées.

Benedict ne me laissera jamais sortir de ce navire vivante. Je ne peux compter que sur moi pour m'en tirer. Il faut que je trouve une arme. Il faut que je le tue avant qu'il me tue...

Une heure s'écoula dans un silence effrayant.

Parvenu à 8 100 mètres, le *Benthos* s'éleva majestueusement au-dessus de la crête du canyon et du petit plateau qui séparait les régions nord et sud de la fosse des Mariannes. Les trous percés par ses phares dans l'abysse révélaient le plancher marin, longue étendue grise couverte de sédiments.

Terry contemplait un paysage dénué de vie, une véritable vallée de la mort sous l'océan. Elle imagina son corps inerte dérivant vers le fond, sa chair boursouflée d'eau picorée et dévorée par des dizaines de crabes blancs.

Elle étouffait. Le visage dégoulinant de larmes, elle saisit ses cheveux à pleines mains. Son corps entier était inondé de sueurs froides. Un coussin serré contre sa poitrine, elle se lova en boule et ferma les yeux en se balançant d'arrière en avant.

Plusieurs minutes lui furent nécessaires pour se ressaisir. Elle rouvrit les yeux et contempla le plafond.

Ce fut alors qu'elle remarqua l'objectif de la caméra à distance, fixé sur elle.

Océan Pacifique
2 062 kilomètres au nord-est du Purgatoire du Diable

De la poupe du *William Beebe*, Jonas et Mac contemplaient le sillage bouillonnant du bateau. Des plaques de contreplaqué avaient été clouées sur les parties endommagées du pont, et une barrière de bois servait de rambarde temporaire. L'air frais nocturne leur fouettait le dos.

– Le Meg entrera quand dans la fosse ? demanda Mac.

– D'après le rapport, Ange a attaqué le cachalot au large des côtes japonaises. À ce rythme, je dirais d'ici deux heures, tout au plus.

– On décollera à la première lueur de l'aube. (Mac consulta sa montre.) Prêt ?

Jonas fixait les flots noirs en pensant à sa dernière rencontre avec le requin.

– Ouais, qu'on en finisse.

Il suivit son ami à l'intérieur du bateau, puis dans l'escalier menant au quartier des officiers. Mac frappa à la porte d'une cabine. Une minute plus tard, Harry Moon, en T-shirt et caleçon, vint leur ouvrir.

– Il est tard, les gars.

– Navré, mais on a une urgence, répondit Mac. On en a juste pour une minute.

Harry les dévisagea d'un air soupçonneux.

– Bon, bon, entrez. De quoi s'agit-il ?

– Quelqu'un a essayé de me tuer la semaine dernière, dit Jonas.

– Quoi ? (Harry avait l'air choqué.) Quand ?

– Pendant la nuit qu'on a passé au large des côtes canadiennes, dit Mac.

– Quand le requin vous a attaqués dans le Zodiac ? Vous en êtes sûrs ?

– Sûrs et certains, répliqua Mac en faisant le tour de la petite cabine. La corde attachée au Zodiac a été délibérément tranchée.

Harry manifestait des signes de fébrilité.

– Peut-être qu'il faudrait en informer le capitaine.

– Inutile. On peut régler le problème tout seuls, répondit Jonas, tandis que Mac par-derrière passait un bras autour d'Harry pour lui coller un chiffon imbibé d'éther sur le visage.

Harry ouvrit les yeux. Il était allongé sur le dos, sous le treuil qui soutenait auparavant le Zodiac. Il tenta de parler, sans succès. Un gant de toilette avait été enfoncé dans sa bouche et de l'adhésif lui bouclait les lèvres. Il voulut s'asseoir et s'aperçut que ses chevilles et ses poignets étaient également entravés par de l'adhésif.

– 'soir, dit Mac, en faisant glisser le bout de la corde du treuil sous la taille de son prisonnier. La nuit est belle pour un petit plongeon, non ?

Jonas se pencha au-dessus de Harry.

– Tu aurais dû connaître l'Anneau de Feu. Quand on est censé avoir des connaissances en océanographie, c'est le B.A.-BA. J'ai fait ma petite enquête auprès d'amis à Woods Hole. Il se trouve que tu n'as jamais fait partie du programme SOSUS ni de l'Institut. En fait, tu n'as été recruté pour cette mission que quelques heures avant l'appareillage du bateau, quand le vrai second a dû s'absenter pour une mystérieuse affaire familiale. Je ne sais pas qui tu es, mais je vais te transformer en appât, comme tu l'as fait avec moi.

Les yeux écarquillés, Harry marmonna quelque chose d'incompréhensible.

– Qu'est-ce qu'il dit ? demanda Mac en renversant le treuil pour que le filin redresse Harry sur ses pieds.

– À mon avis, qu'il a oublié son gant de toilette, répondit Jonas en arrachant l'adhésif collé aux lèvres d'Harry.

Harry cracha le bâillon.

– C'était pas moi, je vous le jure ! Faites pas ça...

– Tu manques de conviction, dit Mac, en le balançant par-dessus bord.

Jonas relâcha le treuil.

Avec un grand cri, Harry plongea pieds devant dans la mer et se retrouva tiré dans les eaux noires du Pacifique.

Complètement suffoqué, il avala une tasse d'eau salée glaciale. Le froid lui brûlait la peau comme si on y enfonçait des milliers de pointes de couteaux. La corde enroulée autour de sa taille se tendit et le projeta brusquement sur le côté en glissant jusque sous ses aisselles pour se resserrer comme un étau. Le navire continuait à le remorquer à 1,50 mètre sous la surface.

À force de contorsions frénétiques, Harry parvint à saisir la corde entre ses mains liées et à remonter centimètre par centimètre à la surface. Ses muscles étaient tétanisés par le froid, son corps secoué de spasmes.

La mer bouillonnante était trop puissante pour lui permettre d'aller plus loin. Il lâcha la corde et glissa à nouveau sous les vagues, prêt à se noyer. À l'instant où il allait s'évanouir, la corde le hissa douloureusement hors de l'eau.

Mac se pencha pour le remonter à bord.

Harry s'effondra sur le pont, haletant, le corps parcouru de tressaillements incontrôlables.

– La prochaine fois, on coupe la corde, dit Mac.

– A… a… attendez, haleta Harry. Je suis de la C… C… IA.

Jonas et Mac échangèrent un regard.

– Foutaises !

– C'est vrai. Lai… laissez-moi me réchauffer à l'intérieur et je vous le prouverai.

– Prouve-le ici ! répliqua Mac en lui lançant une couverture de laine.

Harry se pelotonna dedans.

– Le téléphone cellulaire que j'ai donné à Jonas… Il est équipé d'un micro et d'un émetteur miniatures. Je surveillais ses conversations avec Céleste Singer. Vous lui avez donné les coordonnées du Purgatoire du Diable…

– N'importe quoi !

– À l'hôpital. On aurait dit que vous déliriez. Elle a dû vous droguer.

– … La salope !

– C'est quoi, ce Purgatoire du Diable ? demanda Mac.

– Le site de la fosse des Mariannes où je pilotais le *Seacliff*. Qu'est-ce qu'il peut bien avoir de si important, pour qu'elle m'ait drogué et que vous ayez essayé de me tuer ?

– Céleste ne vous a recruté que pour vous en extirper les coordonnées, expliqua Harry en claquant des dents. Elle était sur le point d'atteindre son but. Je me suis dit qu'en tranchant le filin du Zodiac je vous empêcherais de vous déboutonner.

– Je t'avais bien dit que cette salope voulait quelque chose, observa Mac. Qu'est-ce que t'en penses ? Si on faisait nager ce tas de merde avec les poissons au lieu de le faire arrêter ?

– Minute. (Jonas s'agenouilla devant Harry.) Que contient le Purgatoire du Diable de si important ?

– Je ne peux pas vous le dire…

Mac remonta le treuil.

– OK, attendez… je vais vous le dire, mais uniquement parce que votre aide pourrait nous être utile.

– Le bouquet ! Tu essaies de me tuer et maintenant tu veux que je t'aide ? T'as de sacrées couilles, mon vieux !

– À l'heure qu'il est, je te parie qu'elles sont bleues ! commenta Mac.

– Benedict Singer détient votre femme, dit Harry. Si vous voulez la revoir en vie, vous avez intérêt à me libérer.

Purgatoire du Diable
Fosse des Mariannes

Comme une soucoupe volante descendant dans un ciel nocturne nuageux, le *Benthos* traversa la couche de suie pour pénétrer de nouveau dans les enfers de la fosse des Mariannes. Ses phares à infrarouges illuminaient une forêt de fumeurs noirs déchiquetés de plus de 25 mètres, d'où tourbillonnaient des nuages champignons.

Benedict Singer se pencha avec impatience au-dessus du professeur Kwan, avide d'obtenir les résultats des premiers détecteurs de chromatographie.

– Excellent, rapporta Kwan. Nous avons détecté des panaches d'hélium-3 tritiugénique qui jaillissent du plancher marin partout dans cette zone.

– Ce n'est pas la première fois !

– Pas comme ceux-ci, Benedict. Les autres n'avaient pas la même concentration d'hélium-3. Pour moi, nous avons enfin atteint notre but.

– Monsieur, l'*Epimetheus* est prêt à appareiller, annonça le capitaine Prokovitch. Et le *Goliath* nous envoie un message.

Benedict s'approcha de l'ordinateur le plus proche et tapa son code d'accès. Un message crypté apparut. Il entra un autre code pour le transcoder.

ETA CELESTE SINGER : NEUF HEURES. RÉPARATIONS *PROMETHEUS* ACHEVÉES, LUMIÈRES EXTÉRIEURES SUPPLÉMENTAIRES MONTÉES. ÉQUIPAGE PRÊT DESCENDRE. APPAREILLAGE : DOUZE HEURES.

– Pardon, monsieur, l'interrompit Prokovitch. Le capitaine de l'*Epimetheus* dit que la fille est dans la station d'arrimage et qu'elle demande la permission de monter à bord.

Benedict esquissa un sourire narquois.

– Notre souris se prépare à jouer sa dernière carte. Dites au capitaine Warren d'accueillir Mme Taylor à bord.

Terry descendit dans l'*Epimetheus* et prit place à côté du siège du pilote.

– Prêts à plonger ? demanda Warren.

– Oui, capitaine. Écoutilles scellées, dépressurisation des manchons du hangar.

Terry scrutait le moindre geste du pilote afin d'inscrire dans sa mémoire chacune des manettes qu'il activait.

– Détachez les pinces d'arrimage.

– Oui, capitaine. Pinces détachées, submersible dégagé de station d'arrimage.

– Allumez le moteur et faites-nous sortir.

Terry s'accrocha quand le moteur se mit en marche pour propulser l'*Epimetheus* vers sa destination dans le Purgatoire du Diable.

Camouflée par les ténèbres abyssales, la famille de kronosaures, menée par la femelle adulte, rasait d'une nage aisée le plancher marin. Avec ses 15 mètres et ses 25 tonnes, la femelle était trois fois plus grosse que son mâle et deux fois plus que sa descendante. Ses deux petits compagnons à la file de chaque côté de sa ceinture pelvienne, le gigantesque reptile guidait sa meute dans la gorge.

Les créatures utilisaient cette formation profilée en V pour économiser leur énergie. La corpulence de la femelle créait un canal d'eau qui remorquait en fait les deux plus petits plésiosaures. Mais surtout, ce resserrement permettait aux kronosaures d'être perçus comme un objet unique, de bien plus grosse taille, par leur ennemi vorace, le *Carcharodon Megalodon*.

Ces « poissons-lézards » au sang froid se propulsaient à l'aide d'amples mouvements descendant de leurs nageoires frontales. Les plésiosaures étaient des prédateurs rapides et efficaces, rendus presque invisibles dans l'obscurité de la fosse par leur couleur sombre. Leur présence ne se révélait qu'à la lueur de leurs yeux lumineux, taches écarlates qui attiraient les poissons sans méfiance vers leurs puissantes mâchoires de crocodiles. Leur vision, d'une acuité surprenante pour des habitants des grands fonds, leur permettait de discerner les mouvements rapides des poissons luminescents jusqu'à une distance de 60 mètres.

Pour traquer leurs proies dans les abysses, les kronosaures se fiaient néanmoins à une faculté sensorielle d'un tout autre ordre. Dans leur tissu cérébral extérieur, tout près des terminaisons nerveuses, se trouvait une forte concentration de cristaux d'oxyde de fer magnétique. Comme des aimants miniatures, ces cristaux leur permettaient de s'orienter dans la fosse à l'aide des champs magnétiques naturels de la Terre. Au cours des millions d'années, ce système avait évolué au point que les kronosaures étaient capables de détecter de minuscules perturbations à l'intérieur du champ magnétique du canyon, perturbations créées par des bancs de poissons, un calmar géant ou par leur ennemi mortel.

Les kronosaures qui se dirigeaient vers le sud, en quête de nourriture comme à leur habitude, perçurent de fortes perturbations le long du plancher marin. D'un mouvement synchrone de leurs membres avant, les trois créatures s'avancèrent comme si elles ne faisaient qu'une pour tâter le terrain.

Les yeux fixés sur le minuscule hublot, Terry se creusait la cervelle pour trouver une solution. L'aspirateur de l'*Epimetheus* extrayait maintenant depuis quatre heures des nodules de manganèse et des sédiments. À cette profondeur, cette tâche était d'une difficulté inouïe : sous une pression de 3 000 kilos par centimètre carré, un moteur de 1 000 chevaux-vapeur devait fonctionner pendant deux heures vingt minutes pour déterrer un mètre cube de rochers. De temps en temps, on stoppait l'opération d'aspiration, afin de permettre à un des membres d'équipage d'enlever les précieux nodules d'une soute pressurisée située sous le submersible, pendant qu'un de ses camarades procédait à la révision du matériel.

Le butin s'était avéré si fructueux que l'équipage avait déjà dépassé la capacité de contenance du submersible depuis une heure. Pourtant, Benedict se refusait à regagner le *Benthos*. À présent, le capitaine ne pouvait même plus atteindre son poste de commande sans passer par-dessus les dizaines de seaux de 50 litres, débordant de nodules, qui jonchaient le passage étroit.

Pour la centième fois, Terry révisa l'un après l'autre les gestes de pilotage dans sa tête, comme un mantra. Les yeux clos, elle déroula son plan en pensée : dans la soirée, elle se faufilerait dans la station d'arrimage, descendrait dans le submersible et s'y enfermerait. Quelques minutes lui suffiraient pour le libérer de ses pinces d'arrimage. Benedict n'aurait aucun moyen de stopper sa fuite. Après avoir éloigné l'*Epimetheus* de sous le ventre du *Benthos*, elle se dépêcherait de remonter au-dessus de la couche hydrothermale, l'habitat des monstres. Puis elle mettrait le cap sur l'ouest en se maintenant à environ 1 000 mètres de profondeur, pour échapper au *Goliath*. Elle ferait surface quelque part dans la chaîne des Mariannes et débarquerait sans lambiner. Elle se voyait déjà émerger de l'écoutille. Une île tropicale s'offrait à ses yeux. Elle abandonnait le submersible dans des eaux peu profondes, pataugeait jusqu'à la plage inondée d'un soleil bienfaisant, son cauchemar à jamais terminé...

Le braillement de la radio la fit sursauter.

– Capitaine, nous venons de repérer une forme vivante qui se déplace vers nous à toute allure. Trop grosse pour être un kronosaure. Distance : 16 kilomètres. Approche rapide.

Terry tressaillit. Une seule forme vivante. S'agissait-il d'un Megalodon ?

– Quels sont les ordres de Benedict ? demanda le capitaine.

– Nous devons continuer à extraire les nodules jusqu'à ce que le *Benthos* se place juste au-dessus de nous.

– Informez Benedict que nous sommes déjà pleins, dit le capitaine.

– Ordre de continuer l'extraction, leur transmit le radio.

Les trois kronosaures tracèrent des cercles autour de leur proie étrange à une distance sécurisante, afin de la jauger. Puis les plésiosaures se séparèrent, ayant perçu l'approche d'une créature encore plus grosse : le *Benthos*. Le mâle et la petite se rapprochèrent dans le but d'éloigner leur proie de cette créature et de l'amener près de la grosse femelle qui continuait à tourner dans l'obscurité.

Le *Benthos* descendit et enveloppa l'*Epimetheus* entre ses trois absorbeurs de chocs, pareils à des piliers, qui vinrent reposer sur le sol. 30 mètres au-dessus du submersible qu'elle rapetissait complètement, la station d'arrimage pélagique déploya complètement ses pinces semblables à des ailes, dans l'attente de guider l'*Epimetheus* dans sa niche.

Quatre lumières stroboscopiques s'allumèrent sur la coque du *Benthos* et percèrent les ténèbres comme des rayons de phare.

Terry fixa son regard sur un des faisceaux de lumière verticaux. Un gros tourbillon de sédiments s'éleva du plancher, à 15 mètres de son hublot.

Une fraction de seconde plus tard, les deux kronosaures heurtèrent de la tête le flanc bâbord de l'*Epimetheus* et le firent gîter à tribord.

Renversée sous l'impact, Terry poussa un hurlement dans l'obscurité totale et atterrit brutalement sur les seaux de nodules. Un des marins tomba sur elle et lui coinça les jambes contre les roches.

– Arrêtez l'extraction ! ordonna le capitaine. Lâchez les plaques de lest.

Les lumières d'urgence de l'habitacle s'allumèrent et le submersible se redressa.

Terry essaya de s'asseoir en poussant des gémissements de douleur. Le marin était inconscient. Elle dégagea ses jambes et parvint à se lever.

Une gouttelette d'eau tomba de la plaque de titane au-dessus de sa tête.

Oh, mon Dieu...

L'*Epimetheus* s'éleva à la verticale dans le sein du *Benthos*, sa tourelle guidée dans le manchon d'arrimage par les pinces qui se resserraient autour d'elle.

Derrière l'épaisse vitre de Lexan, Benedict surveillait le dessus de la tourelle qui remontait en position dans la salle inondée. Des joints en cuivre vinrent se placer autour de l'aileron dorsal du submersible, tandis que les pinces d'arrimage soulevaient l'*Epimetheus* et le verrouillaient.

Des pompes puissantes expulsèrent l'eau. En quelques minutes, la salle fut vidée et dépressurisée.

Terry se fraya un chemin vers la tourelle. Dans l'attente que le feu vert leur parvienne d'en haut, elle regarda avec impatience le capitaine Warren grimper à l'échelle et se pencha pour jeter un coup d'œil par un hublot.

Très près d'eux, une ombre immense décrivait des cercles en prenant de la vitesse.

La sonnette métallique retentit. Le capitaine Warren ouvrit l'écoutille.

Terry remonta dans la salle humide. De la cabine de commande, Benedict s'adressait à eux dans un micro.

– Capitaine, donnez l'ordre à vos hommes de décharger les nodules dans le hangar d'arrimage.

– Monsieur, l'*Epimetheus* s'est fait attaquer. On ne peut pas attendre ?

– Tout de suite, capitaine !

Terry se précipita sur la porte verrouillée de la salle et cogna contre le métal inflexible.

– Laissez-nous sortir !

Le capitaine obligea les quelques hommes qui étaient déjà remontés à redescendre dans la tourelle.

– Formez une queue, commanda-t-il. Déchargez-moi ces nodules !

Les seaux blancs remplis de roches grosses comme des pommes de terre commencèrent à être remontés.

Pendant ce temps, la femelle adulte kronosaure glissait sous sa proie immobile.

Le capitaine Warren jeta un regard désespéré à Benedict.

– Monsieur, nous avons vraiment besoin d'aide.

Benedict constata que les hommes, épuisés, avaient du mal à remonter leur butin.

– Prokovitch, envoyez du renfort !

– Oui, monsieur.

Le Russe fit signe à deux hommes.

Terry entendit le cliquetis des verrous de titane qui se remettaient en place. La porte s'ouvrit toute grande et deux individus trapus se précipitèrent dans la salle en la bousculant au passage.

D'une poussée terrible, la femelle kronosaure de 22 tonnes enfonça son crâne dans le ventre de l'*Epimetheus*.

Les lumières rouges clignotèrent et les sirènes se déclenchèrent. Terry plongea sous le montant de la porte voûtée qui claqua derrière avec une telle violence que l'appel d'air la propulsa à l'autre bout du couloir extérieur. Alors qu'elle relevait la tête, un grondement assourdissant se répercuta dans le corridor. Des tremblements la secouèrent et l'espace d'un moment bizarre, elle se sentit rebondir au-dessus du plancher du *Benthos* qui tressaillait.

Elle se redressa tant bien que mal et fonça dans la cabine de commande.

– Oh mon Dieu, oh mon Dieu...

Sa coque de titane fêlée sous l'impact, l'*Epimetheus* avait instantanément implosé sous la pression inouïe de l'eau. Le submersible se replia comme une cannette d'aluminium écrasée et l'eau explosa comme une fusée dans la salle hermétiquement close de la station d'arrimage, tuant tout le monde. À l'intérieur, l'air se comprima et monta à des milliers de degrés en un millième de seconde. Seule la couche de 25 centimètres de titane entourant la salle empêcha cette déflagration identique à une petite explosion nucléaire de faire également imploser le *Benthos*.

Un tourbillon torrentiel d'eau infestée de débris fouetta les murs internes circulaires du hangar inondé, sans parvenir à percer la plaque de titane qui protégeait le reste du bateau mère.

La dévastation apparut peu à peu, au fur et à mesure que le tourbillon d'eau saumâtre se retirait. Des corps méconnaissables, transformés en gélatine, cognaient contre la vitre de Lexan. De leurs orbites vides suintaient des ruisselets de matière grise et de sang. Les poches de peau implosée dénaturaient les corps et cachaient les expressions d'horreur sur les visages méconnaissables des victimes.

Terry se tourna de dégoût et fuit avec les autres qui se précipitaient comme un seul homme dans le couloir en vomissant. Benedict fut le seul à rester et à fixer le kaléidoscope flottant de morceaux de corps humains et d'excréments.

– *Naturum expellas furca, tamen usque reccuret*, chuchota-t-il en essuyant une larme de ses yeux émeraude sans cils. « Chassez le naturel, il revient au galop. »

RÉVÉLATIONS

Base navale américaine
Guam

James Adams, commandant de la base de Guam, ajusta ses lunettes cerclées d'or en contournant son bureau pour saluer Masao Tanaka. Puis il fit signe à sa secrétaire de refermer la porte.

– Masao, content de te voir. Je te présente Dave Ross.

Un homme mince et de petite taille, âgé d'une quarantaine d'années, tendit la main au vieux Japonais.

– Monsieur Tanaka…

– Monsieur Ross appartient à la CIA. Il veut discuter de quelque chose avec toi… à propos de Terry.

Masao s'assit.

– Je suis tout ouïe.

Ross plaça sa chaise face à lui.

– Monsieur Tanaka, rien de ce qui se dira dans cette pièce ne doit en sortir, c'est bien clair ?

– Évidemment.

– Il y a environ quatre ans, les services secrets israéliens ont appris qu'une réunion secrète s'était tenue au Soudan entre un petit groupe de terroristes islamistes et votre associé, Benedict Singer. Six mois plus tard, la construction du *Benthos*, du *Prometheus* et de l'*Epimetheus* a commencé, construction payée par des fonds discrètement transmis à Geo-Tech par l'organisation du milliardaire saoudien en exil, Osama ben Laden.

– Il y a dix-huit mois, la NSA a intercepté une communication qui révélait la nature de la réunion de Singer. Il s'avère qu'il a découvert une source d'énergie capable de soutenir l'énergie de la fusion.

– Qu'entendez-vous par là ?

– Ça fait environ quarante ans que les savants font des expériences sur la puissance thermonucléaire, répondit Ross. La principale gageure consiste à contenir un plasma chargé de tritium ou de deutérium, pendant que ses atomes fusionnent en hélium. Le nouveau carburant de Singer est stabilisé à l'intérieur des champs magnétiques mouvants de son réacteur Tokamak, ce qui permet de produire l'énergie de fusion en continu. En termes profanes, il a brisé la barrière de la fusion.

Impressionné, Masao haussa les sourcils.

– Les États-Unis, la Russie, le Japon et l'Union européenne travaillent depuis des années sur l'ITER, le Réacteur international expérimental thermonucléaire, poursuivit Ross. La découverte de Singer change tout. Cette nouvelle source d'énergie lui fait faire un bond de trente ans en avant sur l'ITER et le reste du monde.

– Masao, la coalition arabe qui donne des fonds à Benedict Singer représente une organisation qui finance des attentats terroristes, intervint le commandant Adams. Nous ne pouvons tout simplement pas autoriser ces factions à monopoliser la fusion.

– Quel rapport avec moi – ou avec ma fille ?

Ross se pencha en avant.

– Ben Laden n'a pas dépensé plus d'un milliard de dollars pour que GTI explore les océans ou déploie nos robots UNIS dans la fosse des Mariannes. Le carburant de fusion de Benedict provient du fin fond de la gorge. Le *Benthos* permet à Benedict de voler ce carburant à l'intérieur de nos frontières territoriales. Comme si les États-Unis s'introduisaient dans les pays de l'OPEP pour subtiliser leur pétrole.

Plongé dans les réflexions que lui inspiraient ces informations, Masao gardait les yeux clos.

– Je ne comprends pas. Si la CIA sait ce que Benedict trafique, pourquoi le laisser pénétrer dans la fosse ?

– Pour deux raisons, répondit Ross. Tout d'abord, nous venons juste d'apprendre la source et la vraie nature de ce carburant de fusion. Et puis, comment contrôler l'accès à une fosse profonde de 10 kilomètres et longue de 2 400 ? Nous n'étions tout simplement pas préparés.

Le commandant Adams se leva de son bureau.

– Le *Benthos* croise à une si grande profondeur que nos satellites ne peuvent pas le détecter. Au mieux, les reconnaissances sonar s'avèrent difficiles, parce que ses moteurs ne laissent pratiquement aucune trace. Quand bien même nous le détecterions, nous ne saurions pas comment l'atteindre dans la fosse.

– Et les grenades sous-marines ?

– À imaginer que nous le localisions avec précision, l'explosion ne provoquerait guère de dégâts. Il est équipé d'une coque de 270 centimètres de titane.

Ross l'interrompit.

– Nous craignions surtout que Geo-Tech fasse simplement entrer le *Benthos* dans des eaux internationales et pénètre ensuite dans la fosse des Mariannes à notre insu. Des agents du Mossad nous ont appris que Singer cherchait à le faire en toute légitimité en se cachant derrière une expédition scientifique. Cela lui permettait de se servir du *Goliath* en surface pour protéger le *Benthos*.

Le commandant Adams esquissa un sourire forcé.

– Vos requins gigantesques nous ont servi de joker.

– Une seconde… (Masao venait de saisir la terrible implication.) Le nouveau projet UNIS, le lucratif contrat JAMSTEC ?

Ross jeta un regard à Adams.

– Nous devions fournir à Benedict une opportunité légitime de pénétrer dans la fosse des Mariannes. L'exécution du projet UNIS nous a paru idéale.

– Mon Dieu – jusqu'où êtes-vous allés ? Les procès, les dédommagements financiers scandaleux, le tribunal qui nous refusait d'aller en appel… Salauds ! C'était un coup monté ! Vous vouliez nous mettre en faillite.

Masao repoussa sa chaise d'un coup de pied pour se lever.

– Mon Institut vous a servi d'appât. Vous avez incité Benedict à le racheter. Comme ça, il disposait de la couverture nécessaire pour pénétrer dans la fosse légalement.

Le commandant Adams s'interposa entre Masao et Ross, de peur que son ami ne frappe le directeur de la CIA.

– Masao, calme-toi, la CIA m'a assuré que tu seras dédommagé. Essaie de comprendre…

– Dédommagé ? James, sais-tu le tort que tu as causé à ma famille ?

– Nous ne pouvions pas agir autrement, répondit Adams. Tu dois comprendre l'enjeu…

De rage, le visage de Masao vira au rouge brique.

– Monsieur Tanaka, la vie de votre fille est peut-être en danger, dit Ross. Si vous voulez l'aider, je vous conseille de vous rasseoir et de me laisser terminer.

– S'il arrive quelque chose à Terry…

– Monsieur, laissez-moi finir.

Adams adressa un signe de tête à Masao et ramassa sa chaise.

Masao se rassit.

– Je suis sincèrement navré de vous avoir fait subir tant d'épreuves, à vous et à votre famille, dit Ross. Mais essayez de comprendre : il ne s'agit pas d'une opération interne à la CIA. Les Japonais, les Russes et les Européens sont également impliqués. Benedict aurait deviné que nous en avions après lui si les États-Unis ou le Japon l'avaient contacté directement. L'institut Tanaka nous a servi de tampon. Tout reposait sur le timing. Quant à vous pousser à la faillite… Les procès étaient réels…

– Mais la fermeture de l'Institut ? Le blocage de nos actifs ?

– Aucun commentaire. Disons que nous voulions avoir la certitude que vous seriez assez désespéré pour demander du soutien à Singer, une fois que le JAMSTEC vous aurait proposé le contrat UNIS. Seul Geo-Tech disposait des ressources nécessaires pour mener à bien le projet, sans compter l'argent pour vous tirer de vos difficultés financières. Vous étiez forcé de vendre et nous savions que Benedict mordrait à l'hameçon – qu'il goberait même la canne, le crochet et le plomb…

Masao se força à respirer à fond plusieurs fois pour se calmer.

– Notre plus gros problème, poursuivit Ross, était de découvrir la source du carburant de fusion. Nous avons eu la veine que le Mossad puisse infiltrer un de ses agents à bord du *Proteus*. Malheureusement, le submersible a implosé. L'agent est mort sans avoir eu le temps de nous transmettre le renseignement.

– Nous avons néanmoins appris, dit Adams, que Benedict avait pénétré dans la fosse sans connaître le site exact de ce carburant. Le *Proteus* avait été conçu pour l'explorer dans ses moindres recoins. Sa destruction a retardé l'opération de plusieurs mois.

Ross se leva.

– Deux jours avant la fuite du Megalodon, le NSA a intercepté une transmission codée du *Goliath* à Céleste qui mentionnait Jonas.

– Jonas ? (Masao leva les yeux.) Que vient faire Jonas dans cette histoire ?

– Sa descente dans les abysses aux commandes du *Seacliff* il y a onze ans, expliqua le commandant Adams. Les deux savants chargés de cette mission étaient des physiciens nucléaires. Dick Prestis était un ancien collègue de Benedict Singer.

– Une fois ce rapport établi, le reste a coulé de source, dit Ross. L'analyse des nodules de manganèse ramassés par les deux savants au cours de la plongée du *Seacliff* a révélé que des gaz inertes étaient prisonniers des roches.

– Le carburant de fusion, ajouta Adams.

Ross s'inclina contre le bureau du commandant.

– La connaissance du site exact de ces nodules de manganèse spécifiques change tout. Nous avons commencé à préparer nos propres submersibles robots pilotés à distance pour extraire les roches, dans l'espoir d'éviter une confrontation directe avec Singer qui détient encore un grand pouvoir dans le monde financier et politique.

– Mais le *Benthos* se trouve déjà dans la fosse, intervint Masao. Comment pouviez-vous imaginer d'obliger Benedict à en sortir sans éveiller ses soupçons ?

– L'enquête du JAMSTEC sur l'accident du *Proteus*, répondit Ross. Elle était destinée à forcer Singer à remonter de la fosse avant d'avoir extrait les nodules. Malheureusement, votre fille a envoyé au JAMSTEC un rapport positif à propos des activités de Geo-Tech dans la fosse. Quant à Jonas, il a révélé malgré lui les coordonnées secrètes du site de plongée à Céleste Singer. À cause de votre beau-fils, le *Benthos* est maintenant en route pour prélever les nodules et nous ne pouvons rien faire pour l'arrêter.

– Aucune importance, dit Adams. Le MOSSAD a placé des agents à bord du *Goliath*. Dès que nous saurons que Benedict a trouvé les nodules et qu'il les a chargés à bord, la Navy entrera en action pour les confisquer, en vertu des lois des Zones EEC.

– Et ma fille ? Tu m'as dit qu'elle était en danger…

– Dans l'état actuel de nos connaissances, elle se trouve toujours à bord du *Benthos*, avec l'un de nos meilleurs agents, dit Ross. Nous nous attendons à leur remontée à bord du *Goliath* d'ici quelques jours. Il est essentiel de les faire débarquer avant l'intervention de la Navy. Sinon, Benedict risque de s'en servir comme otages.

– Voilà pourquoi vous me révélez la vérité, dit Masao. Vous voulez que j'aille chercher ma fille et votre agent, afin de pouvoir ensuite agir sans que Benedict ne se doute de rien.

– Exact, répondit Ross.

Fosse des Mariannes

Ange avançait vers le sud dans les eaux sombres, juste sous la thermocline. Sa peau blanche luminescente projetait une lumière surnaturelle dans le noir. Des picotements provoquèrent des bourdonnements dans son système nerveux et lui firent secouer sa tête colossale, comme un cheval qui essaie de se débarrasser d'une mouche.

Le champ de force magnétique de la terre qui lui servait de boussole interne s'était subitement déformé, car des monts marins et d'autres formations géologiques entourant la fosse des Mariannes interrompaient le courant nord-sud. Les ampoules de Lorenzini du requin avaient tout de suite perçu ces anomalies géomagnétiques. S'accrochant à ces repères ancestraux, le Megalodon entama une descente selon un large schéma circulaire, afin de permettre à son corps massif de s'adapter graduellement aux énormes changements de pression de l'eau.

L'eau glacée mordait sa couenne épaisse. Ignorant la douleur, la femelle accéléra. Cette propulsion supplémentaire la réchauffa momentanément. Elle descendait de plus en plus bas ; sa température interne baissait dangereusement. Pour finir, l'animal plongea à travers la couche dense de minéraux et de sulfure flottants et pénétra dans les eaux chaudes hydrothermales des abysses.

Glissant sous le plafond nuageux de débris boueux, Ange projetait sa lueur lunaire sur la gorge préhistorique, tout comme ses ancêtres le faisaient plus de cent mille ans auparavant. Réchauffée par la chaleur diffuse qui remontait des fourneaux de la terre, la femelle poursuivit son chemin vers le sud le long du plancher de la fosse.

Des heures plus tard, son système réceptif détecta une autre forme vivante qui s'approchait à grande vitesse. Elle se retourna pour l'intercepter et se dirigea vers la source des vibrations qui stimulaient rapidement son système de reproduction.

Des ténèbres surgit alors un mâle. Le requin de 17 mètres et 20 tonnes était beaucoup plus petit, quoique plus rapide, que sa future partenaire. Pour éviter une confrontation frontale, il décrivit des cercles circonspects, puis remonta par-derrière l'énorme femelle.

Vivement stimulée, Ange le laissa se glisser sur sa gauche.

D'une poussée de sa queue, le requin se propulsa d'un bond en avant et mordit la nageoire pectorale gauche de la femelle, en prémices à l'acte de copulation.

Ange se cambra et d'une roulade se retourna contre la surface dorsale du Megalodon. Elle avançait sur le dos en se tortillant sur son partenaire plus petit.

Les deux grands blancs préhistoriques nageaient à présent ventre contre ventre, le mâle sur le dessus.

Montant sa partenaire, le mâle inséra un de ses deux crochets rigides dans le cloaque de la femelle, tout en resserrant son étau sur sa nageoire pectorale inversée. Pendant plusieurs minutes, les deux prédateurs restèrent imbriqués dans l'acte d'insémination. Le mâle mordit la vicieuse femelle plus profondément pour essayer de la maîtriser.

La copulation terminée, le mâle épuisé dégagea son crochet d'une glissade, relâchant momentanément son étau sur la nageoire pectorale de la femelle.

Encore retournée, Ange plongea en avant et claqua ses mâchoires sur la nageoire caudale pendante de son partenaire. Sans lui laisser le temps de réagir, elle cisailla le lobe inférieur entier de son appendice en forme de demi-lune.

Avec des contorsions de douleur, le requin agita les lambeaux de sa queue pour essayer de lui échapper, en vain.

Ange se remit sur le ventre pour continuer à attaquer la queue mutilée de son partenaire. Se propulsant en avant, elle écarta au maximum la mâchoire au-dessus de sa nageoire anale et ses dents aiguisées comme des rasoirs déchiquetèrent les deux organes reproductifs du mâle.

Le requin, impuissant, se tordait dans des convulsions ; son torse inférieur, prisonnier de la mâchoire de la femelle, était secoué de spasmes. Ange mordit plus fort et s'accrocha, se contentant d'attendre la mort du mâle dont le sang chaud ruisselait de son gosier ouvert.

En définitive, elle lui trancha le torse inférieur d'un mouvement de faux brutal de sa tête.

Suivi d'un ruisseau écarlate, le corps mutilé du mâle sans vie tomba de la gueule de la femelle. La tête et les morceaux du torse supérieur entrèrent en collision avec un fumeur noir, avant d'aller se poser au ralenti sur le plancher marin. Des essaims de crustacés albinos se précipitèrent sur les restes et les dévorèrent, bouclant en quelques minutes le cercle sinistre de la vie.

S'étant débarrassée de la menace représentée par le procréateur de sa future progéniture, la reine chasseresse continua son chemin vers le sud le long de la paroi du canyon, afin d'explorer son nouveau royaume.

LE PURGATOIRE DU DIABLE

Fosse des Mariannes

Le capitaine Prokovitch s'arrêta devant la double porte, à travers laquelle lui parvenait le martèlement des basses profondes du *Carmina Burana* de Karl Orff. Il essuya ses paumes moites de sueur et passa la main dans les piques rousses de sa coupe en brosse. Sans frapper, il pénétra dans la cabine de Benedict.

Ce dernier était allongé sur un canapé tendu de daim noir, enveloppé par la musique lancinante. Il perçut une présence étrangère, ouvrit les yeux et baissa le volume du son à l'aide de la commande à distance.

– Vos hommes en ont terminé ?

– *Da.*

Benedict nota l'expression sinistre du capitaine.

– Nos pertes vous ennuient.

– On pouvait les éviter. On a pris des risques…

– Toutes les grandes entreprises comportent des risques.

– On pourrait peut-être ralentir, pour mieux nous préparer à d'autres attaques.

– Impossible de nous offrir ce luxe, Vladislav. Si nous tergiversons, l'ITER aboutira avant nous. L'infortune met les hommes à l'épreuve. Préféreriez-vous que nos camarades soient morts en vain ?

– Non.

– Alors terminons-en.

Prokovitch le guida jusqu'à la station d'arrimage qui avait été vidée et nettoyée en hâte. Benedict renifla des relents d'ammoniaque.

Le professeur Kwan inspectait plusieurs dizaines de seaux remplis de nodules de manganèse.

Il se tourna vers Benedict, la mine réjouie.

– Les résultats de nos tests sont positifs.

– On en a combien ?

– Assez pour fournir de l'énergie à toutes les nations industrielles pendant plusieurs années.

Benedict hocha la tête.

– Ça ne suffit pas. Nous devons extraire le reste avant que les Américains découvrent notre secret et bouclent la zone.

Prokovitch tirait nerveusement sur son bandeau oculaire.

– Comment ? demanda-t-il. Les créatures continuent à tourner autour de nous. Tant que le sang de nos camarades flottera dans l'eau, elles ne quitteront pas le coin.

Benedict le rassura du regard.

– Au moment même où nous parlons, des lampes très puissantes sont montées le long de la coque du *Prometheus*, pour maintenir les plésiosaures à distance. Et le *Benthos* montera se positionner là où les créatures n'osent pas s'aventurer, à 50 mètres au-dessus de la couche hydrothermale. À partir de maintenant, nous escorterons le *Prometheus*, puis nous retournerons dans la couche froide quand les nodules de manganèse seront transbordés sur le *Goliath*.

– Bien, monsieur. Et la fille ?

Benedict sourit.

– Maintenant que nous avons trouvé les nodules, elle ne nous sert plus à rien. Elle sera morte avant la fin de la journée.

Assise sur le bord de sa couchette, Terry fixait la porte de la cabine, désormais verrouillée de l'extérieur pour l'empêcher de s'enfuir. À intervalles de quelques minutes, elle était submergée par une vague de panique qui l'obligeait à marcher de long en large comme une folle pour se libérer de cet influx d'énergie nerveuse. La chose faite, elle s'effondrait sur le matelas, dans l'attente que son geôlier l'emmène sur le lieu de son exécution.

Benedict m'a enfermée pour une raison précise. Il a fini de jouer au chat et à la souris. Il va me tuer.

Désespérée, elle saisit la chaise de bureau et cogna la porte avec à plusieurs reprises, jusqu'à la casser. Elle essaya de nouveau d'ouvrir.

La poignée s'était un peu desserrée. Encouragée, elle fouilla la cabine pour trouver un instrument qui lui permettrait de forcer la serrure.

Elle souleva le bureau en bois. En le projetant contre la porte pour en casser une jambe, elle remarqua la grille d'aération.

Le capitaine Prokovitch et son équipage fixaient nerveusement la rangée d'écrans en circuit fermé qui renvoyaient l'image grise et blanche du sous-ventre du *Benthos*.

Une myriade de réservoirs de pression, pareils à des pontons géants, couraient le long de la surface plate du monolithe. La moitié d'entre eux contrôlait le ballast du vaisseau en aspirant l'eau de mer pour permettre au *Benthos* de s'enfoncer en flottabilité positive. Grâce à l'autre moitié, remplie d'essence plus légère que l'eau, le vaisseau pouvait rester en flottabilité neutre.

Excités par le goût du sang, les trois kronosaures continuaient à tourner sous le *Benthos*. Le bruit des puissants béliers hydrauliques qui pompaient l'eau par de nombreuses prises le long des niveaux inférieurs avait attiré leur attention. À présent, les prédateurs se fixaient sur les pontons géants. À leurs yeux adaptés aux ténèbres, ils ressemblaient, de par leur forme et leur taille, à l'*Epimetheus* qui venait de se révéler une abondante source de nourriture. Tandis que le *Benthos* entamait sa remontée, les prédateurs s'attaquèrent aux réservoirs de titane.

Benedict pénétra dans la passerelle.

– Au rapport, capitaine.

– On a un nouveau problème. (Prokovitch lui montra les écrans.) Les créatures mordent maintenant dans les réservoirs de lest.

– Ils sont trop épais, même pour ces monstres.

– D'accord, monsieur, mais ils sont capables de causer une indentation sur la surface du cylindre. Dans ce cas, les pressions extrêmes pourraient augmenter la compression.

– Et le réservoir céderait.

– Oui, monsieur. Nous n'avons pas encore subi de dégâts, mais les monstres semblent s'enhardir.

– Plafond hydrothermal à 365 mètres, hurla un homme d'équipage.

Fasciné, Benedict vit apparaître une gigantesque tête plate sur un des écrans. Mû par une accélération inouïe, le monstre se cogna contre un des réservoirs d'essence pour essayer de l'arracher au carénage du ventre plat du vaisseau.

Le bruit de métal qui cédait se répercuta jusqu'aux hommes qui s'affairaient sur le pont G.

En un rien de temps, la pression démesurée mit à nu la faille du cylindre. La cassure et l'implosion du réservoir endommagé provoquèrent une réaction en chaîne qui fit gîter le *Benthos*. Les lumières vacillèrent et s'éteignirent, plongeant le vaisseau dans les ténèbres.

Quelques secondes plus tard, les lumières d'urgence rouges se mirent à clignoter, tandis que le puissant système de réserve se mettait en marche.

Prokovitch, qui était tombé à terre, se releva. Le *Benthos* avait interrompu sa remontée et gîtait maintenant de 10 degrés à tribord.

– Rapport d'avarie !

– Capitaine, on a perdu les réservoirs de lest B4 à B8. Fuite d'essence aux réservoirs G5, G8 et G9.

Une autre explosion et une autre secousse ébranlèrent brutalement le *Benthos*. Un long moment, les membres d'équipage fixèrent Benedict de leurs yeux écarquillés, dans l'attente de ce qui allait suivre.

Puis, comme si la nature lui avait elle-même commandé de rebrousser chemin, le gigantesque vaisseau retomba vers le plancher marin.

Pacifique Ouest

De l'hélicoptère qui planait au-dessus des eaux bleu marine du Pacifique, Mac cherchait l'ancien navire de guerre soviétique à la surface des flots.

– Je le vois ! dit-il en désignant une forme grise à l'horizon.

Jonas étudia le *Goliath* aux jumelles avant de les rendre à Harry Moon.

– Vous êtes sûr que Céleste est à bord ?

– Certain. Dès qu'elle a obtenu les coordonnées du Purgatoire du Diable, elle s'est tirée vite fait bien fait. Elle s'est toujours complètement fichue de capturer le requin. Une seule chose l'intéressait : vos informations.

– Et comment saurez-vous que Benedict a vraiment localisé ces nodules ? demanda Mac.

– Quand ses submersibles commenceront à faire la navette entre la fosse et le *Goliath*. Nous voulons récupérer Terry et notre agent sans éveiller ses soupçons. Dès qu'il aura fini d'extraire les nodules, la Navy entrera en action.

Jonas sentit son ventre se nouer.

– Comment pouvez-vous être sûr qu'il relâchera Terry ?

– Elle ignore tout de leur opération, répondit Harry, et Benedict tiendra à maintenir les choses en état. Le *William Beebe* nous suit à quelques encablures. Benedict ne veut surtout pas qu'une bande de civils se pressent autour du *Goliath*, alors qu'il transporte des nodules de manganèse valant des trillions de dollars. Quand Céleste comprendra qu'on ne repartira pas sans Terry, elle la fera remonter en surface avant l'arrivée du *William Beebe*.

– Imaginons que ma femme ait compris ce qui se trame dans la fosse.

Harry hocha la tête.

– Espérons qu'il n'en est rien.

Mac fit atterrir l'hélicoptère sur l'avant-pont, à côté d'un autre appareil. Un marin du *Goliath* attendit que les pales aient ralenti pour les saluer.

– Suivez-moi, dit-il d'un ton lugubre.

Sur le chemin menant à l'arrière du navire, Jonas constata qu'on s'activait autour d'un énorme submersible blanc en forme de cigare, placé sur une plate-forme hydraulique à la poupe. Les hommes installaient deux batteries de phares sous-marins des deux côtés de sa coque.

Le nom du submersible était peint en rouge sur la quille : *Prometheus*.

Benedict ne peut pas s'empêcher d'afficher son ego…

Jonas reconnut la frêle silhouette qui s'appuyait au bastingage.

Masao…

Son cœur se serra quand son beau-père se tourna vers lui, ses yeux en amande gonflés par les larmes.

– Pardon…

– Masao, qu'est-ce qui s'est passé ? Dis-moi…

– Terry est morte, annonça le vieil homme d'une voix étranglée.

Jonas sentit ses entrailles se tordre. Mac et Harry durent le retenir, car il vacillait.

– Qu'est-ce qui s'est passé ? chuchota Mac.

– Un des submersibles a implosé, répondit péniblement Masao. Terry était à bord. Ils sont tous morts.

Jonas avait l'impression de perdre la raison.

– Qui te l'a dit ?

– Je l'ai vu, Jonas. Je l'ai vu de mes propres yeux.

Masao plaça une main tremblante sur l'avant-bras de son beau-fils pour le faire pénétrer à l'intérieur du *Goliath* et le mener dans une pièce où avaient été installés une télévision et un magnétoscope.

Jonas visionna le film noir et blanc pris par une caméra installée dans la salle d'arrimage du *Benthos*. Il vit la tourelle de l'*Epimetheus* remonter par le plancher de la salle inondée. Puis l'eau se retira et les hommes d'équipage sortirent du submersible.

– Là ! pointa Masao.

À la vue de sa femme qui traversait la salle en courant, disparaissait de l'écran et y revenait quelques instants plus tard, Jonas sentit son cœur tambouriner jusque dans ses oreilles. Il y eut une explosion démentielle – la caméra trembla violemment – et l'inondation de la salle tua tous les hommes instantanément.

À travers ses larmes, Jonas fixait les corps qui tourbillonnaient sur l'écran.

– Où est Terry ? Je ne la vois plus.

– Là, répondit Céleste qui arrivait du couloir. Jonas, je suis vraiment désolée…

Jonas pivota vers elle. Son visage frémissait de rage.

– La faute à qui ? Comment est-ce arrivé ?

– Le *Benthos* a été attaqué par une meute de monstres.

– Des Megalodons ? Vous mentez. Les Megalodons ne chassent pas en meute.

– Pas des Megs. D'après Benedict, des kronosaures.

– Des kronosaures ? (Le visage de Jonas se vida de son sang. Il s'effondra sur une chaise.) Mon Dieu…

– Le *Benthos* s'est échoué. Nous attachons des phares extérieurs très puissants sur la coque du *Prometheus* pour empêcher les monstres de s'approcher pendant que nous nous porterons au secours de l'équipage.

– Je vous accompagne, dit Jonas.

– Désolée, c'est impossible. Pas la place. Nous devons remonter Benedict et une dizaine d'hommes.

– Je descends, répéta-t-il, en mettant la cassette dans sa poche. Je dois la voir.

Céleste le saisit par le poignet pour l'emmener voir la quille du *Prometheus*.

– Regardez ces indentations sur la coque. Des marques de dents, Jonas ! Des dents de kronosaures. L'un a tordu l'hélice et pratiquement détruit le submersible. Vous croyez toujours que je mens ?

– Je dois voir son corps de mes propres yeux !

– Vous êtes bouleversé. Accompagnez-moi à l'intérieur et…

– Ne me touchez pas ! Masao, je ne l'ai pas vue…

Masao le regarda dans les yeux.

– Jonas, viens avec nous, je t'en prie.

Jonas se laissa emmener à l'hélicoptère par Mac et Harry.

– Jonas, écoutez-moi, chéri, lança Céleste. Il n'y a pas de corps. L'abysse a engouffré tout ce qui en restait.

Terry coinça une autre pièce dans la rainure du troisième écrou. Les dents serrées pour ne pas penser au bout de ses doigts enflés, elle essaya de le tourner.

À la troisième tentative, l'écrou commença à se défaire.

Sans se donner la peine d'enlever le quatrième et dernier écrou, Terry ouvrit le couvercle du tuyau de ventilation d'un geste brutal et regarda dans le trou.

En apparence, le conduit d'air courait en parallèle du couloir et reliait chaque cabine avec le système de ventilation situé sur le pont. Son diamètre n'était que d'une cinquantaine de centimètres carrés. Elle aperçut le reflet de la lumière provenant de la cabine voisine, dont la grille se trouvait à 4 mètres sur sa gauche.

Terry respira un grand coup et inséra d'abord la tête et les bras dans le conduit exigu, puis elle expira et y enfonça les épaules.

Elle se retrouva tout de suite coincée. Ses épaules collaient trop aux parois étroites. Au prix de douloureux efforts, elle parvint à rouler sur le dos, à croiser les bras sur sa poitrine et à arrondir les épaules, ce qui dégagea assez d'espace pour lui permettre d'insérer également les jambes à l'intérieur.

Les reins cambrés, Terry prit appui sur ses pieds pour propulser son corps dans le conduit en se tortillant, jusqu'au couvercle de ventilation suivant. Par les interstices du grillage, elle constata que la cabine était vide, mais ne parvint pas à s'appuyer assez sur les bras pour dégager la couverture vissée. Elle se tortilla plus loin, s'allongea sur le côté et commença à donner des coups de pied dans le couvercle.

En nage, elle dut s'escrimer pendant plusieurs minutes pour arriver à ses fins. Elle inséra ses pieds dans l'ouverture puis recula, centimètre par centimètre, en contorsionnant le haut de son corps pour pénétrer dans la cabine.

Elle avait entendu les explosions et sentit l'impact au moment où le *Benthos* atterrissait brutalement sur le plancher marin. Elle se doutait qu'il s'était échoué. Par conséquent, sa fuite ne tenait plus qu'à un seul fil : le *Prometheus*.

Elle ne devait pas oublier le circuit de caméras de surveillance installées dans tout le vaisseau. Échapper de sa cabine était une chose, se frayer un chemin jusqu'à la station d'arrimage, à l'insu de l'équipage et des caméras, était une tout autre paire de manches.

Terry remarqua une blouse blanche de laboratoire et un casque suspendus dans le placard. Une idée folle lui vint à l'esprit. Elle se précipita dans le cabinet de toilette et se débarbouilla le visage. À l'aide d'un rasoir, elle se coupa une mèche de cheveux, puis elle chercha quelque chose de collant autour d'elle.

Le dentifrice !

D'un doigt, elle en appliqua une légère couche sur son visage, en dessinant des favoris et une moustache. Puis elle coupa la mèche en bouts plus petits pour compléter son déguisement, en priant le ciel que le dentifrice tienne bon.

Son idée marcha.

Terry se déshabilla à la hâte et enfila un pantalon, une chemise et des bottes de travail en caoutchouc appartenant à l'occupant de la cabine. Elle se fit un tout petit chignon, mit le casque et passa la blouse de laboratoire.

Elle se regarda dans le miroir et effleura sa fausse moustache.

De près, son déguisement ne tenait pas le coup. Mais à travers l'œil d'une caméra, il pouvait marcher ou lui procurer en tout cas un petit répit.

Elle ouvrit la porte de la cabine et se glissa dans le couloir désert en tentant de son mieux de ne pas marcher comme une femme.

Le *William Beebe* arriva plusieurs heures après que le *Prometheus* eut entrepris sa descente vers le Purgatoire du Diable. De retour à bord du navire de recherches, Jonas resta seul dans sa cabine pour se repasser en boucle la vidéo de l'implosion. À chaque vibration de la caméra, il arrêtait la bande.

Mac entra dans la cabine avec une bouteille de Jack Daniels.

– Où est Masao ? demanda Jonas.

– Le médecin lui a donné un calmant. (Mac hocha la tête en voyant son ami rembobiner la bande.) Arrête de te torturer.

Jonas se contenta d'appuyer sur « PLAY » et de mettre le ralenti.

– Regarde bien.

Pour ménager son ami, Mac obtempéra. Il vit Terry sortir du champ de la caméra, puis réapparaître.

Jonas pointa le doigt.

– Ici ! La bande saute !

Mac se rapprocha et s'agenouilla devant l'écran.

– Reviens en arrière.

Ils visionnèrent une nouvelle fois la scène. L'image sautait juste avant l'implosion.

– Les fils de pute ! lança Mac. Ils ont monté la bande.

– Terry est vivante.

Mac plongea les yeux dans ceux de Jonas.

– Je prépare l'*AG-2* à plonger.

Une fois descendu à 50 mètres au-dessus du plafond de la couche hydrothermale, le capitaine du *Prometheus* alluma les phares d'appoint du submersible.

Par le hublot, Céleste contempla le courant rapide d'eaux troubles, illuminé par les rayons intenses.

– Fantastique, chuchota-t-elle, tandis que le *Prometheus* traversait les nuages abyssaux pour pénétrer dans Le Purgatoire du Diable.

Derrière la vitre panoramique, Benedict surveillait l'approche de l'étoile flamboyante. Ses projecteurs étaient si puissants que les habitants du plancher marin parurent se rétrécir pour s'enfouir dans le sol, quand le submersible passa au-dessus d'eux.

Benedict se tourna vers le capitaine Prokovitch qui remontait de la passerelle.

– Vous voyez : notre plan fonctionne. Les trois kronosaures ne s'aventureront pas vers la lumière.

– Oui, monsieur. Quels sont vos ordres ?

– Faites transborder les nodules dans le *Prometheus* dès qu'il se sera arrimé. Puis dites à Céleste que je l'attends sur le pont panoramique. Ah oui, envoyez la fille dans le hangar pour que je m'en débarrasse.

Déjà revêtu de sa combinaison de plongée, Jonas procédait à l'inspection de l'*AG-2* que les marins accrochaient à un treuil. Placé sur une cale sèche, le submersible monoplace avait tout d'un chasseur à réaction. Conçu pour la vitesse, sa forme hydrodynamique et sa structure légère lui permettaient de filer dans la mer comme une raie manta. Le *Prometheus* le précédait dans la fosse, mais l'*AG-2* allait néanmoins effectuer la descente cinq fois plus vite que lui.

D'une longueur de 3,5 mètres, il était composé de deux coques. Une enveloppe externe en Kevlar et aluminium renforcé recouvrait ses ailes centrales, ses propulseurs jumeaux et son empennage arrière. À l'intérieur se trouvait l'habitacle, une capsule de Lexan. En cas d'urgence, le pilote avait la possibilité de dissocier cette partie transparente du reste de l'appareil pour remonter en surface.

Harry Moon et Mac le rejoignirent alors qu'il terminait son inspection.

– Qu'est-ce que c'est que ces deux logements sous les propulseurs ? lui demanda Mac en pointant l'empennage arrière. Ils n'existaient pas sur les autres submersibles.

– Pour ses accélérations éclair, l'*AG-1* se sert d'un propulseur à hydrogène comme une fusée. Il a fallu reconcevoir l'empennage arrière pour obtenir un résultat identique à 10 000 mètres de profondeur. Ces logements contiennent deux hélices auxiliaires, alimentées par un carburant d'hydrogène liquide et d'oxygène. L'*AG-2* est capable d'accélérations à rendre jalouse une torpille. Ça m'a bien servi il y a quatre ans.

– Et ça vous servira aussi, ajouta Harry en lui tendant son pistolet, un calibre 44.

– C'est nécessaire ?

– Vous n'avez pas affaire à des boy scouts, mon vieux. Mac m'a parlé de la vidéo. Si votre femme n'est pas morte, Benedict ne la gardera pas longtemps en vie. Ce pistolet est armé. Vous les tuez et vous triez les corps après. Bonne chance !

Jonas plongea les yeux dans ceux de Mac.

– Je ne rêve pas, hein ?

– Non.

Mac détourna le regard.

– Mac, je... enfin, merci d'être toujours là.

– Ferme-la, bordel ! Contente-toi de descendre récupérer ta femme. Je vous attends tous les deux pour le dîner.

Jonas lui donna une accolade chaleureuse.

Masao se tenait près de l'écoutille ouverte du submersible. Il prit les mains tremblantes de son beau-fils dans les siennes et les serra.

– Jonas, je t'aime comme si tu étais mon propre fils. Cette épreuve est terrible pour toi, je le sais.

– Elle est vivante, Masao. Mais je dois empêcher ce salaud de la tuer.

– Écoute-moi bien : le vrai courage, c'est de faire la chose qu'on craint le plus. Sans peur, le courage n'existe pas. Pour remporter une bataille, on doit la dépasser. Fais appel à ton âme de guerrier – comme il y a quatre ans.

– Et mes cauchemars ?

– Utilise-les. Pour te préparer, par pour t'en faire des ennemis. N'oublie pas que toutes les vraies batailles se livrent à l'intérieur de soi.

Masao l'étreignit brièvement, puis il le regarda ramper dans l'*AG-2* et s'emprisonner dans la capsule de Lexan.

Étendu sur le ventre, sanglé dans le harnais, Jonas fit signe qu'il était prêt à démarrer par le nez transparent. Quelques secondes plus tard, l'*AG-2* s'éleva au-dessus du pont, passa par-dessus le bastingage et fut descendu à la mer.

À l'intérieur du submersible qui dansait sauvagement sur la houle, Jonas attendait avec impatience que les hommes grenouilles détachent son câble.

Je ne rêve pas. Il essuya son front d'une main tremblante. Le Purgatoire du Diable... le trou infernal où j'ai berné la mort il y a onze ans. Comme si la fosse m'avait rappelé dans ses profondeurs pour égaliser le score…

– Très bien ! Tu voulais que je revienne ? J'arrive. Laisse-moi juste serrer une dernière fois Terry dans mes bras et tu pourras me tuer !

Les eaux bleues du Pacifique se fondirent en camaïeu de mauves avant de se noircir. Jonas Taylor descendait à toute allure en spirales, à la rencontre de son destin.

– Qu'entendez-vous par « échappée » ? demanda Benedict.

– Elle a réussi à ouvrir le couvercle du conduit de ventilation et à se faufiler jusqu'à la cabine voisine.

En son for intérieur, Benedict eut un sourire admiratif. Sa petite souris ingénieuse avait réussi à s'extirper de son dédale. Au fil des ans, il avait placé deux douzaines de sujets dans des conditions aussi désespérées où leur vie était menacée. Soit ils avaient succombé rapidement à la perspective de leur mort imminente, soit ils s'étaient battus jusqu'au bout. Benedict avait étudié leurs réactions avec minutie, catalogué leurs traits de caractère et leurs histoires personnelles, analysé leurs points forts et leurs faiblesses, afin d'établir un ensemble de prévisions dont il se servait pour déterminer quels membres de son équipe réagiraient le mieux en cas de crise. Terry Tanaka défiait ses déductions : plus les défis augmentaient, plus son combat pour rester en vie la fortifiait.

Un sujet si intéressant ! Dommage qu'elle doive mourir.

– Fouillez le vaisseau. Utilisez les caméras en circuit fermé de mes quarters. Retrouvez-la tout de suite et amenez-la-moi. Elle mérite que je m'occupe d'elle personnellement.

Terry pénétra dans le couloir du pont G et prit place en bout de queue, derrière une demi-douzaine d'hommes attendant d'entrer dans la station d'arrimage qui était en train d'être inondée et dépressurisée à la suite de l'arrimage du *Prometheus*. Adossée au mur, elle croisa les bras sur la poitrine en baissant la tête au passage du capitaine Prokovitch qui fonçait dans le couloir, deux hommes sur les talons.

Des gouttes de sueur dégoulinaient sur son visage. Elle sentait le goût du dentifrice sur ses lèvres.

Garde ton calme...

La porte de titane de la station d'arrimage s'ouvrit. Elle y pénétra derrière les hommes.

De la tourelle du *Prometheus* sortirent trois individus qui échangèrent des poignées de main avec leurs collègues.

Terry s'approcha de l'échelle et s'écarta pour laisser passer un dernier homme d'équipage.

En évitant son regard, elle lui donna une claque dans le dos et se hâta de descendre ensuite dans le *Prometheus.*

Le submersible était vide.

Terry se dirigea vers les toilettes. Elle allait s'enfermer dans le placard à rangement. Personne n'irait y jeter un coup d'œil pendant la remontée de cinq heures.

Alors qu'elle tournait la poignée, quelqu'un fit simultanément de même de l'intérieur.

Prise de court, Terry se figea.

Céleste leva les yeux et elle ne put éviter son regard.

– Oups, pardon... Mon Dieu... Terry, c'est vous ?

Céleste éclata de rire.

Des larmes de frustration montèrent aux yeux de Terry.

– Céleste, je vous en prie, ne dites rien. Aidez-moi à me cacher. Je vous en prie.

– Mince ! Si Jonas vous voyait ! Alors, vous vous êtes bien occupée de Benedict pendant mon absence ?

– Céleste, je vous en prie...

– Jonas et moi nous sommes bien amusés. En fait, j'ai l'impression qu'il a été soulagé quand je lui ai appris votre mort.

– Quoi ?

– Peut-être que j'aurais dû lui dire que vous avez changé de sexe ?

Le capitaine Prokovitch descendit à son tour.

– Céleste, Benedict vous attend dans la salle panoramique.

– Vlad, vous n'auriez pas perdu quelque chose ? demanda Céleste en ôtant son casque à Terry.

En proie à une crise de fureur aveugle, Terry la saisit par la gorge et la jeta à terre. Puis elle enfonça les ongles de ses pouces dans sa trachée artère.

Prokovitch s'interposa rapidement, saisit Terry par les bras et la projeta dans les toilettes.

La tête de la jeune femme alla douloureusement cogner contre un tuyau, sous le lavabo.

Céleste s'assit en respirant comme une asthmatique. Son cou était cerclé d'un gros anneau violet. Prokovitch l'aida à se relever.

– Ça va ?

Céleste effleura sa gorge pour essuyer le sang qui suintait d'une petite coupure.

– Enfermez-la dans le hangar, mais ne lui faites pas de mal, compris ? (Elle goûta son sang.) J'ai un petit problème à régler. Je vous retrouve d'ici dix minutes.

Entouré de ténèbres impénétrables, Jonas perdit rapidement tout sens de l'orientation. Il fixait le néant à travers l'ogive transparente, mais son cerveau fonctionnait à toute vitesse.

La colère avait remplacé sa peur, son objectif lui donnait du courage. Il savait ce qui l'attendait dans les grands fonds, mais peu importait.

Une seule chose compte : Terry...

Jonas lâcha la manette pour essuyer ses paumes mouillées.

Je n'en suis même pas au tiers de la descente...

Il rabaissa la manette.

Céleste se prépara d'une longue inspiration, puis grimpa à la salle panoramique par le conduit d'accès. Benedict, seul, fixait les abysses. Elle referma la porte.

– Pourquoi fermes-tu ? demanda-t-il.

– Pour qu'on ait un peu d'intimité.

Elle passa derrière le bar et prépara deux cocktails.

Il se tourna à l'instant où elle finissait de remuer celui qu'elle lui destinait.

– Qu'est-ce que tu as à la gorge ?

– Petit cadeau de Terry. Elle m'a attaqué à bord du *Prometheus.*

Elle lui tendit son verre.

– Quelle petite futée ! Dommage que nous devions la tuer.

– Je m'en occupe, si tu n'y vois pas d'inconvénient.

– Aucun, répondit-il en finissant son cocktail.

Céleste se rapprocha de lui.

– Je te trouve bien mélancolique. Qu'est-ce que tu as ?

– Comme l'a dit un jour Oscar Wilde : « En ce monde, il y a deux tragédies. Ne pas obtenir ce qu'on veut et l'obtenir. »

Elle lui caressa l'intérieur de la cuisse.

– Peut-être que je peux te changer les idées.

Benedict attrapa une poignée de ses cheveux blonds pour l'attirer vers lui.

– Tu m'as manqué.

Céleste sourit, les yeux plongés dans ses prunelles de braise.

– Alors baise-moi.

Elle passa les mains sous sa jupe pour enlever sa petite culotte.

Pantelant comme un animal, Benedict la mena vers le divan le plus proche. Puis il s'immobilisa et porta la main à sa tempe.

– Benny, qu'est-ce que tu as ?

– Je ne sais pas… un vertige, tout à coup…

– Tu ferais mieux de t'allonger.

Benedict s'avança en vacillant. La pièce tournait autour de lui. Il regarda Céleste et la lumière se fit dans son esprit. De ses prunelles émeraude se dégageait une expression plus bestiale qu'humaine.

– Mon verre…

– Un petit quelque chose pour t'aider à dormir. c'est tout.

Il l'écarta d'une poussée pour gagner l'écoutille fermée d'un pas trébuchant.

Céleste saisit la bouteille de vodka vide et le mit K.-O. en la brisant sur son crâne chauve.

Prokovitch se hâta de ligoter les poignets de Terry derrière son dos au moyen d'un morceau de fil électrique, puis il la poussa dans le hangar et l'y enferma.

Après avoir fixé la porte, Terry, les yeux clos, songea à la mort de Serguei.

Mon Dieu, non ! Elle embrassa du regard sa cellule de 18 mètres sur 9, entièrement vide à l'exception d'une demi-douzaine de robots UNIS alignés le long du mur opposé.

Le souffle commença à lui manquer et sa tête à palpiter. Elle se débattit pour desserrer le fil électrique, épouvantée par le sort qui l'attendait.

Réveillé par la douleur, Benedict rouvrit les yeux. Il était installé devant la vitre panoramique, poignets et chevilles étroitement liés à son fauteuil. Du sang coulait d'une profonde estafilade au sommet de son crâne.

– Céleste ?

– Je suis ici.

Elle traversa la pièce pour se placer devant lui en sirotant un cocktail.

– Pourquoi ?

– L'occasion fait le larron. Tu me l'as appris, non ?

– Et tu y as bien réfléchi, répondit-il en cillant des paupières à cause des filets de sang qui s'écoulaient devant ses yeux.

Céleste les épongea.

– Je suis prête. Grâce à toi.

– Peut-être. Mais notre petit empire vient de s'agrandir. Tu as besoin de moi.

– Pas du tout. Excuse le gros mot, mais j'en ai ras le bol de me faire baiser. Mon style ne ferait pas de mal à notre organisation.

– Pas la peine… pas la peine que ça se passe comme ça.

Céleste se planta devant lui. De ses prunelles jaillissaient des éclairs de colère.

– On veut me faire pitié, Benedict ? Bizarre, mais dans mon souvenir, tu n'en as accordé aucune à ma mère.

– Ta mère ?

Benedict écarquilla les yeux.

– N'essaie pas de nier. Quand il avait un verre dans le nez, Serguei adorait bavasser.

– Depuis quand es-tu au courant ?

– Je l'ai su à seize ans. Depuis, je te tiens en mon pouvoir. Chaque fois que je regardais dans tes yeux émeraude, je voyais un homme mort.

– Notre relation, notre lien, tout ce que je t'ai donné au fil des ans, rien de tout cela ne compte pour toi ?

– Pourquoi crois-tu que j'ai attendu si longtemps ?

– Une fois la blessure guérie, la cicatrice reste. (Il hocha la tête.) Je suis vraiment déçu ! Après tout ce que je t'ai appris, tu n'as toujours ni honneur ni loyauté.

– Va te faire foutre ! Gardien de la morale, toi ? (Elle se plaça à califourchon sur lui et lui souleva le menton pour presser le goulot de la bouteille cassée contre sa gorge.) L'assassinat de ce Moscovite exigeait-il aussi la mort de ma mère ?

– Ta mère était une pute. Je l'ai sortie du trottoir quand elle avait dix-neuf ans. Je lui ai offert une nouvelle vie, je l'ai donnée en cadeau à ton père.

– Cadeau ?

– Un beau cadeau. Qui contenait quelque chose d'unique. Ton père était stérile. J'ai fécondé ta mère et je lui ai offert une famille.

Céleste lâcha la bouteille et se releva. La main sur la bouche, elle recula en direction de la fenêtre de Lexan.

Ayant détecté un mouvement, les kronosaures se mirent à tourner autour de la vitre.

Benedict lui adressa un sourire sadique.

– Eh oui, tu es ma fille !

Des milliers de pensées se bousculaient dans la tête de Céleste.

– Ta mère était ravissante, la plus belle femme que j'ai jamais vue. Et quel merveilleux outil ! Grâce à elle, j'ai pu obtenir des secrets de ton père qui ont permis à Geo-Tech Industries de se procurer le réacteur Tokamak.

– C'est tout ce qu'elle était pour toi ? Un outil ?

– Non. (Benedict ferma les paupières pour se débarrasser d'un filet de sang.) Je l'aimais, mais elle était faible. Après la mort de ton père, elle est retombée dans la drogue. Je ne pouvais plus lui confier mes secrets. Quant à te laisser à sa garde… Sa dernière liaison m'a permis de me débarrasser d'un ennemi potentiel du Politburo, dont l'opposition m'aurait empêché d'acquérir le *Goliath*.

– Alors tu l'as tuée ?

– Céleste, occupe-toi de ma blessure avant que…

– Alors tu l'as tuée ?

Il plongea les yeux dans ceux de sa fille.

– Des années auparavant, j'avais redonné un sens à sa vie. Quand elle s'est de nouveau égarée, j'ai mis un terme à son malheur. Je possédais quelque chose qui avait bien plus de valeur : toi.

– Tu parles d'une façon de traiter sa fille !

Benedict hocha la tête.

– Ta beauté me fascinait. À mes yeux, tu étais la réincarnation de ta mère. Ma faiblesse pour la chair…

Céleste se tourna face à l'abysse.

– Faiblesse partagée par ces monstres.

Elle alluma les phares extérieurs avec la commande à distance.

Benedict perçut un mouvement à la périphérie de la vitre.

– Céleste, écoute-moi. Nous pourrions accomplir de grandes choses ensemble. Le pouvoir du soleil est à nous…

– À *moi.*

– Céleste, tu es mon sang. Je suis ce que tu seras, j'étais ce que tu es.

– Ma mère me manque.

– *Ultra posse nemo obligatur* : « N'aie pas les yeux plus grands que le ventre. »

– Serais-tu en train de me supplier, Benedict ?

– C'est ça que tu veux ?

– Non, il est trop tard. Les dés sont jetés. (Elle essuya encore du sang qui coulait sur les yeux de son père.) Si je ne t'achève pas tout de suite, je risque de me retrouver un jour sur cette chaise.

– J'ai vraiment été un bon professeur.

– Question de gènes, sans doute.

D'un virage serré, le kronosaure mâle fonça vers la vitre d'observation.

Benedict ferma les yeux.

– *Majori cedo* : « Je m'incline devant mon supérieur. » Je suppose que le but de chaque parent est de voir son enfant déployer des ailes plus grandes que les siennes.

– Tu devrais donc être fier.

Il ouvrit les yeux. Quelque chose remua dans l'abysse.

– Tu ferais mieux de partir.

Céleste se tourna. En voyant apparaître la créature, elle embrassa son père sur les lèvres avant de se précipiter au conduit d'accès et d'ouvrir l'écoutille.

– Céleste ?

– Oui… père ?

– Rendez-vous en enfer.

Céleste se hâta de descendre une fois l'écoutille rescellée. À sa droite se trouvait un clavier manœuvrant une écoutille de secours destinée à séparer la salle panoramique du reste du vaisseau. Elle entra le code de sécurité.

Au-dessus de sa tête, des joints hydrauliques firent glisser une plaque de titane de 3 tonnes sur le conduit d'accès et l'écoutille.

Benedict continuait à fixer l'abysse, rivé à des yeux écarlates qui semblaient s'approcher. Des ténèbres surgit une tête de crocodile aux mâchoires qui s'écartaient.

Une gigantesque déflagration retentit quand le monstre enfonça la tête à travers la vitre de Lexan. Sous la pression insondable, le crâne de Benedict implosa instantanément, tandis que le dôme du *Benthos*, en s'effondrant, fracassait le kronosaure sous 12 000 tonnes de titane. Un champignon de bulles, de sang et de débris s'éleva du niveau supérieur aplati, comme si Dieu en personne avait écrasé le dessus du vaisseau du talon.

Un grincement suraigu se répercuta partout dans le vaisseau. La coque du *Benthos* essayait de se rééquilibrer.

– Qu'est-ce qui se passe, bordel ? hurla Prokovitch.

Céleste attendit que le bruit se soit amenuisé.

– Un des kronosaures a fracassé la vitre de Lexan. Benedict est mort.

Un ingénieur se précipita vers eux.

– Vous entendez le craquement ? Les plaques de titane sont en train de se rétrécir. Les analystes de la pression disent qu'elles se déforment. Le vaisseau entier peut céder et imploser à tout instant.

Céleste se tourna vers Prokovitch.

– Vlad, le *Prometheus* est chargé ?

– Oui, mais on a un nouveau problème. Le sonar vient de détecter une énorme forme vivante qui se dirige vers nous. 13 kilomètres au nord. Elle devrait nous atteindre d'ici dix-huit à vingt minutes. Vraiment gigantesque, au moins 28 mètres de long.

– Ange… On peut remonter quand ?

– Dans dix minutes. Mais ça n'est pas tout. Le *Goliath* nous a annoncé que Jonas Taylor descend dans l'*AG-2*.

– Jonas ? Trop beau pour être vrai ! Terry est dans le hangar ?

– Oui.

– Capitaine, contactez le *Goliath*. Demandez-leur de me passer Jonas par l'intermédiaire du *William Beebe*. Je prendrai l'appel dans la cabine de commande du hangar. Rendez-vous à bord du *Prometheus* dans dix minutes. Prévenez l'équipage. On abandonne le navire.

Dans un noir d'encre, Jonas, le corps trempé de sueur, fixait les profondeurs tourbillonnantes. Rongé par le pressentiment, il avait un goût de bile acide dans sa bouche sèche.

En contrebas apparut une lueur tournoyante. Jonas se débattit pour faire rebrousser chemin au submersible.

La tête remonta, les mâchoires s'écartèrent, les dents se dénudèrent...

Jonas cilla – il fixait les ténèbres désolées. Il essuya les gouttes de transpiration qui tombaient sur ses yeux d'une main tremblante.

– Tu hallucines, se dit-il tout haut. Concentre-toi, concentre-toi, ne t'endors pas...

Subitement, une explosion assourdissante rugit dans ses oreilles, suivie quelques secondes plus tard par une onde de choc qui en remontant rejeta le petit submersible en arrière et lui fit faire volte-face.

Jonas se prit la tête entre les mains. La déflagration faisait bourdonner ses oreilles.

Une implosion... Oh, non... Oh, mon Dieu, je vous en prie...

Jonas reprit le contrôle du submersible et plongea vers le fond à pleine vitesse.

Plusieurs minutes s'écoulèrent avant que le bourdonnement cesse et que ses tympans se dégagent.

– Jonas, réponds, s'il te plaît...

Il alluma la radio.

– Masao, cette explosion...

– On l'a aussi entendue, mais Céleste dit que le *Benthos* est intact.

Merci mon dieu...

– Elle veut te parler. Au sujet de Terry.

– Passe-la-moi.

Après des parasites sonores, la voix de Céleste lui parvint.

– Jonas, vous m'entendez ?

– Parlez.

Les yeux rivés sur Terry à travers la vitre de la cabine de commande, Céleste alluma le haut-parleur externe pour permettre à sa prisonnière d'entendre sa conversation.

– Jonas, il y a eu un nouvel accident à bord du *Benthos*. Nous sommes forcés de l'abandonner. Benedict est mort, Jonas. J'ai vu les restes de Terry. Chéri, quel horrible spectacle !

– Je veux les voir moi-même.

En entendant la voix de son mari, Terry se mit à l'appeler à pleins poumons.

Derrière la vitre insonorisée, Céleste sourit.

– Jonas, je sais bien qu'en avoir la certitude est important pour vous. Je sais que vous voulez vivre, et je veux vous y aider. Écoutez-moi bien : sous le pont inférieur du *Benthos* se trouve un vaste hangar, équipé d'un détecteur de mouvement au-dessus de ses portes. Je vais régler le système d'entrée sur automatique. Pour le mettre en marche, vous devrez d'abord passer devant elles. L'inondation et la pressurisation du hangar prennent environ cinq minutes. Ensuite les portes s'ouvrent. Une fois que vous serez entré, le hangar se videra et se dépressurisera automatiquement. Compris ?

– Oui.

– Jonas, c'est difficile. Vous avez perdu Terry, moi Benedict, mais je veux que vous sachiez que je vous aime et que je serai là pour vous, quand vous serez prêt.

Jonas éteignit la radio.

Céleste mit le système d'entrée automatique en marche, puis elle quitta la cabine de commande en prenant bien soin de verrouiller la porte de l'intérieur. Elle se dirigea vers Terry qui était assise par terre, les mains entravées derrière le dos.

– Alors, ça fait quoi de savoir qu'en définitive on va être tuée par son propre mari ?

– Allez vous faire foutre !

– Ne vous inquiétez pas, Jonas s'en occupera quand vous ne serez plus là. Nous mettrons sans doute une famille en route tout de suite…

Terry se releva d'un bond.

Céleste la repoussa par terre.

– Navrée, je ne suis bonne qu'à une échauffourée par jour. Oh, au cas où vous en douteriez, Benedict est vraiment mort. Ne versez pas de larmes de crocodile sur lui, il a bien mérité de se retrouver en enfer. Bonne mort !

Terry attendit que Céleste l'ait enfermée. Puis elle roula sur le dos, passa les jambes entre ses poignets liés de façon à placer les bras devant elle. Plus déterminée que jamais, elle s'attaqua au fil avec ses dents, en refusant de penser aux portes du hangar que son mari allait involontairement ouvrir d'ici quelques minutes.

Une fois Céleste descendue à bord du *Prometheus*, Prokovitch referma l'écoutille. L'intérieur du submersible était bondé d'hommes debout sur les seaux remplis de tonnes de nodules de manganèse.

– Préparez le navire à plonger, commanda le capitaine.

– Oui, capitaine. Écoutilles scellées, dépressurisation des manchons d'arrimage.

– Détachez les pinces d'arrimage.

– Oui, capitaine, pinces détachées.

Le *Prometheus* chuta comme un poids mort vers le plancher marin.

– Lestez toutes les plaques ! Arbre de transmission en marche, pleine puissance !

Le submersible se redressa. Sa proue avait du mal à remonter.

– Zut, pourquoi avance-t-on si lentement ? demanda Céleste.

– Surcharge, répondit le capitaine. Mais du moment qu'on remonte, on devrait s'en sortir.

Jonas alluma le phare extérieur qui lui révéla le tourbillon de saletés isolant la couche hydrothermale du reste de la fosse. Le cœur battant à tout rompre, il scruta les ténèbres.

OK, Jonas. Pas de lueur blanche, tu as le feu vert...

Il abaissa la manette pour faire traverser les eaux troubles à l'*Abyss Glider.*

Il dut s'accrocher, car le submersible ailé était bousculé comme s'il avait été emporté par un courant descendant. Quelques secondes plus tard, l'*Abyss Glider* émergea de ce torrent et pénétra dans le Purgatoire du Diable.

Jonas alluma son sonar pour localiser le *Benthos.* Alors qu'il réglait son cap, une lueur pareille à celle d'une torche remonta à sa gauche du fond de la mer. Il se dirigea sur elle, sachant qu'il s'agissait du *Prometheus*, reconnaissable au point rouge qui se matérialisait sur l'écran.

L'apparition de deux autres bips le fit sursauter. Ces objets remontaient beaucoup plus vite en décrivant des cercles sur sa droite. Ils restaient cachés dans les ténèbres.

Des kronosaures !

La respiration coupée, Jonas essaya en vain de distinguer quelque chose dans l'abysse. Les bips se rapprochèrent, comme si les formes vivantes avaient décelé sa présence.

Une des créatures s'approcha par-derrière et l'autre tourna sur sa droite.

Jonas fonça vers le *Prometheus*.

Le kronosaure qui se trouvait sur sa droite bifurqua à la corde pour lui couper le chemin.

Bordel ! Ils ont réussi à me coincer. Sa gorge se noua. Les kronosaures ne se contentaient pas d'être plus gros et plus rapides que son vaisseau, c'étaient des chasseurs intelligents qui opéraient en tandem.

Jonas appuya sur la manette pour se diriger sur la créature qui lui bloquait le chemin, sans quitter des yeux l'indicatif « DISTANCE DE L'OBJECTIF » sur sa console.

150 mètres...

Une silhouette noire apparut au-dessus du rayon de lumière du *Prometheus*.

Une trentaine de mètres...

Il tendit la main vers le bouton du phare extérieur.

15 mètres...

Maintenant !

Jonas éteignit, puis il fit exécuter une vrille à l'*Abyss Glider* autour du kronosaure décontenancé.

Subitement, la plus grosse des deux bêtes s'approcha par-derrière, puis elle disparut d'une volte-face en compagnie de sa progéniture.

Sur l'écran du radar, les bips s'éloignèrent vers l'est.

Avant qu'il ait le temps de pousser un soupir, un autre bip apparut sur l'écran. Jonas en eut des frissons dans le dos. L'objet était différent – beaucoup plus gros – et il arrivait du sud.

Jonas comprit sur-le-champ pourquoi les kronosaures s'étaient enfuis. Les yeux rivés aux ténèbres, il attendit l'apparition de la lueur.

Le *Prometheus* passa sur sa gauche. L'espace d'un instant, sa masse qui remontait lentement l'entraîna dans son sillage. Les lumières éblouissantes à présent derrière lui, Jonas pouvait distinguer les clignotements du *Benthos* qui se détachaient sur le plancher marin plongé dans l'ombre, à 250 mètres en contrebas.

À 500 mètres sur sa droite apparut la lueur menaçante d'Ange – tête d'épingle lumineuse qui s'élargissait rapidement.

Jonas fonça vers le *Benthos.*

L'énorme femelle pénétra sur le champ de bataille. Ses organes sensoriels avaient détecté plusieurs proies. Ses ampoules de Lorenzini enregistraient les battements de cœur des kronosaures, et sa ligne latérale isolait les vibrations générées par les propulseurs jumeaux de l'*Abyss Glider.*

Sans tenir plus compte de l'un que de l'autre, elle mit le cap sur le plus gros et le plus lent des trois challengers qui rôdaient dans son domaine.

Les yeux rivés au hublot, Céleste attendait l'apparition de la lueur surnaturelle.

– Le Meg se rapproche à toute allure, rapporta le sonar. 350 mètres...

La lueur apparut. Céleste se mit à paniquer.

– Bon sang, capitaine, faites quelque chose !

Il repoussa brutalement sa main.

– Quoi ? Je largue les hommes ?

– 250 mètres...

Elle se tourna vers Prokovitch.

– Vlad...

– Trop tard, chuchota-t-il. On va mourir – et pour quoi ? Un tas de foutus cailloux !

Les deux bips réapparurent. Les créatures remontaient en flèche du plancher marin pour empêcher Jonas d'atteindre le *Benthos.*

Il prononça un juron et fit prendre un virage à 180 degrés à l'*Abyss Glider* pour remonter vers le *Prometheus.*

– Oh merde...

Ange s'était approché du submersible de Geo-Tech. Il tournait autour, prêt à l'attaque.

– Jonas, vous m'entendez ?

Jonas pressa le bouton de la radio.

– Je vous entends et je vous vois, Céleste...

– Jonas, nous sommes vingt à bord. Pouvez-vous faire diversion, tout au moins jusqu'à ce que nous arrivions au-dessus de la couche ?

Bang ! L'*AG-2* fut brutalement secoué à bâbord.

Jonas en reprit tant bien que mal le contrôle. L'œil écarlate du diable était pressé contre l'ogive à sa gauche.

Le pilote prit un virage à la corde à bâbord.

– Jonas…

– Je suis légèrement occupé !

Surgi de nulle part, le plésiosaure adulte apparut dans le faisceau de son phare.

– Putain…

Jonas renversa brusquement l'*AG-2* à 360 degrés, des mâchoires de crocodile monstrueuses cherchaient à mordre son empennage arrière.

Les créatures traçaient des cercles pour maintenir l'*AG-2* entre elles. Incapable de se libérer, Jonas remonta en flèche à la verticale pour se mettre à l'abri dans la lumière des phares du *Prometheus*.

Céleste poussa un hurlement. Ange venait de cogner son hideuse mâchoire contre la proue du *Prometheus*.

Le submersible gîta. Ses moteurs avaient du mal à résister au tangage.

Ange décrivait des cercles. Sa proie était comestible, mais elle restait néanmoins un ennemi.

Le technicien sonar essuya les gouttelettes de sueur qui étaient tombées sur son écran.

– Distance du plafond : 180 mètres. Voici Taylor !

Jonas s'approcha à toute allure du *Prometheus* en cillant des yeux à cause de la lumière aveuglante des phares allumés sous sa coque.

Les deux kronosaures interrompirent brusquement leur attaque.

Profitant de ce bref répit, Jonas poursuivit sa remontée, puis il prit un virage raide pour redescendre vers le *Benthos* en décrivant une courbe ample.

À l'affût de la lueur, il tendait le cou des deux côtés, sans rien y voir à cause des lumières éblouissantes du *Prometheus*. Alors qu'il filait le long du submersible de Geo-Tech, la tête colossale d'Ange surgit du noir, juste devant lui, ses mâchoires béantes sur le trou noir et attirant qu'il avait vu une centaine de fois dans ses cauchemars.

– Oh, merde…

Il tira brutalement la manette en arrière et latéralement. Trop tard.

Les bouts des dents acérées se refermèrent sur son aile centrale tribord et l'arrachèrent sans bavures de la coque.

L'*AG-2*, endommagé, tournoya de côté et effectua plusieurs tonneaux.

Ange se tourna pour le suivre.

Jonas abaissa la manette et plongea nez devant pour échapper à son chasseur plus rapide, droit sur la trajectoire des deux kronosaures qui remontaient.

Les plésiosaures ébahis s'éloignèrent à toute allure des mâchoires de leur gigantesque ennemi, et se dispersèrent en formant une large courbe, afin d'intercepter leur proie en fuite au fond de l'eau.

Céleste vit l'*Abyss Glider* disparaître dans l'obscurité, pourchassé par le Megalodon.

– À quelle distance est-on du plafond hydrothermal ?

– On le traversera d'ici deux minutes, répondit Prokovitch avec soulagement. (Il consulta le sonar.) On dirait que votre ami ne va pas s'en sortir.

– C'est la vie. Une seconde, bon Dieu… et Terry ?

– L'implosion du pont A a privé le *Benthos* de sa forme sphérique. À l'heure qu'il est, des milliards de kilos de pression s'exercent sur la coque aplatie. Les forces de flexion à cette profondeur sont inouïes. Je vous garantis que le vaisseau n'en a pas pour plus de vingt minutes.

Un sourire narquois aux lèvres, Céleste prit le récepteur radio.

– Jonas, mon amour, j'espère que vous m'entendez. Merci pour votre aide. Je vous achèterai une jolie pierre tombale. Promis.

Jonas ne lui prêta aucune attention. Il était trop occupé à reprendre le contrôle du submersible déséquilibré.

Le museau d'Ange percuta son empennage arrière. Sa lueur bioluminescente illumina l'intérieur du cockpit de l'*Abyss Glider* qui descendait à l'aveuglette vers le plancher invisible de la fosse.

Dans la radio, la voix de Céleste continuait à lui taper sur les nerfs.

– Jonas, soyons honnête. Vous ne regrettez pas de ne pas m'avoir fait l'amour dans ma cabine ?

L'hélice auxiliaire… Les dents serrées, Jonas s'efforça d'atteindre le levier.

L'énorme femelle kronosaure remontait en cercles. Elle se précipitait dans l'arène, la mâchoire ouverte pour s'emparer du repas de son ennemi.

– Le meilleur coup de votre vie, Jonas. Vous l'avez raté. Vous seriez tombé amoureux de moi…

Ange sentit que le kronosaure se dirigeait sur sa proie. Il ouvrit la gueule et dénuda les dents pour essayer de mordre dans la queue de l'*Abyss Glider.*

– … à la place, vous allez mourir. Dommage pour Terry. Elle est à bord du *Benthos*, encore vivante. Elle attend que vous la sauviez.

– Quoi ? Elle est vivante et vous l'avez laissée en bas ?…

– Pour le moment. Elle sera morte à l'arrivée – votre arrivée.

– Salope !

– Comme je regrette de ne pas pouvoir m'attarder pour assister à vos retrouvailles ! Serrez bien son cadavre dans vos bras pour moi.

Jonas entendit les rires des hommes d'équipage du *Prometheus*. Son ventre se noua et il s'étrangla presque de fureur. Il tordit la manette dans le sens inverse des aiguilles d'une montre pour oxyder le réservoir d'oxygène liquide qui amorçait les propulseurs auxiliaires.

Comme une torpille, l'*AG-2* s'extirpa d'un bond des mâchoires d'Ange.

Le mini submersible passa en trombe à côté du kronosaure abasourdi et remonta, poursuivi par le Megalodon.

Jonas saisit la radio.

– Hé, Céleste, ne regardez pas, mais je vous promets que vous n'avez jamais été baisée comme ça !

Il réduisit sa vitesse de moitié, dans l'attente qu'Ange le rattrape.

Sans y croire, Céleste regardait sur le sonar le petit bip qui guidait le plus gros hors des profondeurs, en suivant une trajectoire qui allait aboutir à une collision avec le submersible.

– Allez au diable, Jonas ! (Elle saisit le bras de Prokovitch.) À combien sommes-nous du plafond hydrothermal ?

Elle entendit le bruit que faisait la suie en heurtant la coque extérieure.

– Ça va, répondit-il. On y est.

La visibilité devint nulle. Toujours rivée au hublot, Céleste retenait son souffle. Vingt secondes plus tard, ils ressortirent de la couche et poursuivirent leur remontée vers le *Goliath* dans les eaux glacées.

L'équipage applaudit et la tension qui régnait à bord se dissipa nettement. Céleste sourit et saisit la radio.

– *Da-svidanya*, Jonas, mon chéri...

Jonas accéléra pour traverser la couche de sédiments derrière le *Prometheus*. Il jeta un coup d'œil par-dessus son épaule et vit la lueur d'Ange s'élever derrière lui. Émergeant dans les eaux presque gelées, il fonça vers le submersible de Céleste qui peinait à remonter et se mit à tourner autour.

– Céleste, je vous ramène Ange. Je le livre où ?

Par le hublot, Céleste vit la tête gigantesque du monstre jaillir du courant de débris. La remarque de son père lui traversa l'esprit : *Rendez-vous en enfer !...*

Jonas attendit que le Meg se soit rapproché à 10 mètres du *Prometheus*. Puis il pointa de nouveau l'ogive vers le fond.

Céleste écarquilla les yeux : l'abominable tête grise ouvrit ses mâchoires immenses et les referma autour de la capsule d'observation montée sous le *Prometheus*.

Les plaques de titane émirent des crissements de protestation aigus. Le submersible s'immobilisa. Le poids supplémentaire de la créature entravait sa remontée.

D'une violente torsion de la tête, le Megalodon secoua son challenger et la surcharge fit exploser le bloc électrique du submersible en une averse d'étincelles.

Enveloppés par les ténèbres, les marins impuissants se retrouvèrent projetés dans tous les sens dans la cabine comme des poupées de chiffon. Ils hurlaient dans le noir.

Prokovitch tomba à la renverse et bascula dans la capsule d'observation. Il atterrit sur un amas de jambes et de bras grouillants et heurta le hublot du front. Il ouvrit les yeux, regarda par la vitre et poussa un hurlement démentiel.

Les phares de secours du submersible illuminaient l'intérieur rose de la gueule du requin préhistorique qui écrasait la cellule entre ses mâchoires.

Le visage pressé contre le hublot, Céleste vit l'œil gris du monstre se révulser, tandis qu'il essayait en vain de percer l'enveloppe de titane de ses dents.

En un éclair, la tragédie de sa vie passa devant ses yeux.

Parmi les cris d'horreur, dans ce chaos enveloppé de ténèbres, Céleste pleura, submergée non par la peur, mais par l'inanité de sa vie.

Incapable de mordre dans sa proie, le Megalodon tordait la tête d'avant en arrière pour essayer d'arracher la capsule à la coque.

Le bord de la plaque de titane commença de céder.

Comme dans un rêve, la masse du *Prometheus* sembla un instant être aspirée vers son propre centre de gravité.

Et dans un feu d'artifice de lumière divine, la souffrance de Céleste s'éteignit à jamais.

Jonas fonçait à l'aveuglette vers le fond de la fosse. Par crainte de s'écraser, il coupa l'oxygène liquide pour étouffer l'allumage d'hydrogène et tira brutalement la manette en arrière, interrompant son piqué.

L'*AG-2* se redressa à environ 10 mètres du plancher. Une forêt menaçante de fumeurs noirs apparut dans le faisceau de son phare.

Les dents serrées, Jonas faufila son submersible entre les cheminées fumantes de minéraux qui jaillissaient de l'obscurité comme si elles voulaient bondir sur lui. Il émit un grognement. Le submersible venait de cogner une cheminée qui avait arraché l'autre aile centrale de l'*AG-2*.

Son embarcation privée de ses deux ailes, Jonas en retrouva en partie le contrôle. Il redressa l'*Abyss Glider* et traversa les champignons crachés par les fumeurs noirs.

Devant lui, se dressait une ombre imposante derrière des lumières rouges fantasmatiques. L'objet était trop gros pour qu'il s'agisse d'autre chose que du *Benthos*.

Les deux bips réapparurent. Ils se rapprochaient de lui pour l'intercepter.

À l'aide de ses dents, Terry parvint à dérouler le fil électrique qui ligotait ses poignets. Au moment où elle se levait, un grognement métallique déchirant retentit.

Le long de la coque externe du *Benthos*, les plaques de titane commencèrent à se déjeter comme des dominos. De minuscules indentations et fissures apparurent qui donnaient prise aux pressions insondables des abysses.

Le niveau B implosa dans un craquement assourdissant et s'aplatit sous une pression de 11 060 atmosphères.

Le cri de Terry fut étouffé par une autre explosion. Le pont C était lui aussi broyé et réduit à néant.

Une nanoseconde plus tard, le système de sécurité se mit en marche. Dans un claquement, les compresseurs hydrauliques installèrent une plaque de titane de 20 tonnes destinée à isoler le niveau D, qui allait temporairement empêcher le *Benthos* de s'effondrer comme un château de cartes.

Terry ferma les yeux et retint son souffle, terrorisée par les bruits effrayants de métal tordu qui se répercutaient autour d'elle. Elle était obsédée par les corps mutilés des membres d'équipage de l'*Epimetheus*, tournoyant dans la salle d'arrimage inondée du *Benthos*. Tout espoir perdu, elle s'effondra par terre et se lova en boule, dans l'attente de rencontrer son créateur.

Jonas tournait autour du *Benthos* pour trouver l'entrée du hangar. Une lumière bleue stroboscopique apparut. Il fit passer l'*Abyss Glider* sur le rayon pour activer le système d'entrée automatique.

Terry se releva d'un bond. L'eau de mer commençait à jaillir par une série de soupapes encastrées dans le sol. *Oh, mon Dieu, je vais mourir, je vais mourir...*

Elle devenait littéralement folle. Elle se remit à tirer de toutes ses forces sur la porte et hurla en réalisant que son geste était désespéré. Puis elle pataugea jusqu'aux chevilles vers l'autre bout du hangar.

Morte de peur, elle resta plantée là à fixer en tremblant de tout son corps les rangées de robots UNIS, au milieu de l'eau qui continuait à monter.

Subitement, une idée insensée lui vint à l'esprit. Elle fit un suprême effort pour se calmer et se concentrer.

Les engins UNIS possédaient des coques de titane en forme de tonneau, conçues pour protéger les instruments ultrasensibles des pressions des grands fonds. Si seulement elle parvenait à en ouvrir un et à se glisser dedans...

Elle scruta le couvercle du premier tonneau et s'aperçut douloureusement que le foret nécessaire pour desserrer les écrous du couvercle se trouvait dans la cabine de commande.

L'eau lui montait désormais au-dessus des genoux.

– Mon Dieu, je vous en supplie…

Complètement affolée, elle courut de robot en robot. Jusqu'au dernier.

Jonas maintint l'*AG-2* en suspension à l'extérieur du hangar, dans l'attente impatiente que s'ouvrent les portes de titane de 3,50 mètres.

Les deux bips s'amplifièrent.

Jonas jeta un coup d'œil sur sa droite et sur sa gauche en scrutant la coque gris argent du *Benthos*, pareille à un dôme, à peine visible dans la lumière rouge.

– Plus vite, bordel !

Une ombre sinueuse glissa le long du sol, juste sous le ventre éclairé du *Benthos*. Jonas donna un coup de poing à la manette, à l'instant même où la tête sauvage du kronosaure adulte jaillissait de dessous le vaisseau.

Terry poussa un cri de joie en examinant le dernier UNIS. Celui qui s'en était occupé ne s'était pas donné la peine de visser les écrous à fond.

De l'eau jusqu'à la taille, elle tourna dans le sens inverse des aiguilles d'une montre le couvercle volumineux, assez grand pour permettre à un homme de se glisser à l'intérieur du robot. Elle remercia tout bas le marin dont la négligence lui offrait cette infime chance de survie.

Une odeur de putréfaction se dégageait du tonneau.

Elle continua à tourner, asphyxiée par l'odeur. *Un rat mort ?* Des deux mains, elle souleva le couvercle de 30 kilos. La puanteur lui donna la nausée.

Elle se détourna, respira à fond et tendit la main à l'intérieur de l'engin. Elle sentit une espèce de sac lourd de toile goudronnée.

Qu'est-ce que ça peut bien être ?

Incapable de trouver un point d'appui pour soulever le sac par en dessous, Terry fit glisser le couvercle de titane d'un côté et grimpa sur l'UNIS. Mue par une poussée d'adrénaline, elle tendit les bras à l'intérieur et parvint à sortir le sac en prenant appui sur ses jambes. Puis elle le laissa tomber dans l'eau.

Ses tympans se déchirèrent, sous la pression qui grimpait en flèche dans le hangar.

Elle sauta dans l'eau qui lui montait à la poitrine pour vider le contenu du sac.

Son cri d'épouvante fut étouffé par la bile qui remontait dans sa gorge. Le corps mutilé d'Heath Williams tomba dans l'eau.

Terry repoussa la tête décapitée, puis elle retourna au fût dont l'ouverture n'était plus qu'à 15 centimètres de l'eau montante. Elle se hissa sur l'engin et essaya de se coincer dedans. Un cri d'horreur lui échappa.

L'intérieur était trop exigu pour qu'elle puisse s'y glisser !

Jonas contournait le *Benthos* à toute allure en se collant à la coque de titane, suivi de très près par l'énorme plésiosaure.

Bon sang... Et où est l'autre ?

Incapable de manœuvrer aussi près de la coque que son plus petit compagnon, le reptile marin de 22 tonnes faisait claquer ses mâchoires pour essayer de mordre dans l'arrière du submersible.

Jonas jeta un rapide coup d'œil sur sa droite et entrevit l'œil reptilien lumineux. Les mâchoires profilées, plus longues que son submersible, s'ouvrirent sur des rangées de dents coniques aux pointes acérées.

Le kronosaure projetait la tête sur les côtés pour refermer la mâchoire sur sa proie qui le fuyait.

Jonas fit brutalement remonter le submersible à la verticale – un instant avant que le second kronosaure ne jaillisse de l'autre côté du *Benthos*.

Jonas passa au-dessus du dôme aplati et fonça vers la porte du hangar.

Dans l'engin, les doigts coincés derrière le tableau de bord principal, Terry tordait et tirait, en faisant appel à ses dernières forces pour arracher la volumineuse console de l'intérieur du robot automatique.

L'eau commença de se déverser dans l'UNIS.

S'arc-boutant des pieds contre les parois, Terry tira brutalement en arrière et se cogna la tête en arrachant enfin le tableau de bord de l'appareil.

La jeune femme jeta le tableau dans l'eau, puis tendit les bras pour refermer le couvercle au-dessus de sa tête.

À genoux dans son refuge exigu, plongée dans le noir complet, elle le compressa le long des rainures de titane, sachant que le robot devait être parfaitement étanche pour empêcher la pression des abysses de faire imploser son corps.

Pendant plusieurs secondes atroces, l'eau continua à suinter à l'intérieur de l'engin.

Trois tours supplémentaires… et le filet d'eau s'interrompit.

Terry continua néanmoins à serrer le couvercle le plus possible, en essayant de ne pas vomir malgré l'odeur putride de viande pourrissante qui imprégnait la coque. Incapable de le visser davantage, elle s'inclina en arrière, pantelante, dans cet espace noir et suffocant qui était peut-être son cercueil.

Le bourdonnement hydraulique étouffé des portes géantes du hangar qui s'ouvraient lui parvint.

Terry étouffait. C'était la fin ! Elle se prit la tête entre les mains et attendit.

Le bourdonnement s'interrompit.

Prisonnière du robot, à 11 kilomètres sous la surface de l'océan Pacifique, Terry Taylor éclata en sanglots. Sans ce dernier geste de désespoir qui l'avait poussée à s'y réfugier, sa vie aurait volé en éclats.

Le submersible monoplace s'éleva en flèche au-dessus du toit déchiqueté du *Benthos*, suivi comme son ombre par le kronosaure adulte. En descendant à toute allure de l'autre côté de la coque, Jonas apperçut une faible lueur sur sa gauche.

La porte du hangar s'était ouverte !

Sans s'écarter de la surface de titane, Jonas allait prendre un virage à angle droit pour pénétrer dans le hangar quand le plus petit kronosaure remonta sur lui comme une flèche de dessous le *Benthos*.

D'une accélération, Jonas éloigna l'*AG-2* de la coque pour foncer droit sur le monstre. À la dernière seconde, il effectua un renversement et plongea dans le hangar.

L'*Abyss Glider* alla ricocher à deux reprises sur la paroi la plus éloignée avant que Jonas puisse prendre la mesure de la salle et tirer sur la manette. Le nez du submersible tournoya, puis Jonas ralentit pour rester en suspension.

Avant que les portes du hangar aient le temps de se refermer, le petit kronosaure s'introduisit à son tour et s'écrasa de profil contre le submersible. Il remplissait toute la salle.

Jonas s'agrippa, tandis que l'*AG-2* se renversait et allait cogner contre une rangée de robots UNIS.

Coincée dans le sens de la longueur dans cet espace exigu, la créature essayait d'atteindre sa proie. La porte se referma.

Suspendu à l'envers dans le harnais, Jonas ne pouvait que regarder sans rien faire le reptile qui essayait de refermer sur lui ses mâchoires inouïes.

Il eut un haut-le-cœur. Un corps décapité venait de flotter à côté de lui.

D'une seule bouchée, le kronosaure prit le corps mutilé d'Heath Williams dans sa gueule et le mit en pièces.

Devant le carnage, Jonas ferma les yeux. Du sang et des bouts de chair pourrie tourbillonnaient dans le hangar.

D'un seul coup, des pompes hydrauliques se mirent en marche. Il rouvrit les yeux.

Le kronosaure avait le côté de la tête collé contre l'ogive transparente de Lexan et scrutait l'intérieur de l'*AG-2* de son œil écarlate.

Jonas se débattit pour se libérer du harnais. La créature allait mordre dans l'ogive, c'était clair.

Survint alors quelque chose de déconcertant. Au lieu de mordre, le kronosaure se retourna plusieurs fois sur lui-même. Des spasmes gigantesques faisaient tressaillir le haut de son torse.

Jonas s'aperçut que le niveau d'eau baissait.

Le changement de pression !

En se soulevant frénétiquement, le kronosaure eut un dernier sursaut, puis il s'effondra sous son propre poids. Du sang coulait de tous ses orifices.

Jonas tomba du harnais et rampa jusqu'à l'arrière de la capsule. Il desserra l'écoutille et sortit du submersible à reculons en se levant tant bien que mal.

– Terry ! hurla-t-il sans discontinuer.

Il glissait sur le sol mouillé pour atteindre l'autre bout du hangar où il lui semblait reconnaître une cabine de commande. Il s'aperçut qu'il ne pourrait pas l'atteindre sans passer sur le dos du monstre mort. Il posa le pied sur la nageoire arrière et plaça les mains avec précaution sur le cuir brun écailleux et visqueux.

Prisonnière du robot UNIS, Terry s'époumonait, mais ses cris étouffés restaient inaudibles. Dans ces ténèbres suffocantes, elle s'escrimait avec désespoir à dévisser le volumineux couvercle. Elle essayait d'avaler des goulées d'air qui n'étaient plus là. Une sensation étrange la saisit, comme si les ténèbres tournoyaient autour d'elle. Puis elle s'effondra en avant, évanouie.

Jonas cogna son épaule contre la porte de la cabine de commande verrouillée. Comme elle résistait, il abandonna et courut à celle donnant sur le couloir du *Benthos*. Verrouillée elle aussi.

Au-dessus de sa tête, les crissements métalliques se répercutaient dans tout le vaisseau.

Le désespoir l'envahit. Sa femme introuvable, sa propre existence sur le point d'être réduite à néant, Jonas remonta tant bien que mal sur le dos du kronosaure mort pour aller prendre le pistolet que lui avait donné Harry Moon.

Ce fut alors qu'il remarqua la console arrachée de l'un des robots.

Il fixa l'objet. Quelque chose le travaillait. Pour quelle raison Céleste l'avait-elle laissé pénétrer dans le *Benthos* si Terry était vraiment vivante ? Et qu'entendait-elle par « morte à l'arrivée » ?

Céleste voulait que j'entre dans le hangar. Pourquoi ? Pour déclencher le mécanisme. Elle a dû y enfermer Terry !

Jonas fouilla la salle puis il se précipita vers les rangées d'engins UNIS et contempla longuement les écrous et la console arrachés.

Le déclic se fit dans son esprit.

– Terry ! Mon Dieu, je vous en prie…

Il saisit le couvercle et le dévissa.

– Terry, tu m'entends ?

Jonas souleva le couvercle pesant et le jeta de côté. Il se pencha pour saisir sa femme par ses bras amorphes et l'extraire du robot, submergé par l'odeur de putréfaction qui s'en exhalait.

– Oh, mon Dieu… Terry, chérie, parle-moi.

Elle avait le visage bleui. Jonas lui renversa la tête en arrière pour lui faire du bouche-à-bouche.

Le *Benthos* se mit à trembler, comme s'il était pris dans un séisme.

Il lui prit le pouls.

Il battait… mais très faiblement.

Les yeux débordant de larmes, Jonas continua le bouche-à-bouche.

Le teint de Terry passa du bleu au rouge. Elle eut un haut-le-cœur et ouvrit lentement les yeux.

Jonas tremblait de soulagement. Incapable de retenir ses émotions, il souriait et pleurait à la fois. Terry le reconnut. Ses yeux s'emplirent de larmes. Jonas la souleva doucement. Elle s'accrocha à son cou.

– Jonas, Jonas, je t'aime tellement…

– Moi aussi.

Ils s'étreignirent un long moment, indifférents à la situation.

Un crissement aigu de métal hurla quelque part au-dessus de leur tête.

– Terry, le *Benthos* se disloque. Comment sortir d'ici ?

– Mon Dieu, c'est impossible ! réalisa-t-elle. La cabine de commande est verrouillée. (À la vue du monstre mort, son cœur se souleva.) Qu'est-ce qui s'est passé ?

– Il n'a pas supporté la pression atmosphérique. Tu peux ouvrir les portes du hangar si on réussit à s'introduire dans la cabine ?

– Impossible. J'ai déjà essayé.

Jonas courut à l'*AG-2* et rampa à l'intérieur. Il prit le pistolet sous la console.

– Viens. (Il l'aida à passer sur le corps du kronosaure.) Je vais faire sauter la serrure, recule !

Jonas tira deux fois et parvint à ses fins.

Terry retrouva la barre de fer dont elle s'était servie sur Serguei. Jonas la coinça dans le joint et parvint à entrouvrir suffisamment la porte pour disposer d'une prise. Ensemble, ils tirèrent dessus pour permettre à Terry de se glisser à l'intérieur de la cabine. Elle passa en revue le tableau de bord et mit en marche la séquence de pressurisation.

De l'eau de mer jaillit du sol. Le *Benthos* poussa des hurlements de protestation.

– On n'a pas beaucoup de temps ! cria-t-elle.

– Aide-moi à préparer l'*AG-2*.

Terry repassa sur le reptile et ils se précipitèrent, de l'eau jusqu'aux chevilles, vers l'*Abyss Glider* retourné. Ils soulevèrent l'ogive pour le remettre à l'endroit.

– On va le tirer jusqu'à la porte, hurla Jonas, non sans remarquer que l'empennage arrière et le support du moteur étaient endommagés.

Terry saisit un bord de l'empennage et poussa difficilement l'engin dans l'eau qui lui léchait la taille.

– Terry, j'ai quelque chose à te dire.

– Tu as couché avec cette salope !

Il esquissa un sourire de nervosité.

– Bon Dieu non !

Un grondement sourd remplaça le crissement suraigu de métal.

– Jonas, quand les portes s'ouvriront, le *Benthos* va se disloquer. Il s'écrasera comme…

– Monte dedans et rampe jusqu'à l'avant, hurla Jonas en lui ouvrant l'écoutille.

Terry se dépêcha de se placer dans l'ogive. Sous son poids, l'écoutille remonta au-dessus de l'eau. Jonas se glissa à l'intérieur pieds devant et referma hermétiquement la capsule.

Allongés côte à côte, ils virent le hangar se remplir au-dessus de leur tête.

Jonas alluma le moteur.

Rien.

– Qu'est-ce qui se passe ?

– Je crois que le monstre a écrasé le fuselage. Bon dieu, le réservoir d'hydrogène liquide a crevé !

– Jonas !

Les portes du hangar se levèrent.

En cédant, le niveau D déclencha l'implosion instantanée de tous les niveaux inférieurs.

Jonas saisit le levier de la capsule d'urgence et tira de toutes ses forces.

Le cylindre de Lexan jaillit de la coque et s'enfonça dans les ténèbres, tandis que le *Benthos* implosait derrière eux et s'aplatissait comme une crêpe. L'enveloppe de titane les aspira momentanément en arrière, puis ils échappèrent à son étau mortel.

La capsule de Lexan sans moteur commença sa remontée dans l'obscurité totale.

Terry et Jonas s'étreignirent en respirant bruyamment.

– Qu'est-ce que tu voulais me dire, Jonas ?

– Que le Megalodon est ici.
– Ici ? Dans la fosse ? Maintenant ? Oh, Jonas, tes cauchemars…
Jonas tremblait de tout son corps.
D'un geste maternel Terry lui caressa les cheveux pour le calmer.
– Et maintenant ? chuchota-t-elle.
Jonas écarquilla les yeux. Il n'arrivait toujours pas à distinguer le visage de sa femme dans ces ténèbres.
– Ange nous détectera quand nous approcherons du plafond hydrothermal. Dans mes rêves, il nous suit, il traverse la couche et avale la capsule.
– Peut-être qu'il ne nous verra pas.
– Peut-être. Terry. Je te demande pardon pour tout… J'ai gâché notre mariage et…
Elle serra sa main.
– Jonas, tu as risqué ta vie pour me sauver.
– Je préfère mourir avec toi que vivre sans toi, répondit-il avant de lui donner un baiser.

Ange glissait aisément sous le plafond hydrothermal en projetant un reflet iridescent sur la couche tourbillonnante de sédiments. L'implosion gigantesque du *Benthos* l'avait momentanément éloigné. Le prédateur rebroussait à présent chemin, attiré par un objet qui remontait du plancher marin. Il allait l'intercepter.

Jonas se pencha par-dessus la console de navigation pour scruter les ténèbres d'où allait surgir la lueur.
Un rayonnement quasi lunaire qui se déplaçait sous la couche nuageuse et se rapprochait rapidement apparut. *Peut-être que je rêve encore ? Réveille-toi !*
Son cœur tambourinait dans sa poitrine.
– Qu'est-ce qu'il y a ? murmura Terry, allongée sur le dos, les yeux clos.
Jonas lui étreignit la main, tandis que les contours de la lueur se précisaient et prenaient le visage de son pire cauchemar.
La capsule traversa la couche hydrothermale en tournoyant dans le courant.
Jonas commença d'étouffer.

Sortie de la couche, la capsule continua son ascension dans des eaux proches du degré zéro. Ils avaient encore 10 kilomètres d'océan au-dessus de leur tête.

Jonas connaissait la suite, mais il ne put s'empêcher de garder les yeux ouverts. Une dernière fois – une épouvantable dernière fois – il devait regarder sa mort en face. La main serrée autour de celle de Terry, il attendit l'apparition de la tête lumineuse triangulaire – comme onze ans auparavant, comme dans ses dizaines de cauchemars.

– Terry, je t'aime.

Sous eux, à travers les débris, une lueur s'alluma et se mit à grossir. Elle prit une forme distincte, tandis que Terry, éclairée par cette lumière surnaturelle, se transformait en silhouette grise.

Les tremblements de Jonas augmentèrent.

Agrippée à lui, Terry se tourna à son tour pour fixer les profondeurs.

Dans un silence mortel, la tête d'Ange surgit de la brume. Le spectacle de sa peau blanche spectrale qui se détachait sur les eaux noires leur glaça le sang. Le sourire démoniaque s'élargit, la gueule caverneuse dénuda les gencives sombres armées de rangées de dents triangulaires, acérées.

Jonas ne pouvait plus respirer. Pourtant, il fixait le gosier pareil à une cathédrale et la mâchoire supérieure qui s'écartait de la gueule de plus en plus large.

Quelque chose de flou passa sur sa droite. Il détourna la tête et resta stupéfait : le kronosaure adulte chargeait lui aussi la capsule, mâchoire ouverte.

La gueule du carnivore se referma d'un claquement sur le cylindre de Lexan. Terry et Jonas poussèrent un hurlement. Un grincement macabre, provoqué par l'écrasement de la capsule ovoïde entre la langue et le palais du monstre emplit leurs oreilles.

Jonas serra Terry de toutes ses forces dans ses bras, tandis que leur monde basculait.

La femelle plésiosaure s'éloigna avec son butin, mais fut incapable de l'avaler tout entier. En élargissant ses mâchoires sauvages, le kronosaure essaya de placer autrement le submersible glissant entre ses crocs supérieurs et inférieurs pour le trancher en deux.

Jonas et Terry, étroitement enlacés, les yeux clos, attendaient la mort.

Jonas ouvrit les yeux. Une faible lueur éclairait les dents acérées comme des rasoirs du kronosaure qui les enveloppaient de tous les côtés.

Subitement, la capsule pivota hors de la gueule du reptile.

Sans y croire, Jonas vit Ange plonger en avant et claquer sa gigantesque mâchoire sur la gueule étirée du plésiosaure ébahi.

– Oui ! Oui ! OUI !

Le torse inférieur du kronosaure battait l'eau comme un fléau, tandis qu'Ange broyait sa tête de crocodile.

Le sang noir du plésiosaure jaillit de la gueule serrée du requin. Il y eut un craquement d'os horrible – le prédateur lumineux venait de faire voler le crâne du kronosaure en éclats.

Ange s'immobilisa pour regarder la capsule de secours qui avait repris son ascension.

Jonas priait pour qu'il ne les prenne pas en chasse. Un long moment, il fixa l'œil gris opaque. *Laisse-nous partir, Ange, laisse-nous partir...*

À son immense soulagement, le requin fit volte-face pour redescendre dans la fosse, le cadavre du kronosaure coincé dans sa mâchoire. D'un dernier petit coup de sa nageoire caudale, il s'enfonça dans les ténèbres.

Une fois de plus, ils se retrouvèrent plongés dans le noir.

Sa femme étroitement serrée dans ses bras, Jonas refoula des larmes de joie. La capsule poursuivit son ascension.

Jonas était allongé sur le dos, Terry nichée dans ses bras, la tête contre son torse. Les yeux rivés sur les eaux noires, il éprouvait une immense paix intérieure. Pour la première fois en onze ans, la peur l'avait quitté. Pour la première fois, il avait l'impression d'avoir un avenir.

Le noir vira peu à peu au violet, qui se mua à son tour en bleu marine.

Terry remua. Il caressa ses cheveux d'ébène. Elle se rendormit.

D'un glissement puissant, la capsule jaillit de la mer et se mit à danser à la surface des flots.

Terry s'assit pour contempler un coucher de soleil flamboyant, comme si elle se réveillait d'un long sommeil. Souriante, elle embrassa son mari et pelotonna la tête contre son cou.

Jonas la repoussa, le temps de manœuvrer la balise de détresse.

Dix minutes plus tard, le *William Beebe* apparut à l'horizon qui s'assombrissait. Un Zodiac orange fut rapidement descendu à la mer. Masao et Mac y prirent place.

– *De profundis*, chuchota Terry en reposant la tête sur le torse de son mari.

– Qu'est-ce que ça veut dire ?

– Benedict l'avait inscrit sur ses submersibles. Ça signifie « hors des profondeurs ». Pendant toutes ces heures, je n'ai eu qu'une idée, une obsession : m'échapper de la fosse. J'avais si peur, la mort était partout. (Elle pencha vers lui son visage radieux.) Tu m'as sauvée, Jonas, tu m'as ramenée des profondeurs. Quand ton visage m'est apparu, j'ai eu le sentiment que mes prières avaient été exaucées.

– Les miennes aussi, chuchota Jonas, les yeux plongés dans les siens. Les miennes aussi.

ÉPILOGUE

L'énorme poisson glissait dans les panaches d'eau chaude. Sa peau d'albâtre projetait une lueur incandescente sur les rangées de cheminées qui crachaient leurs volutes. Quelque part se tapissait la progéniture survivante du kronosaure que le requin avait massacré sauvagement quelques jours plus tôt. Mais comme Ange approchait des limites du champ de failles hydrothermales, un spasme inattendu la tordit et l'obligea à interrompre sa nage.

Ses épais muscles dorsaux se contorsionnèrent pour bloquer son dos en un arc qui limitait ses mouvements et l'obligeait à nager en cercles étroits. Puis son abdomen se mit à tressaillir, en proie à une série de contractions monstrueuses.

Ange s'immobilisa. Son oviducte s'élargissait. D'une poussée douloureuse, elle expulsa de son ventre un requin entièrement formé de 3,6 mètres et 500 kilos.

Avec de rapides mouvements de sa queue, le jeune prédateur dépassa en flèche sa mère et disparut dans la gorge noire. Quelques instants plus tard, un second mâle naquit. Celui-ci, un peu plus petit que son frère, ne mesurait que 2,7 mètres. Le bébé requin s'éloigna à toute allure des mâchoires élargies de sa mère et suivit son frère vers le nord.

La femelle, épuisée, dut donner plus d'une douzaine de coups de sa nageoire caudale avant de reprendre son chemin. Un instant plus tard, elle poursuivait ses deux bébés dans l'abysse, avide de tuer la vie même qu'elle venait de créer.

Ayant détecté les vibrations de leur génitrice, les bébés requins accélérèrent et s'éloignèrent peu à peu l'un de l'autre en se faufilant parmi les fumeurs noirs et les grappes de vers. La survie des prédateurs nouveau-nés dépendait de leur capacité à échapper à leur mère insatiable, comme aux meutes sanguinaires de kronosaures.

Incapable de les rattraper, la femelle ralentit, ouvrit sa gueule pour essayer de respirer dans cet environnement pauvre en oxygène. Elle s'était habituée à vivre dans les eaux peu profondes, mais la nature avait condamné son espèce aux eaux plus chaudes de la gorge. La prédatrice y resterait donc, à condition de pouvoir satisfaire sa faim.

Ange remit cap sur le sud, en direction du jeune kronosaure. Un jour peut-être, le requin tuerait le dernier des plésiosaures et mettrait un terme définitif à la chaîne alimentaire des abysses qui avait permis à son espèce de survivre pendant plus de cent mille ans. Et ce jour-là, la plus féroce machine à tuer jamais enfantée par la nature serait contrainte de remonter à la surface, guidée par un instinct de survie primaire et par des souvenirs de chair, de sang et d'os.

Impression réalisée sur CAMERON
par BRODARD ET TAUPIN
La Flèche
en décembre 1999